친애하는
미시즈 버드에게

친애하는
미시즈 버드에게

AJ 피어스 장편소설 이경아 옮김

문학동네

일러두기

1. 주석은 모두 옮긴이주이다.
2. 본문 중 고딕체는 원서에서 이탤릭체나 대문자로 강조한 부분이다.

엄마와 아빠에게

1940년 12월, 런던

1장
신문의 광고란

신문에서 그 광고를 처음 본 순간 나는 정말 펑 하고 터지는 줄 알았다. 그날은 독일 공군 때문에 다들 직장에 지각해 분통을 터 트린 것을 제외하면, 그 광고를 보기 전까지도 꽤 유쾌했고 양파도 한 알 손에 넣은 하루였다. 특히 양파 덕분에 스튜가 한층 먹음직 스러워질 터였다. 하지만 그 광고를 보았을 때 내가 느낀 가슴 터 질 것 같은 기분에 비하면 아무것도 아니었다.

때는, 날이 밝아지려는 마음을 먹기도 전에 어느새 사위가 어두 워지기 시작하고 외투 아래로 조끼를 두 벌이나 껴입어도 도저히 온기를 느낄 수 없는 지독한 12월의 어느 날 오후 세시 십오분이었 다. 24번 버스의 2층 자리에 앉아 있었는데 흥분해 숨을 몰아쉬면 입김이 보일 정도였다.

나는 비서로 근무하는 스트로먼 변호사사무소에서 퇴근을 한 뒤, 신고 전화 접수원으로 일하고 있는 소방서로 야간근무를 하러

가기 전에 잠시 숨 돌릴 시간을 고대하던 중이었다. 버스에 앉아서 〈이브닝 크로니클〉 뉴스 면의 기사를 한 글자도 빠짐없이 다 읽고는 막 별자리 운세를 읽던 참이었다. 그런 걸 믿지는 않지만 만약을 대비해 한번 훑어볼 가치는 있다고 생각한다. 가장 친한 친구인 번티의 오늘 운세는 "당신에게 곧 돈이 들어올 거예요. 행운의 동물은 긴털족제비"로 느낌이 좋았고, 내 운세는 "언젠가는 상황이 좋아질 거예요. 행운의 생선은 대구"로 친구의 점괘에 비하면 별 볼 일 없었다.

그런데 다음 순간 '구인광고'를 싣는 난에 잼 보일러스의 직원(무경력자 가능)과 오버올공장의 경력직 감독관(추천장 우대)을 구하는 광고들 사이에 끼인 그 광고가 눈에 들어온 것이다.

직원 구함: 〈런던 이브닝 크로니클〉 발행사인 론서스턴 신문사에서 파트타임 직원 구함. 분당 60단어 타자 속도/분당 110단어 속기 실력을 갖춘, 유능하고 열정적이고 근면한 자 지원 요망. 지원서는 런던 EC4, 론서스턴하우스, 론서스턴 신문사의 미시즈 H. 버드에게 신속하게 제출 바람.

그 일은 내가 평생 본 것 중에 최고의 일자리였다.

세상에서 내가 가장 원하는 일이 있다면 (물론 전쟁이 끝나는 것과 히틀러가 무시무시한 최후를 맞이하는 것을 빼면) 그것은 기자였다. 더 정확히 말하자면, 업계인들 사이에서 '레이디 종군기자'로 불리는 사람 말이다.

지난 십 년 동안—열두 살에 꽤 지독한 시를 쓰고 상으로 지역 신문사를 견학한 후로—나는 기자가 되는 꿈을 키워왔다.

그 구인광고를 본 순간 내 심장은 조끼 두 벌과 외투를 뚫고 나와 당장이라도 옆자리에 앉은 부인에게 털썩 떨어질 것처럼 뛰었다. 나는 스트로먼 사무소의 일을 몹시 감사히 여기고 있긴 하지만 어떻게든 기자가 되는 법을 배우고 싶었다. 언제나 손에 수첩을 들고서 솔솔 새어나오는 '정치적 음모'의 낌새를 맡거나 '정부 대표자들'에게 '까다로운 질문'을 던지거나 무엇보다 저항군과 전쟁에 대한 '생생한 보도'를 하기 위해 먼 나라로 떠나는 마지막 비행기에 훌쩍 몸을 실을 준비가 된 사람 말이다.

학창시절 내가 가장 잘한 과목이 국어였는데도, 선생님들은 내게 흥분을 가라앉히고 그런 거창한 포부는 갖지 말라는 충고를 해주셨다. 총리의 외교 정책에 대한 의견을 총리 앞으로 보내는 글을 학교 신문에 싣지 못하게 한 적도 있었다. 참으로 김새는 출발이었다.

그런 일을 겪고도 포기하진 않았지만, 경력이랄 것이 거의 없는 상태로 신문사에서 일자리를 구하기란 하늘의 별 따기였다. 더구나 런던 플리트 스트리트*에서 직장을 구하려는 꿈을 품고 있으니 더욱 그랬다. 아무리 내가 대체로 낙천적이라고 해도, 여름휴가 사흘 동안 써서 〈리틀횟필드 가제트〉에 보낸 글로 베를린에 갈 수 있으리라 생각하진 않았다.

그런데 지금 내 앞에 기회가 나타난 것이다.

---

* 약 삼백 년간 주요 언론사가 모두 모여 있었던 거리로 영국 저널리즘의 산실로 불린다.

나는 내가 기준을 충족할 수 있을지 가늠해보며 광고를 다시 확인했다.

유능하고

그곳에서 어떤 직무에 유능하기를 원하는지 모르겠지만, 어쨌든 딱 나였다.

열정적이고

그렇다고 할 수 있다. 버스에서 미친 사람처럼 고함을 지를 뻔했으니까.

근면한 자

그래야 한다면 사무실 바닥에서도 잘 수 있다.

어서 지원하고 싶어 몸이 근질근질했다.

나는 다음 정거장에서 내리기 위해 벨을 눌렀고, 땡 소리가 유쾌하게 울리더니 버스가 속도를 늦추기 시작했다. 나는 날쌔게 핸드백과 방독면, 양파 한 알을 챙겨들고, 신문을 겨드랑이에 끼우고, 너무 서두르다 장갑 한 짝을 흘리기까지 하면서 한 번에 두 칸씩 계단을 내려갔다.

"고맙습니다." 버스 뒤쪽에서 뛰어내리다가 하마터면 넘어뜨릴 뻔한 여자 차장에게 소리쳤다.

지난주에 유리창이 다 깨지고도 여전히 영업중인 부츠 약국 옆에 다다른 버스가 완전히 멈추지 않았는데도 나는 공습에도 얼마간 남아 있는 보도로 훌쩍 건너뛰어 집으로 향했다.

공습으로 피해를 입은 가게는 부츠 약국만이 아니었다. 거리 전체가 힘든 시간을 보내고 있었다. 이제 식료품점은 반쪽만 남은 벽하나와 돌무더기에 지나지 않았고, 바로 옆의 공동주택 네 채는 폭탄으로 완전히 파괴되었으며, 미스터 파슨스 모직물가게가 있던 곳은 커다란 구덩이만 남았다. 핌리코*는 여전히 평소의 분위기를 유지하고 있지만, 피해가 전혀 없지는 않았다.

나는 바닥에 파인 구덩이들을 풀쩍 뛰어넘으며 거리를 건너다가 속도를 늦춰 신문판매상인 미스터 본Bone("이름을 듣고 내가 푸주한이라고 생각했겠지!")에게 인사를 건넸다. 미스터 본은 가게 앞쪽에서 신문 더미를 다시 정리하는 중이었다. 공습감시원용 오버올을 벌써부터 입고 있는 미스터 본이 손가락을 호호 불어 녹였다.

"안녕, 에미." 그가 손에 입김을 불다가 인사를 건넸다. "신문 초쇄 구했어? 전면에 실린 국왕 내외의 사진이 근사해." 그가 환하게 웃었다. 전쟁으로 인해 겪어야 했던 그 모든 비극에도 불구하고 미스터 본은 내가 아는 그 누구보다 쾌활한 사람이었다. 그날 뉴스가 얼마나 끔찍하든 늘 그 속에서 좋은 면을 찾아내곤 한다. "됐어, 그냥 가봐. 보아하니 서두르는 기색이구만."

평소에 나는 늘 잠시 발길을 멈추고 그날의 뉴스에 대해 이야기를 나누었다. 미스터 본은 가끔 날짜가 지난 신문이나 누군가 예약을 했다가 깜박 잊고 찾아가지 않은 〈픽처 포스트〉가 생기면 발행처로 반품을 하는 대신 내게 챙겨주곤 했다. 하지만 오늘은 얼른 집으로 가야 했다.

"2면을 보세요, 미스터 본." 나는 기쁜 마음에 소리쳤다. "〈크로니클〉에서 직원을 구한대요. 제가 꿈꿔온 일일지도 모른다는 예감이 들어요!"

---

* 19세기 양식의 저택이 즐비한 런던의 고급 거주지.

미스터 본은 내가 적지로 가고 싶어한다는 사실을 염려하면서도 레이디 종군기자가 되겠다는 꿈을 진심으로 응원해주었다. 그랬기에 내 말을 듣자마자 아까보다 더 환한 웃음을 지으며 〈크로니클〉 석간 한 부를 힘차게 흔들었다.

"그 기세로 밀어붙여, 에미." 그가 소리쳤다. "행운을 빌어. 에미를 위해 오늘자 〈타임스〉를 한 부 빼놓을게."

나는 큰 소리로 감사의 인사를 하고 짐을 들지 않은 손을 힘차게 흔들어준 뒤 길의 끄트머리를 향해 달렸다. 몇 분 후 오른쪽으로 몸을 휙 틀다가 노부인 두 명을 가까스로 피했다. 그들은 구운 감자를 파는 월터에게 지대한 관심을 보이는 중이었는데 그곳의 온기 때문인 듯했다. 나는 그들을 지나친 후 찻집을 지나 집에 도착했다.

번티와 나는 브레이본 스트리트에 있는 번티 할머니의 집 꼭대기 층을 함께 썼다. 덕분에 공습이 시작되면 정원의 앤더슨 방공호까지 미친듯이 달려내려가야 하지만, 이제 공습에 익숙해져서 그다지 걱정을 하지 않았고 오히려 공짜로 그곳에서 살 수 있는 것을 대단한 행운이라 여겼다.

나는 현관문을 벌컥 열고 타일이 깔린 홀로 뛰어들어간 후 계단을 뛰어올랐다.

"번티!" 소리가 세 층 위에서도 들리기를 바라며 외쳤다. "내 말 좀 들어봐. 내가 최고의 희소식을 가져왔으니까."

계단 꼭대기까지 거의 다 올라갔을 때 번티가 잠옷 차림으로 눈에서 잠기운을 몰아내며 제 방에서 나왔다. 번티는 육군성에서 비서로 야간근무를 하는데, 물론 정확하게 무슨 업무를 담당하고 있는지 절대 발설해서는 안 되었다.

"우리가 전쟁에 이겼어?" 그녀가 말했다. "근무할 때 아무 말도 못 들었는데."

"시간문제일 뿐이야." 내가 대꾸했다. "그 소식은 아니고, 음, 그다음으로 기쁜 소식이야."

나는 신문을 친구의 손에 쥐여주었다.

"잼 보일러?"

"아니야, 멍청아. 그 아래를 봐."

번티가 환하게 웃으며 신문을 다시 훑어내리다가, 그 광고를 본 순간 눈을 휘둥그레 떴다.

"오, 이런 세상에." 단어를 하나하나 말할 때마다 번티의 목소리가 커졌다. "에미, 이건 널 위한 일이야."

나는 격렬하게 고개를 끄덕였다.

"그렇게 생각해? 정말? 내 일이야, 그렇지?" 나는 조리에 맞지도 않는 말을 떠들었다.

"그렇고말고. 너라면 훌륭하게 해낼 거야."

번티는 세상에서 가장 내게 충실한 친구다. 게다가 몹시 현실적이고 필요하다면 망설이지 않고 행동으로 옮겨 결과를 거두는 성격이다.

"오늘 당장 여기에 지원서를 보내. 일등으로 지원을 하란 말이야. 미스터 스트로먼이라면 네게 추천장을 써주실 거야, 그렇지? 그리고 소방서의 데이비스 대장님도. 아차, 신문사에서 일하면 야간근무를 계속 할 수 있을까?"

낮에는 변호사사무소에서 일하는 나는 대공습이 시작되기 전에 지원한 의용소방대에서도 봉사자로 근무했다. 오빠인 잭이 폭격기를 몰며 용맹스럽게 싸우고 있으니, 소방서의 일은 조국에 내 힘을 보탤 수 있는 좋은 기회였다. 번티의 남자친구인 윌리엄이 B조 소속의 상근 소방관이었다. 그가 칼턴 스트리트 소방서에서 신고 전화를 받는 일에 지원해보라고 권해줬는데, 들어보니 괜찮은 일 같았다. 일주일에 야간근무 사흘이면 낮의 비서 일과 겸할 수 있을 것 같았다. 면접을 보고, 근무중에 곯아떨어지는 일은 없으리라는 검진 결과를 데이비스 대장님에게 제출한 후 비로소 나는 그곳 소속이 되었다. 반짝거리는 단추가 달린 맵시 있는 군청색 제복을 입고 투박한 검은 구두를 신고 '의용소방대' 배지가 자랑스럽게 꽂힌 모자를 쓴 채 말이다.

번티와 나는 어린 시절부터 윌리엄과 친구 사이였다. 내가 소방대에 들어가자 고향의 신문사에서 런던까지 찾아와 우리 세 사람을 취재하고 사진도 찍어 갔다. 그들은 '구조대가 된 리틀윗필드 청년들'이라는 헤드라인 아래 그 사진을 실었는데, 기사를 읽어보면 마치 윌리엄과 번티, 나 세 사람이 런던 전체의 안전을 책임지고 육군성이 굴러가도록 만드는 것처럼 보였다. 기사에는 우리 셋과 마찬가지로 리틀윗필드 출신인 내 약혼자 에드먼드도 언급되어 있어서 흐뭇했다. 비록 에드먼드에 대한 글에서도 그가 영국 포병대의 절반을 책임지고 있다는 뉘앙스를 살짝 풍겨서 에드먼드조차 그 대목은 과장이 심하다고 했지만. 내가 잘라 보내준 기사로 그 내용을 읽은 에드먼드는 배꼽이 빠지게 웃었다. 그래도 기사에 우리 모두가 나와서 좋았다. 그 기사를 보니 마치 전쟁이 일어나기 전, 에드먼드가 지구의 반대편으로 파병되기 진인 좋았던 시절로 돌아간 것처럼 느껴졌다.

내가 소방대에 들어간 후 두 주도 채 지나지 않아 독일이 런던을 공격하기 시작했고 나는 어떤 식으로건 도움이 될 수 있어 기뻤다. B조에서 알게 된 셀마는 설령 내가 레이디 종군기자가 될 수 없다고 해도 적어도 내 몫은 해내고 있다고 말해주었다.

"어머, 잘됐네. 이 일은 파트타임이야." 번티가 광고를 다시 읽으며 방금 전 자신의 질문에 대답했다. 갑자기 번티가 흥분을 가라앉히고 그 어느 때보다 진지한 태도를 보였다. "솔직히 에미." 번티가 운을 뗐다. "이 일이 네게 큰 기회일지 몰라."

우리는 그 일이 얼마나 엄청날지 생각하며 서로를 마주보았다.

"너는 시사 상식이라면 빠삭하잖아." 번티가 말했다. "신문사에 좋은 인상을 줄 거야."

"모르겠어, 번티." 나는 갑자기 긴장되기 시작했다. "아무리 파트타임 직원을 뽑는다고 해도 기준이 엄청 높을 거야. 내게 문제 좀 내줄래?"

우리는 거실로 들어갔다. 커피 테이블에는 잡지 두 더미와 기사를 모아둔 스크랩북 세 권이 아슬아슬하게 균형을 잡고 있었다. 나는 모자를 벗고 내 가방으로 손을 뻗어 '만약을 대비해' 늘 들고 다니는 수첩을 꺼냈다. 그리고 뒤로 넘겨서 붉은색 큰 글씨로 부록이라고 쓰고 다음 줄에 전시내각 구성원들이라고 직접 써둔 곳을 찾았다.

나는 소파에 털썩 앉는 번티에게 그 수첩을 내밀었다.

"내가 면접관 역할을 할게." 번티가 거실에서 가장 불편한 의자를 가리키며 말했다. "그리고 아주 엄하게 진행할 거야. 자, 우선

재무장관은 누구입니까?"

"킹슬리 우드 경입니다." 나는 코트의 단추를 풀고 의자에 앉으며 대답했다. "그거야 쉽지."

"잘했어." 번티가 말했다. "좋아, 그렇다면 추밀원 의장은? 있지, 네가 얼른 근무를 시작하면 좋겠어. 네 부모님이 아시면 정말 좋아하실 거야."

"존 앤더슨 경." 내가 질문에 대답하며 말했다. "일단 진정해, 아직 취직을 한 게 아니잖아. 엄마와 아빠가 이 소식을 듣고 기뻐하시면 좋겠어. 아마도 위험한 일을 한다고 걱정하시겠지만."

"하지만 아무렇지 않은 척하시겠지." 번티가 말했다. 우리는 활짝 웃었다. 번티는 내 부모님을 거의 나만큼 잘 안다. 우리의 아버지들은 1차대전의 전우였고 번티는 우리 가족이나 다름없다.

"아주 까다로운 문제를 내봐." 내가 말했다.

"좋아." 번티는 이렇게 대답하더니 별안간 입을 다물었다. "어, 갑자기 생각났는데. 에드먼드가 뭐라고 할까? 화를 많이 낼 것 같은데." 번티는 내가 대답을 하기도 전에 냉큼 덧붙였다.

나는 약혼자를 두둔해주고 싶었지만 번티의 말에도 일리가 있었다. 에드먼드와 나는 사귄 지 한참 되었고 약혼한 지는 일 년 반이 되었다. 그는 정말 좋은 사람이지만―똑똑하고, 생각이 깊고, 사려 깊다―기자가 되겠다는 내 꿈을 엄밀히 말해서 응원해주지는 않는다. 때로 고루하게 굴 때도 있다.

"그 정도는 아닐 거야." 나는 남자친구의 편을 들었다. "분명 기뻐해줄 거야."

"그리고 너는 에드먼드가 기뻐해주지 않아도 그 일을 할 테지."

번티가 확신에 차서 말했다.

"어휴, 그래." 내가 대답했다. "물론 채용이 된다면 말이지." 나는 에드먼드를 사랑했다. 하지만 경우에 따라 내 뜻을 밀어붙여야 한다면 그렇게 할 것이다.

"네가 그 자리에 꼭 뽑히기를 진심으로 바라." 번티가 손가락을 꼬아 행운을 빌며 말했다. "그 사람들은 널 꼭 뽑아야 해."

"상상이 돼? 〈이브닝 크로니클〉의 직원이 되는 거야." 허공을 보며 나는 특종을 잡기 위해 택시를 타고 런던의 방방곡곡을 누비는 내 모습을 그려보았다. "'기자 인생'의 서막."

"정말 잘됐다!" 번티가 진지하게 말했다. "너는 레이디 종군기자가 될 거지, 그렇지?"

"응, 그랬으면 좋겠어. 나는 바지를 입을 거야. 그리고 우리가 전쟁에서 이기면 내 차를 살 돈을 저축할 거고 에드먼드와 함께 웨스트민스터에 아파트를 빌릴 수 있을 거야. 나는 아마 담배를 피울 거고 저녁이면 극장을 전전하거나 카페 드 파리에서 우스꽝스러운 말을 늘어놓겠지."

번티는 한껏 들뜬 것처럼 보였다. "어서 그런 날이 오면 좋겠어." 번티는 우리가 다다음 주에 그곳을 예약하기라도 한 것처럼 말했다. "빌이 내게 청혼하지 않으면 나는 정치가가 될지도 몰라."

전쟁이 발발하기 전 번티의 남자친구는 건축가가 되려고 공부하던 중이었다. 그리고 학위를 따고 돈을 벌게 되면 약혼하려고 계획했었다.

"오, 번티, 그거 정말 좋은 생각이야." 나는 감탄하며 대꾸했다. "네가 그런 일에 관심이 있는 줄 전혀 몰랐어."

"그렇게 진지하게 생각한 건 아니야. 그리고 지금은 그럴 생각을 할 계제도 아니고. 하지만 우리가 이기고 나면 하원의원들 중에 쉬고 싶은 사람들이 많이 생길 게 분명해. 그리고 나는 전부터 항상 라디오방송국에서도 일해보고 싶었어."

"좋은 생각이야. 게다가 넌 육군성에서 근무했으니 사람들이 너를 우러러보겠지."

"하지만 나는 그런 과거에 대해서는 입도 벙긋하지 않을 거야."

"물론이지."

이야기를 하다보니 점점 신이 났다. 나는 기자가 되고 번티는 BBC에서 일할 것이다.

"좋아." 나는 일어서며 말했다. "이제 가서 지원서를 작성하고 소방서에 가서 데이비스 대장님과 면담을 해봐야겠어. 소방서에서 신고 전화를 받는 일을 자원해 하는 경력이 어떻게 〈이브닝 크로니클〉 취직에 도움이 될지 모르겠지만 감점이 되지는 않겠지."

"쓸데없는 걱정 하지 마." 번티가 말했다. "완벽하니까. 히틀러가 우리를 날려버리려고 하는 동안에도 계속 신고 전화를 받을 수 있다면 포화 속의 레이디 종군기자로서도 너는 단연코 최고가 될 거야. 윌리엄이 그랬어. 네가 야간조 여직원들 중에서 가장 용감하다고. 데릭 흡슨이 심하게 부상을 입은 채로 현장에서 돌아왔을 때도 너는 눈 하나 깜짝하지 않았다면서."

"음, 나는 피해 상황을 제일 먼저 듣는 사람이니까." 내가 말했다. 그 일에 대해서는 생각하고 싶지도 않았다. 누구라도 그런 일을 눈앞에 두고 난리법석을 피우지는 않을 것이다. 어쨌든 그날은 끔찍한 밤이었고, 데릭은 아직도 휴가중이다.

번티가 다시 신문을 집어들었다. "누가 뭐래도 너는 배짱이 두둑해. 새 직장에서 펄펄 날아다닐 거야. 자, 어서 준비하는 게 좋겠다." 번티가 내게 신문을 건네며 말했다. "지원서는 신속하게 제출하라고 하니까……"

"솔직히," 내가 번티의 손에서 신문을 받아들며 살짝 멍해진 눈으로 말했다. "이런 기회가 정말 찾아올 줄은 몰랐어."

번티가 활짝 웃으며 말했다. "이제 결과만 기다려."

나는 가방을 집어들고 내가 가진 제일 좋은 만년필을 꺼내 지원서를 작성하기 시작했다.

2장
미스터 콜린스,
특집기사 담당 겸 선임편집자

신문광고를 본 지 일주일이 지났고, 나는 어떻게든 냉정을 유지하려고 안간힘을 쓰는 중이다. 미시즈 H. 버드에게 지원서를 쓴 후 전에 없이 광적인 수준으로 '최신 뉴스 내용을 샅샅이 훑어내리며' 준비를 하던 나는 정말로 〈런던 이브닝 크로니클〉에 면접을 보러 가게 되었다.

번티는 면접이 아니라 심문이라도 하는 것처럼 계속 내 시사 상식을 시험했다. 나는 가족과 소방서 B조의 여자 동료들에게 신문사에 지원했다는 소식을 알렸는데, 모두들 잔뜩 흥분하면서 내가 취직이 될 거라고 걱정스러울 정도로 지나치게 자신했다. 에드먼드에게도 편지로 면접 소식을 알렸다. 그에게서 답장이 오려면 아직 한참을 기다려야 하지만 대신 다른 사람들에게서 응원을 잔뜩 받았다. 면접 전날 소방서 근무가 끝나자 여자 동료들이 한목소리로 행운을 빌어주었다. 그리고 윌리엄과 남자 동료들도 영화에 나오는 신문사 사람들처럼 "1면 기사를 따내"라고 말하거나 "힘내"를 힘껏 외쳐주었다. 모두들 너무 고마웠다. 그때만큼은 런던 시민의 반―그리고 리틀휫필드의 주민 모두―이 내 편인 것 같았다.

오늘, 런던은 거인 소년이 교복 스웨터를 훌렁 벗어 실수로 웨스트엔드로 던져버리기라도 한 것처럼 우중충한 잿빛 하늘이 낮게 걸린 채 평소처럼 돌아가는 중이다. 나는 추위도 아랑곳 않고 말쑥한 싱글브레스트 정장에 내가 가진 구두 중 제일 좋은 구두를 신고 번티에게 빌린 작은 검은색 틸트헤트를 썼다. 유능하면서 기민한 사람처럼 보이고 싶었다. 특종의 냄새를 맡고 민첩하게 상황을 판단할 수 있는 사람. 절대 간이 콩알만하지 않을 것 같은 사람.

나는 직장에서 하루 휴가를 받았다. 도보로 한 시간도 걸리지 않는 거리였지만 한 번 갈아타야 하는데도 일부러 버스를 탔다. 바람을 맞아 온통 헝클어진 모습으로 면접 장소에 가기는 싫었기 때문이다. 터무니없을 정도로 일찍 도착해버린 나는 잔뜩 긴장한 채 눈앞에 우뚝 서 있는 아르데코풍의 거대한 건물인 론서스턴하우스를 올려다보았다.

내가 이곳에서 일할 수도 있다고? 상상만으로도 머리가 아찔했다.

한 손으로는 번티에게 빌린 모자를 잡고 다른 손으로는 핸드백을 움켜쥔 채 고개를 뒤로 젖히고 있다보니 균형을 잃고 살짝 휘청거렸는데, 그때 짜증 섞인 목소리가 귓전을 때렸다. "거기 얼른 비켜요. 굼뜬 사람은 아무도 안 좋아하니까."

남자용 페도라처럼 보이는 모자를 쓴 덩치 큰 여자가 건물에서 나와 내 쪽으로 걸어오고 있었다. 페도라의 테에 짧은 꿩 깃털이 꽂혀 있어서 도시에서는 보기 드물게 시골 느낌이 났다. 깃털을 준

새의 또다른 부위는 토끼와 힘을 합쳐, 코트 깃에 달린 보기 좋은 브로치가 되어 있었다. 그 여자를 보니 타이니 아주머니가 떠올랐는데, 아주머니는 세 살 때 처음 들꿩 사냥을 나간 후로 줄곧 꿩들을 산울타리 밖으로 날려버렸다.

"죄송합니다." 내가 말했다. "저는……"

여자가 얼굴을 찌푸린 채 약산성 비누 냄새를 훅 풍기며 성큼성큼 지나갔다.

"……구경을 하던 중이었어요."

길을 건너가는 여자의 뒤통수를 바라보고 있으니 학창시절로 돌아간 것 같은 묘한 기분이 들었다. 당장이라도 체육시간을 알리는 종이 울릴 것 같았다.

나는 그런 느낌을 애써 몰아냈다. 내가 이곳에 온 이유는 '지극히 중요한 사건들'에 대한 '진지한 뉴스'를 취재하는 일을 맡기 위해서다. 서둘러 정신을 차리고 건물 안으로 들어가자. 나는 심호흡을 하면서 백번째로 손목시계를 확인한 후, 폭이 넓은 대리석 계단을 올라가 회전문을 통과했다.

안으로 들어가니 로비가 무척 넓었고 건물 밖 거리에 서 있는 것만큼 싸늘했다. 사방의 벽은 음울한 표정을 한 남자들의 거대한 초상화로 뒤덮여 있었다. 마치 지난 이백 년 동안 발행인을 역임했던 남자들이, 기자가 될 꿈에 젖어 친구에게 빌린 모자를 쓰고 온 젊은 여자를 업신여기는 표정으로 바라보는 모습이 유화로 표현된 것 같았다. 언제라도 그들 중 누군가가 혀를 끌끌 차는 소리가 들릴 것 같았다.

나는 윤이 나는 바닥에 미끄러지지 않기를 빌며 호두나무로 만든 높직한 안내데스크로 다가갔다.

"안녕하세요. 저는 에멀라인 레이크라고 하는데, 미시즈 버드를 찾아왔어요. 면접을 보려고요."

안내데스크의 젊은 여자가 내게 동정어린 미소를 지어 보였다.

"6층으로 가세요, 미스 레이크. 4층까지 엘리베이터로 가서 왼쪽 복도로 가다가 계단으로 두 층을 올라간 후에 쌍여닫이 문을 찾으세요. 곧장 안으로 들어가세요. 문을 열어줄 사람이 없을 테니까."

"고맙습니다." 나도 그녀에게 미소를 지었다. 이곳의 모두가 이렇게 친절하면 좋겠다 싶었다.

"6층이에요." 여자가 다시 말했다. "행운을 빌어요."

안내데스크 직원의 친절한 태도에 자신감을 되찾은 나는 건물 앞 계단에서 내게 핀잔을 준 여자에 대해서는 거의 잊은 채, 엘리베이터를 기다리며 지난밤 총리의 라디오방송 내용을 놓고 갑론을박중인 커다란 코트 차림의 두 중년 남성 곁에 섰다. 그들 중 한 명이 아프리카에서의 연합군 활동에 대해 점점 열을 올리면서 연신 양손을 흔드는 바람에 그의 담배 끄트머리에서 떨어진 담뱃재가 아슬아슬하게 친구를 피해 갔다. 나머지 한 명은 친구의 말을 제대로 듣고 있지 않는 듯했지만 그럼에도 "허!" 하며 감탄사를 요란하게 연발했다.

엘리베이터 문 위에 달린 놋쇠 화살표가 5층에 머물러 있는 것을 본 나는 두 남자가 계속 나누는 토론을 살짝 엿들었다.

"그건 어리석은 작전이야. 그들에게는 기회가 없어. 어찌되었든 셀라시에*는 자기가 무슨 짓을 하는지도 모를걸."

"완전 헛소리. 자네는 허풍이 세군."

"허! 자네가 틀렸다는 데 5실링, 어떤가?"

"자네에게 그 돈을 따면 민망할 것 같군."

나는 담배를 든 남자가 나를 힐끔 보기 전까지 내가 그들을 빤히 보고 있다는 것조차 알아차리지 못했다.

"거기 숙녀분은 어떻게 생각해요? 에리트레아**는 가망이 없을까요? 우리가 아프리카에 주둔하는 동안 그쪽을 군이 신경써야 할까요?"

맙소사. 아직 면접도 보지 않았는데 정치적 견해에 대해 질문을 받다니.

"음." 나는 만반의 준비가 되었다는 느낌을 받으며 대답했다. "전적으로 확신할 수는 없지만 처칠 총리가 좋은 계획이라고 생각한다면 수단에서 진격하는 방안이 가장 확실하고 안전하다고 생각합니다."

그 남자는 하마터면 들고 있던 담배를 삼킬 뻔했다. 그의 친구는 잠시 멈칫하더니 껄껄 웃었다.

"거보게, 헨리. 상황이 항상 보이는 것만큼 형편없지는 않다네."

다른 남자가 코웃음을 쳤다. "라디오에서 들은 대로 읊는 건 누구라도 할 수 있어."

"저는 그곳 전황에 대해 〈타임스〉에서 읽었는데요." 나는 이렇게 대답했고 이 말은 사실이었다. 두 사람이 아무 대꾸도 없이 다시 그들끼리 논쟁을 시작할 즈음 마침내 엘리베이터가 도착했다.

---

* 에티오피아의 황제로 영국에 망명했다.
** 아프리카 북동부에 위치한 공화국.

28

나는 두 사람을 따라 엘리베이터를 탔고 승무원에게 공손하게 4층을 눌러달라고 했다. 그런 다음 고개를 살짝 쳐들었는데, 모자를 쓴 탓에 건방져 보일지도 모르겠다는 생각이 들었다. '레이디 종군기자 되기'가 공원을 산책하는 것처럼 만만할 리는 없을 것이고, 그 사실이 놀랍지는 않았다. 엄마는 항상 많은 남자들이 가슴 달린 사람을 멍청이로 생각한다고 말해주었다. 그리고 그들이 나를 멍청이로 생각하게 내버려두는 편이 가장 영리한 행동이라고 했다. 열심히 노력해서 그들이 틀렸다는 사실을 증명할 수 있도록 말이다.

나는 엄마를 사랑했다. 특히 엄마가 사람들 앞에서 가슴 운운할 때마다 아빠가 눈을 굴리며 일부러 심장을 움켜쥐는 시늉을 하는 순간이 제일 좋았다.

부모님 생각을 하니 4층에서 엘리베이터를 내려서 복도를 걸어가는 동안 다시 기운이 솟았다. 계단을 다 오르자 나는 잠시 멈춰서서 코에 분을 톡톡 바르고 흘러내린 머리 한 가닥을 귀 뒤로 넘겼다. 그리고 머리는 하얗게 세고 눈썹은 단호한 느낌을 주는 꽤 엄격해 보이는 신사의 커다란 초상화 앞에서 나 자신을 너무 의식하지 않으려고 애를 썼다. 나는 초상화의 주인공을 단박에 알아보았다. 백만장자 자선사업가이자 론서스턴 신문사의 소유주인 오버턴 경이었다. 오버턴 경 부부는 항상 자선활동으로 뉴스에 등장했으며 나는 그 두 사람을 매우 존경했다.

잠깐 동안이지만 하마터면 용기를 잃을 뻔했다. 나는 미시즈 버드와 내 면접으로 안내해줄 쌍여닫이문 앞에서 잠시 망설였다.

심호흡을 하고 어깨를 쫙 펴자.

나는 문을 밀어서 열고 좁고 어두침침한 복도로 들어섰다. 그곳은 아래층의 웅장한 로비와는 하늘과 땅 차이였다. 미리 안내를 받은 대로 그곳에는 따로 안내원이 없었다. 내 앞으로 문이 늘어서 있었는데, 그중 두 개를 제외하고는 모두 닫혀 있었다. 게다가 어렴풋이 들리는 타자 소리를 제외하면 다른 소리는 어디에서도 거의 들리지 않았다. 방금 전 엘리베이터를 같이 탔던 그 두 사람 같은 직원들로 북적이는 부산스러운 뉴스룸을 기대했다면 착각이었다. 어쩌면 모두 기삿거리를 찾으러 나갔을지도 몰랐다.

핸드백을 꽉 끌어안는데, 오른쪽으로 조금 떨어진 곳에 문이 반쯤 열린 것이 보였다. 나는 침착하게 저기요, 하고 부르는 것이 내 입장에서 너무 주제넘은 행동이 아닐지 고민했다.

그러나 그 생각을 머릿속에서 지워버리고 아무 문이나 두드려보기로 했다. 내가 정말로 이곳에 취직을 하게 되면 미국으로 전화를 걸어 백악관과 연결해달라고 해야 할지도 몰랐다. 이곳은 새가슴이 일할 곳이 아니었다.

내 오른편에 있는 사무실의 문에 테이프로 붙여놓은 카드에는 '미스 나이턴'이라는 이름이 정성스럽게 손으로 적혀 있었다. 바로 옆 벽에는 푸들을 산책시키며 그 일이 한없이 즐겁다는 표정을 짓고 있는 여자의 패션 사진 액자가 걸려 있었다. 나는 이런 사진이 '세계적으로 중요한 사건들'과 무슨 관계가 있는지 이해되지는 않았지만, 나름의 이유가 있으리라 생각했다. 맞은편 벽에도 비슷한 사진이 걸려 있었는데, 이 사진에서 모델은 여름 원피스 차림에 새끼 고양이를 보며 활짝 웃고 있었다.

얼굴이 절로 찌푸려졌다. 나도 동물을 무척 좋아하지만, 무슨 연유로 국가적 위기 상황에 대형 신문사가 이런 사진들을 걸어놓는지 알 수 없었다. 이곳의 벽에는 국왕이나 전시내각 구성원의 사진이 더 적합하지 않을까?

어쩌면 이곳의 직원들이 모두 유쾌한 사람들이라는 뜻일지 몰랐다. 하지만 직원들이야 어떻든 이곳은 으스스할 정도로 조용했다.

"미스 나이턴……"

뒤쪽의 반쯤 열린 또다른 방에서 어떤 남자가 소리를 질렀다.

"미스 나이턴! 오, 맙소사…… 미스 나이턴. 대체 어디로 간 거야? 차라리 귀머거리에게 말을 거는 게 낫겠군. 됐어요, 내가 직접 할 테니까……"

곧이어 덜커덩거리는 소리가 나나 싶더니 쿵 소리가 이어졌다.

"아니, 이럴 수가…… 이렇게 멍청할 수가."

"안녕하세요?" 나는 요란한 소리가 난 쪽을 향해 말을 걸었다. "괜찮으세요? 도와드릴까요?"

"나는 물론 괜찮아요. 캐슬린, 당신이에요? 잠깐만요."

또다시 요란한 소리가 나더니 사십대 중반의 호리호리한 남자가 복도로 비틀거리며 나왔다. 그가 입은 트위드 바지와 그에 어울리는 조끼는 근사했지만, 전체적으로 매무새는 좀 어수선했다. 양 소매는 걷어붙였고, 갈색 머리카락은 자를 때가 지난데다, 양손은 온통 검은색 잉크투성이였다.

남자는 분명히 기자일 터였다. 인상이 꽤 험악하기는 했지만 그래도 진짜 기자를 보니 흥분이 되었다.

그 기자는 자신이 누구라고 밝히지도 않은 채 내가 미스 나이턴이 아니라는 이유로 나를 빤히 바라보면서 눈을 가린 머리를 뒤로 넘겼는데, 그만 이마에도 잉크가 묻어버렸다. 나는 체면상 못 본 척했다.

"안녕하세요." 나는 큰 소리로 인사를 했다. 원래 긴장하면 목소리가 커지는 경향이 있었다. "저는 에멀라인 레이크라고 합니다. 미시즈 버드에게 면접을 보려고 왔습니다."

"오, 세상에." 그가 어딘지 불안한 표정으로 나를 바라보았다. "벌써?"

나는 진지하면서도 지적으로 보일 법한 미소를 지었다. 적어도 이 사람은 내가 올 것이라는 사실을 알고 있는 듯했다.

"지금은 두시입니다." 그가 상황을 파악하는 데 도움이 되기를 바라며 내가 말했다.

"아, 그렇군요. 음, 그런데 미시즈 버드는 지금 외근중이에요. 물론 늘 자리를 비우시죠. 그게 좋은 거예요. 소소한 자비를 베풀어주는 거라고 할까요. 지금쯤 별 볼 일 없는 자선단체를 항복시키려고 작업중일 거예요. 나라도 있어서 다행이군요."

그가 말을 멈췄다. 나는 그저 구두코만 바라보았다.

"그러시군요." 나는 긍정적인 기분을 유지하려고 애쓰며 말했다.

"그러니까 면접을 보러 왔다는 말이죠. 성함이……"

"레이크입니다. 네, 면접을 보러 왔습니다. 그럼 기다려도 될까요?" 나는 앉을 곳을 찾아 주위를 둘러보았지만 복도에는 아무것도 없었다.

"오, 그럴 필요 없어요." 그가 친절하게 말했다. "면접은 내가 보면 될 것 같으니까. 그런데 손이 온통 빌어먹을 잉크 범벅이라……"

나는 얼굴도 마찬가지라는 말은 굳이 하지 않기로 했다. 그 말

때문에 땀을 더 흘릴 경우를 대비해서 말이다. 대신 핸드백을 뒤져 손수건을 그에게 건넸다. 엄마가 크리스마스 선물로 꽃 한 송이와 내 이니셜을 수놓아준 손수건이었다.

"고마워요. 재난은 면했네요." 엄마가 수를 놓은 무늬가 잉크에 가려지기 시작했다. "이제 됐군. 음, 그럼 들어와요."

나는 문에 적힌 다 닳은 이름을 확인하며 그를 따라 사무실로 들어갔다.

미스터 콜린스
특집기사 담당 겸 선임편집자

"조심해요. 사방이 엉망이니까." 미스터 콜린스가 말했다. 뒤따라 들어간 곳은 내가 지금껏 본 것 중 가장 난장판인 방이었다.

책과 종이가 높이 쌓여 있고 재와 꽁초가 흘러넘치는 재떨이와 불행하게도 엎어진 잉크병이 놓인 책상 뒤로 그가 비집고 들어갔다. 폐업한 의료품공장에서 징발한 것처럼 보이는 앵글포이즈 스탠드*가 사무실을 밝히는 유일한 빛인 덕분에 전체 풍경이 한층 극적으로 보였다.

나는 책상 옆 바닥에서 연푸른 압지를 보고 몸을 숙여 주워 들고는 그것이 마치 내 신임장이라도 되는 듯 그에게 건넸다.

"아, 고마워요. 그래요." 그가 쏟아진 잉크를 톡톡 두드리는데

---

* 1933년에 조지 카워딘이 디자인한 탁상용 스탠드로 애니메이션 스튜디오 픽사의 대표적인 아이콘이다.

어딘지 침울해 보였다.

몇 초간 나는 주위를 둘러보며 기자들은 원래 반쯤 빈 브랜디 병을 북엔드로 쓰는지 궁금해했다. 이내 그가 한숨을 푹 쉬며 정리하기를 포기하고는 나를 바라보았다.

"좋아요." 그가 말했다. "어서 우리 일을 끝내도록 합시다. 자, 미시즈 버드와 면접을 하기 위해 두시 정각에 이곳에 왔으며 작지만 몹시 유용했던 손수건의 주인인 미스 에멀라인 레이크……"

내내 허둥대기만 한다고 생각했지만 특집기사 담당 겸 선임편집자는 아무것도 놓치지 않았다.

"말해봐요." 그가 말했다. "도대체 어쩌다가 이곳에 지원하기로 마음을 먹은 거죠?"

설마 면접이 이런 식으로 시작되리라고는 생각도 하지 못했다.

"음." 나는 집에서 번티와 함께 연습한 내용을 떠올리며 대답을 시작했다. "저는 몹시 성실하고 일 분당 예순다섯 단어를 타자할 수 있으며 속기로는 백스물다섯 단어를……"

하품을 참는 미스터 콜린스의 모습에 그만 흐름이 흐트러졌지만 나는 계속했다.

"제 추천장에는 제가 몹시 유능하고……"

그가 잠시 눈을 감았다. 나는 좀더 강한 인상을 주려고 애썼다.

"저는 지난 이 년 반 동안 변호사사무소에서 근무했습니다. 그러므로……"

"그런 건 됐어요." 그가 말했다. "본론으로 들어갑시다."

나는 정신을 바짝 차리고 정부에서 가장 뛰어난 내각 각료들에 대한 질문에 대답할 준비를 했다.

"혹시 걸핏하면 겁을 먹나요?"

미스터 콜린스가 단도직입적으로 치고 들어왔다. 나는 공습을 당한 런던 곳곳을 돌아다니며 사람들을 인터뷰하는 내 모습을 떠올리면서 너무 흥분한 티를 내지 않으려고 조심했다.

"그렇지 않습니다." 나는 필요하면 얼마든지 용감해질 수 있다는 사실을 건조하게 전달하려고 애쓰며 대답했다.

"흠. 두고 보면 알겠죠. 구술을 받아쓰는 건 잘해요?"

그뿐만 아니라 '국가적으로 중요한 정보'를 들을 때 '톱 특파원'의 말을 토씨 하나 빠짐없이 받아 적는 것도 잘했다.

"물론입니다. 일 분에 백스물……"

"다섯 단어라고 아까 말했죠. 그래요."

미스터 콜린스는 별 인상을 받지 못한 것 같았다. 나는 내가 만약 무자비한 데드라인을 엄수하기 위해 분초를 다투어 일하는 특집기사 담당 겸 선임편집자라면 조무래기 직원의 면접을 보는 일이 몹시 지루할 것이라고 생각하며 마음을 다독였다. 그의 사무실이 엉망진창인 것도 이해가 되었다. 완벽하게 정리하며 일하기가 쉽지 않을 것이다. 특히 미스 나이턴이 이렇게 미덥지 못하니 말이다. 그는 아마 지쳤을 것이다.

머릿속으로 온갖 생각들이 차올랐다. 혹시 내가 할 일이 이런 건가? 미스터 콜린스가 마감을 맞추도록 보좌하는 일. 기자들이 최고의 기삿거리를 얻으려고 무자비하게 닦달할 때 '업계인'이 불러주는 말을 받아쓰기. 미스터 콜린스에게 세시에 정무차관과 비공개 면담이 잡혀 있다고 상기시키기.

"그러니까 미스 레이크는 성미 고약한 늙은 여자들과 잘 지내나요…… 정말로 성미 고약한 할멈들?"

내가 그의 말을 잠시 흘려듣고 있었다는 사실을 퍼뜩 깨달았다.

성미 고약한 할멈들이 〈이브닝 크로니클〉과 무슨 관계가 있는 건지 도무지 알 수 없었다. 문득 할머니가 떠올랐다. 아빠는 할머니가 지난 전쟁 이후로 한 번도 웃지 않으셨다고 했다.

"오, 그럼요." 나는 자신을 갖고 대답했다. "저는 성미 고약한 음…… 노인분들과 잘 지냅니다."

미스터 콜린스가 한쪽 눈썹을 치켜올리며 거의 미소를 지으려고 했지만 그러지 않는 편이 좋겠다고 생각했는지 조끼 주머니를 더 듬거려 담배 케이스를 꺼냈다.

"좋습니다." 그가 팔꿈치로 몸을 지탱해 담배에 불을 붙이며 말했다. 그리고 연기를 길게 뿜더니 얼굴을 찌푸렸다. "미스 레이크. 당신은 무척 유쾌한 사람 같군요."

나는 흥분한 티를 내지 않으려고 애썼다.

"방금 이야기 확실한 거죠? 지난번 신입은 일주일밖에 못 버텼거든요. 그전 신입은 차 마실 시간까지도 못 버텼죠. 솔직히 그렇게 된 데는 내 잘못도 있어요." 그가 잠시 말을 멈췄다. "가끔 내가 호통을 친다고 하더군요." 그러고는 해명을 위해 덧붙였다.

"그건 사실이 아닐 거라 확신합니다." 나는 미스 나이턴을 부르던 기차 화통 같은 목소리를 떠올리며 거짓말을 했다. "그리고 어쨌든 막대기와 돌멩이에."

"응?"

"제 뼈가 부러질 수는 있어도," 나는 용기 내어 말했다. "말은 절대 제게 상처를 입히지 못할 겁니다."

미스터 콜린스가 나를 다시 보았다. 문득 그가 내게는 말해주지 않을 뭔가를 곰곰이 생각하는 중이라는 기분이 들었다. 마침내 그가 입을 꾹 다물고 고개를 끄덕였다.

"당신이라면 할 수 있을 것 같군요." 그가 말했다. "당신이라면 정말 할 수 있을 것도 같아요. 언제부터 출근할 수 있죠?"

내가 제대로 들었다면 오늘은 내 인생 최고의 날이었다. 내가 며칠 동안 열심히 공부했던 주제들에 대해 아무것도 물어보지 않았다는 사실도 잠시 동안은 개의치 않았다. 게다가 미스터 콜린스가 '출근'이라고 말하는 순간, 물어보려고 마음먹었던 통찰력 있는 질문들이 내 머릿속에서 몽땅 사라졌다.

"어머나." 벼르고 별렀던 것처럼 세련된 인상을 남기기는커녕 이런 말이 툭 튀어나왔다. 그래서 다시 제대로 대답했다.

"고맙습니다. 정말 너무너무 고맙습니다. 아무 문제 없다면 지금 다니는 직장에 곧장 사직서를 내도 되겠죠?"

그제야 그의 얼굴에 떠오른 아주 작은 미소가 보였다. "그래도 될 것 같군요." 그가 말했다. "일단 여기서 일하기 시작하면 더이상 내게 감사하지 않을 수도 있겠지만 말이에요."

나는 그럴 일은 절대 없으리라 생각했지만 아무 말도 하지 않았다. 지금 중요한 건 내가 유명한 신문사의 일원에 가까운 존재가 되었다는 사실뿐이었기 때문이다. 미스터 콜린스는 모순적인 사람처럼 보였다. 나는 그의 경고가 그저 그의 입버릇일 것이라 생각해버렸다.

"고맙습니다, 미스터 콜린스." 그와 악수를 하며 내가 말했다. "절대 실망시키지 않겠다고 약속드리겠습니다."

3장
친애하는 미시즈 H. 버드에게

돌이켜보면 미스터 콜린스에게 업무에 대한 질문을 하지 않은 것이 실수였다.

하지만 '미스 나이턴, 당신이에요' 사건을 겪고 '성미 고약한 할멈과 잘 지낼 수 있느냐' 같은 질문들을 받은데다가 무엇보다 신문사에 앉아 있다는 흥분에 취해 질문을 할 생각은 하지도 못했다. 그래서 삼 주 후 엄마의 낡은 갈색 체크무늬 정장을 수선해 만든 정장을 입고 제일 좋아하는 만년필과 새 연필 세 자루, 여분의 손수건 한 장을 가방에 넣고 첫 출근을 했을 때 나는 당혹감에 휩싸이게 되었다.

나는 행운을 빈다는 덕담과 자신들을 잊지 말라는 작별의 말을 뒤로한 채 미스터 스트로먼의 사무실에 사표를 냈다. 그리고 부모님과 크리스마스를 보내기 위해 리틀휫필드의 집으로 돌아갔다. 새 직장생활에 대한 기대감과, 전시중임에도 불구하고 최선을 다해 크리스마스 장식을 한 가게 진열대들 덕분에, 비록 오빠 잭이 휴가를 받지 못했어도 여전히 즐거웠다. 크리스마스니까 우리는 잭이 곁에 없어도 섭섭하지 않은 척, 걱정하지 않는 척했다. 물론 속으로는 섭섭해하고 걱정했지만 말이다. 그러다 복싱 데이*에 번티가 할머니를 모시고 우리집을 찾아온 덕분에 집안이 활기를 띠었다. 나는 에드먼드로부터 여전히 아무 소식도 못 받은 상태였지만 가끔은 몇 주 동안 감감무소식이다가 느닷없이 편지 네 통이 한꺼번에 도착하기도 했기 때문에 그리 의기소침하지 않았다. 조만간 소식을 받을 수 있으리라 굳게 믿었다—에드먼드가 즐겨 그렸던 크리스마스트리나 눈 내리는 풍경 그림과 함께 올지도 몰랐다. 나는 당연히 그에게 내가 시작한 새 일에 대해 썼다. 과거에는 에드먼드가 종군기자가 되겠다는 내 꿈에 콧방귀를 뀌기는 했어도 지금은 기꺼이 기뻐해주리라 확신했다. 나는 결혼한 후 에드먼드가 내게 일을 그만두라고 할지도 모른다는 걱정을 벌써부터 하지 않으려고 노력했다. 사실 결혼 날짜도 잡지 않았기 때문에 그런 걱정은 마음속 깊은 곳으로 치워버렸다.

다시 런던으로 돌아왔고, 1월은 한파와 함께 시작되었다. 우리는 그 추위가 없어도 이길 수 있을 테지만 소방서의 여자 동료들은 크리스마스 이후 독일 공군이 런던을 지독하게 폭격한 후 날씨마저 독일군을 방해하고 있다고 생각했다. 셀마는 그것이 '아주 좋은 징조'라고 굳게 믿었고, 조앤은 독일군의 사기를 저하시키는 것이 일시적인 한파로 충분히 가능하다면, 전쟁은 머지않아 끝날 것이

---

* 크리스마스 뒤에 오는 첫 평일을 공휴일로 지정한 것.

라고 확신했다.

무슨 일이 일어났건, 세상에서 가장 근사한 편지를 꼭 쥔 채 온 세상을 다 얻은 것 같은 기분에 푹 빠져 론서스턴 신문사에 도착한 내 기분을 망칠 것은 아무것도 없었다.

론서스턴 신문사
런던 EC4, 론서스턴하우스
1940년 12월 16일 월요일

친애하는 미스 레이크
미스터 콜린스와 면접을 진행한 결과, 귀하가 1941년 1월 6일 월요일부터 파트타임 직원으로 채용되었음을 알립니다.
근무시간은 매일 오전 아홉시부터 오후 한시까지입니다. 이 시간에는 십 분의 티타임이 포함되지만 점심시간은 없습니다.
봉급은 일주일에 19실링이며 유급휴가는 일 년에 칠 일입니다.
귀하는 근무를 시작하는 날 아홉시 정각에 나, 미시즈 버드에게 보고해야 합니다.

편집국장 권한대행
미시즈 H. 버드

편집국장 권한대행이라고! 나는 미시즈 버드가 편집국장 권한대행일 줄은 꿈에도 몰랐으며 그 직위가 매우 중요한 사람을 대리한다는 뜻인지도 몰랐다. 게다가 여성이! 나는 엄청나게 감동했다.

아무리 젊은 남자 직원들이 대부분 징집되었다고 해도 여성을 책임자의 자리에 앉히다니 〈크로니클〉은 몹시 진보적인 사상을 가지고 있는 듯했다.

론서스턴하우스에 도착한 나는 이번만큼은 긴장했다기보다 흥분해 있었다. 정장 구두를 신고도 가능하다면 한 번에 두 계단씩 뛰어올라갈 수 있었겠지만 분별력을 발휘해 엘리베이터를 타고 단정하고 차분하게 목적지에 도착하기로 했다.

나는 신입이라 말단 업무부터 시작하리라는 사실을 잘 알았지만 눈곱만큼도 신경 쓰이지 않았다. '활기 넘치는 사람들'과 친구가 되어, 미친 듯한 속도로 타자를 치거나 말도 안 되는 속도의 빠른 말을 받아쓰는 등 상당히 고된 업무를 차례차례 처리하는 사이사이에 그날의 뉴스에 대해 의견을 나누는 내 모습을 상상했다. 어쩌면─얼마간의 시간이 흐른 뒤에─특집기사에 대한 아이디어를 제안하거나, 한발 더 나아가서 누군가 몹시 안타깝게도 병에 걸렸을 때 끔찍한 범죄 현장에서나 한밤에 시작된 공습중에 아픈 사람의 자리를 대신할지도 몰랐다.

나는 의욕에 가득차 6층에 도착했지만, 미시즈 버드의 사무실이 있을 더 크고 환한 층으로 나를 곧장 보낼 때를 대비해 마음의 준비도 하고 있었다. 내 자리는 청소도구를 넣어두는 벽장이라도 상관없지만 편집국장 권한대행이라면 으리으리한 사무실이나 여러 개의 방을 쓰고 있을 것이다.

쌍여닫이문을 지나 들어가자 텅 빈 복도가 나를 맞아주었다. 기삿거리도 떨어질 리 없는 월요일 아침이니 사무실마다 사람들이 분주할 줄 알았다. 나는 업무상 어쩔 수 없이 꽤 음울한 기사를 타자로 쳐야 할지도 모른다는 예감을 애써 머릿속에서 밀어냈다. 그 것이 내가 할 수 있는 최소한이었다. 살짝 열려 있는 사무실 문틈 으로 미스 나이턴으로 짐작되는 사람이 보이자 나는 기운이 났 다—그녀의 타자 소리가 들렸는데 어마어마하게 빨랐다.

나는 중요한 업무를 방해할지도 모를 위험을 무릅쓰고 문을 두 드렸다.

"실례합니다." 나는 좁은 틈으로 안을 들여다보며 말을 걸었다. "방해해서 죄송하지만 저는 신입 직원인데요. 미시즈 버드가 몇 층 에 계신가요?"

미스 나이턴이 멍한 표정으로 나를 바라보았다. 녹색 눈동자가 예쁘지만 헤어스타일은 절망적인 내 또래의 주근깨투성이 여성이 었다.

"층이요?"

"네, 그분 사무실은 몇 층에 있나요?"

"음." 그녀는 내 질문이 아주 까다로운 것이라도 되듯 잠시 말을 멈췄다. "여긴데요."

미스 나이턴은 꽤 젊은데 벌써 '괴짜'가 된 것 같았다. 하지만 나 는 신입이니 "그렇군요"라고 말했다. 사람이 데면데면하게 굴어서 는 친구를 사귈 수 없기 때문이다.

"복도 건너에 있어요." 그녀가 말을 이었다. "이름표가 없는 문 이에요. 지난주에 떨어졌는데 아무도 고치러 오지 않았거든요." 미 스 나이턴은 그 일이 극악무도한 범죄라도 되는 듯 목소리를 잔뜩 낮춰 소곤거렸다.

바로 그때 난데없이 문이 난폭하게 열리는 요란한 소리가 들리자마자 미스 나이턴이 의자에서 뛰어오를 듯 놀라더니 전보다 훨씬 더 빠르게 타자를 치기 시작했다. 나는 그녀의 행동에 감을 잡고 그 작은 방에서 쏜살같이 튀어나가 문을 연 장본인에게 달려갔다.

"오, 이런." 나는 다시 뒤로 물러서서 눈앞에 선 인물을 올려다보았다. "정말 죄송합니다."

"말해두겠는데," 그 여자가 말했다. "그건 내 발이었어요."

나는 고개를 숙이고 완벽하게 광을 낸 튼튼한 구두에 찍혀 있는 내 발자국을 보며 움찔하지 않으려고 애썼다. 나는 그 여자를 금세 알아보았다. 면접 날 건물 밖에서 우연히 마주친 후 유난히 기억에 남은 여자였다. 그날과 같은 깃털 모자를 쓴 여자는 히틀러가 처칠 총리를 실제로 속였을 때 총리가 뉴스 영화에서 지었던 표정을 짓고 있었다.

그 여자도 나를 알아본 것 같았기에 좋은 분위기를 기대할 근거는 점점 더 희박해졌다. 나는 그녀의 구두를 다시 보며 그녀가 한바탕 히스테리를 부릴 거라 짐작했다.

"정말 죄송합니다." 내가 말했다. "저는 에멀라인 레이크라고 합니다. 미시즈 버드를 만나러 왔습니다."

나는 마음을 다잡으며 스스로를 격려하듯 활짝 웃었다. 얼간이 같은 인상을 주었을 게 분명했다.

"내가 미시즈 버드예요." 여자가 밝혔다.

"안녕하세요." 나는 놀라움과 흥분, 엄청난 존경심을 동시에 드러내려고 애쓰며 작은 목소리로 인사를 건넸다.

미시즈 버드는 마치 내가 달에서 온 사람이라도 되듯 나를 빤히 보았다. 육십대 후반으로, 길쭉한 얼굴에 강인한 성격을 보여주는 각진 턱과 구불거리는 짙은 회색 머리카락을 가진 미시즈 버드는 보는 이의 시선을 사로잡았다. 그녀는 만년의 빅토리아여왕을 닮았지만 여왕보다 훨씬 더 심통이 난 것처럼 보인다는 점이 달랐다. 그녀를 보고 겁을 먹지 않기란 어려웠다.

"미스 레이크, 당신은 자기소개를 할 때 항상 사람들에게 돌진을 하나요? 거기서 기다리세요." 미시즈 버드는 내가 해명할 말을 생각하기도 전에 이렇게 덧붙였다. "코트를 입고 있으니 너무 덥군요."

미시즈 버드는 풍채가 좋은 지긋한 나이의 여자치고 놀라울 정도로 날렵한 몸놀림으로 뒤로 휙 돌아서서 맞은편 사무실로 들어가더니 문을 닫았다.

나는 쿵쿵 뛰는 심장을 안고 싸늘한 냉기가 도는 복도에 서 있었다.

한참이 지난 후, 마치 확성기를 사용하는 것은 나약함의 표지라고 생각하는 듯 천둥처럼 큰 소리로 "이제 들어오세요"라고 말하는 것이 문 너머로 들렸다.

나는 커다란 마호가니 책상과 누군가 엄청난 특종을 잡았을 때 기자들이 건배를 할 수 있도록 크리스털 디캔터들과 은쟁반들로 가득찬 위풍당당한 사이드보드를 갖춘 실내를 상상하며 심호흡을 했다.

하지만 내 상상은 완전히 빗나갔다. 그 사무실은 미스터 콜린스의 것과 똑같은 크기였다. 차이가 있다면 창문이 하나 있고 무정부상태 같은 난장판은 아니라는 것뿐이었다. 미시즈 버드는 웅장한 책상의 상석에 놓인 거대한 가죽 의자가 아니라 평범한 나무 책상에 앉아 있었다.

하나뿐인 창문은 뒤쪽 벽의 반을 차지했는데, 1월인데도 활짝 열어두어서 살을 에는 찬바람이 휘몰아쳐 들어왔다. 하지만 미시즈 버드는 그런 사실에 조금도 개의치 않는 듯 보였다. 그녀는 이미 코트와 모자를 벗었고 그것들은 사무실 한구석에 서 있는 코트걸이를 모두 차지하고 있었다.

커다란 철제 캐비닛과 비서의 속기용 의자 두 개를 제외하면 그 사무실은 분주한 신문사를 이끄는 여성의 집무실이라는 사실을 알아볼 만한 증거가 거의 없는 소박한 곳이었다. 가장자리를 녹색 가죽으로 씌웠고 사용한 흔적이 보이지 않는 잉크 압지대, 전화기 한 대, 그리고 조경용 연못 앞에 서 있는 미시즈 버드의 사진을 넣은 커다란 액자를 제외하면 책상 위에는 아무것도 없었다. 사진 속에서 두툼한 모직 옷을 편안하게 차려입고 가죽장갑을 낀 미시즈 버드는 뜨거운 충성심을 품고 그녀를 올려다보고 있는 사냥개들에 둘러싸여 있었다.

"아하." 미시즈 버드가 말했다. "그 친구들을 봤군요. 뇌가 푸딩 같죠, 당연한 일이지만."

미시즈 버드의 표정으로 보아 누구라도 저 개들을 만질 생각이라도 하는 날에는 맨손으로 죽여버리리라는 걸 알 수 있었다. "못 말리는 멍청이들." 그녀가 덧붙였다. 그녀의 가슴이 자부심으로 부풀어올랐다.

"저 개들을 전부 다 키우시나요, 미시즈 버드?" 나는 어떻게든 이야기를 진전시키기 위해 물었다.

"물론이죠." 그녀가 말했다. "약간의 충고를 하도록 하죠, 미스 레이크." 미시즈 버드가 몸을 앞으로 내밀었다. 그 모습에 정신이

번쩍 들었다. "개는 아이들 같아요. 시끄럽고, 훈육을 할 수 있지만 둔하고, 손님이 방문했을 때 고약한 냄새를 풍길 수도 있어요." 그녀가 인상을 썼다. "나는 여덟을 키워요."

나는 사진을 다시 살펴보았다.

"개 말이에요." 미시즈 버드가 분명히 밝혔다. "아이들은 넷이면 충분해요. 그보다 많을 경우 하나는 노동자계급이나 가톨릭에 동조하게 되거든요."

나는 적당한 대답이 생각나지 않아 고개를 끄덕였다. 하지만 미시즈 버드는 아랑곳 않고 말을 이었다.

"물론 우리가 독일에 있다면 저 친구들은 모두 죽은목숨일 거예요. 어깨까지 높이 50센티미터가 기준인데 그보다 더 크거나 셰퍼드가 아니면 죽이는 거예요." 그녀가 주먹으로 책상을 쾅 하고 내리쳤다.

"정말 끔찍하네요." 나는 우리 모두가 사랑했던, 타이니 아주머니의 그레이트데인종 개인 브라이언을 떠올리며 말했다. 그 녀석이 쭈그리고 앉는 법을 배우기 싫어하지 않았을지 문득 궁금해졌다.

"그게 바로 나치예요." 미시즈 버드가 음울하게 말했다.

나는 다시 고개를 끄덕였다. 독일 총통은 자신이 이곳에서 무엇과 맞서야 할지 짐작도 못 할 것이다.

"자." 미시즈 버드가 목청을 가다듬었다. "이런 잡담은 이쯤에서 끝내도록 하죠, 미스 레이크. 정기간행물을 만드는 곳에서 일한 경험이 있다고요?"

〈리틀휫필드 가제트〉를 '정기간행물'이라고 부르기는 조금 어폐가 있을 것이다.

"엄밀히 말해서 그건 아닙니다." 내가 말했다. "하지만 오래전부터 신문사에서 일하고 싶었습니다. 언젠가는 꼭 종군기자가 되고 싶습니다."

나는 가진 패를 테이블에 모두 펼쳐 보였다. 꽤 대담하게 행동했다는 기분이 들었다.

"종군이라고요?" 미시즈 버드는 온 런던이 적군의 총소리에 쉴 새 없이 전의를 가다듬고 있는데도 내 생각이 너무나 터무니없다는 듯이 불쑥 말했다. "그런 이야기는 하고 싶지 않군요. 당신은 그저 편지를 타자로 치기만 하면 된다는 사실을 명심하세요, 알겠나요?"

나는 멍한 표정을 지었다.

"미스터 콜린스가 업무 내용에 대해서 알려줬나요?" 미시즈 버드가 눈살을 찌푸리며 짜증이 나는 듯 오른쪽 검지로 책상을 톡톡 두드렸다.

나는 우물쭈물했다. 이제 와 생각해보니 그는 말해주지 않았다.

"편지를 타자로 치는 일." 나는 질문에 대답을 한다기보단 생각을 소리 내어 말하듯 툭 내뱉었다.

"바로 그거예요. 그리고 내가 지시하는 다른 서류도 타자로 쳐야 해요."

"타자를 친다." 내가 다시 말했다.

미시즈 버드가 멍청이를 보듯 나를 바라보았다. 그 생각이 맞는 것도 같아서 기분이 끔찍했다.

"그것뿐인가요. 음, 기자들을 도와주는 게 아니고요?"

또다시 얼음장 같은 바람 한줄기가 휘몰아쳤다.

"기자들? 엉뚱한 소리 하지 말아요." 미시즈 버드가 매섭게 쏘아붙였다. "당신은 신입 타자수예요, 미스 레이크. 이 사실 어디에 헷갈리는 구석이 있는지 모르겠군요."

나는 정신을 바짝 차려보려고 했다. 뭔가가 잘못되었다. 타자를 치는 일에는 아무런 반감도 없다. 그런 업무가 많을 거라고 내심 짐작하기도 했다.

심호흡을 했다. 출근 첫날부터 미스터 콜린스를 실망시킬 수는 없었다. 그는 나를 이곳에 채용해준 은인이었다.

나는 각오를 다잡았다. 내 기대보다 시시한 일을 하게 된다 할지라도 괜찮았다. 나는 여전히 〈런던 이브닝 크로니클〉에 있으니 말이다. 내가 저널리즘 세계에 입성하고 있다는 사실만큼은 변함이 없었다. 기대한 것보다 더 오래 걸릴지도 몰랐지만 앞으로 더 열심히 일하면 될 것이다.

"네, 미시즈 버드." 나는 기운을 내려고 애쓰며 말했다. "아뇨. 네. 물론이죠."

하지만 도무지 기운이 나지 않았다.

미시즈 버드는 계속 손가락을 톡톡 두드렸다. "흠." 그녀가 말했다. "앞으로 일을 어떻게 하는지 지켜보겠어요. 미스 나이턴이 당신에게 업무를 알려줄 거예요. 오늘 당신은 '비밀엄수계약서'에 서명을 해야 하고, 편지들을 읽으며 빈둥거려서는 안 돼요. 이 사무실 밖으로 한마디도 새어나가서는 안 되고 '불쾌한 사연'의 조짐이 보이면 바로 쓰레기통으로 던져버려요. 확실히 이해가 되었나요?"

"네." 대답은 씩씩하게 했지만 뭐가 뭔지 종잡을 수가 없었다. 그래도 '불쾌한 사연'과 '비밀엄수'라는 말에 귀가 쫑긋하기는 했다. 어쩐지 흥미가 동했다. 이곳에서는 전쟁에 대해 연신 떠들지 않는지는 몰라도 꽤나 중요한 뉴스를 다루는 것이 틀림없었다.

"좋아요. 내가 지시한 일이 없을 때는 미스터 콜린스를 보조하도록 해요. 언제 당신의 도움이 필요한지 미스 나이턴이 알려줄 거예요." 미시즈 버드가 엄한 표정을 지었다. "앞으로 알게 되겠지만 나는 몹시 바빠요. 이 일 말고도 하는 일이 많아서."

"물론입니다." 내가 경건하게 말했다. "고맙습니다."

미시즈 버드가 손목시계를 힐끔 보았다. "이런, 늦겠네. 또 봅시다, 미스 레이크."

나는 하마터면 무릎을 굽히며 인사를 할 뻔했지만 미시즈 버드가 내 '교장선생님'이 아니라는 사실을 늦지 않게 떠올리고 얼른 복도로 다시 나왔다.

상황이 약간은 예상과 다르게 흘러갔다. 하지만 그렇다고 해도. 비밀엄수계약. 이 사무실 밖으로 한마디도 새어나가서는 안 되고. 앞으로 일을 어떻게 하는지 지켜보겠어요.

여전히 오늘은 내 인생 최고로 흥미진진한 하루였다.

*

"나는 캐슬린이에요." 내가 미스 나이턴의 작은 사무실로 들어가자 그녀가 수줍게 자기소개를 했다. "친하게 지내면 좋겠어요."

캐슬린은 속삭이다시피 말을 해서 쩌렁쩌렁 소리를 지르는 미시즈 버드를 어떻게 상대하는지 상상이 잘 되지 않았지만, 성격이 유쾌하고 영리해 보였다. 캐슬린이 말을 할 때마다 꼬불거리는 붉은 머리카락이 통통 사방으로 뻗치는 바람에 그녀가 손을 콘센트에 끼워 전기라도 통하게 하나 싶었다.

"고마워요." 내가 대답했다. "나도 그랬으면 좋겠어요. 에미라고 부르세요. 그 카디건 정말 예쁘네요."

"지난 주말에 만들었어요." 캐슬린이 환하게 웃으며 대답하더니 이내 초조한 눈빛으로 문을 힐끔 보았다. "미시즈 버드는 외출하셨나요? 그분은 잡담을 좋아하지 않으시거든요." 그녀가 걱정스러운 듯 얼굴을 찡그렸다. "사람들이 일을 관두고 나가면 늘 내가 그 일을 다 떠맡아요. 그래서 당신에게 업무 내용을 알려줄 수 있는 거죠. 저기가 당신 자리예요."

캐슬린의 낡은 떡갈나무 책상은 문을 바라보고 있었고 내 책상은 바로 그 뒷자리였다. 서류 수납용 키 큰 목재 서랍장이 각 책상 옆에 세워져 있는 통에 자리에 앉으려면 몸을 비집고 들어가야 했다. 캐슬린은 자신의 서랍장 위에 화분을 하나 올려놓았는데, 그 화분 때문에 목요일마다 동그라미가 쳐져 있는 월간 달력과 잡지에서 오린 모직 옷 사진 몇 장, 직원들의 이름과 내선번호가 적힌 메모판이 일부 가려져 잘 보이지 않았다. 책상마다 목재 미결 서류함 세 개와 타자기 한 대가 놓여 있었다. 내 타자기는 녹색에 크고 낡았고, 앞쪽에 금색으로 '코로나'라고 찍혀 있었다. 타자기에는 키가 세 줄밖에 없고 타자를 치려면 공성망치라도 있어야 할 것 같았다. 제 나름대로 2차대전에 돌입한 타자기는 아주 튼튼할 것 같았다. 나는 자리에 앉아 준비해온 연필을 꺼냈다.

"캐슬린, 미시즈 버드는 어떤 종류의 기사를 쓰세요?" 내가 물었다.

캐슬린이 당황한 표정을 지었다.

"어떤 종류의 기사요?" 그녀가 되물었다. "미시즈 버드잖아요."
그녀는 모두가 아는데 나만 모른다는 표정으로 이렇게 말했다.
"음." 내가 말문을 열었다. "미시즈 버드가 사무실 밖에서는 함
구하라고 하셨거든요." 내가 목소리를 죽였다. "그분의 업무가 그
정도로 극비인 거예요?"
그 순간 캐슬린의 표정을 봤다면 누구라도 이 직원이 민감한 사
안에 대해 질문을 받는 일에 이골이 났구나 했을 것이다. 그녀는
돌처럼 무표정했다.
"뭐라고요?"
캐슬린은 역시 프로였다. 비서의 가면이 절대 벗겨지지 않았다.
"물론," 새 일이 점점 더 좋아졌고 나는 이렇게 말했다. "우리가
함부로 입을 놀려서는 안 된다는 사실을 이해해요. 벽에도 귀가 있
으니까요. 심지어 이곳에도요."
캐슬린이 인상을 쓰며 콧잔등을 찡그렸다. 마치 머릿속에 처리
해야 할 골칫거리가 잔뜩 있는 사람 같은 표정이었다. 나는 비밀엄
수에 절대적으로 찬성하지만, 이래서야 우리의 대화가 매끄럽게
이어지기 힘드니 이런 식으로 계속 제자리걸음을 할 필요가 없기
를 바랐다.
"어머나." 그녀가 마침내 말했다. "이제야 당신이 왜 그 자리에
채용이 되었는지 알겠네요. 당신은 입이 아주 무거운가봐요."
나는 그 칭찬에 얼굴이 살짝 붉어졌다.
"음." 나는 우쭐해서 대답했다. "노력하고 있어요."
"물론 완전히 채용되려면 계약서에 서명을 해야 해요." 캐슬린
이 서랍을 뒤졌다. "여기 있어요."

나는 전광석화처럼 가방에서 새 펜을 꺼내서 서명을 했다. 그리고 서류에 쓰여 있는 글을 읽기 시작했다.

나_____ 〔성명 기입〕
은/는 론서스턴 신문사의 피고용인으로서 〈여성의 벗〉의 독자들이 보내준 모든 편지에 대해 절대 함구하기로 동의합니다. 나는 이 편지의 내용을 〈여성의 벗〉의 정직원 외에 누구에게도 발설하지 않기로 동의합니다……

이건 실수였다. 캐슬린이 엉뚱한 계약서를 내게 건넨 것이다.
"어머나." 내가 말했다. "정말 미안한데요. 이건 〈여성의 벗〉에 대한 거 같은데요."
"맞아요." 그녀가 격려하듯 환하게 미소를 지었다. "걱정하지 말아요. 독자들이 편지에 쓴 내용을 절대 다른 사람들에게 발설하면 안 된다는 내용일 뿐이니까. 미시즈 버드는 그 부분에서는 정말 엄격하시거든요." 캐슬린이 잠시 말을 멈췄다. "상상이 되겠지만, 그중에는 엄청나게 사적인 내용도 있거든요."
나도 미소를 지었지만 전혀 상상이 되지 않았다.
캐슬린은 내가 걱정을 하느라 입을 다물고 있다고 생각한 모양이었다. "걱정 말라니까요, 에미." 그녀가 말했다. "미시즈 버드는 '선정적인' 내용에 대해서는 답장을 하지 않으시니까 당신도 곤란할 일은 없을 거예요."
나는 캐슬린의 오른쪽에 있는 책꽂이를 바라보았다. 그곳에는 정기간행물들이 쌓여 있었다. 어쩌면 우리 중 한쪽이 오해를 하고 있는 걸지도 모른다는 생각이 들었다.

"캐슬린." 내가 불렀다. "미시즈 버드는 정확히 무슨 일을 해요?"

그녀가 깔깔 웃으며 잡지들이 높이 쌓인 더미에서 알록달록한 잡지 한 권을 집어들었다.

"'헨리에타 버드의 고민상담소'는 들어봤죠? 미시즈 버드는 당신과 내가 태어나기도 전부터 〈여성의 벗〉에서 유명했어요." 캐슬린이 몸을 숙여 그 잡지를 내게 건네주었다. "끝에서 두번째 페이지를 봐요."

"미안해요." 나는 여전히 갈피를 잡지 못한 채 말했다. "'헨리에타 버드의 고민상담소'가 〈이브닝 크로니클〉과 무슨 관계가 있어요?"

캐슬린이 다시 웃음을 터트리다 뚝 그치더니 헉하고 숨을 들이쉬었다.

"어머나 세상에. 설마 이 자리가 〈크로니클〉에서 일하는 거라고 생각한 건 아니죠? 어머나, 그랬나보네!"

"하지만 여기는 〈이브닝 크로니클〉이 맞잖아요." 나는 그렇다는 확신보다 그러기를 바라는 마음에서 말했다.

"아니에요, 그렇지 않아요. 거기는 아래층. 거기는 으리으리하죠. 우리나 거기나 모두 론서스턴 신문사 소유예요. 하지만 그쪽 사람들은 절대 우리하고 말을 섞지 않아요. 우리는 시시껄렁하고 초라한 사촌인 셈이니까요." 캐슬린은 그런 사실도 그다지 애석해하는 것 같지 않았다. "오, 맙소사! 내가 미시즈 버드 대신 그 광고를 타자로 쳤는데. 그 광고에는 그런 이야기가 없었어요, 그랬죠?"

나는 잡지의 표지로 눈을 돌렸다. 그곳에는 끔찍한 구식 서체로 뽐내듯 이렇게 적혀 있었다.

현대적인 숙녀를 위한

여성의 벗

코바늘로 화장대 덮개를 떠보세요.
귀여운 패턴이 실려 있어요!

헤드라인 아래에는 레이스 같은 화려한 그림이 그려져 있었다.
표지의 나머지 부분은 엄청난 우량아를 안고 있는 여자의 사진과
"매클레이 간호사의 조언: '창문을 열고 아기가 공기를 마시게 하
세요!'"라고 적힌 말풍선이 차지하고 있었다.

1월의 표지치고 대담한 접근법이었지만, 나는 전문가가 아니었
다. 나는 그 모든 것을 받아들이려고 애썼다.

"미시즈 버드는 이십 년이 넘도록 〈여성의 벗〉에서 '가장 사랑
받는 상담 작가'예요." 캐슬린이 내가 잘 이해할 수 있도록 설명해
주었다. "미시즈 버드는 원래 1932년에 은퇴를 하셨는데 작년에
우리 편집장이 징집되자 오버턴 경이 개인적으로 부탁을 해서 돌
아오신 거예요."

오버턴 경. 론서스턴 신문사의 소유주. 〈이브닝 크로니클〉의 소
유주. 개인적으로 미시즈 버드에게 부탁했다라.

나는 거대한 아기를 바라보았다.

"에미." 캐슬린은 머리가 모자란 사람을 대하는 말투로 말을 이
었다. "〈여성의 벗〉은 주간 여성잡지예요. 당신의 일은 '고민상담
란'에 실을 편지들을 타자로 치는 거죠."

나는 고개를 끄덕였지만 아무 말도 할 수 없었다. 캐슬린은 내가 상황을 이해할 때까지 기다려주었다.

마침내 나는 마음을 다잡고 '모든 것이 최고예요'라고 말하는 듯한 미소를 지었다.

하지만 상황은 조금도 최고라고 말할 수 없었다. 나의 사기는 되돌릴 수 없을 정도로 추락하는 중이었다.

캐슬린이 내게 다른 사무실을 안내해주겠다고 해서 나는 정신을 차리고 상황을 제대로 바라보았다. 기자의 경력을 쌓기 위한 사다리의 첫번째 단에서 지금 이 상황보다 더 멀리 떨어져 있을 수는 없었다. 기자들을 보조하며 바삐 일하거나 백악관으로 전화를 연결하는 업무와는 백만 킬로미터는 떨어져 있었다.

나는 완전히 엉뚱한 곳에 취직을 하고 말았다.

4장
미시즈 버드의 고민상담소

캐슬린의 〈여성의 벗〉 편집국 투어가 정신없이 이어지는 동안 나는 그녀를 따라 좁고 음울한 복도를 돌아다니며 미친듯이 생각했다. 여성잡지에 투고된 바보 같은 편지들을 타자로 다시 치기 위해 변호사사무소라는 완벽하게 안정적인 직장을 때려치우는 바보가 또 어디 있을까? 심지어 새 직장 동료의 이야기에 따르면, 이 잡지는 다 망해가는 것처럼 보였다.

"〈여성의 벗〉이 날개 돋친 듯 팔려나가던 때만 해도 기자들이 훨씬 더 많았고 모두 이곳에서 근무했어요. 지금은 그렇지 못해서 여기도 텅 비어 있죠." 미스터 콜린스의 사무실을 지나갈 즈음 캐슬린이 이렇게 말했다. 그녀의 말에 의하면 그 사무실은 잠겨 있었다. 그녀는 우리 오른편에 있는 문을 열었다. "타자수들은 복도 맞은편 사무실을 썼어요. 지금은 당신과 나뿐이에요."

나는 예전에 기자들이 썼던 길고 좁은 사무실을 들여다보았다.

주인 없는 책상들이 두 줄로 늘어서 있었다. 문에서 가장 가까운 책상에는 종이상자들이 쌓여 있었는데, 불이라도 나면 큰일이었다. 하지만 다른 책상들은 텅 비어서 한때 타자기나 잉크병, 서류함이 놓여 있었다는 사실을 짐작조차 할 수 없었다. 벽에는 메모판이 줄지어 걸렸는데, 어떤 곳에는 여전히 잡지에서 찢은 기사들이 붙어 있어서 한때 그곳이 직원들로 북적이던 시절이 있었음을 짐작게 했다. 그 방의 어떤 종이들은 가장자리가 말려올라가기 시작했고, 실내에서는 치즈피클 샌드위치와 담배 냄새가 뒤섞인 재미있는 조합의 퀴퀴한 냄새가 났다.

"사람들이 여기에서 마지막으로 근무했던 시절이 언제인데요?" 내가 물었다.

캐슬린이 팔짱을 끼더니 생각에 잠겨 허공을 바라보았다. "오래전이었죠." 그녀가 목소리를 낮추었다. "〈여성의 벗〉은 확실히 시대를 따라가지 못하고 있어요. 상당히 구식일 거예요. 물론 나는 애독하지만요." 그녀가 덧붙였다.

그녀가 이야기를 계속할수록 나는 점점 더 우울해져 고개만 끄덕였다.

"사람들이 거의 다 입대했고 그 사람들을 대체할 새 직원을 뽑지도 않았어요. 미스터 콜린스는 연재소설을 여러 편 쓰시는데 정말 재밌게 잘 쓰세요. 돈이 절약되니까 사람들에게 글을 투고하라고도 해요. 아무튼 어서 다른 직원들을 만나러 가죠."

캐슬린이 앞서서 복도를 걸어가자 나는 손목시계를 슬쩍 훔쳐보았다. 아홉시 이십분인데 미스터 콜린스는 어디에도 보이지 않았다. 밤이 되어 폐관한 후의 박물관에 와 있는 듯한 기분이 들었다.

"복도 맞은편이 광고팀이에요. 말이 팀이지 직원은 미스터 뉴턴 뿐이죠." 캐슬린이 다음 문으로 향하며 목소리를 낮췄다. "미스터 뉴턴은 오늘 안 계세요. 광고주가 그렇게 많지 않아서 일이 별로 없거든요. 그리고 여기는 미술부예요. 여기 직원들은 삽화와 드레스 사진을 담당해요." 캐슬린이 다음 문을 두드리더니 대답을 기다리지도 않고 곧장 들어갔다.

"좋은 아침이에요, 미스터 브랜드. 안녕하시죠? 여기는 미스 레이크예요. 우리의 새 직원이죠."

캐슬린을 따라 들어간 사무실도 다른 사무실처럼 분위기가 가라앉아 있었지만, 적어도 무슨 일이든 진행되고 있는 느낌이 드는 곳이었다. 두툼한 대모갑테 안경을 쓰고 머리에는 과하게 포마드를 바른 중년 남자가, 기절할 것 같아 보이는 여자를 해군 제복 차림의 남자가 안아든 근사한 장면을 그리고 있었다.

"안녕하세요?" 미스터 브랜드가 인사를 건넸다. "우리는 어제서야 웃었어요."

인사치고 예사롭지 않았지만 미스터 브랜드는 다분히 예술적인 타입이라 그런가보다 했다.

"처음 뵙겠습니다." 나도 인사를 했다. "실례합니다만…… 우리는 어제서야……?"

"웃었어요. 다음주 머리기사죠. 지금 그 기사를 작업하고 있어요."

"그러시군요." 나는 '저도 잘 알죠'라고 말하는 듯한 표정을 지으려고 애쓰며 대답했다. "대단하시네요."

미스터 브랜드가 환하게 웃었다.

"그리고 이쪽은 미시즈 머호니예요." 차분한 표정의 통통한 중

년 여성이 탑처럼 높이 쌓인 서류 더미 뒤에서 내게 손을 흔들자 캐슬린이 소개를 했다.

"안녕하세요, 미스 레이크." 그녀가 인사를 건넸다. "나는 제작부예요. 나는 아주 좋은 사람이지만 부디 마감은 놓치지 말아줘요." 나도 인사를 건네자 미시즈 머호니는 격려의 미소를 보내주었다. 캐슬린이 나를 데리고 사무실을 나섰다.

무시무시한 미시즈 버드를 제외하면 다른 직원들은 몹시 상냥해 보였다. 나는 의욕을 다지려고 했지만, 솔직히 어깨가 축 처졌다. 온 나라가 히틀러에게 맞서 싸우며 기울일 수 있는 모든 노력을 전쟁에 쏟는 와중에, 나는 독자들의 고민거리와 시시한 소설을 타자로 치고 있겠구나. 신문사에서 신문과 이렇게 거리가 먼 업무도 없을 것이다. 에드먼드에게 이 일에 대해서 편지에 쓰지 말았어야 했다. 그는 나를 얼치기 바보라고 생각할 것이다. 번티도 마찬가지다. 그리고 소방대의 여자 동료들도. 그중에서도 A조의 '못돼먹은 베라'가 제일 크게 비웃을 것이다. 얼마나 고소해할까. 눈부신 경력을 쌓는 길로 진출했다고 내가 멋대로 생각했으니 누굴 탓하겠는가.

우리의 자그마한 사무실로 돌아온 뒤 캐슬린은 내선전화 체계에 대해 설명해주었고 나는 궁금해 못 견디겠다는 표정을 지으려고 애를 쓰며 들었다. 짧은 시간이었지만 미시즈 버드의 목청의 힘을 접해본 경험으로 짐작해보건대, 내선전화는 거의 필요 없을 것 같았다.

"우선," 캐슬린이 말했다. "우편물을 개봉하고 미시즈 버드의 책상에 편지를 올려두세요. 하지만 게재 가능한 것들만요. 음란한 내용이 들어간 편지는 절대로 안 돼요." 캐슬린의 표정이 그 어느 때보다 진지했다.

나는 내 책상에 펼쳐놓고 나갔던 과월호로 시선을 옮겼다. 1915년경 찍은, 누군가에게 주먹이라도 날릴 것처럼 보이는 결연한 분위기의 미시즈 버드의 사진 옆에 있는 짧은 글귀가 모든 것을 설명해주었다.

〈헨리에타 버드의 고민상담소〉
상식과 굳은 의지로 해결할 수 없는 일은 아무것도 없어요.
미시즈 버드가 여러분의 걱정거리에 해답을 알려드려요. 비밀로 우편 답장을 받을 수 있도록 우표를 첨부한 회신용 봉투를 함께 보내주시되, 미시즈 버드의 우편행낭은 가득차 있으니 답장이 조금 지연될 수도 있음을 양지하세요.

육군성에서 타자로 서신을 치는 번티가 떠올랐다. 물론 같은 타자 업무지만 내 일과는 비교도 되지 않았다.

"앞으로 제가 엄청 바빠지겠네요, 분명히요." 나는 밝게 말했다. "미시즈 버드의 우편행낭은 대체 얼마나 크죠?"

캐슬린이 어깨를 으쓱했다. "그렇게 크지는 않아요."

"하지만 가득차 있다고 나와 있잖아요."

"오, 그건 다른 잡지들이 다 그렇게 쓰니까 우리도 그렇게 쓰는 거예요. 그렇게 편지가 많이 오지는 않아요."

"그렇군요." 나는 '남의 시선을 과하게 의식하는 사람'이라고 밝힌 누군가가 통통한 팔뚝 때문에 고민하는 사연을 실은 잡지를 보며 대꾸했다. 미시즈 버드의 조언은 사무적이었다.

팔뚝이 비행선 프로펠러의 회전날개라고 상상하세요. 그리고 두 팔을 머리 위로 열심히 돌리세요.

나는 감당이 안 될 정도로 우울해졌다. 영국은 전쟁으로 너덜너 덜해진 유럽대륙으로부터 34킬로미터 떨어져 있는데 〈여성의 벗〉 은 얼마 남지 않은 독자들에게 통통한 두 팔에 대해 조언하고 있었 다. 나는 지금쯤이면 무솔리니에 대한 기사를 타자로 치고 있을 줄 알았다.

"제일 중요한 건 말이죠." 캐슬린은 여전히 몹시 진지한 태도로 말을 이었다. "미시즈 버드는 '불쾌한 사연'이 나오는 편지에는 절 대 답장을 하지 않으세요. 이 점에 대해서는 절대적으로 확고하세 요." 캐슬린이 말을 멈추고 문을 힐끔 보았다. "미시즈 버드는 우 리 세대가 '도덕성이 심하게 떨어졌다'고 말씀하세요." 그녀는 말 을 멈추더니 다시 이었다. "그래서 그런 세태를 바로잡는 데 열심 이시죠. 그러니까 '게재 불가 주제 목록'에 올라 있는 편지를 보면 어떻게 해서든 당장 치워버려요."

캐슬린이 책상 서랍을 하나 열어 그 안을 뒤지는 동안, 나는 잇 몸이 안 좋아 고생중인 젊은 독자로부터 온 편지를 보았다. 미시즈 버드는 그 여성분이 단것을 많이 먹은 탓이니 참아야 한다고 답장 을 썼다. 동정적인 대답이 아니었다.

"그러니까 사람들이 게재가 불가한 사연을 보낼 경우 그 편지는 잘라서 폐기해요. 답장용 우표를 동봉했다면 우리는 그 우표를 '미시즈 버드의 자선사업'에 기부해요. 다시 말해서 미시즈 버드의 자선단체 말이에요." 캐슬린이 '우표'라고 적힌 커다란 종이상자를 가리킨 후 다시 서랍을 뒤지기 시작했다.

다음 편지를 읽어보니, 도시에서 피난을 온 아이들 셋을 맡게 되었는데 좋은 아이들이지만 최근 자신의 자녀들이 욕을 하기 시작해서 걱정된다는 여자가 보낸 것이었다. 당연하게도 미시즈 버드는 '상스러운 행동'을 좋아하지 않았고 그녀의 대답은 아주 몹시 간결했다.

미시즈 버드가 내게는 어떤 답변을 보낼지 문득 궁금해졌다.

친애하는 미시즈 버드에게

저는 면접을 보면서 주의를 기울이지 않은 탓에 실수로 실망스러운 일자리를 받아들이고 말았습니다.

저는 지금 침몰하는 배에 올라탄 채, 단단한 벽이 무색할 만큼 소리를 고래고래 지를 수 있는 여성을 위해 타자를 쳐야 할 것 같습니다.

제가 지독한 멍청이였던 걸까요? 제발 제가 어떻게 하면 좋을지 알려주세요.

'평소에는 이렇게 멍청하지 않은 아무개' 드림

이런 대답이 날아올 것 같았다.

친애하는 '멍청한 아무개' 씨에게

그 상황은 전적으로 당신의 잘못입니다. 그만 징징거리고 일이

나 열심히 하시기 바랍니다.

헨리에타 버드 드림

"찾았다!" 캐슬린이 이렇게 말하며 '미시즈 버드의 게재 불가 주제들'이라는 제목이 적힌 서류 한 장을 내게 내밀었다. 제일 위쪽에는 붉은 잉크로 '극비문서'라는 글씨가 가로로 찍혀 있었다.

미시즈 버드가 절대 게재하지도 답장하지도 않을 주제들

(주의: 이 목록은 확정된 것이 아니며 필요하면 추가될 수 있다)

부부관계

혼전관계

혼외관계

육체적 관계

성관계 전반(관련된 모든 주제, 간단한 언급, 제안, 그 결과)

불법행위

정치활동과 견해

종교활동과 견해(예외: 교회활동과 예배에 관한 질문)

전쟁(예외: 배급, 자원입대, 청년클럽, 현실적 문제들에 대한 질문)

요리

"요리요?"

학창시절 가정시간에 내가 뭔가를 놓친 게 아니라면, 요리는 혼외관계나 불법행위와는 영 어울리지 않는 짝 같았다.

"미시즈 크로프트에게 전달하세요." 캐슬린이 대답했다. "그분이 '뜨거운 냄비에 무엇이 있을까?' 코너를 쓰시거든요. 대개 배급제도에 관한 이야기를 쓰세요. 여기 있어요." 그녀는 내게 두껍지 않은 편지 묶음을 건넸다. "읽다가 놀라지 말아요. 충격적인 편지들도 좀 있을지 몰라요." 캐슬린이 입술을 깨물었다. "대체로 나이가 더 많은 기혼 여성에게 편지 타자를 맡기려고 하는데. 당신은 나보다도 어려 보이네요."

"곧 스물세 살이 돼요." 나이에 비해 성숙하게 들리기를 바라며 내가 대답했다.

캐슬린이 환하게 웃으며 잘 모르는 게 있으면 뭐든 물어보라고 했다.

나는 숙녀답지 않은 열의를 가지고 좀전의 문서를 다시 읽기 시작했다. 내가 불량한 무리와 어울리는 부류는 아니지만, 피해야 할 '선정적인 요소들'이 있다는 사실이 꽤 재미있게 느껴졌다.

미시즈 버드가 절대 게재하지도 답장하지도 않을 단어와 표현들

더 자세한 내용은 『소녀에서 아내로: 의사가 보내는 현실적인 조언』(1921)을 참조

A — C

Affair 정사

Amorous 욕정적인

Ardent 열렬한

Bed 침대

Bedroom 침실

Bed Jacket 침실복

Berlin 베를린

......

이런 목록이 몇 쪽이나 이어졌다.

타락에 대한 미시즈 버드의 해석을 바탕으로 한다면, 소돔과 고모라는 답장을 받을 여지조차 없었다. 혼전이라면 '선을 넘다Going Too Far'는 볼 것도 없이 탈락이었다. '자제력을 잃다Getting Carried Away'도 목록에 있었는데, 당신이 '문제에 휘말렸다Got Into Trouble'면 그것은 다름 아닌 자업자득이기 때문이었다.

설사 당신이 가장 순수한 형태로 이성관계를 맺고 있다 해도 어차피 속을 끓이게 될 것이었다. 어쨌든 미시즈 버드가 ("여러분의 걱정거리에 해답을 알려드려요") 답장을 쓸 가능성은 희박하기 때문이었다.

나는 살짝 김이 샌 채 본격적으로 편지를 개봉하며 업무를 시작했다.

어떤 편지들은 정성 들여서 만년필로 직접 쓰고 하단에 제대로 서명도 했지만, 어떤 편지들은 연필로 쓴 다음 서명을 하지 않거나 '걱정에 휩싸인 약혼녀'나 '선원의 여자친구' 같은 가명이 적혀 있었다. 또 어떤 편지들은 꼭 직접 답변을 받기 바라는지 우표 첨부 회신용 봉투가 동봉되어 있었다. 아내에 대해 상담한 남자들 한두 명을 제외하면 편지를 보낸 사람들은 대부분 다양한 연령대의 여자들이었다.

플로렌스라는 여성 독자의 편지를 개봉해보니 칼슘 약이 동상에 전혀 효과가 없다는 이야기였다. "이제 걷는 일조차 힘겨워요." 그녀는 이렇게 썼다. 나는 이런 내용이라면 미시즈 버드에게 금지되지 않을 것이라 자신했고 그러자 사기도 조금 올라갔다. 뒤이어 자신을 미시즈 디턴이라고 밝힌 낙천적인 부인 덕분에 내 사기는 조금 더 올라갔다. "제 딸이 응급구조사 시험에 통과했습니다. 제 딸이 간호장교로 경력을 쌓을 수 있을까요?"

나는 이 편지의 내용이 후방지원에 대한 봉사로 간주되기를 기대하며 그 편지를 플로렌스의 편지와 함께 '게재 가능' 파일에 끼웠다.

하지만 편지를 개봉할수록 그 파일에 추가할 만한 편지가 잘 나오지 않았다. 어떤 독자는 이혼한 남자와 사랑에 빠졌는데, 미시즈 버드의 목록에 따르면 그런 사연은 절대적으로 탈락이었다. 어떤 독자는 어느 젊은 남자를 좋아하게 되었는데, "그 사람이 민망한 방식으로 애정을 드러낸다"는 이야기를 들었다고 했다. 이 편지들이 '불쾌한 사연'에 들어가는지 아닌지 굳이 목록을 확인할 필요도 없었다. 나는 책상에서 가위를 찾아 그 편지들을 잘게 자른 후 쓰레기통에 버렸다.

한편 딱 잘라 결정을 내릴 수 없는 편지도 있었다. '미시즈 버드의 게재 불가 주제들'에 해당하는 편지라고 해도 일부는 전혀 상식을 벗어난 것처럼 보이지 않았기 때문이다.

친애하는 미시즈 버드에게

저는 열다섯 살이에요. 그런데 제 친구들이 남자아이들에게 굿나이트 키스를 하도록 허락해줬대요. 저는 그걸 거부하는 게 맞을까요? 그리고 결혼을 하기 전과 후에 하는 키스가 어떻게 다른가요? 남자아이들의 입맞춤을 받으면 제가 싸구려처럼 보일까봐 걱정스러워요.

'숫기 없는 십대' 드림

열다섯 살 소녀의 질문으로 더할 나위 없이 적당해 보였다. 나는 미시즈 버드의 목록에서 J—L 항목을 찾아보았다. '키스Kiss'와 '키스하기Kissing'는 명백히 게재 불가였다. 나는 내키지 않지만 '숫기 없는 십대'의 편지를, 잘라서 쓰레기통에 버려야 하는 '탈락' 편지에 포함시켰다. 이런 이야기는 청소년의 비행이라고 할 수도 없는데 그 소녀가 도움을 받지 못할 것이라고 생각하니 기분이 고약했다.

미시즈 버드의 목록에 의해 탈락하는 편지들이 쌓여가자 나는 조금이라도 도움을 받을 수 있을까 하는 마음에 캐슬린에게 편지를 읽어주기 시작했다.

"친애하는 미시즈 버드에게," 내가 말했다. "저는 남편에게 동정심이 없고 냉담하다는 말을 들어요."

"어머, 안 돼요." 내가 본론으로 들어가기도 전에 캐슬린이 딱 잘랐다.

나는 그 편지를 반으로 찢어버리고 다음 편지로 넘어갔다.

"친애하는 미시즈 버드에게, 저는 제 약혼자가 군대에서 휴가를 받아 집으로 오면 결혼을 하려고 해요……"

캐슬린이 계속 읽으라고 격려해주듯 따스한 표정을 지었다.

"하지만 저는 '결혼생활'에 대해서 잘 모르겠어요.

'결혼생활'을 강조해뒀어요." 나는 골똘히 생각하는 표정일 게 분명한 뚱한 표정으로 허공을 바라보고 있는 캐슬린을 보며 말했다.

"결혼생활은 분명히 탈락일 거예요." 그녀가 대답했다.

"구체적으로 말하면 내밀한 속사정 말이죠……" 내가 도움을 주듯 덧붙였다.

"어머나 세상에 안 돼요." 캐슬린이 당장이라도 미시즈 버드가 불같이 화를 내며 방으로 쳐들어오기라도 할 것처럼 문을 힐끔 보며 말했다. "내밀한 같은 건 절대 안 돼요." 그녀가 목소리를 낮추었다. "미시즈 버드는 1911년에는 이런 종류의 끔찍한 질문에는 대답을 하지 않아도 됐다고, 지금도 그럴 생각이 없다고 하시거든요."

그런 독재를 캐슬린이 너무나 진지하게 설명하니 감히 반론을 펼칠 엄두도 나지 않았다. 나는 다른 편지를 시도했다.

"'친애하는 미시즈 버드에게, 요리를 할 때 나오는 탄 기름은 프라이팬에서 어떻게 닦아내야 하는지 조언을 해주시겠어요?' 오, 이건 미시즈 크로프트 담당이네요, 그렇죠?" 나는 자문자답을 하며 남은 편지들을 계속 뒤지기 시작했다.

"'뜨거운 냄비에 무엇이 있을까?'로 보내면 돼요." 캐슬린이 안도의 표정을 지으며 조용히 말했다.

나는 자신을 '노스이스트에 사는 실망한 여자'라고 밝힌 점잖은 부인이 우아한 필체로 '활기를 잃은 관계'라는 제목으로 쓴 편지를 펼쳤다.

좋은 사람이지만 밤에 불을 끄고 나면 '뭘 해야 하는지 알아차리는 데' 전혀 관심이 없는 남자와 결혼해 실망했다는 내용이었다. 그 편지는 서술 방식이 미묘해서 잘하면 기회가 있겠다 싶었다.

"안 돼요, 당연히 안 되죠." 캐슬린은 배를 버리고 도주한 것처럼 잘못 올린 머리에서 흘러내린 머리 가닥을 만지작거리며 말했다. "거기에 관계라는 말이 들어가 있잖아요. 미시즈 버드는 관계를 좋아하지 않으세요."

"하지만 두 사람은 부부잖아요." 나는 반박해보았다.

"그게 중요한 게 아니에요."

"그리고 남편은 조금도 관심을 보이지 않고 있고요."

"에멀라인."

"그런 결혼생활이 재미있을 리 없잖아요."

"잠깐만요." 캐슬린이 말했다. "당신은 자세한 것까지 읽으면 안 돼요. 셋째 줄까지 읽고 멈춰야 한다고요."

"그렇게 했어요." 거짓말이었다.

"정말이에요?"

"그래요. 사실 조금 더 읽었어요. 하지만 이 사연은 너무 심하잖아요. 결혼한 지 일 년이나 됐는데 아내는 잠옷을 벗은 남편을 한 번도 못 봤다고요."

"에멀라인!" 캐슬린의 얼굴이 붉게 달아올랐고, 그녀가 기절이라도 할까봐 나는 다음 문장은 말하지 않기로 했다. "솔직히 미시즈 버드가 목록에 올린 건 아무것도 읽으면 안 돼요. 당신은 너무 어려요."

캐슬린이 영 불안한 표정으로 벌떡 일어났다.

나보다 나이가 더 들어 보이는 것도 아닌 캐슬린이 그런 말을 하니 황당했지만 첫날부터 실수를 연발하고 싶지는 않았기에 사과를 하고 앞으로는 더 잘하겠다고 말했다.

하지만 나는 영 마음이 편치 않았다. 그 편지를 쓴 부인뿐만 아니라 '숫기 없는 십대'를 비롯해, 탈락으로 간주되는 사연들 속 고민하는 독자들 때문에 말이다.

나는 그들이 무척 솔직하게 편지를 썼다는 사실을 알 수 있었고, 그런 태도가 정말 용감하게 느껴졌다. 미시즈 버드는 잡지에 나오는 타인일 뿐인데도 독자들은 개의치 않고 그녀에게 모든 비밀을 털어놓았다. 그들 중 어떤 이들은 정말 곤란해 보였다―남편이 전장에 나가 있어 외로운 사람들, 바람을 피우게 된 사람들, 단지 어리고 약간의 길잡이를 필요로 하는 사람들이었다. 당장 누구나 힘든 시기를 지나는 중이었고 내 눈에는 답장을 쓰지 않는 미시즈 버드가 야박하게만 보였다. 잡지의 이름도 〈여성의 벗〉 아닌가. 미시즈 버드는 참으로 대단하신 벗이었다. 내가 읽은 편지는 거의 대부분 잘게 잘려서 쓰레기통으로 직행했다.

나는 책상 위에 남은 마지막 봉투를 개봉했다. 종이에 자를 대고 연필로 연하게 그은 줄과 매우 차분한 필체로 보아 한참 걸려서 쓴 편지라 단언할 수 있었다.

친애하는 미시즈 버드에게

저는 열일곱 살로 젊은 해군과 사랑에 빠졌습니다. 그이는 상냥하고 관대하며 제게 사랑한다고 말해주었어요. 그이는 저를 데리고 춤을 추러 가줍니다. 그런데 이제 와서 생각해보니 제가 매우 잘못된 방식으로 그의 사랑에 답을 해준 것 같습니다. 제 친구인 애니도 남자친구와 같은 일이 있었습니다. 우리는 후회하고 있고 애니는 아빠에게 들킬까봐 겁에 질려 있습니다. 우리를 도와주실 수 있나요? 우리는 남자친구를 잃고 싶지 않아요.

제가 우표 첨부 회신용 봉투와 지난주 잡지에서 오린 오버코트 패턴 우편주문서를 함께 동봉했기 때문에 엄마는 이 편지가 우편주문서라고 생각하고 있습니다.

'혼란에 빠진 사람' 드림

캐슬린은 두 페이지에 걸쳐 까다롭게 실린 초봄 드레스 패턴들을 확인하는 중이라 나는 '혼란에 빠진 사람'의 편지를 조용히 다시 읽었다. 다른 독자들에게도 동정심을 느꼈지만, 이 여성과 친구는 유달리 염려스러웠다. 두 사람은 깊은 곤경 속으로 빠져들어가는 중이었다.

번티와 나 또한 방공호에 앉아서 이런 비슷한 이야기를 나눈 적이 있었다. 가장 친한 친구들끼리 흔히 그러듯이 밤새워 이야기를 나누던 날이었다. 번티는 윌리엄에게 푹 빠져 있고, 에드먼드는 비록 기자로 성공하겠다는 내 꿈에 고루하게 나오기는 해도 항상 상냥하고 배려심이 깊은 남자친구였다. 제복을 입은 모습이 근사한 건 말할 것도 없었다.

가여운 '혼란에 빠진 사람'과 내 상황은 거의 흡사했다.

하지만 우리는 선이 어디에 있는지 안다는 점에서 그들과 달랐다. 그리고 원하건 원하지 않건 우리는 결코 그 선을 넘지 않을 것이다. 전쟁중이건 아니건 이렇게 '확고한 선'을 고수하는 태도가 지독하게 고루한 걸지도 몰랐다. 하지만 번티와 나는 비슷한 경우에서 상황이 최악으로 치닫는 모습을 본 적이 있었다. 게다가 그 결과는 모두를 불행하게 했다.

나는 책상에 앉아서 '혼란에 빠진 사람'의 편지를 다시 읽는 척했지만 사실 생각은 전혀 엉뚱한 곳에 가 있었다.

학창시절 내내 번티와 나에겐 늘 함께 몰려다니는 친구들이 있었다. 번티와 나, 올리브, 키티였다. 우리 네 사람은 뭐든지 함께했다. 학교에서 같은 동아리에 가입했고, 같은 운동팀 소속이었고, 같은 영화배우들에게 반했고, 같은 남자아이들에게 잘 보이려 했다. 특별할 것 없이 모두가 하는 평범한 일들이었다.

하지만 열여섯 살이 되고 우리 네 명 모두가 중등교육수료시험을 통과한 직후, 키티가 우리보다 나이가 많은 남자를 사귀기 시작했다. 그의 이름은 더그였고 스무 살이었다. 키티는 그가 무척 성숙한 남자라며 우리더러 너무 유치하다고 했는데, 그 말은 어쩌면 사실이었을 것이다. 그 무렵 우리가 게리 쿠퍼와 에롤 플린 같은 영화배우에게 흠뻑 빠져 있을 때 키티는 더그를 만나 사랑에 빠졌으니까. 키티는 더그도 그녀를 사랑한다고 했다. 얼마 후 키티는 임신을 했다. 더그는 그 사실을 알자마자 자취를 감추었다.

나는 입술을 잘근잘근 씹으며 '혼란에 빠진 사람'의 편지를 노려보았다. 캐슬린의 말대로였다. 나는 어렸다. 하지만 그렇다고 내가 평생 동굴 속에서만 산 것은 아니었다.

키티는 에든버러로 보내져 한 번도 본 적 없는 친척 아주머니와 함께 살게 되었다. 어른들은 우리에게 키티를 만나게 해주지 않았다. 그래서 키티는 내내 혼자였다. 키티는 어떻게든 아들을 제 손으로 키우고 싶어했지만 태어난 지 나흘째 되던 날 누군가 아이를 데려갔다. 나는 번티를 설득해 함께 키티의 부모님을 찾아가서, 마음을 바꿔달라고 애원했다. 하지만 두 분은 당황해하고 화를 내며 그럴 수는 없다고 했다.

키티는 아기의 이름을 피터로 지었다. 피터는 지금 여섯 살쯤 되었을 것이다.

나는 이제 막 입사했고 좋은 인상을 심어주기 위해 신경을 써야 한다는 사실을 까맣게 잊은 채 팔꿈치를 책상에 대고 턱을 양손에 괴었다.

"괜찮아요, 에멀라인?" 캐슬린의 얼굴이 다시 상냥해졌다. "걱정 말아요. 요령을 금세 깨우칠 테니까."

"물론이죠." 내가 말했다. "그냥 업무가 좀 낯설 뿐이에요."

캐슬린이 동정하는 표정을 지었다. "또 '게재 불가' 편지예요?" 그녀가 '혼란에 빠진 사람'이 동봉한 우표 첨부 회신용 봉투를 보더니 물었다. "우표는 내가 상자에 넣을까요?"

"아뇨, 아니에요." 나는 머리를 열심히 굴리며 대답했다. "이건 '고양이를 걱정하는 사람'의 편지예요. 미시즈 버드가 이런 내용은 좋아하실 것 같은데요."

캐슬린이 잠시 망설이더니 미소를 지었다. "잘했어요. 반려동물은 항상 통과예요." 그녀가 잠시 침묵하다 말했다. "에미, 쉽게 무시할 수 없는 편지들도 있다는 걸 나도 잘 알아요. 하지만 미시즈 버드는 사람들이 바보 같은 곤경에 처한다면 그건 자업자득이라고 하시죠."

나는 '혼란에 빠진 사람'이 그런 비난을 받아야 할 사람이라고 생각되지 않았다. 그녀는 누군가에게 사랑받고 있다고 믿은 것뿐이었다. 내가 그녀와 다른 점이 있다면, 나는 내 마음을 잘 알았고 에드먼드가 더그처럼 사탕발림에 능한 남자가 아니라는 사실뿐이었다. 아무도 '혼란에 빠진 사람'을 돕지 않으면 그녀도 키티와 같은 결말을 맞게 될지 몰랐다.

"물론이에요, 캐슬린." 내가 말했다. "나머지 편지들은 전부 잘라버릴 거예요."

캐슬린이 따스하게 웃으며 타자기로 돌아갔다. 나는 책상에 흩어져 있는 서류를 치우는 척하며 잠시 눈치를 살폈다.

잠시 후 나는 '혼란에 빠진 사람'의 편지를 내 서랍에 넣었다.

5장
'혼란에 빠진 사람'에게

그로부터 몇 주 동안 나는 새로운 일상에 전념하며 최선을 다하려고 노력했다. 내가 〈이브닝 크로니클〉이 아니라 실은 〈여성의 벗〉에 취직했다고 털어놓았더니 번티는 나를 응원하며 어디에서 일을 하건 근사하다고 생각한다고 말해주었다. 소방대의 셸마와 조앤과 어린 메리도 대단하다며 나를 추켜세워주었고 오히려 나중에 '좋은 일'이 될지도 모른다고 해서 나도 기운이 났다. 에드먼드에게는 이 상황을 내가 무모하게 덤벼든 것처럼 그리고 약간은 나의 노림수였던 것처럼 각색해 편지를 썼다. 이왕이면 그가 이 상황을 재미있게 봐주기를 바랐다. 하지만 그는 묵묵부답이었다. 사실 1월 중순에 도착한 짧은 크리스마스 인사를 제외하면 나는 오랫동안 그에게서 아무런 소식도 듣지 못했고 혹시 무슨 일이 있는 건 아닌지 슬슬 걱정이 되던 차였다. 유난을 떠는 것처럼 보이고 싶지 않아서, 프룬 롤빵을 구워 번티와 윌리엄과 함께 외출했을 때 딱 한 번

이런 속내를 털어놓았다. 눈치를 보니 두 사람도 나와 같은 생각인 듯했다. 번티는 유난히 빠른 어조로 불상사가 생겼다면 군대가 알려줬을 테고 "무소식이 희소식"이라고 했고, 빌은 바통을 이어받아 "걱정 마 에미, 에드먼드는 강한 친구니까"라고 했다. 그러더니 내가 안 본다고 생각했는지 자기들끼리 눈짓을 주고받았다.

하지만 나는 두 사람의 말을 있는 그대로 받아들이고 일부러 더 밝게 행동하며 전혀 걱정하지 않는다고 말했다. 그것이 소방관이라는 윌리엄의 직업에 대해 언제나 의연한 태도를 보여주는 가여운 번티에게 내가 해줄 수 있는 최소한이었다. 우리는 윌리엄의 일이 그 무엇과도 비교할 수 없을 정도로 위험하다는 사실을 잘 알았다. 빌은 재미있게 생긴 귀(안쪽의 일부가 그런 거라 겉으로는 알아보지도 못할 것이다) 때문에 징집이 되지 않자 대신 소방대에 들어갔다. 에드먼드와 내 오빠 잭이 징집되어 전선으로 떠났으니 남겨진 빌은 몹시 힘들었을 것이다. 하지만 지금은 대활약중이다. 번티는 거의 매일 밤 창밖을 바라보며 자신의 남자친구가 맞서 싸우고 있을 폭탄과 불과 온갖 끔찍한 것들을 생각하고 있을지 모르는데 괜히 내가 에드먼드에 대해 수선을 피울 수는 없었다.

잡지를 보면 미시즈 버드는 기본적으로 매사에 심통이 나 있는 듯 독자들을 대했다. 특히나 애석하게도 그녀에게 실망감을 안겨준 이들에게는 유독 심했다. 나는 한줌의 문젯거리들이 조금씩이라도 끊이지 않고 오길 기다렸고, 재미있으면서도 게재 가능한 이야기가 있으리란 낙관도 확고했다. 하지만 그런 편지는 결코 쇄도하지 않았다. 사기 증진을 위해 청년클럽에 가입하라고 은근히 등떠미는 듯한 답장만 잔뜩 실릴 때가 너무 많았다.

'혼란에 빠진 사람'의 편지는 여전히 내 책상 서랍에 있었다. 나는 어떻게든 돕고 싶었지만 캐슬린은 규칙에 대한 입장이 명확했다. 미시즈 버드가 그 규칙을 재고할 가능성도 절대 없었다. 나는 친구가 하는 조언처럼 꾸며서 직접 답장을 쓸까도 생각해봤다. 하지만 그건 불가능했다. 우선 '혼란에 빠진 사람'이 내 정체를 궁금해할 터였다. 그리고 미시즈 버드가 내가 한 짓을 알게 되면 어떻게 되겠는가. 〈여성의 벗〉은 신문사에서 일하고 싶었던 내 입장에서 보자면 꿈의 직장은 아니지만 적어도 〈이브닝 크로니클〉과 같은 건물에 입주해 있는 곳이었다. 어느 날 신문사에 합류할 수 있는 기회가 덜컥 찾아왔을 때 미시즈 버드의 훌륭한 추천서가 결과를 완전히 뒤바꿀지도 몰랐다. 캐슬린 말로는 미시즈 버드가 오버턴 경과 개인적으로 친하다고 하지 않았는가. 사람 일은 아무도 모르는 법이었다.

그럼에도 불구하고 나는 뭐라도 하고 싶다는 바람을 버릴 수 없었다. '혼란에 빠진 사람' 말고도 어려운 시기를 보내고 있는 독자들이 있었고 '미시즈 버드의 게재 불가 주제들' 목록은 그들 대부분에게서 도움의 손길을 거두어버렸기 때문이다.

친애하는 미시즈 버드에게

저는 스물한 살이고 동갑인 남자친구를 몹시 사랑합니다. 그도 나를 사랑한다는 걸 알아요. 남자친구가 해외로 파병되기 전에 저와 결혼을 하고 싶다고 해요. 그런데 그 청혼을 받아들여야 하는지 모르겠습니다. 실은 남자친구가 과거에 다른 여자와 몹시 친밀한 사이였다고 제게 털어놓았답니다. 우리가 만나기 꽤 전에 있었

던 일이라고는 하지만 그가 다른 여자와 깊은 관계였다는 사실을
용서해주는 게 옳을까요?

제가 어떻게 하면 좋을지 부디 알려주시겠어요?

정말 고맙습니다.

(미스) D. 왓슨

미스 왓슨은 품위가 있어 보였고 그녀의 남자친구도 마찬가지
일 것 같았다. 남자친구의 과거가 내게는 그렇게 끔찍한 흠으로 여
겨지지도 않았다. 어쨌든 과거지사이고 입을 다물고 있을 수도 있
었는데 굳이 진실을 고백하지 않았는가. 나는 운을 시험하며 미스
왓슨의 편지를 미시즈 버드에게 건넸지만, 받아들여지지 않았다.
편지는 네 조각으로 잘린 것도 모자라 분노의 붉은색 잉크로 대문
짝만하게 '안 됨'이라고 적힌데다 '친밀한'에 동그라미가 쳐진 채
내게 돌아왔다.

  친애하는 미시즈 버드에게

  저는 저를 사랑한다고 생각했던 남자와 오 년 전에 결혼을 했습
니다. 그런데 얼마 전 남편이 군대에 있는 동안 어떤 여자를 만나
사랑에 빠졌다고 털어놓았습니다. 그는 나와 헤어지지 않을 거라
고 합니다. 하지만 두 사람이 주말마다 함께 여행을 다닌다는 것
을 알고 있습니다. 게다가 그 여자가 임신을 했다는 사실까지 알
게 되었습니다. 저는 어떻게 해야 할까요?

  제 편지를 잡지에 실어주실 수 있나요? 남편이 혹시라도 볼지
모르니 답장을 부탁드리지는 못하겠어요.

'불행한 아내' 올림

나는 이 편지의 사연이 가장 슬펐다. 그녀에게 어떤 충고가 필요할지 아무 생각도 나지 않았다. 하지만 '불행한 아내'는 전혀 잘못한 일이 없으니 천하의 미시즈 버드도 동정심을 느낄지 모른다는 생각이 들었다. 나는 손가락을 꼬아 행운을 빌며 평범하기 짝이 없는 사연 두 통과 함께 이 편지를 전달했지만, 어림도 없었다. 미시즈 버드는 편지 전체에 굵은 붉은 줄 하나를 그었을 뿐만 아니라 '불가'를 어찌나 힘주어 썼는지 종이에 잉크 얼룩이 번져 있을 정도였다. 게다가 '정사'라고 쓰고 밑줄을 세 개나 그었다.

아무리 안 그러려고 해도 기운이 쭉 빠졌다. 〈여성의 벗〉에 근무한 지 얼마 되지 않았지만 그동안 내가 본 바로 '불행한 아내'는 결코 한 명이 아니었다. 이런 문제가 전에는 없었다고 생각할 정도로 내가 순진한 건 아니지만, 전쟁이 상황을 훨씬 더 어렵게 만들고 있다는 것쯤은 천재가 아니어도 알 수 있었다. 나는 수많은 문제의 해결책을 알지 못했지만, 아무것도 없는 것보다 상냥한 말 한마디라도 있는 것이 더 낫다는 사실은 알았다. 그 편지들을 그냥 버리기가 너무 싫었다.

캐슬린은 내게 미스터 콜린스의 일을 잔뜩 떠맡기기 시작했다. 그녀는 양재 패턴과 미시즈 버드의 미용 조언을 더 좋아했다. 당연한 일이지만, 미시즈 버드의 미용 조언은 활력이 넘쳤고 대체로 화장을 하지 말라는, 여러 재료를 혼합해 반죽처럼 만든 무시무시한 물질을 얼굴에 바르지 말라는 내용을 바탕으로 했다. 미스터 콜린스는 특집기사와 연재소설을 담당했는데, 설령 영국 공군이 투브

루크* 근교에서 추축국의 폭격기들을 모두 격추시킨 소식을 타자로 치는 것과 같을 수야 없을지라도 지난 직장에서 다뤘던 법률 문서에 비하면 더 재미있다는 사실을 인정하지 않을 수 없었다.

미시즈 버드는 어마어마한 수의 '자선행사'를 책임지고 있었기 때문에 사무실보다 외부에서 보내는 시간이 더 많았다. 모임이나 회의에 참석하러 갈 때마다 복도에서 우리에게 행선지와 예상 복귀 시간을 알렸는데, 그 소리가 웅대한 포효 같았다. "지하철역 벙크 베즈**—세시 십오분"이라고 우렁차게 울리는 소리는 꽤나 사람을 움찔하게 만들었기 때문에 익숙해지기까지 시간이 좀 걸렸다.

새 직장에 출근하고 몇 주 후 어느 날 아침, 복도에서 희미하게 쿵 소리가 들리더니 무언가를 굴리는 소리가 났다.

"클래런스일 거예요." 캐슬린이 이렇게 알려주는데, 찢어지는 듯한 목소리가 들렸다. "두번째 우편물입니다." 그러더니 이번에는 깊은 저음의 목소리가 이렇게 말했다. "배달입니다, 미스 나이턴."

"들어와, 클래런스." 캐슬린이 대답했다.

"그럼 들어갑니다." 그런 대답이 들리는데, 허둥대는 듯한 이 음성은 다시 소프라노로 돌아갔다.

클래런스는 론서스턴에서 가장 헌신적이지만 걸핏하면 당황하는 우편 담당 사환이었다. 열다섯 살인데 이미 키가 180센티미터에 가깝고 예측 불가능한 피부가 고민거리인 클래런스는 하루에도 몇 차례 전사에 배달을 돌았다. 클래런스는 전쟁에 대한 열렬한 관

---

* 리비아 북동부의 항구도시로 2차대전의 격전지.
** 2차대전 당시 방공호로 사용하던 지하철역 내의 이층침대.

심과 캐슬린을 향한 대책 없는 애정으로 야기된 비극적인 마비 증세 사이에서 가까스로 균형을 잡고 있었다.

클래런스는 캐슬린에게 잠깐만 시선을 받아도 말문이 막히므로 그녀에게 할 말까지 죄다 내게 말했다.

"안녕하세요, 미스 레이크." 그가 세 옥타브를 넘나들며 인사를 건넸다. "그리고 미스 나이턴." 이렇게 덧붙이는 그의 목소리는 박쥐와 대화할 수 있을 정도로 매우 높았다.

"좋은 아침, 클래런스." 내가 말했다.

"안녕, 클래런스." 캐슬린이 말했다.

클래런스는 차라리 죽었으면 좋겠다는 표정을 지었다.

"미스 레이크에게 온 우편물이 있어요." 그는 이렇게 말하고는 캐슬린에게 등을 돌리고 나서야 간신히 목소리가 나오자 덧붙였다. "우리가 아비시니아에서 도주중인 놈들을 잡았어요." 마치 그 두 가지 이야기가 이어지기라도 하듯 말이다.

"적들은 우리 군을 이길 수 없어." 나는 이런 말이 클래런스를 환하게 웃게 만든다는 사실을 알았다.

"어서 가보는 게 좋을 거야, 클래런스." 캐슬린이 상냥하게 말했다. "안 그러면 미시즈 버드와 딱 마주치게 될 거야."

클래런스는 순간적으로 캐슬린을 봤다가 결국 또 말문이 막혀버려 어색하게 손을 흔들며 얼른 사무실을 나갔다.

나는 당장 그날의 편지 분류에 착수했고 첫번째 편지가 미시즈 버드에게 전쟁 기금 모금 우표에 대해 조언을 구하는 내용이라 마음이 한결 가벼워졌다. 이런 편지는 내용도 좋고 안전하기 때문에 시작이 좋았다. 두번째는 최근 갑상선종으로 고통받고 있는 부인

이 보낸 편지였다. 이 편지는 비위가 강한 편인 나조차도 읽기가
편치 않았다. 나는 '목록'을 확인해가며 다시 읽었고 의학적인 내
용을 편집하면 실어볼 수도 있겠다고 결론을 내렸다.

역시나 그다음 편지는 이혼을 원하는 부인의 사연으로, 내키지
않았지만 편지를 잘라 쓰레기통으로 던졌다. 마침내 마지막 우편
물에 다다랐고 편지는 시원시원한 필체로 간결하게 쓰여 있었다.

친애하는 미시즈 버드에게

발목에 좋은 운동을 알고 계시나요? 하루종일 모피 부츠를 신
고 있거나 이브닝드레스를 입는 행사에만 참석하면 아무 문제가
없어요. 하지만 여름은 도저히 견딜 수 없는 고문이랍니다. 어떻
게 하면 좋을까요?

'불행한 종아리' 드림

나는 안 그래도 사는 게 녹록지 않을 요즘 같은 상황에 긴 드레
스를 입지 않으면 즐길 수 없다니 '불행한 종아리'가 안됐다는 생
각이 들었다. 하지만 그녀는 확실히 곤란한 나를 구해주었다. 이런
문제를 싣는 고민란을 채우기에 편지가 충분히 모였으니까.

미시즈 버드에게 전달하기 위해 누런 마분지 파일에 편지를 모
두 넣은 후 좁은 통로를 비집고 캐슬린의 책상을 지나 복도로 나왔
다. 늘 그렇듯 휑하니 비어 있는 복도에서는 삶은 양배추와 비누
냄새가 희미하게 났다. 낡은 배관 탓이라고 생각되는 그 냄새는 어
딘지 사람을 의기소침하게 만들었다.

미시즈 버드는 '고양이 소개疏開' 회의에 참석차 외근중이었기

때문에 나는 파일을 그녀의 책상에 올려놓고 나왔다. 그리고 이번 주 마감을 현재까지는 잘 지켰다는 말을 하기 위해 미시즈 머호니를 찾아갔다. 그녀는 미스터 브랜드에게 '쉬운 소시지 요리'를 만드는 법을 알려주는 중이었다. 나는 기꺼이 그 대화에 끼어들었다. 나는 이 두 사람이 좋았다. 우리 모두가 예전 기자들 사무실에서 함께 일할 수 없다는 사실이 안타까웠다. 지금 쓰는 좁아터진 허름한 방 몇 개에서 부대끼는 것보다 그편이 훨씬 더 즐거울 텐데.

미시즈 머호니가 미스터 콜린스에게 영화평 칼럼을 재촉해달라는 부탁을 해서 나는 내키지 않지만 이야기꽃을 피우고 있는 두 사람을 두고 나와 미스터 콜린스의 사무실 문을 두드렸다. 나는 그의 변덕스러운 태도가 여전히 어려웠지만, 다행히 오늘은 생각에 깊이 잠겨 침울해 보이는 대신 기분이 무척 좋아 보였다.

"미스 레이크. 당신이에요?" 그가 책상에서 고개를 들지도 않은 채 물었다. "들어와요."

그는 카오스에 둘러싸여 반쯤 음울한 분위기로 일을 하고 있었는데, 내가 깨달은 바에 따르면 그것이 그의 작업 방식이었다. 나는 삐뚤삐뚤하고 엉망진창인 악필에다 가끔은 반으로 찢었다가 다시 테이프로 붙여놓은 그의 원고에 어느새 익숙해졌다. 한번은 반 페이지를 빼곡하게 썼다가 처음부터 다시 쓴 원고도 있었다. 냉소적으로 굴기는 해도 자신이 쓴 글을 아끼고 어떤 글도 대충 쓰지 않는 것 같았다.

"그래," 그가 말문을 열었다. "요즘 어때요? 벌써 전에 있던 신입 두 명보다 더 오래 근무했네요. 헨리에타는 잘해줘요?"

미스터 콜린스는 미시즈 버드를 이름으로 부르는 유일한 사람이었다.

"모두 친절하게 대해주세요." 나는 외교적으로 대답했다. "독자들의 고민거리에 대해서도 많이 배우고 있고요."

"그렇군요." 미스터 콜린스가 대꾸했다. "캐슬린 말로는 페이지를 채우는 게 고역이라고 하던데."

나는 고개를 끄덕였다. 편지를 보냈지만 무시당하는 독자들에 대해서도 그가 다 아는지 궁금했다.

"편지는 충분해요." 내가 말했다. "하지만 미시즈 버드는 편지에 대부분 답을 하지 않으려 하세요. 어떤 사람들은 정말 곤란한 처지이지만 그 사람들에 대해 '불쾌한 사연'이라는 말만 하시죠."

"헨리에타라면 그럴 거예요." 미스터 콜린스가 말했다. "정말이지, 나한테도 너무 어려운 문제예요. 그래서 소설에 천착하는 거예요. 이야기를 지어내는 편이 현실의 삶을 진단하는 것보다 좀더 쉽거든요."

나는 책장을 훑어보았다. 전에 봤던 브랜디 병이 여전히 그 자리에 있었다.

"저는 사람들이 너무 안됐어요." '혼란에 빠진 사람'을 떠올리며 울적하게 대꾸했다. "그 사람들을 외면하다니 너무 야박한 것 같아요."

미스터 콜린스는 의자에 깊숙이 기대앉아 생각에 잠긴 채 턱을 어루만졌다. 면도를 한 것처럼은 보이지 않았다. 그러더니 다시 앞으로 몸을 내밀었다.

"너무 낙담하지 말아요, 에멀라인. 헨리에타는 내가 말 그대로 꼬맹이였을 때부터 그 일을 했어요. 그러니 당신이 그녀를 바꿀 수 있을 것 같진 않군요. 사랑하는 편집국장 권한대행의 입장을 옹호해보자면, 그녀는 내가 온갖 연재소설과 특집기사를 마음대로 쓰게 내버려두잖아요. 내 일이 바로 그것이라는 걸 알기 때문이죠. 그래서 나는 그 일을 되도록 잘해보려고 노력하고 있어요. 믿거나 말거나 난 사람들이 내 글을 좋아하길 진심으로 바라요."

그는 마치 자신에게 들려주기라도 하듯 말했다. 나는 고개를 끄덕이며 내가 그의 글을 얼마나 좋아하는지 말하려고 했다. 하지만 그가 한 손을 들어 내 말을 막았다.

"이건 엄밀히 말해 문학은 아니에요." 그가 말했다. "모두 알다시피 우리는 경쟁에서 완전히 밀려났고 보잘것없는 낡은 잡지는 역사의 뒤안길로 사라지는 중이에요. 그래도 남은 우리 몇 사람은 할 수 있는 일을 하고 있어요. 미스터 브랜드의 삽화를 봐요. 정말 아름답잖아요. 에멀라인, 헨리에타에 대한 걱정은 접어둬요. 할 수 있는 한, 할 수 있는 일을 해요. 장담하는데 훗날 그 노력이 결실을 맺을 날이 올 거예요."

그는 뒷덜미를 긁더니 하품이라도 나는 것처럼 기지개를 켰다. "맙소사, 내가 우리 둘 다 지루해 죽을 위험에 빠트렸군. 설교는 끝났어요. 미스 레이크, 당신이 잘하는 일을 찾아요. 그리고 더 잘하도록 노력해요. 그게 열쇠니까."

그가 책상 위의 혼돈으로 다시 시선을 돌렸고 나는 그것을 작업으로 돌아가고 싶다는 신호로 받아들였다. 그래서 미시즈 머호니의 전갈을 전한 후 내 사무실로 돌아왔다. 희한하게도 아주 약간이지만 기운이 났다—격려를 받은 기분이었다.

미스 레이크, 당신이 잘하는 일을 찾아요. 그리고 더 잘하도록 노력해요.

브랜디를 마시는, 특별할 것 없고 매사 시니컬한 중년 남자, 때로는 〈여성의 벗〉에 몸담고 있다는 사실에 나보다 훨씬 더 실망한 것처럼 보이는 그 남자의 말에 고무되다니 뜻밖이었지만 그게 사실이었다. 자신이 쓴 이야기에 대한 미스터 콜린스의 생각은 옳았다―그는 한 번도 〈여성의 벗〉 독자들을 실망시키지 않았다. 그 이야기들 속에서 남자 주인공들은 용감했고, 여자 주인공들은 결단력이 있었다. 그리고 이야기는 항상 해피엔드였다. 미시즈 버드가 독자의 문제들을 다루는 태도보다 훨씬 더 통찰력이 있었다.

내 책상에는, 지시받은 일이 있어서 외출한다는 캐슬린의 메모가 남겨져 있었다. 그래서 나는 내 자리에 앉아 연필 꽁지를 씹으며 생각에 잠겼다.

나는 내가 무엇을 잘하는지 몰랐다. 아직까지도 말이다. 종군기자가 되어 사람들에게 중요한 뉴스를 전하고 어떤 식으로든 변화를 이끌어내고 싶다는 포부만큼은 확실했다. 그런데 지금 나는 여기에 있다. 미시즈 버드가 어떻게 하느냐에 따라 삶이 바뀔 수도 있는 소수의 사람들조차 무시해버리는 〈여성의 벗〉에 발이 묶인 채 여기 있다.

할 수 있는 한, 할 수 있는 일을 해요.

그 순간 나는 마음을 정했다. 심장이 점점 더 거세게 뛰는 가운데 나의 타자 속도를 가늠하며 새 종이를 타자기에 끼워넣고 서랍에서 '혼란에 빠진 사람'의 편지를 꺼냈다. '불행한 아내'와 같은 독자들의 문제에 대해서 나는 아는 바가 전혀 없었다. 하지만 '혼란에 빠진 사람'에게는 무슨 말을 해야 할지 알았다. 같은 상황이었던 친구 키티를 보았으며 상황이 키티에게 이루 말할 수 없이 나쁘게 흘러갔을 때는 도와줄 수 있는 힘이 거의 없었다.

나는 입술을 잘근잘근 씹으며 그 편지를 다시 읽었다. 그리고 위기에 처한 사람으로부터 도움을 요청받을 만큼 경험 많은 사람이 된 것처럼 생각해보았다. 상냥하고 애정이 많은 또다른 미시즈 버드를 상상하며 말이다. 내가 한 짓이 들통난다면 분명히 대가를 호되게 치를 테지만, 적어도 시도는 해야 했다. 나는 타자를 치기 시작했다. 미시즈 버드의 무미건조한 문체와 비슷하지만 훨씬 덜 박정하게 쓰려고 주의했다. 막상 해보니 생각했던 것보다 쉬웠다— 나는 '혼란에 빠진 사람'에게 영화를 보러 갔건 선물을 받았건 어떤 식으로든 남자친구에게 '되갚아야' 할 이유는 없다고 썼다. 그녀는 절대 흔들리지 말아야 하며 남자친구가 떠나버린다면 그것은 그의 손해라고 덧붙였다.

나는 미시즈 버드도 내 말에 동의할 거라고 생각할 뻔했다.

그런데 편지를 다 쓰자마자 손이 턱 멈췄다. 편지에 뭐라고 서명을 해야 하지?

그때 복도에서 문이 쾅 열리는 소리가 들렸다. 캐슬린이 일을 다 처리하고 돌아오는 소리가 분명했다. 내가 한 짓을 그녀에게 들키는 위험을 감수할 수는 없었다. 나는 타자기에서 잡아 찢듯이 종이를 꺼내 만년필을 움켜쥐고 허둥지둥 썼다.

부디 행운을 빌며,
미시즈 헨리에타 버드

6장
좋은 사람만 있는 것은 아니다

캐슬린이 하마터면 지하철에 방독면을 두고 내릴 뻔했다는 이야기를 재잘거리며 들어올 즈음 나는 그 편지를 내 가방에 집어넣고 평소와 다름없다는 듯 태연하게 특집기사를 타자로 치고 있었다. 내가 미시즈 헨리에타 버드라고 서명만 하지 않았다면, 그 편지는 누가 봐도 내가 친구에게 썼다고 믿을 만했다.

하지만 그렇지 않았다. 나는 상사의 서명을 위조했다.

그리고 〈여성의 벗〉이라는 글이 찍힌 종이를 사용했다. 그리고 〈여성의 벗〉에서 근무하는 시간에 작성했다.

그러므로 그 편지는 절대 내가 친구에게 보내는 편지가 아니었다.

그날 오후 나는 몸짓으로 퇴근을 한다고 알리면서 캐슬린의 눈을 똑바로 쳐다볼 수조차 없었다.

나는 큰 소리로 "어머나 벌써 이 시간이라 어서 가봐야겠어요. 내일 봐요. 안녕"이라고 단숨에 말했다.

그런 후 죄책감으로 붉게 물든 얼굴을 캐슬린에게 들키지 않으려고 허둥대며 모자와 외투를 손에 들고 사무실을 나섰다.

건물을 빠져나가는 시간이 한없이 길게 느껴졌다. 나는 엘리베이터가 매 층에 멈출 때마다 땀을 뻘뻘 흘렸다. 엘리베이터에서 내린 후에는 언제 묵직한 손이 내 어깨를 움켜쥐고 나를 잡아갈지도 모른다는 두려움에 반은 걷고 반은 뛰는 괴상한 걸음걸이로 로비를 가로질렀다.

진눈깨비에 흠뻑 젖은 거리로 나오자마자 나는 한 치의 망설임도 없이 범죄의 증거물을 우체통에 넣고는 집에서 멀리 떨어진 곳으로 나를 데려갈 엉뚱한 버스에 훌쩍 올라탔다.

두 번 다시 할 짓이 못 되었다. 너무나 잘못된 행동이었다. 미시즈 버드가 절대 알아낼 수 없으리라 자신하면서도 미친 짓을 했다는 생각에서 벗어날 수 없었다.

번티가 뭐라고 할지 궁금했다. 생각이라고는 눈곱만큼도 없다고, 들키는 날에는 당장 해고를 당할 거라고 호통을 칠 것만 같았다. 그 말이 맞을 것이다. '혼란에 빠진 사람'을 도울 수 있을지 모른다는 생각에 들떴지만, 미시즈 버드를 사칭해 조언을 했다고? 번티는 진심으로 내가 미쳤다고 여길 것이다. 에드먼드라면—생각조차 하기 싫었다.

아무에게도 말하지 않는 편이 낫겠다고 생각했다.

그 주 내내 나는 유능한 직원의 표본이 되려는 듯 미친듯이 일에 매진했다. 내가 모든 것을 망쳐버렸고 결국 〈여성의 벗〉에서 경력을 마감하게 되리라는 실망감에 속이 몹시 쓰렸지만, 소방서 근무도 빠지지 않으며 맡은 바 책임을 다하려고 애썼다. 물론 날카로운 정치적 통찰력을 갖추고 기다리면 〈이브닝 크로니클〉로 옮겨갈 희박하고도 희박한 기회가 생길지도 모른다고 마음을 다잡으며 신문도 빠짐없이 읽었다. 에드먼드에게는 명랑하고 쾌활한 내용의 편지를 매일 써서 부쳤다.

사무실에 출근을 하면 미시즈 버드의 원고에 들어갈 고민거리들을 두 배나 빠르게 타이핑했고, 미스터 콜린스가 쓴 낭만적인 소설 두 편을 낡은 타자기 소리와 함께 정리했으며, 캐슬린이든 누구든 별로 하고 싶지 않은 일이 있다고 하면 자청해서 처리했다. 그렇게 일하다보니, 내가 몹시 좋아하는 미시즈 머호니는 나를 '복덩이'라고 부르게 되었고 〈여성의 벗〉에서의 근무가 점점 좋아졌다.

그렇게 한 주가 지나고 다시 곤란한 상황이 벌어졌다.

솔직히 나도 미시즈 버드에게 온 편지들 중에서 '불쾌한 사연'을 솎아내려고 노력했다. 하지만 애초에 우리가 받는 편지들이 얼마 되지 않는데다 부도덕함의 범위가 워낙 넓기 때문에, 필요한 분량을 맞추기가 너무 힘들었다. 희망을 갖고 개봉한 편지들이 처음에는 무난한 내용으로 시작해서 용기를 얻었다가도, 두번째 줄을 반쯤 읽었을 때 나와 더이상 사랑을 나누지 않아요라거나 그래서 지금 제 뱃속에는 아기가 있어요 같은 문장이 툭 튀어나오면 처음에 품었던 희망은 참혹하게 박살이 나곤 했다. 미시즈 버드는 긍정적인 시선과 경쾌한 발걸음이면 풀 수 없는 문제가 없다고 큰소리를 치지만, 〈여성의 벗〉 독자들은 대부분 버스 한 대를 꽉 채운 신선한 공기로도 해결할 수 없는 시련으로 고통받고 있었다.

게재 불가 편지들 가운데 몇 통은 잘라버리기가 쉽지 않았다. 그래서 당장 할 수 있는 일이 아무것도 없다고 해도 그런 편지들을 몰래 서랍에 넣어두었다.

월요일에 나는 남편이 바람을 피우고 있는 부인이 보낸 편지를 줬다는 이유로 미시즈 버드에게 한소리 들어야 했다. 그 부인이 안 됐다는 생각이 들었다. 가슴이 찢어질 것 같아요. 그녀는 이렇게 썼다. 왜냐하면 결혼한 지 이십 년이 흘렀지만 여전히 사랑하는 남편이 제 직장 동료와 바람을 피웠다는 사실을 막 알게 되었기 때문이에요……

하지만 미시즈 버드는 개의치 않았다.

"미스 레이크." 그녀가 쌀쌀맞게 말했다. "정사. 정신이 완전히 나갔었나요?"

이틀 후 나는 결혼 첫날밤 때문에 걱정이 많은 여성 독자 때문에 또다시 곤경에 처했다. 제 친구가 그날 밤에 대해서 특별히 해줄 말이 없다고 하더라고요. 하지만 무슨 일이 일어날지 걱정스러워요. 이 구절이 다시 단호한 반응을 불렀다.

"미스 레이크. 쾌락이 목록에 있는지 없는지 물어봐도 될까요?"

가끔 의외의 성공을 거둘 때도 있었다. 미시즈 비턴*이 실제 인물인지, 젊은 나이에 죽었다는 게 사실인지 묻는 독특한 질문("물론 실제 인물이죠, 미스 레이크, 스물아홉이었어요")과 캐나다에서의 삶이 꽤 고독하다는 사실을 알게 된 해외 독자("쓸쓸함으로는 아무것도 얻지 못해요, 미스 레이크, 우리는 그들에게 힘을 내라고 말해줘야 해요")의 경우, 미시즈 버드의 반응이 상당히 좋았다. 하지만 '불쾌한 사연'이 아니어서 게재가 가능한 수준인 편지는 매우 드물었다.

---

*빅토리아시대의 인기 저술가.

"있잖아요, 캐슬린." 어느 날 아침 미시즈 버드에게 전달할 만한 편지를 찾느라 분투하던 나는 불쑥 말을 꺼냈다. "우리가 문제다운 문제에 해답을 제시하지 못한다면, 아무도 편지를 쓰지 않는 건 당연하지 않겠어요?"

"그래도 아직도 쓰는 사람들이 있는걸요." 캐슬린이 대답했다. 그녀는 복잡하게 짠 더블니트 카디건을 입고 있었는데 어쩐지 어수선해 보였다.

"많지 않잖아요." 내가 말했다. "다른 주간지들을 봐요. 그 잡지들에는 형편없는 남편과 아기를 갖거나 갖지 않는 문제에 대한 조언들이 넘쳐난다고요. 게다가 남자친구가 일 년 동안 전선에 나가 있는데 그와 다시 만날 수 있을지 걱정스러울 때에 대한 조언도 있고요." 나는 에드먼드를 떠올렸고 그가 어디에 있는지조차 모르는 시간이 태반이라는 생각이 들었다. "사람들은 그런 문제들로 고민을 해요. 이번 6월에 개미가 기승을 부릴지 말지가 아니라. 도대체 누가 그런 문제에 신경을 쓰겠어요?"

캐슬린이 신경질적으로 문을 힐끔거렸다.

"세상에, 캐슬린. 여사님은 외출하셨어요." 내가 말했다.

아무리 피곤하더라도 캐슬린에게 그렇게 쏘아붙일 것까지는 없었다. 전날 밤 공습은 지독했다. 그로 인해 내가 소방서에서 또 한 번의 지난한 야간근무를 하는 동안, 런던 시민의 절반도 뜬눈으로 밤을 지새웠다. 우리는 모두 한배를 탄 신세였다. 그렇다고는 해도 독자들을 무시하는 행태는 여전히 옳지 않다는 생각이 들었다.

"우리는 이런 독자 같은 사람들을 도와야 해요." 나는 이렇게 말하며 '당황스러운 사람'이라고 서명이 된 편지를 읽기 시작했다.

"친애하는 미시즈 버드에게,

저는 약혼자를 몹시 사랑해요. 그런데 그이가 갑자기 제게 차갑게 굴어요. 저를 좋아하지만 뜨겁게 사랑하지는 않는대요."

"에멀라인." 캐슬린이 하얗게 질려서 내게 속삭였다. "그만해요."

나는 계속했다.

"그와 결혼해서 마음이 돌아오기를 바라야 할까요?"

나는 캐슬린을 노려보았는데, 내가 맞서는 사람이 그녀가 아니라는 점을 생각하면 부당한 처사였다.

"미시즈 버드는 왜 도울 수 없을까요?" 내가 물었다. "그 남자가 이 여자분을 진정으로 사랑하지 않는다면, 이분은 앞으로 고통스러운 시간을 보내게 될 거예요. 저 바다에는 물고기들이 잔뜩 있다는 말 정도는 해줘야 해요. 아니면, 아니면 이런 것." 나는 차마 버릴 수 없을 정도로 너무나 슬픈 편지를 넣어둔 책상 서랍을 열었다.

"친애하는 미시즈 버드에게,

저는 세 아이를 둔 엄마로 전쟁 전에 남편과 사별했습니다. 저에겐 친구가 많지 않습니다. 그러다가 아주 상냥한 군인이 임시로 우리집에서 살게 되었고 그와 가까워졌습니다. 그런데 지금 그의 아기를 가진 것을 알게 되어 어찌할 바를 모르겠습니다. 그 사람에게 편지로 알렸지만 답장이 오지 않아요. 저는 절망적이에요. 제발 말씀해주세요. 저는 어떻게 하면 좋을까요?"

"에멀라인, 그만해요." 캐슬린이 점점 초조해하며 말했다. "이런 사람들은 미시즈 버드가 좋아하지 않는 부류라는 걸 알잖아요."

"부류라고요?" 키티와 키티의 아들이 떠올랐다. "세상에나 캐슬린, 이런 일은 당신이나 내게도 일어날 수 있어요. 이들은 단순히

'부류'가 아니에요. 이 이야기를 들어봐요.

미시즈 버드에게,

사람들이 제일 먼저 런던에서 아이들을 피난시켰을 때 저는 제 어린 아들을 차마 보낼 수가 없었답니다. 두 달 전 우리집이 폭격을 당했고 제 아들은 평생 불구로 살게 되었어요."

나는 말을 멈췄다. 나는 걸핏하면 눈물바람을 일으키는 사람은 아니지만 목이 메어 더 읽을 수 없었다. 이 편지를 보여주었을 때 미시즈 버드는 이 엄마가 원망할 사람은 자기 자신뿐이라고 말했다.

"솔직히 말해서, 캐슬린." 나는 다시 말문을 열었다. "우리가 아무도 돕지 않는다면 〈여성의 벗〉에 고민란이 있는 게 무슨 의미가 있어요?"

나도 엉뚱한 사람에게 푸념을 늘어놓고 있다는 것을 알았다. 내가 설득해야 할 사람은 미시즈 버드였으니까.

캐슬린이 한숨을 쉬었다.

"에미, 내 말을 들어봐요." 그녀는 차분한 목소리로 말했다. "끔찍할 때도 있다는 거 잘 알아요. 그 문제에 대해 생각하면 가끔은 나도 몹시 우울해져요. 하지만 당신이 할 수 있는 일은 아무것도 없어요. 미시즈 버드가 그…… 그러니까…… 아기를 밴 사람들을 무시하라고 하면 우리는 따라야 해요." 캐슬린이 고개를 흔들자 머리카락도 동정하듯 함께 흔들렸다. "설령 우리 마음에 들지 않더라도요."

나는 책상 아래에 떨어져 있는 봉투를 집어들기 위해 몸을 숙였다.

"내가 만약 아이를 가진다면," 나는 어두운 나무 바닥에 대고 말했다. "누군가는 나를 도와줄 거라고 생각하고 싶어요."

캐슬린의 의자가 바닥을 끄는 소리가 들렸다. 곧이어 그녀의 목소리와는 다른, 얼음장 같은 강단 있는 목소리가 들렸다.

"그런 일이 일어날 수도 있다고 말하는 건가요?"

캐슬린의 책상 뒤에 걸린 벽시계가 종을 울려 시간을 알리면서, 고맙게도 미시즈 버드가 길거리에서 차에 치인 알코올중독자 문제를 처리한 후 열한시에는 사무실에 도착할 예정이었다는 사실을 상기시켜주었다.

시계가 땡땡 치는 동안 나는 책상 아래에서 머리를 빼지 않았다. 시계가 열한 번 종을 치는 동안 계속 이렇게 있을 수 있을까.

"미스 레이크?"

"네, 미시즈 버드?" 나는 마침내 책상 아래에서 머리를 빼며 대답했다. 캐슬린이 차렷 자세로 서 있었다. 마담투소밀랍인형박물관에서 열린 '닥터 크리펜* 전시회'에서 사색이 되어 뛰쳐나가는 여자를 본 적이 있는데 그 여자의 얼굴색과 지금 캐슬린의 얼굴색이 똑같았다.

"미스 레이크." 미시즈 버드는 타락의 가능성을 앞에 두고도 침착하게 말했다. "우리가 지금 가설을 이야기하는 중이라고 믿어도 되겠죠?"

"오, 그럼요. 세상에, 물론입니다." 이렇게 대답했지만 나는 끝장이었다. "캐슬린과 저는 독자들의 편지에 대해 의견을 나누던 중이었어요."

캐슬린의 얼굴이 백지장처럼 하얘지는 모습을 보았지만 이미 엎

---

* 미국에서 아내를 살해한 혐의로 교수형을 당한 범죄자.

질러진 물이었다. 편지 내용에 대해 이러쿵저러쿵하는 건 '엄하게 금지되어' 있다는 사실을 이제야 떠올린 것이다.

"알겠어요." 미시즈 버드는 이렇게 대꾸했지만, 이해해주는 것 같지 않았다.

"음, 우리가 의견을 나눴다고 말씀을 드렸지만," 나는 뒷걸음질을 쳐 팀이 우선이라는 규칙으로 되돌아갔다. "실제로는 제가 말을 했다고 해야 해요. 캐슬린은 어쩔 수 없이 듣기만 했거든요."

나는 적어도 친구만은 수렁에서 구할 수 있기를 바랐다.

"그렇다면 당신은 무슨 말을 했죠, 미스 레이크?" 미시즈 버드가 졸도할 것 같아 보이는 표정과 얼음장처럼 차가운 표정을 동시에 지으며 내게 물었다. 낡고 커다란 모피 코트를 입은 그녀는 유난히 별미인 물고기를 막 놓친 거대한 곰처럼 보였다. "왜냐하면 나는 파트타임 신입 타자수인 당신이 애초에 뭔가를 아주 많이 말하기 위해 고용되었다는 사실을 몰랐거든요."

나는 마음의 준비를 했다. 〈여성의 벗〉에서 일한 지 한 달도 되지 않았는데 벌써 잘리게 생겼으니 말이다.

다른 한편으로는, 일자리를 잃는다면 남은 길은 입대밖에 없다는 생각을 했다. 설령 그 때문에 부모님이 걱정으로 미쳐버릴지라도 말이다. 그러면 적어도 제대로 전쟁을 경험할 수 있을 것이고 언젠가 종군기자 자리를 얻는 데 도움이 될지도 몰랐다.

또는 여성보조공군에 입대할 수도 있었다. 정말 멋진 생각이었다. 낙하산을 타고 뛰어내리는 훈련을 받은 다음, 오빠 잭의 비행 중대에 합류해 그가 하는 일을 나도 할 수 있다고 증명할 수도 있었다. 영국공군수송보조부대에 들어간다면 규칙상 아무도 격추시킬 수는 없다 하더라도 여성 조종사가 되어 항공기에 보급을 해줄 수는 있을 것이다.

미시즈 버드가 내게 불호령을 내리려는 순간 나는 더 많은 선택지에 대해 생각중이었다. 어쩌면 소방대에 남아서 오토바이를 배워 전령이 될 수도 있었다. 그런 여성 두 명을 만난 적이 있는데, 그들은 정말 멋진 사람들이었다—똑똑하고 성실하고 언제나 가장 치열한 곳으로 곧장 달려갔다. 잭은 내가 오토바이 타는 법을 배웠다고 하면 박장대소를 하겠지만, 그렇게 하면 내가 간절히 바라는 대로 런던에 남을 수 있었다. 이곳에는 번티가 있을 테고, 소방대의 여자 동료들과 윌리엄과 친구들이 있어 함께 영화를 보러 가고 춤을 추며 어울릴 수 있었다. 그러니 아무것도 달라지지 않으리라. 캐슬린에게도 함께 어울리자고 물어볼 수 있을 것이다.

어쩌면 〈여성의 벗〉을 떠나는 편이 전화위복이 될 수 있었다. 물론 입사한 지 몇 주 만에 해고된 경력이 내 이력서에 음울한 그림자를 드리우겠지만 말이다. 그 일은 실수였다고, 나는 후방지원을 위해 더 많은 일을 하고 싶었다고 말하면 된다. 미시즈 버드에게 버림받은 독자들을 두고 떠나려면 발이 떨어지지 않겠지만 어차피 내가 그들을 도울 수 있는 방법은 없었다.

"그리고 〈여성의 벗〉 독자가 '그런 종류의 일'을 읽으며 오후를 망치고 싶어하리라고는 생각되지 않는데요, 그렇죠?"

미시즈 버드의 일장연설이 마지막을 향해 다가갔다. 정말 대단했던 이닝이었다.

"그럼요." 나는 힘주어 대답했다. "그렇고말고요. 독자들이 그런 걸 원하지는 않겠죠."

나는 도주를 위해 정신을 가다듬었다. 하지만 미시즈 버드는 단지 아주 잠깐 차를 마시기 위해 경기를 멈췄을 뿐 다시 당당하게 위킷으로 되돌아왔다.*

"미스 레이크, 당신은 '순진한 여행객'이에요." 미시즈 버드가 마치 범죄 사실을 말하는 것처럼 우레 같은 소리로 외쳤다. "좋은 사람만 있는 게 아니라는 걸 당신도 깨닫게 될 거예요."

뒷짐을 진 미시즈 버드의 모습이 흡사 부대를 시찰하는 군인 같았다. "특히 그런 사람들." 그녀는 내 책상 위에 마구 흩어져 있는 편지들을 향해 턱짓을 하며 덧붙였다.

"정사…… 이성을 잃은 사람…… 아기…… 불쾌한 사연들." 그녀는 힘주어 말한 후 혐오감이 가라앉기를 기다리며 잠시 뜸을 들였다. "그리고 심지어, 미스 레이크…… 히스테리까지."

이렇게 말하면서 그녀는 흡사 그들이 반역 행위라도 저지른 것 같은 표정을 지었다.

"이 여자들은 우리의 남자들이 자유로운 세상의 미래를 위해 싸우는 동안 '자신들의 삶'을 즐기고 있어요. 그런 그들에게 도움받을 자격이 있다고는 말 못하겠군요, 그렇죠?"

내가 읽은 편지 내용을 보면 절대 그렇지 않았지만 기세등등한 미시즈 버드 앞에서 반박은 소용이 없었다. 그리고 사실 내가 고민란을 신경쓸 이유도 없지 않은가.

하지만 미시즈 버드가 사람들이 얼마나 추잡한지에 대해 두번째

---

* '이닝'과 '위킷'은 크리켓 용어로, 크리켓에서는 한 이닝이 며칠 동안 계속되기도 한다. 그만큼 버드 여사의 잔소리가 길고 장황했다는 말장난.

일장연설에 돌입하자 나는 깨달았다. 나는 신경이 쓰였다. 정말로, 진심으로 신경이 쓰였다.

나는 고루하고 희망이 보이지 않는 이 주간지에 편지를 쓰는 여자들에게 마음이 쓰였다. 미시즈 버드가 받는 편지는 너무 적었기 때문에 그녀는 편지 한 장 한 장에 답장을 쓸 시간을 충분히 낼 수 있었다. 그러나 그렇게 하는 대신 그녀는 나 같은 미천한 조수에게 그 편지들을 찢어버리게 하고는 정작 자신은 런던을 돌아다니며 자신의 자선단체에서 모금을 했다. 미시즈 버드가 나타나 불굴의 정신을 운운하는 연설을 해대며 등을 꼿꼿이 펴고 입을 꾹 다물라고 강조하지 않아도, 폭격으로 집이 날아가면 충분히 끔찍할 것이다.

미시즈 버드는 이 독자들에게 관심이 없을지 몰라도 나는 달랐다. 〈여성의 벗〉에 들어온 일은 실수였다. 하지만 여기에서 포기한다면 실수보다 더 끔찍한 일이 될 것이다. 미시즈 버드에게 맞서려는 내 시도가 실패할 수도 있지만, 내가 이 일자리를 잃은 후 들어온 다음 '신입 타자수'가 시도조차 하지 않는다면 어떻게 될까? 이곳에 편지를 보낼 정도로 절박한 여성들을 위해 아무도 분연히 일어서지 않는다면 어떻게 될까?

나는 언제나 제대로 된 전시 상황은 신문에서 보도한다고 생각해왔다. 전투 상황과 적의 사상자 수, 정치가와 지도자의 중요한 발표와 연설들. 나는 그것들의 일부가 되고 싶었다. 그런데 내가 틀렸다는 생각이 들기 시작했다. 정부는 전쟁에 나가지 않은 사람들이 후방지원의 핵심이라고 늘 강조했다. 전쟁에 나간 젊은 남자들을 계속 지원하고 아무것도 달라지지 않은 것처럼 평소와 같은 삶을 영위함으로써 히틀러가 우리를 결코 때려눕힐 수 없을 것이라는 사실을 깨닫게 만들기 위해 필요한 존재라고 말해왔다. 게다가 우리 젊은 여자들은 쾌활하고 금욕적이고 늘 좋은 사람이 되어야 하며, 장병들이 휴가를 받아 나올 때는 립스틱을 바르고 예쁘게 보여야 하고 그들이 다시 전장으로 나갈 때는 눈물바람을 보이거나 우울해하지 말아야 한다고 했다. 그리고 당연하게도 나는 그에 동의했다. 당연하지 않은가.

하지만 상황이 힘들어지거나 악화된 지금은 어떤가. 언론은 미시즈 버드에게 편지를 보내는 독자 같은 여자들에 대해서는 일언반구도 없다. 전쟁으로 자신이 알던 세상이 완전히 박살난 여자들, 남편을 그리워하는 여자들, 외로움을 이기지 못하고 나쁜 남자와 사랑에 빠진 여자들. 아니면 그저 어리고 순진했기에 힘든 시기에 한눈을 판 여자들. 사람들이 언제나 겪어온 문제들이지만 모든 것이 뒤죽박죽인 지금만은 그저 그들에게 온몸으로 감내하라고 한다.

이들은 누가 지지해주어야 하나?

나는 지금도 어엿한 종군기자가 되고 싶다. 내가 읽은 글에서, 두 벌의 모피 코트와 진실을 밝혀내겠다는 불타는 결의 외에는 아무것도 없이 스페인의 내전을 보도하기 위해 당당히 그곳으로 걸어들어간 사람들과 같은 여성 종군기자 말이다. 나는 행동과 흥분의 일부가 되고 싶었다.

하지만 신문기자가 되는 일은 잠시 미뤄둘 수 있다. 미시즈 버드는 다른 시대에 갇혀 사는 사람이다. 그녀의 관점은 삼십 년 전이라면 그런대로 괜찮았겠지만 지금은 시대에 한참 뒤떨어졌다. 이것은 단지 그녀만의 전쟁이 아니었다. 모두의 전쟁이었다. 우리의 전쟁이었다.

나는 잘해보고 싶었다. 〈여성의 벗〉에 남아서 이 독자들을 돕고 싶었다. 아직은 구체적으로 어떻게 해야 할지 모르겠지만 사람들에게는 도움의 손길이 필요했다.

일단은 순순히 잘못을 시인해야 할 때였다.

"미시즈 버드." 나는 씩씩하게 말했다. "제가 정말 잘못했습니다. 아직도 업무를 제대로 파악하지 못한 것 같습니다." 이럴 때는 약간 맹해 보이는 척하는 편이 가장 효과적이었다. "이제야 모든 걸 좀더 확실하게 알겠습니다. 정말이지 제가 업무 파악이 끔찍할 정도로 느려서 무척 죄송합니다. 다시는 이런 말씀을 안 하셔도 될 겁니다. '프랑스에 실망한 사람'이라고 서명한 부인이 보낸 이 편지를 보여드려도 될까요?"

내가 건넨 편지를 미시즈 버드는 여전히 격노한 표정으로 받아들었다. 한참 후 그녀가 짧게 고개를 끄덕였다.

"미스 레이크. 당신의 도덕적 기준은 시궁창 수준이에요. 기준이 유난히 낮군요."

그녀의 말투는 마치 내가 유별나게 난잡한 성매매 여성들의 손에 길러졌거나 툭하면 약자를 구타하는 인간이라고 말하는 것 같았다. 그럼에도 불구하고 나는 최선을 다해 깊이 뉘우치는 시늉을 했다.

"나는 그런 종류의 편지를 읽고 싶지 않아요." 미시즈 버드는 내 책상을 가리키며 이렇게 최종 선언을 했다. "나는 그것들을 읽지 않을 거예요. 답을 하지도 않을 거예요. '좋은 사람들'이 쓴 편지가 아니니까."

그 말과 함께 미시즈 버드는 내가 캐슬린에게 읽어준 몇 장 되지도 않는 편지를 모두 쓰레기통에 던져버렸다.

그러고는 운이 그리 좋은 날이 아닌데도 스페인 무적함대의 측면을 공격했던 갤리언선처럼, 사무실의 크기가 허락하는 최대한으로 위풍당당하게 퇴장을 했다.

캐슬린과 나는 미시즈 버드의 사무실 문이 쾅 닫히는 소리가 날 때까지 말없이 가만히 앉아 있었다.

"휴." 나는 승리의 기쁨에 취해 말했다.

"정말이지," 캐슬린이 수프 그릇만큼 눈을 휘둥그레 뜬 채 소곤거렸다. "용감했어요."

"이걸 무승부로 봐도 될까요?" 내가 갑자기 키득거리며 물었다.

"영락없이 욕을 잔뜩 들을 줄 알았어요." 캐슬린이 말했다. "나는 이야기하지 않았다고 말해줘서 고마워요."

"그게 사실인걸요." 내가 말했다. "캐슬린은 내게 계속 그만하라고 했잖아요. 괜히 말려들게 해서 미안해요. 다시는 바보 같은 편지 이야기는 꺼내지 않을게요."

"괜찮아요." 캐슬린이 말했다. "나도 그 이야기가 꽤 재미있었어요. 이제 우편실에 가봐야겠네요." 캐슬린은 의견 대립이 끝났다는 사실에 크게 안도한 듯 보였다. 잠시 후 계단으로 쏜살같이 나갔다.

캐슬린이 나가자마자 나는 의자에 기대앉아 한숨을 푹 내쉬었다.

나는 그것들을 읽지 않을 거예요. 답을 하지도 않을 거예요. 좋은 사람들이 쓴 편지가 아니니까.

상황이 무척 명확한 듯했다. 나는 당장 계획에 착수하기로 했다. 미시즈 버드의 지시를 정확하게 따르며 그녀의 탈락 목록에 딱 들어맞는 편지는 다시는 보여주지 않을 것이다.

그리고 미시즈 버드가 그 독자들에게 답하고 싶지 않다면 내가 직접 답장을 쓸 것이다.

물론 위험천만한 일이었다. 어마어마하게 위험했다. 하지만 '혼란에 빠진 사람'에게 답장을 쓰고 미시즈 버드의 이름으로 서명을 했는데도 끔찍한 일은 일어나지 않았다. 아무도 그 사실을 몰랐다. 나는 입술을 깨문 채 그 문제를 곰곰이 생각해보았다. 그렇다. 나는 할 수 있다. 극도로 조심하면 할 수 있을 것이다.

서류함에서 미스터 콜린스의 원고를 한 뭉치 꺼내 책상 앞에 놓아 캐슬린이 들어왔을 때 내가 무슨 일을 하는지 볼 수 없게 해두었다. 그런 후에 미시즈 버드가 쓰레기통에 던져넣은 편지들을 모두 꺼내 다시 읽었다.

어떤 편지들은 나로서는 이해할 수 없는 상황을 다루고 있었다. 무슨 말을 해야 할지 도무지 떠오르지 않았다. 내 짧은 경험을 토대로 답장을 해봐야 핵심을 비껴간 채 변죽만 울릴 게 분명했다. 나는 의자에 기대앉아 엄지손톱을 물어뜯으며 미스터 콜린스가 해준 말을 떠올렸다. 할 수 있는 한, 할 수 있는 일을 하자.

벼락치기로 공부를 해야 했다. 안 그래도 힘든 독자들의 상황을 더 악화시키지 않도록, 제대로 된 조언 칼럼가는 무슨 이야기를 하는지 조사를 해야 했다. 갑자기 힘이 솟는 것 같았다. 이런 일은 기자들이 늘 하는 일이다—커다란 화제를 조사하는 일 말이다. 종군기자들은 잠입에 대해 모르는 것이 없었다. 나는 종군기자들과 똑같은 방식으로 독자들을 도와볼 작정이었다.

내게는 독자의 문제에 답해줄 만한 이야기가 없을지 몰라도 훨썬 더 인기 있는 수많은 잡지들은 사정이 달랐다. 그 답변들을 베끼지는 않을 것이다. 대신 배울 것이다. 나는 또래 여자들과 대화하는 건 자신 있었다. 그러니 적어도 그들을 돕는 것부터 시작하면 되겠지.

그날따라 지각을 해서 유난히 허둥대는, 차 담당인 미시즈 버셀과 함께 캐슬린이 돌아왔을 즈음, 나는 완전히 생기를 되찾았다. 내 쓰레기통에는 잘게 찢은 독자들의 편지가 충분히 가득차 있었지만, 가방 깊은 곳에는 집으로 가져갈 편지 세 통이 어둠을 방패 삼아 숨어 있었다. 나는 당장 내가 살 수 있는 여성 주간지를 모두 사들이고 번티와 소방대의 여자 동료들에게도 가지고 있는 잡지를 빌려달라고 하기로 했다. 내가 쓴 편지는 회사 건물 바로 앞에 있는 우체통에 넣으면 되었다. 혹시라도 누군가 미시즈 버드에게 '그녀'의 조언에 대한 감사 편지를 보내더라도 어차피 내가 먼저 개봉할 테니 미시즈 버드가 볼 일은 절대 없었다.

그녀가 절대 아무것도 알아서는 안 된다.

이 일은 최고 수준의 첩보작전이 될 것이다. 미시즈 버셀이 아침부터 차를 마시는 것의 위험에 대해 평소와 같은 경고를 시작하지 않았다면 나는 가슴이 너무 두근거려 구역질을 했을지도 몰랐다.

"마흔 전에는 괜찮을 거예요." 그녀가 강조했다. "'변화의 시기'를 반쯤 통과하다보면 모든 게 엉덩이로 가죠."

나는 이 충격적인 정보에 적당하게 대꾸를 한 후 어떤 비스킷을 고를지 유난히 관심을 보였다. 그래 봤자 선택하고 말고 할 것도 없기 때문에 차 한 잔과 아주 살짝 부서진 생강 쿠키를 가지고 순식간에 내 타자기 앞으로 돌아와 앉았다.

계획을 다 세우고 나니 마음이 연처럼 두둥실 떠올랐다. 캐슬린도 행방이 묘연했던 미시즈 버드의 소포를 찾아내 기분이 좋은 듯했다. 그녀가 재잘재잘 이야기꽃을 피웠다.

"소포를 찾아서 정말 다행이에요." 미시즈 버셸이 다른 부서를 지방 덩어리로 만들기 위해 사무실을 나서자 캐슬린이 말했다. "새로운 패턴과 샘플이 잔뜩 든 꾸러미거든요. 잃어버렸다간 미시즈 버드가 완전히 돌아버리실걸요. 아침에 그런 일도 있었으니 우리는 납작 엎드려 있는 게 최선일 거예요."

나답지 않게 날카로운 소리로 웃음을 터트렸다.

"내 말이요." 나는 입안 가득 쿠키를 씹으며 소리쳤다.

캐슬린이 손가락을 입으로 가져갔다. "쉬."

나는 미스터 콜린스의 원고로 돌아갔다.

'상상 속으로.' 새로 연재를 시작한 멋진 로맨스 시리즈.

어리석고 미숙한 클라라. 나는 원고를 따라가며 타자를 쳤다. 행운이 깃든 이 반짝이는 삶에 기대할 만한 일이 얼마나 많은지. 그녀가 눈을 뜨고 그 젊은 대령의 지극한 사랑을 알아보기만 한다면……

고통스러우면서도 황홀한 이야기였다. 타자를 칠수록 이야기는 점점 극적으로 변해갔다. 그리고 나는 그저 맡은 일을 성실히 하는 신입 직원일 뿐이었다.

7장
웃어야 할지 울어야 할지

독자들에게 편지를 쓰기로 마음먹은 뒤 유일하게 마음에 걸렸던
일은 제일 친한 친구에게 말할 수 없다는 사실이었다.

번티와 나는 서로에게 비밀이 없었다. 앞으로 무슨 일을 할지 심
중을 털어놓지 않는 사람과는 평생 친구가 될 수 없는 법이다. 내
계획을 번티가 인정할 리 없다고 확신했지만, 그래도 털어놓고 싶
어 입이 근질거렸다. 사람들을 돕는 일이라는 점을 제대로 설명하
면 번티도 이해해줄 것 같았다.

〈여성의 벗〉에서 오전근무를 마친 후 나는 가방에 작은 편지 꾸
러미를 숨기고 신문판매상인 미스터 본에게서 산 여성잡지를 겨드
랑이에 낀 채 집으로 돌아갔다. 눈이 또 펑펑 쏟아진 터라 복도 매
트에 발을 탕탕 굴러 눈을 털었다. 위층에 올라가면 구두에 신문지
를 구겨넣어서 말려야 할 것 같았다. 우리가 쓰는 층까지 세 층을
쿵쿵 뛰어올라가며 번티를 부르고 인사를 했지만 대답이 들리지

않았다. 야간근무를 했으니 아마도 자고 있을 것 같았다. 나는 계속 올라가 거실로 들어갔다.

그런데 번티는 낮잠을 자기는커녕 걱정스러운 표정을 한 채 두 번째로 좋은 푸른색 치마를 입고 벽난로 곁에 서 있었다.

"에미, 어떡하면 좋아." 번티는 내가 모자를 벗기도 전에 봉투 하나를 내밀며 이렇게 말했다. 내 앞으로 온 전보였다. 우리는 한 번도 전보를 받은 적이 없었다. 전보가 올 경우라면 나는 하나밖에 떠오르지 않았다.

에드먼드.

몸에서 피가 전부 다 빠져나가는 기분이었다. 나는 번티를 봤다가 다시 봉투를 보았다. 그리고 숨을 깊이 들이쉬었다.

내가 봉투를 열어 그 안에 적힌 다섯 줄을 읽는 동안 번티는 줄곧 내 곁을 지켰다.

그런데 내가 두려워했던 내용이 아니었다.

솔직히 전보를 읽고 에드먼드가 아주 멀쩡하다는 사실을 알게 되었지만 나는 웃어야 할지 울어야 할지 알 수 없게 되어버렸다. 그가 독일군의 총에 맞지 않았다는 사실은 말할 수 없이 기뻤지만 그다음 내용을 읽은 내 기분은 더이상 하늘로 치솟지 않았다.

"너무 마음이 아파." 번티가 다시 말했다. "손수건 줄까?"

번티가 제 손수건을 내밀었다. 근사하고 깨끗한 손수건은 가장 자리가 레몬색이었다.

"아니, 괜찮아." 누가 뭐래도 '난감한 상황'이었지만 나는 예의를 차려 대답했다.

번티가 애처로운 표정을 지었다. "앉을래? 나라면 일단 앉고 볼 거야. 에드먼드 소식이지? 가여워라."

번티가 라디오를 꺼버렸다. 마침 라디오에서는 사기를 고무하는 경쾌한 곡이 흘러나오고 있었다. 다른 사람들처럼 번티도 해외에서 온 전보는 비보만 담고 있다고 생각했다.

"에드먼드는 대단히 용맹했겠지?" 에드먼드가 전사했다고 넘겨짚은 번티는 더 자세한 상황을 알고 싶어했다. 번티는 언제나 위기 대처 능력이 무척 훌륭했지만 인내심은 그리 뛰어나지 않았다.

"아니." 나는 느릿느릿 대답했다. "아니야, 그런 말은 차마 못하겠네. 번티, 사실 그 사람, 간호사와 눈이 맞았대."

"뭐라고?" 번티의 눈썹이 휘어져 올라갔다. "전사가 아니라?"

나는 친구에게 전보를 건네며 이 상황에서 할 수 있는 적당한 말을 떠올리려 해보았다. 번티는 전보를 읽더니 불같이 반응했다.

"'더할 나위 없이 건강'하다면서 대체 왜 전보를 보낸 거래?"

나는 입을 벌린 채 친구를 바라보았다. 이 정도로는 열을 냈다고도 할 수 없지만 그 정도가 내가 할 수 있는 최선이었다.

번티는 레몬색 손수건이 착각에서 비롯된 슬픔을 떠올리게 해 불쾌하다는 듯 소매에 그 손수건을 끼워넣었다.

"전보를 보내?" 번티의 목소리가 절규처럼 터져나왔다. "죽지도 않았는데 전보를 보내다니 무슨 생각이야?"

번티가 전보를 소리 내어 읽기 시작했다. 안 그래도 곧 발작을 일으킬 것 같은데 소리 내어 읽다니 그리 현명한 생각 같지 않았다.

"……웬디와 사랑에 빠졌어. 토요일에 결혼식을 올릴 거야. 너무 맘 상하지 마. 안녕. 에드먼드. 추신……" 번티는 거기까지 읽고 고개를 들었다. "에미, 너 차였어. 빌어먹을 돼지 같은 놈."

번티는 상황을 명료하게 정리하는 능력이 늘 훌륭했다.

번티가 분을 이기지 못하고 발기발기 찢어버리기 전에 전보를 돌려받아 벽난로 선반에 올려놓았는데, 아무래도 실수를 한 것 같았다. 왜냐하면 마지막 순간에 도착한 즐거운 파티의 초대장처럼 멋져 보였기 때문이다. 어느 정도는 사실이었다. 웬디에게는 말이다.

나는 침착하게 생각을 정리해보았다. 무엇보다 에드먼드가 무사하다는 사실은 불행 중 다행이었다. 하지만 그 사실을 빼면 누군가 내 뱃속을 후려친 것 같았다. 속이 정말 메스꺼워졌다.

"그래." 마침내 말이 나왔다. "에드먼드가 무사하다니 우리는 기뻐해야 해. 안 죽었으니까. 그건 정말 희소식이잖아."

"음 맞아. 그건 그래." 번티가 고개를 끄덕였다. "맞아." 그녀는 어색하게나마 맞장구를 치려고 되풀이해 말했다. 그러더니 포기하고 이렇게 덧붙였다. "그건 그거고 정말 못된 자식이야."

번티 말이 옳았다. 나는 그 사실을 받아들이려고 노력했다. 에드먼드는 지난 몇 주 동안 전혀 편지도 쓰지 않고 감감무소식이었지만 나는 그가 적과 싸우는 중이라고 나를 타일렀다. 그러는 편이 그가 무사한지 전전긍긍하는 것보다 나았다. 하지만 다른 여자와 사랑에 빠졌을지 모른다는 가능성은 생각조차 하지 않았다.

"그 인간, 어떻게 이럴 수 있니? 네가 그 조끼를 보낸 지 얼마나 되었다고." 번티는 내가 에드먼드를 위해 전용 탱크라도 만들어준 것처럼 말했다.

이번에도 번티가 옳았다. 나는 바느질이라면 거의 뭐든 할 수 있지만 뜨개질 실력은 형편없어서 그 조끼를 뜨는 데 정말 오래 걸렸다.

"그 조끼를 못 받았을지도 몰라." 내가 말했다.

다리에서 힘이 빠지는 바람에 나는 털썩 주저앉았다.

"술 한 잔 가져올게." 번티가 말했다. 우리는 좋은 일이 있을 때조차 술을 많이 마시지 않았다. 그런데 오늘은 도무지 경사스러운 날이 될 것 같지 않으니 한잔하기에 좋은 날일지 몰랐다.

번티가 술 보관함의 뚜껑을 열었다. 그 보관함은 지구의 모양의 커다랗고 흉물스러운 물건이었지만, 번티의 할머니는 우리가 그것을 '현대적'이라고 여기리라 생각하신 모양이었다. 번티와 나는 독일군이 런던을 침공해 우리집까지 쳐들어오면 그 지구의를 계단에서 던져 그놈들을 때려눕히자고 했다. 대영제국의 전체 면적이 선명한 주황색으로 칠해져 있어서 독일군이 그 지구의를 보면 꽤나 분통을 터트릴 거라고 우리는 생각했다.

"위스키소다 한 잔 만들어줄게." 번티가 말했다. 번티는 미국 영화를 몹시 좋아했다.

시간은 오후 세시 이십분이었고 우리는 원래 위스키는 마시지 않았다. 더군다나 낮술이라니. 이런 건 벳 데이비스가 할 법한 일이었고, 에드먼드가 나와 결혼하지 않을 것이라는 소식으로 벌어진 술자리가 아니었다면 꽤 재미있었을 것이다. 그에게 차였다는 사실이 머릿속으로 잘 들어오지 않았다. 어떻게 조금도 눈치채지 못했을까? 나는 양손으로 머리를 감싸고 애써 울음을 참았다. 바보가 된 것 같았다. 그리고 마음이 아팠다.

번티가 내게 술을 내밀었다. 벳 데이비스라면 이런 일로 상처를 받지 않을 것 같았다. 아니, 그녀라면 애초에 에드먼드와 약혼을 하지도 않았을 것이다. 그녀의 입장에서 그는 어쩌면 좀 수수했을 테고 그도 유명한 배우라는 위치가 겉만 요란하다고 생각했을 것이다. 생각해보면 그는 내가 종군기자가 되고 싶다고 말을 했을 뿐인데도 비웃지 않았는가.

나는 위스키 향을 쿵쿵 맡았다. 나를 걱정스럽게 지켜보던 번티가 잔을 들자 나도 따라 들었다. 그런 후 우리는 술 좀 마시는 사람들이 하듯 '크게 한 모금' 들이켰다.

순식간에 폐가 활활 불타올라 우리는 연거푸 기침을 터트렸다. 잠시 후 나는 눈가를 닦으며 모든 것을 홀홀 털어버리자고 마음먹었다.

"벳 데이비스." 내가 말했다. "그녀라면 어떻게 할까? 에드먼드 말이야."

"권총으로 쏴버리고 도망치겠지." 번티는 소파의 내 옆에 앉아 치마의 주름을 펴며 씩씩거렸다. "솔직히 말해서, 엠, 그 조끼 말이야, 내가 보기엔 웬 미치광이가 등화관제 시간에 뜬 것 같았어. 어쩌면 그것 때문에 네게서 마음이 멀어졌을지도 몰라. 하지만 다른 여자와 눈이 맞아 도망치다니 정말 최악이야."

"그렇지?" 내가 맞장구를 쳤다.

진실을 털어놓자면, 나는 에드먼드를 사랑했다. 아니 적어도 사랑한다고 생각했다. 게다가 우리는 오랫동안 함께했기 때문에 약혼이 더할 나위 없이 당연해 보였다. 어째서 에드먼드가 나와의 결혼에 대해 생각을 바꿨는지 궁금했다. 내가 한 행동 때문이었을까? 아니면 웬디가 너무 완벽해서 도저히 못 본 척할 수 없었을까? 뭘 어떻게 생각해야 할지 알 수 없었다.

나도 미시즈 버드에게 편지를 쓰는 독자들 가운데 한 명이 된 것 같았다.

겨울의 음산함이 내려앉은 거실에 앉아 나는 과감하게 한 잔 더 마셔볼까 고민했다. 불타는 듯한 느낌이 사라지고 나니 위스키도 그리 나쁘지 않은 것 같았고 술이 확실히 철학적 사고를 도와주는 것 같았다.

나는 벽난로 선반에 올려둔 전보를 향해 턱짓을 했다.

"웬디는 어떻게 생겼을까?" 내가 말했다.

"아주 못생겼을 거야." 번티는 근거도 없이 최대한 내 편을 들어 주었다.

우리는 잠시 말없이 앉아 이 상황이 얼마나 중대한지를 곰곰이 생각했다.

"사람들에게 알려야겠어." 내가 말했다.

번티가 연민어린 표정을 지었다. "다 이해할 거야. 솔직히 모두 너를 돕고 기운을 북돋아주려고 할걸. 네가 원하면 내가 사람들에게 알릴게. 어쨌든 윌리엄한테는 내가 전할게." 번티가 말했다. "그이는 너 대신 에드먼드를 죽이려고 할지도 몰라. 잭이 선수를 치지 않는다면."

나는 마지못해 미소를 지으며 모두의 이름을 읊기 시작했다. 당차게 들리길 바랐지만 그러지 못했다.

"엄마와 아빠. 할머니와 위플 목사님."

위플 목사님은 우리 교구의 목사였다. 그분은 통풍을 앓았고 눈은 약간 사시였지만 어느 쪽 눈에 대고 이야기를 해야 할지 알고 나면 아무 문제가 없었다. 목사님은 파혼이 몹시 힘든 일이라고 생각하실 것이다.

사실 모두에게 이 소식을 전하는 일은 너무도 우울할 것이다. 아빠는 이렇게 말하겠지. "에미, 그 녀석은 세상에서 제일가는 빌어먹을 머저리야." 그러면 엄마는 이렇게 아빠의 말을 끊을 것이다. "욕을 한다고 도움이 될 것 같지 않아요, 앨프리드. 어쨌든 에드먼드가 '몹시 어리석은 건 사실'이에요."

아무래도 이 소식을 전하는 일이 쉽지 않을 것 같았다.

"번티." 내가 말했다. "나는 독신녀가 될 거야."

"그런 말 마." 번티가 반박했다. "네게는 여전히 기회가 있어."

"아니야. 배는 벌써 떠났어. 나는 열심히 살아볼 거야, 혼자 힘으로."

나는 나를 거부한 에드먼드의 결정을 받아들이려고 노력했다. 자기 연민에 빠진 사람은 아무도 좋아하지 않는다. 지금은 크게 상심했지만 그럼에도 나는 미래를 생각할 것이다. 어쨌든 나는 기자가 되어 전쟁터로 나가고 싶어했던 사람이니까. 구석에 쭈그리고 앉아서 눈물이나 짜고 있을 수는 없었다.

나는 소파에서 일어나 거실을 빙글빙글 돌며 이야기를 이어나갔다.

"번티, 나는 다시는 이런 일을 당하지 않을 거야. 지금부터 내 인생에 결혼은 없어. 일에 집중할 거니까."

"잘 생각했어!" 번티는 내가 최근에 저지른 재앙이나 다름없는 직장 선택에 대해 기꺼이 눈감아주며 이렇게 격려했다. "그런 '형편없는 자식'한테 누가 신경이나 쓰겠어?"

번티는 위스키를 한 모금 더 마신 후 일어섰다.

"정말 유감이야." 번티가 숨을 헐떡이며 이렇게 덧붙였다. "숨을 못 쉴 것 같아."

나는 번티의 등을 두드려줬지만 별로 도움이 되지 않았다. 차라리 이거라면 도움이 될까 싶어 라디오를 다시 켰다.

소방서 출근을 준비하기에는 너무 일렀지만 나는 술잔을 비운 후 내 방으로 들어가 제복으로 갈아입고 옷매무새를 다듬었다. 터져나오려는 울음을 참으며 담담하게 굴려고 했지만 솔직히 마음이 부서질 것 같았다. 나는 집으로 가져온 잡지 더미 옆 침대에 앉았다. 마음이 편해질 때까지 한 달만 자고 일어날 수 있다면 얼마나 좋을까. 이런 내가 〈여성의 벗〉에 편지를 보낸 사람들에게 조언을 할 수 있으리라 생각했다니 어처구니가 없었다. 약혼자조차 곁에 붙잡아두지 못하는 주제에 말이다.

독자들에게 공감하고 그들이 혼자가 아니라는 사실을 일깨워줄 수는 있지만 사실 나는 그 일에 적임자가 아니었다. 볼썽사납게 차이기는 했어도 내게는 무슨 일이 일어나건 내가 필요할 때까지 얼마든지 기댈 수 있는 친구들과 가족이 있었다. 내가 끔찍한 기분으로 방에 틀어박혀 있는 동안 번티는 바로 옆 부엌에서 마지막 남은 고기 페이스트를 바른 샌드위치를 만들었다. 내가 제일 좋아하는 음식이니 그걸 먹고 기운을 차리기를 바라는 마음에서 말이다. 부모님에게 에드먼드에 대한 이야기를 알리기는 쉽지 않겠지만, 두 분은 내 이야기를 끝까지 듣고 시간이 흐르면 결국 상처도 덜 아픈 날이 올 것이라고 기운을 북돋아줄 것이다. 소방서에서는 셀마와 다른 여자 동료들이 에드먼드가 멍청이 중의 멍청이라고 말해줄 것이다. 사실 그 친구들은 에드먼드의 소식을 그다지 좋아하지도 않았다. 마음이 몹시 아프겠지만 그래도 내게는 하소연을 들어줄 사람들이 많았다. 그러니 나는 혼자 헤쳐나가지 않아도 되었다.

내 마음을 털어놓을 사람이 없다면 얼마나 끔찍할까. 안정이나 조언을 얻기 위해 잡지 속 생판 남에게 글을 쓰는 것밖에 할 수 있는 일이 없다면 어떤 심정일까? 그렇게까지 했는데도 결국 무시를 당하고 답장을 받지 못한다면 어떨까. 그러면 더욱더 비참해질 것이다.

나는 눈물을 닦고 코를 세게 풀었다. 이렇게 풀이 죽어 주저앉아 있을 수 없었다. 에드먼드는 나를 버렸고 나는 패배자가 된 기분이었다. 그러나 그가 죽은 것도 아니고 전보를 보면 잔뜩 들뜬 것 같으니 나는 그에게 행운을 빌어주고 이 상황을 잘 이겨내려고 노력할 것이다. 어쨌든 나는 다른 수많은 사람들에 비해 훨씬 나은 처지였다. 게다가 엄마가 늘 말하듯이, 우리 세대 여자들이 자신을 책임져줄 남자를 기다리며 허송세월하라고 할머니가 인생의 반을 난간에 사슬로 몸을 묶은 채 보낸 것은 아니지 않은가.*

그렇고말고.

"좋아." 나는 큰 소리로 외쳤다. "힘내자."

나는 코를 풀고 가방에서 독자들의 편지와 펜, 수첩을 꺼낸 후 잡지 더미에서 첫번째 잡지를 집었다. 그리고 끝에서 두번째 페이지에 실린 독자 상담란을 펼쳐놓고 펜 뚜껑을 열어 메모하기 시작했다. 조언은 현실적이었고 대체로 동정적이었다. 그들은 미시즈 버드라면 절대 좋아하지 않을 온갖 문제에 관한 질문에 대답해주었다. 남자에게 푹 빠졌거나, 남자에게 실망했거나, 남자 때문에

---

* 사슬로 난간에 몸을 묶은 채 여성참정권을 위해 시위한 서프러제트를 말한다.

걱정인 여자들. 아이들 때문에 불안하거나 부모님과의 관계에 진 저리가 난 여자들. 어떤 독자들은 바보 같았지만 그 어떤 편지도 추문은 담고 있지 않았다. 일부 잡지들은 게재하지 못한 이유를 설명하는 전단지를 보내겠다고 약속했다.

나는 〈여성의 벗〉 사무실에서 가져온 자그마한 편지 더미로 시선을 돌렸다. 화려한 총천연색 잡지들이 수천수만 명의 독자들에게 읽히는 것에 비하면, 우표와 자신의 주소를 동봉한 한두 사람을 돕는 일은 너무나 보잘것없는 노력으로 보였다.

〈여성의 벗〉에는 제대로 된 조언을 실어서 더 많은 독자들이 읽게 할 방안이 정말 시급했다. 나는 미시즈 버드가 다른 잡지들도 좀 봤으면 싶었다.

집으로 가져온 '당황스러운 사람'의 편지를 다시 읽었다. 약혼자의 관심이 시들해졌다는 젊은 여성이었다. 저를 좋아하지만 뜨겁게 사랑하지는 않는대요. 혹시 에드먼드도 내게 이런 느낌일까? 내가 정말 솔직하게 내 마음을 들여다보면, 나도 그를 이런 식으로 느끼는 건 아닐까? 문득 우리가 결혼까지 가지 않아서 천만다행이다 싶었다. 그가 웬디를 만나지 않았다면 제대한 후 나와 결혼했을까? 그랬다면 끔찍한 결혼생활을 보내게 되었을지도 몰랐다. 이런 상황에도 좋은 점이 있는 모양이었다.

'당황스러운 사람'에게 답장을 보낼 마음의 준비가 되었다는 생각이 들어 앞으로의 행보에 대해 용기를 주는 내용으로 초고를 작성해보려고 했다. 그런데 답장을 보낼 주소를 몰랐고 우표가 동봉된 봉투도 없었다. 한껏 의기양양해진 순간 김이 팍 새고 말았다. 그녀의 문제라면 내가 누구보다 잘 이해하고 꽤 도움이 될 답변도 보낼 수 있는데 지금은 답장을 쓸 수가 없었다.

의욕이 꺾인 나는 그 편지를 침대에 내려놓았다.

운수 나쁜 날과 커다란 위스키 한 잔의 영향으로 내가 상황을 너무 희망적으로만 봤나 싶었다. 우리는 왜 '당황스러운 사람'을 도우면 안 될까? 〈여성의 벗〉을 읽는, 그녀와 비슷한 처지의 여성들은? 미시즈 버드라면 신경도 쓰지 않을 것이다. 그녀라면 답변을 게재한 편지가 한 통 더 있어도 알아차리지도 못할 것이다.

정말 한 통 더 있으면 어떻게 될까?

아니, 그건 너무 위험했다. 멍청할 정도로 무모했다. 적의 전선 뒤를 바짝 따르며 적의 코앞에서 기사를 보내는 것만큼. 종군기자들 중에서도 가장 미쳤거나 가장 용감한 사람만이 그렇게 할 것이다.

에드먼드의 전보를 받은 후 나는 처음으로 환한 미소를 지었다.

8장
파인애플 통조림에 대한 소문

에드먼드에게 차인 사건 덕분에, 어쩌다보니 여성지 발행사에 취직했다는 소식은 내 가족에게 더이상 뉴스거리조차 못 되었다. 파혼했다고 말씀드리자 부모님은 주말에 집으로 내려오라고 하셨다. 구하기 힘든 당밀 푸딩과 마지막 남은 파인애플 통조림을 먹을 수 있다는 제안이 너무 솔깃해서 거부하기 힘들었다. 게다가 잭이 오랜만에 휴가를 받았기에 겸사겸사 오빠 얼굴도 볼 수 있었다.

지난 한 주 동안 나는 직장에 출근하면 절대적인 미덕의 귀감이 될 태도로 근무했는데, 적어도 미시즈 버드의 업무에 관해서라면 그녀조차 트집을 잡을 수 없을 정도로 안전한 편지만 한줌가량 골라내서 성실하게 전해주었다. 그보다 더 중요한 일이 있었으니, 답변을 열심히 고민하고 집에서 초안을 작성해 타자로 정리한 후 손을 떨지 않기 위해 각별히 조심하며 미시즈 H. 버드라고 서명을 한 답장을 세 명의 독자에게 몰래 보내는 데 성공했다.

미시즈 버드의 이름으로 서명하는 부분이 가장 힘들었다. 물론 대충 생각해서 내린 결정은 절대로 아니었다. '혼란에 빠진 사람'에게 답장을 보냈을 때 발각되었다면 뭘 몰라서 그런 척이라도 할 수 있었을 것이다. 하지만 더 많은 독자에게 답장을 쓰고 말았으니 위험지대로 직접 걸어들어간 셈이었다. 말이야 그렇지 독일군의 탱크나 총부리를 마주하거나 런던이 공습으로 불타 스러지는 것을 막으려고 애쓰는 것과는 달랐다. 그런 일과 비교한다면 내가 무릎 쓰는 위험은 아무것도 아니었다.

그래서 나는 모든 편지에 미시즈 버드라고 서명을 한 후 부쳤다.

나는 여전히 '당황스러운 사람'의 편지를 가지고 다녔고 매주 실리는 '헨리에타 버드의 고민상담소' 페이지에 슬쩍 집어넣을 수 있는 짧은 답변의 초고도 지니고 다녔다. 그러나 실제로 그 편지를 미시즈 머호니에게 전달해 조판되도록 할 배짱은 없었다. 나는 미시즈 버드가 최종 인쇄본을 따로 읽지 않는다는 사실을 어렴풋이 알아차렸다. 왜냐하면 캐슬린이 미결 서류함에 넣어둔 인쇄물이 항상 손도 대지 않은 채 놓여 있었기 때문이다. 그래도 백 퍼센트 확신할 수는 없었다. 좀더 면밀하게 조사를 해보아야 했다.

나는 이 일에 대해 번티에게 입도 벙긋하지 않았다. 친구에게 계속 입을 다물고 있는 건 너무 싫었지만 번티는 에드먼드 일로 나를 너무 걱정하고 있었기 때문에 내가 충격을 받아 분별력을 잃었다고 생각할 게 뻔했다. 그리고 솔직히 말해서, 이따금 유용한 답장을 보내는 일에 대해서는 그렇게까지 무모한 행동이 아니라고 번티를 설득할 자신이 있었지만, 미시즈 버드 몰래 잡지에 편지를 슬쩍 싣는 행동은 선을 넘어도 한참 넘는다는 사실을 알고 있었다.

내가 '독신 커리어 여성'이 되고 일주일 뒤에 번티와 나는 리틀 휫필드의 집으로 갔다. 부모님이 에드먼드에 대해 일방적으로 불같이 화를 내실 상황이 살짝 걱정스러웠지만 런던을 벗어날 수 있어 좋았다. 마을은 다행스럽게도 공습을 자주 당하지 않았지만, 도시 주변을 날던 폭격기 한 대가 진로를 벗어나 들판에 폭탄을 투하한 적은 있었다. 어쨌든 한밤에 대피소로 달려가거나 소방서에서 헬멧을 쓰고 있을 일 없이 따뜻하고 포근한 침대에서 이틀 밤을 지낸다고 생각하니 몬테카를로에서 일주일을 보내는 것보다 더 좋게 여겨졌다.

번티와 나는 워털루역에서 토요일 아침 기차를 탔는데, 그곳은 주둔지에서 돌아왔거나 주둔지로 가는 장병들과 주말을 맞아 가족을 만나러 가는 사람들로 붐볐다. 기차는 웨이머스로 가는 군인들로 꽉 찼고 번티는 내 의사와 상관없이 그 기차여행을 에드먼드를 대체할 후보를 찾을 수 있는 이상적인 기회로 보았다. 사람으로 꽉 들어찬 객차였지만 기어이 자신들의 좌석을 양보해주고 초콜릿 바와 우리는 피우지도 않는 담배 두 개비, 편지를 쓸 주소 몇 개까지 우리에게 쥐여준 매우 좋은 장교들과 일행이 되어, 우리는 햄프셔 교외로 향하는 여행을 즐겼다.

눈이 느릿느릿 떨어지는 2월 초, 우리는 뽀드득뽀드득 눈을 밟으며 리틀휫필드역에서 집까지 이어진 짧은 길을 따라 걸었다. 번티와 둘이서 몇백 번은 함께 걸었던 길이었다. 번티는 학교를 들어가기도 전에 부모님을 모두 잃었는데, 할머니가 계셨기에 천애고아는 아니었지만 아주 어릴 때부터 항상 잭과 나와 함께였다.

번티는 우리 가족의 성향을 속속들이 알기에, 눈사태처럼 나를 덮

쳐올 동정과 그에 딸려 올지도 모르는 불같은 분노를 눈앞에 둔 지금, '사기 진작 책임자'로서의 임무를 성실하게 수행하는 중이었다.

"네 부모님은 〈여성의 벗〉에 대해서 들으면 엄청 흥분하실 거야." 번티가 말했다. "오히려 언론인의 의무를 수행하면서도 〈크로니클〉에서 일하는 것보다 부상을 당할 확률이 훨씬 적어졌다며 좋아하실걸. 그러니 상황이 그렇게 나쁘지만도 않아."

"흠." 내가 대꾸했다. "부모님은 내 일에 대해서는 별로 걱정하지 않으실 거야. 그보다 에드먼드한테 너무 화가 나 있으셔서 그 사람 창자를 뽑아 양말대님으로 쓰지 못하시게 뜯어말리느라 시간이 다 갈걸."

번티가 웃음을 터트렸다. "그거 괜찮은 생각이네." 그러고는 자신의 말을 강조하듯 방수덧신을 신은 발로 눈뭉치를 퍽 찼다.

비커리지힐에 당도하기 직전에 공터 쪽으로 방향을 틀자 묵직한 눈에 뒤덮인 채 높고 금욕적인 분위기로 서 있는 와일드헤이 오크 숲의 풍경이 눈에 들어와 우리는 반색했다. 잭과 번티와 나는 어린 시절 이 숲의 나무 사이를 뛰어다니면서 서로를 뒤쫓거나 전속력으로 달려 본부에 먼저 도착했다고 소리를 지르며 놀았다. 먼저 나무를 만지면 잡히지 않고 살아남는 놀이였다. 전쟁이 시작되기 전, 잭과 에드먼드와 윌리엄은 나무들 주위를 달리며 체력을 단련했다. 입대하기 전에 몸 상태를 최고로 만들고 싶었기 때문이다.

가끔 런던에서 공습이 유난히 지독하면 나는 눈을 감고, 언제나 고요하고 신뢰감을 주는 와일드헤이 오크 숲을 떠올렸다. 그 숲이 온전히 있는 한 우리 모두 무사할 것 같은 느낌이 들었다.

마지막 모퉁이를 돌아 글레브 레인으로 접어들자 페니필드하우스가 눈에 들어왔다. 그 집은 수양버들로 둘러싸인 조지왕조시대 양식의 정겨운 시골집으로, 대칭형 창문들을 보고 있으면 어린아이가 건축가에게 지어달라고 한 그대로 만든 집처럼 보였다. 나는 저 집이 시야에 나타나는 순간의 전경을 사랑했다. 비록 오늘은 커다란 눈뭉치가 내 머리를 정통으로 맞혀 베레모를 떨어트리는 바람에 아빠의 낡은 자동차처럼 캑캑거리느라 그 순간을 제대로 즐기지 못했지만.

"잭 레이크." 내가 소리쳤다. 어디에서 눈뭉치가 날아오는지 천재가 아니라도 알아낼 수 있었다. "잭 레이크, 오빠 생각에……"

잭이 다시 눈뭉치를 던져 표적, 그러니까 내 얼굴에 정확하게 맞혔다.

"오빠는 옆문 근처에 있어, 엠." 번티가 급습에도 동요하지 않고 소리치며 여행가방도 내팽개친 채 신나게 탄약을 뭉치기 시작했다. 번티는 어린 시절의 반을 잭의 공격을 받으며 보냈으므로 적에 대해 누구보다 잘 알았다. "내가 처치할게."

"어림도 없어, 번티 이 친구야." 미사일 한 기가 번티의 머리 근처를 쌩하고 지나가나 싶더니 오빠가 소리쳤다.

"빗나갔지롱!" 내가 눈을 퍼올리며 소리쳤다. "그러고도 폭격기 조종사라고 말할 수 있어? 던지는 꼴이 꼭 걸가이드 단원 같네."

잭은 집중사격으로 대답했고, 공격은 모두 과녁을 정확하게 맞혔다.

"숙녀분들." 잭이 몹시 명랑한 목소리로 놀렸다. "나는 둘에게 기회를 주고 있는 거야."

눈이 내 외투에 스며들기 시작했고 양모 장갑도 축축해졌다.

"이 돼지." 내가 소리쳤다. "송사리."

"집에는 어떻게 들어가지?" 번티가 소곤거렸다. 번티는 적어도 한 번은 얼굴을 정통으로 맞아서 벨리샤 표지등*처럼 얼굴이 벌겠고 몸은 여기저기 눈투성이였다. "오빠가 분명히 뒷문에 부비트랩을 설치해뒀을 거야."

나는 코웃음을 날렸다. 물론 설치해뒀을 것이다. 완벽했다. 유럽이 정신 나간 미치광이에 의해 파괴되고 있고 자유로운 세상이 사라지지 않으리라는 희망을 지키기 위해 영국이 최선을 다하는 와중에 우리 세 사람은 아이들처럼 눈싸움을 하는 중이었다. 이런 때면, 모든 게 단순했고 무서운 것은 부모님이 몽땅 쫓아주던 시절로부터 아무것도 변하지 않은 것 같았다.

"이제 남은 방법은 하나뿐이야, 번티." 내가 그녀에게 소곤거렸다. "공성망치야. 목도리를 올려."

우리는 물이 뚝뚝 흐르는 목도리로 얼굴을 친친 휘감았다. 번티는 쓰고 있던 모자를 아래로 꾹 눌렀고 나는 내 모자가 진입로 한가운데 떨어져 있지 않았다면 얼마나 좋을까 생각했다.

이것은 최고 수준의 자살 특공 작전이었다. 하지만 우리는 그 사실을 감수하고서 10미터가량 전진한 후 잭의 얼굴에 최대한 많은 눈덩이를 최선을 다해 던졌다. 잭은 영국 공군의 외투와 가죽장갑으로 완전하게 몸을 감싼 덕에 좀전까지 우리의 노력을 완벽하게 피해갔었다. 하지만 이제는 껄껄거리고 웃다가 커다란 눈덩이를

---

* 전방에 횡단보도가 있음을 운전자에게 알리는 표지등으로, 기둥은 흰색과 검은색 줄무늬로 되어 있고 꼭대기에 주황색 등이 달려 있다.

꿀꺽 삼키고 말았다. 그는 용맹하게 맞서 싸우며 마침내 팔 하나 거리에서 우리 둘을 움켜잡았고, 우리는 커다란 개에게 사로잡힌 아기 새 두 마리처럼 버둥댈 뿐이었다.

우리 세 사람은 환호성을 지르고 웃음을 터트리며 서로에게 소리쳤다.

"너희들 정말! 그러다 감기 걸려!"

현관문에 서 있던 엄마가 언성을 거의 높이지도 않았는데 소란을 피우던 우리는 동시에 멈췄다.

언제나처럼 연한 하늘색 골이 진 카디건과 주름치마를 입은 차분한 분위기의 엄마는 살짝 고개를 내저었지만 얼굴에는 미소가 가득했다.

"너희 정말 못 말리겠구나. 내가 졌다. 잭, 어서 가서 동생 모자나 주워 와. 에멀라인, 오빠 그만 놀려대. 그리고 번티, 잘 지냈는지 얼굴 좀 보자, 얼른 와봐. 자, 어서!"

우리는 명령대로 서로를 놓아주고 옥신각신하면서 떨어트린 모자며 상자, 가방 등을 주섬주섬 집어들었다. 어머니는 번티에게 따뜻하게 입맞추더니 그 어느 때보다 예쁘다고 칭찬을 늘어놓았고, 잭은 내 베레모를 비딱하게 머리에 올려주더니 나를 꼭 안아주었다.

"얼굴 보니까 좋네, 동생아." 그가 말했다. "소식 들었어. 맘이 안 좋네. 남자는 진짜 멍청이야. 괜찮니?"

"괜찮아, 고마워." 나는 오빠가 보여준 걱정에 감동을 받으며 말했다.

"그거 조끼였니? 엄마는 그 자식이 그걸 입을지 방수포로 사용할지 모르겠다고 하시더라. 그래도 너는 〈타임스〉를 향해서 달려가고 있잖아."

잭이 내게 환하게 웃음을 지었다. 파란 눈이 반짝반짝 빛나고 귀 끝이 추위에 발갛게 얼어붙어 있었다. 꼭 열 살배기 소년 같았다.

"있잖아, 내가 에드먼드를 찾아내서 허파가 입으로 튀어나오도록 한 방 먹여줄게. 말만 해. 정말이야."

나는 고개를 가로저었다. "괜찮아, 고마워. 솔직히 오히려 잘된 것 같아, 진심이야."

"뭐? 노처녀가 되려고?" 오빠가 못 믿겠다는 표정을 지었다. "아, 그래. 잘된 거야. 어쨌든 걱정하지 마. 너와 이어줄 친구들은 얼마든지 있으니까. 조코 칼라일 정도면 만나볼 만하지. 아니다, 조코는 안 되겠어. 막 약혼했거든. 체이서도 좋은 친구지." 그는 잠시 생각해보더니 말했다. "체이서는 안 되겠다…… 이름이 불길해.* " 그는 눈썹을 치켜올렸지만 금세 표정이 밝아졌다. "이 문제는 내게 맡겨줘, 엠. 생각을 좀 해볼게."

나는 씩씩하게 고개를 끄덕였다. 그러는 편이 내가 괜찮다고 믿게 만드는 것보다 쉬웠다.

"어서 들어가자." 내가 말했다. "파인애플 통조림이 있다는 소문이 자자하더라."

자신의 비행중대원 절반과 나의 맞선을 주선하려고 작정한 잭의 주의를 돌리는 데는 이 말이면 충분했다. 우리는 함께 집으로 들어 갔다. 엄마는 번티의 외투를 벗겨주며 평소답지 않은 목소리로 '에미가 아주 괜찮은 걸 보니 정말 다행 아니니?' 같은 이야기를 하고

---

* chaser. 바람둥이를 '스커트 체이서(skirt chaser)'라고 한다.

계셨다.

물론 번티는 엄마의 이런 태도가 '내 딸이 얼마나 가슴 아파하고 있는지 사실대로 말해주지 않겠니?'라는 뜻의 암호라는 사실을 잘 알았다.

나는 헛기침을 했다. 엄마가 번티의 외투를 팔에 걸친 채 돌아서서 양손으로 내 얼굴을 감싸며 환하게 웃었다.

"얘야, 건강해 보이는구나!" 엄마가 외쳤다.

물론 나는 그 말의 속뜻이 '내가 에드먼드 존스를 다시 보는 날에는 나도 내가 무슨 짓을 할지 몰라'라는 걸 잘 알았다.

"고마워요, 엄마, 저는 건강해요."

"그래, 그렇구나!"

"그렇다니까요."

"그래, 다행이야!"

"맞아요!"

엄마는 대화를 이어나갈 기색이 전혀 보이지 않았다. 이러다가 부활절까지 같은 이야기를 하고 있을지도 몰랐다.

다음 순간 엄마가 나를 와락 끌어당기더니 절대 놓아주지 않을 것처럼 내 두 팔을 꽉 잡았다.

"얘, 남자들은 진짜 얼간이라니까." 엄마가 소곤거렸다. 엄마의 목소리는 날카로웠지만 어조는 가벼웠다. "물론 네 아빠는 예외야. 하지만 나머지는 얼간이지."

나는 숨도 잘 쉬어지지 않았다. 내 가족이 계속 이런 식으로 나온다면 나는 분명 갈비뼈에 금이 갈 것이다.

"오빠도 예외고요." 나는 엄마의 머리카락에 대고 안도의 숨소리를 냈다. "오빠는 훌륭해요. 그리고 우리가 좋아하는 그레고리 삼촌도요. 그렇죠? 그러니 모든 남자가……"

엄마가 나를 다시 꽉 안았다.

"그래야 내 딸이지." 엄마가 말했다. "네 말이 맞아. 모두 그런 건 아니지. 맞아."

"네 엄마가 얼간이들에 대해서 일장연설중이냐?"

아빠가 복도로 들어왔다.

"왔구나, 번티. 잘 지냈니?" 아빠는 번티에게 입을 맞추며 안부를 물었다. "육군성은 잘 돌아가고 있니? 네가 처칠의 문법을 제대로 고쳐주는 중이겠지? 독일 놈들은 그런 부분에서 콧대가 높으니까 말이야."

번티는 처칠의 문법은 일류라고 말했다. 실제로 그녀는 처칠과 아무런 관계도 없고 육군성 건물에서 마주친 적조차 없다는 사실은 어물쩍 넘어갔다.

"벽에도 귀가 있답니다, 닥터 레이크." 번티가 진지하게 덧붙였고 그 수는 멋들어지게 먹혔다.

"네 아버지가 분명 자랑스러워하실 게다." 아빠의 말에 번티의 얼굴이 환하게 빛났다. 번티에게는 부모님에 대한 기억이 아무것도 없지만 아빠가 그분들에 대한 이야기를 꺼낼 때마다 행복해했다.

다음은 내 차례였다.

"아빠, 저 왔어요." 아빠가 내게 입을 맞추고 안경 너머로 나를 빤히 보시며 인상을 쓰자 내가 말했다.

"그 자식은 한 번도 마음에 든 적이 없어." 아빠가 이렇게 말해도 나는 그 말이 절대 사실이 아니라는 걸 안다. "세상 제일가는 머저리야. 물론 네 엄마야 걱정을 하지. 하지만 내가 네 엄마에게 좋은 점을 보라고 했어. 적어도 머저리 손주들을 볼 일은 없지 않겠냐고 말이야." 아빠가 내게 윙크를 했다. "그 말에 네 엄마가 기운을 차린 것 같아."

"고마워요, 아빠." 내가 대답했다. 살면서 내가 아빠에게서 들은 가장 긴 이야기였다. 아빠는 내 팔을 잡은 손에 한번 더 힘을 주고는 내가 아무것도 하지 않았는데도 "잘했다, 아가"라고 말했다. 나는 외투와 목도리를 벗어서 예전에 할아버지 댁에 있었던 빅토리아 시대 양식의 키 큰 옷걸이에 건 후 아빠를 따라 거실로 들어갔다.

그때 아빠가 소리 죽여 하는 말이 들렸다.

"빌어먹을 자식." 아빠가 말했다. "그놈의 창자를 뽑아서 빌어먹을 양말대님으로 쓰고 말겠어."

*

푸짐하게 잘 차린 점심으로 양치기shepherd와는 별 상관이 없는 셰퍼드파이를 먹고 당밀 푸딩이나 파인애플 통조림과 곁들인 커스터드크림을 아껴 먹는 동안, 나는 〈여성의 벗〉 때문에 부모님의 질문 공세에 시달리고 잭에게 놀림을 받았다. 내가 그곳 사람들이 얼마나 좋은지 사무실이 구조적으로 얼마나 튼튼해 보이는지 열을 올리며 이야기할 즈음, 나머지 사람들은 내가 '커리어 여성'의 선구자가 될 기회와 더불어 돈벌이가 될 직장을 잡았으며 그곳은 런던 전역에서 '독일 공군이 가장 관심 없을 타깃'이라는 사실에 모두 동의했다. 엄마는 특히 이 마지막 장점을 중요하게 생각했다.

"〈여성의 벗〉은 사람들을 도와주고 있어. 그게 대단한 점이지."
엄마는 내가 노숙인들에게 반 크라운씩 나눠주기라도 하는 것처럼
말했다. "우리가 이 어리석은 짓거리에 잡혀 있긴 하지만 적어도
너희 젊은 여성들은 이때 경력을 쌓아두면 좋을 거야."

엄마는 언제나 전쟁을 '이 어리석은 짓거리'라고 불렀는데, 그
렇게 하면 꼭 마멀레이드 스펀지케이크를 둘러싸고 가벼운 언쟁을
벌이고 있는 것처럼 들렸다. 어쨌든 부모님이 현대적인 사고방식
의 소유자라 다행이었다. 아빠가 맞장구를 쳤다.

"에미." 아빠가 말했다. "너는 위대한 여성들의 긴 대오를 따라
가는 중이야."

"할머니는 어떠세요, 어머니?" 잭이 물었다.

부모님이 눈빛을 교환했다.

"제정신이 아니시죠." 잭이 자문자답했다.

"미치셨죠." 내가 동시에 말했다.

"얘들아, 정말." 엄마는 우리를 나무랐지만 진심은 아니었다.

"너는 어떻게 생각하니, 번티?" 아빠가 물었다. "괜찮아, 말해
보거라."

"음, 여전히 제정신이 아니신가요, 닥터 레이크?" 내 할머니를
잘 아는 번티가 되물었다.

아빠가 웃음을 터트렸다. "대충 그런 것 같구나." 아빠가 말했
다. "엑서터의 선한 이들에게 신의 은총이 있기를. 평화가 찾아와
어머니가 집으로 돌아가시면 누구보다 그 사람들의 마음이 편해질
거야."

엄마가 우리를 둘러보며 말했다. "자, 잭과 번티는 식사 뒷정리

를 하도록 해. 나는 도서관에 반납할 책이 있어서 마을에 나가야
하니까, 에미, 너는 나와 함께 가자." 어머니가 손목시계를 확인했
다. "도서관은 두시에 닫아."

번티는 일부러 푸딩 그릇을 치우는 데 집중했는데, 나와 눈이 마
주치기 싫은 게 분명했다. 그녀는 엄마가 에드먼드에 대한 '이야
기'를 나누고 싶어할 거라는 데 3펜스를 걸었다.

엄마는 나를 식사실에서 데리고 나간 후 내가 세 살 때 해주셨던
것처럼 외투를 입혀주었다. 잠시 후 우리는 팔짱을 끼고 눈을 헤치
며 도서관으로 향했다. 반납할 책은 보이지 않았지만 나는 모른 척
했다.

엄마는 즐겁게 이야기를 늘어놓으며 마을의 새 소식을 들려주었
고 내가 허울뿐인 안정감이나마 느낄 수 있도록 최선을 다해 나를
위로해주었다.

"이런, 귀찮아졌네." 엄마가 오리 연못 근처에서 길을 건너며 이
렇게 말했다. 그러고는 우뚝 멈춰 서서 양손을 허리에 걸쳤는데,
굳이 말하자면 꾸민 티가 많이 났다. "도서관에 반납할 책을 깜박
했어. 음, 그냥 산책이나 잠시 할까?"

하이 스트리트를 따라 걸어가는데 눈발이 쏟아지기 시작하자 엄
마가 나를 가까이 끌어당겼다.

"자." 엄마가 말문을 열었다. "잠깐 따로 이야기를 하고 싶었어."

내기는 번티가 이겼다. 나는 이 상황을 서둘러 끝낼 수 있을지
궁금했다. 바깥은 지독히도 추웠기 때문이다.

"엄마, 저는 괜찮아요. 정말로요. 에드먼드에 대해서는 전혀 신
경쓰지 않아요."

엄마는 심드렁한 듯 보였다. "그래, 내가 봐도 그런 것 같구나. 그리고 솔직히 나는 정말 잘된 것 같아. 멍청한 녀석이라니까. 자, 요즘 번티는 어떻게 지내니? 미시즈 태비스톡에게 놀러오라는 초대를 받았으니 제대로 보고를 해드리고 싶구나."

전쟁이 터지자 번티의 할머니 미시즈 태비스톡은 시골의 작은 사유지로 옮겨갔다. 번티가 런던에서 지내는 것을 막지는 않았지만 손녀에 대한 걱정이 끊이지 않았다.

"번티는 아주 잘 지내고 있어요." 나는 이렇게 대답했다. 그게 사실이니까.

"다행이구나. 번티가 하는 일은 어때?"

"바빠요." 내가 말했다. "눈코 뜰 새 없이 바빠요."

"당연히 그렇겠지." 어머니가 말했다. "그리고 윌리엄은? 잘 지내니? 두 사람이 결혼을 할 것 같니?"

"그러기를 바라요." 나는 포장도로 위에 낀 시커먼 얼음장을 조심스럽게 비켜 발을 내디디며 대답했다.

"윌리엄이 해외로 파병되지 않았으니 두 사람은 얼마나 운이 좋니." 엄마가 울적하게 말했다. 엄마 친구분들의 아들들은 거의 대부분 바다 건너편에 있었다.

"윌리엄은 그 말에 동의하지 않을걸요." 내가 대꾸했다. "귀 때문에 입대하지 못한 걸 아직까지도 원통해해요."

우리가 풀밭의 동쪽에 있는 '여우와 덤불'을 향해 걸어가는 동안 엄마는 목을 좀더 포근하게 감싸도록 목도리를 여몄다.

"소방관 일이 얼마나 위험하니." 엄마가 말했다. 당연지사였다. 그 일이 얼마나 위험한지 굳이 떠올릴 필요도 없었다. 나는 윌리엄이 출동하는 신고 전화가 어떤 내용인지 잘 안다. 아무래도 이 대화가 '너는 조심하고 있지, 그렇지?' 이야기로 넘어갈 것 같은 예감이 들었다. 나는 대수롭지 않은 척하려고 했다.

"엄마, 무슨 일을 하든 다 위험해요."

눈길을 느릿느릿 걷던 엄마가 우뚝 서서 나를 돌아보며 내 손을 잡았다.

"얘야, 우리는 네가 런던에서 잘해내고 있다는 사실이 말할 수 없이 자랑스러워. 하지만 정말 조심해야 한다, 그럴 거지? 미시즈 태비스톡이 번티를 얼마나 걱정하시는지 몰라."

"엄마, 번티와 저는 앞가림을 할 수 있어요." 내가 말했다.

엄마는 내가 미끼를 물자 미소를 지었다. "나도 알아. 나는 그저 무슨 일이 생기면 미시즈 태비스톡이 어떻게 되시기라도 할까봐 걱정이야. 부인만이 아니라 우리도 같은 마음이야. 아무도 사랑하는 사람을 잃고 싶어하지 않아. 우리 모두 너희 둘을 무척 사랑한단다."

엄마가 다시 걷기 시작했다. 모자 아래로 보이는, 잭과 똑같은 푸른 눈에 걱정을 드러내지 않으려 애쓰는 기색이 역력했다.

"우리는 괜찮을 거예요." 내가 씩씩하게 대답했다.

그런 말은 엄마의 걱정을 조금도 씻어내지 못했다. 엄마는 입을 굳게 다물었다.

"난 진지해, 에미." 내가 십대처럼 눈을 굴리자 엄마가 말했다. "너희들이 서로 잘 보듬어주면서 지내. 미시즈 태비스톡은 절대 흥분하면 안 돼. 그리고 나도 보기보다 젊지 않아."

엄마가 나를 곁눈질로 보았고 우리는 그만 웃음을 터트리고 말았다.

"다른 이야기 하자꾸나." 마음이 잘 전해졌다는 것을 확인하자 엄마가 말했다. "너도 언젠가 멋진 사람을 만날 수 있을 거야, 알고 있지?"

나는 '결혼을 하지 않고 경력을 쌓는 삶'에 대해 미리 준비한 연설을 시작했지만 길게 하지는 못했다.

"바보 같은 소리 마." 엄마가 내 말을 딱 잘랐다. "너는 둘 다 할 수 있어. 일단 이 어리석은 짓거리가 다 정리되면 너와 번티와 네 친구들 모두 성공해서 뭐든 원하는 것을 이룰 수 있어. 그게 아니라면 우리는 지금 그 광인과 싸우면서 시간을 낭비하고 있는 것밖에 안 돼." 엄마는 좀더 자유분방했던 젊은 시절에 경찰들을 꼼짝 못하게 했을 그 방식 그대로 턱을 치켜올렸다. "있잖아, 엠. 에드워드 때문에 자책하지 마. 그건 좋은 마음가짐이 아니야."

나는 내가 졌다는 사실을 비로소 깨닫고 쓴웃음을 지었다.

"언젠가는 근사한 젊은이가 나타날 거야. 그건 그거고, 네가 다니는 그 잡지사에서도 필시 성공할 거야. 전쟁에 관한 기사를 쓰며 전장을 누비고 다닐 수는 없겠지만 그렇게 시작하는 거야. 그리고 꽤 사랑스럽고 귀여운 잡지더라. 구독신청을 했어."

"정말요?" 나는 깜짝 놀라서 되물었다. 엄마라면 〈여성의 벗〉보다는 버지니아 울프를 읽을 확률이 높았기 때문이다.

"물론이지, 얘야." 내 반응에 엄마는 살짝 빈정이 상한 듯했다. "네가 경력을 쌓는 잡지잖니. 보니까 마음에 드는 내용이 많더라. 그 '뜨거운 냄비' 코너를 보니 기발하고 근사한 팁이 잔뜩 있던걸."

엄마는 어떻게든 내 사기를 올려주려고 계속 이야기를 했다.

"그리고 간호사 코너는 알짜배기 정보가 많아. 소설은 또 얼마나 감동적인지. '헨리에타의 고민상담소' 코너는 가장……" 엄마의 말이 뚝 끊어졌다.

"매몰차다고요?" 내가 대신 말을 끝맺었다.

엄마가 웃음을 터뜨렸다. "고집불통이라고 말하려던 차였어. 하지만 편지를 보내는 사람들에게 도움이 될 수도 있겠지."

나는 "흠"이라고 할 수밖에 없었다. 미시즈 버드에 대한 칭찬을 들으니 이상했다.

"그런데 엄마, 미시즈 버드는 사람들—특히 젊은 사람들—이 대개는 별 쓸모가 없다고 생각하는 것 같아요." 나는 장화로 눈뭉치를 밟아 으깨며 말했다.

"그렇다면 그런 생각이 틀렸다는 걸 네가 보여주면 되겠네, 안 그러니?" 엄마가 이렇게 말했다. "쓸 만한 젊은이가 무슨 일을 할 수 있는지 그 사람에게 보여줘." 엄마가 내 팔을 잡았다. "이런 일에는 레이크 가문의 뚝심을 약간 발휘하면 될 것 같은데, 그렇지?"

나는 목도리를 칭칭 감은 얼굴로 미소를 지었다. 엄마는 포기를 모르는 사람이었다. 언젠가 아빠의 친구분이 엄마가 나라를 이끌었다면 1차대전은 1916년에 끝났을 것이라고 말했을 정도였다. 그 말에 아빠는 엄마가 나라를 이끌었다면 빌어먹을 전쟁은 애초에 일어나지도 않았을 것이라고 대답했다. 엄마는 단순히 계속하는 게 아니라 자신의 신념을 지키며 굳건히 버티는 것이 중요하다고 입버릇처럼 말했다.

나는 고개를 끄덕였다. 엄마의 말이 옳았다. 레이크 가문의 뚝심이 조금은 발휘되는 중이었다.

눈이 쏟아져서 페니필드하우스로 발길을 돌리는데, 고향집에 돌아와 좋은 것만큼 어서 런던의 내 책상으로 돌아가고 싶다는 생각이 들었다.

9장
우리는 해럴드라는 사람을 모르잖아

독자들에게 답장을 쓰는 것은 꽤 조심스러운 일이었는데, 들킬지 모른다는 위험 때문만은 아니었다. 그것보다, 엉터리 조언을 보냈다가 독자에게 더 안쓰러운 상황이 벌어지는 일이 훨씬 더 끔찍했기에 나는, 서두르지 말고 끈기 있게 여유를 가지고 여러 상황을 심사숙고하라고, 그러나 절대 포기하지 말라고, 일반론에서 벗어나지 않는 답장을 썼다. 다른 잡지들이 도움이 되었다. 나는 그들이 무슨 말을 하고 어떤 식으로 표현하는지 공부했다. 그들을 모방하되 표현을 달리하려고 노력했다.

친애하는 미시즈 버드에게

저는 스물두 살이고 어머니와 몹시 가까워요. 그런데 어머니는 제가 남자친구와 영화를 보러 가거나 춤을 추러 가려고 하면 자꾸 함께 가고 싶어하세요. 제 남자친구에게 늘 칭찬을 건네고 그가 좋아하는 음식으로 저녁을 대접하려고도 하세요. 어머니의 감정을 상하게 하고 싶지는 않지만 어머니가 가끔은 너무 친밀하게 대하시는 것 같아요.

저는 어떻게 하면 좋을까요?

프레스턴에서
(미스) 조이스 디킨슨 드림

"역겨워요." 미시즈 버드가 말했다. "안 돼요."

"친애하는 미스 디킨슨에게," 나는 이렇게 답장을 썼다.

"나는 어머님이 선의로 그런 행동을 하시는 것이고 당신과 어머님이 서로를 몹시 아끼는 사이라 확신합니다. 하지만 어머님께 솔직하게 당신의 생각을 털어놓고 당신만의 친구들이 필요하다고 말씀을 드리는 편이 좋을 것 같아요……"

나는 그런 편지들을 집으로 가져갔다. 요즘은 번티가 육군성에서 주간근무를 하기 때문에, 오후에 거실의 내 타자기 앞에 앉아서 정성스럽게 답장의 초안을 작성했다. 초안이 마음에 들면 타자로 정서한 후 미시즈 버드의 이름으로 서명을 했는데, 여전히 이때가 가장 괴로웠다. 그렇게 완성한 편지를 다음날 론서스턴 신문사 건물 앞에 있는 우체통에 집어넣었다.

지금까지 아무 문제 없이 순조로웠다. 그래서 아주 가끔이지만 이 일이 원래 내 업무가 아니며 절대 해서는 안 될 짓을 하고 있다는 사실을 까맣게 잊을 뻔하기도 했다. 미시즈 버드는 자신의 자선사업을 챙기려고 분주하거나 '후방에서 일어난 비상사태'("임신한

소가 배수로에 빠졌어요. 멍청이들이 그 소를 꺼낼 수가 없다는군 요")를 해결하기 위해 기차역으로 달려가느라 그 어느 때보다 바빴다. 그녀는 주간 편집회의에서 모두에게 쩌렁쩌렁하게 지시사항을 내리기보다 우리끼리 알아서 하도록 내버려두는 때가 잦았다.

이런 상황은 어느 날 아침, 그러니까 〈여성의 벗〉의 인쇄 날 광고주가 자사의 데오도란트 광고를 제때 보내는 것을 깜박한 날에도 마찬가지였다. 최후의 마감시한을 어기다니 가장 기본적인 죄악이었고 광고부의 미스터 뉴턴은 거의 초주검이 되었다.

"오 세상에, 오 세상에." 전 직원이 당황한 채 미술부에 모인 자리에서 그는 연신 이런 말만 내뱉을 뿐이었다. "'오도-로-노'가 없으면 12쪽에 세로단 두 개가 텅 비게 될 거예요. 대신 넣을 게 없어요. 아무것도. 미시즈 버드가 뭐라고 하실까요? 뭐라고 말이에요?"

"미시즈 버드는 신경쓰지 마세요." 미시즈 머호니가 강단 있는 면모를 드러내며 말했다. "그 사람들이 망친 마감은 내 소관이니까요."

"우리 모두 침착합시다!" 우리 중에서 유일하게 침착한 미스터 콜린스가 말했다. "미시즈 머호니, 지난주에 나간 '바일 빈즈' 광고를 한번 더 올리면 어떨까요? 크기가 똑같을 것 같은데."

미시즈 머호니의 표정이 조금 누그러졌고 미스터 뉴턴도 허옇게 질린 얼굴에 혈색이 조금 돌아와 우리에게 이런 말도 할 수 있게 되었다.

"그런데 누가 미시즈 버드에게 이야기하죠, 미스터 콜린스? 누가 이 사실을 알리느냐고요."

미스터 콜린스는 아무 걱정도 없는 것처럼 보였다. "아무도 안

해도 됩니다." 경악하는 우리에게 미스터 콜린스는 이렇게 말했다. "다음주에 '오도-로-노'를 실으면 돼요. 운이 좋으면 여사님은 아무것도 모를 거예요. 오, 그만 정신들 좀 차려요, 여러분." 공포가 밀려올 것 같을 즈음 그가 이렇게 덧붙였다. "우리의 편집국장 권한대행께서 인쇄가 끝난 잡지를 들춰보는 모습을 실제로 본 적이 있는 분은 손을 드세요."

아무도 손을 들지 않았다. 나는 잘 몰라서 캐슬린을 보았다. 그녀가 고개를 가로저었다.

"거봐요." 미스터 콜린스가 말했다. "그럼 '바일 빈즈'로 갑시다. 혹시라도 걱정이 되면 나를 찾아오세요. 아니, 오지 마세요." 그가 담담하게 덧붙였다. "아무 일 없을 테니까."

그러더니 그는 그 방을 나가 자신의 사무실로 돌아갔다.

"세상에." 캐슬린이 말했다.

"미스터 콜린스는 마음만 먹으면 꽤 요령이 좋다니까요." 미시즈 머호니가 말했다.

"나는 해고될 거예요." 미스터 뉴턴이 말했다.

하지만 미스터 콜린스가 옳았다. 미시즈 버드는 아무것도 알아차리지 못했다.

*

그것이야말로 내게 필요했던 증거였다. 나는 우리의 편집국장 권한대행이 발행된 잡지를 과연 읽기나 하는지 의심스러웠다. 그렇다고는 해도 그저 의혹이자 희망사항에 불과했을 뿐 내 계획을 실행에 옮길 정도로 확실하지 않았다. 하지만 상쾌한 겨드랑이 광고가 들어갈 자리에 위장약 광고가 대문짝만하게 들어가 있어도 미시즈 버드가 알아차리지 못할 것이라는 미스터 콜린스의 절대적인 확신과 실제 증거가 나왔으니 이제 그 무엇도 나를 막을 수 없었다.

나는 입이 바짝바짝 타들어가는 것 같고 손은 진땀이 흘러 흥건해진 채 다음주 '헨리에타의 고민상담소' 코너에 실릴 편지들 사이에 '당황스러운 사람'의 편지를 슬쩍 집어넣었다. 나는 캐슬린이 알아보지 못하도록 단어를 몇 개 바꾸었다. 들통날 수도 있기에 '뜨겁게'를 다른 말로 대체했다. 하지만 약혼자에게 차였다는 사실은 여전히 명확했고 '당황스러운 사람'이 그 답장을 읽고 홀가분해지기를 간절히 바랐다.

미시즈 머호니가 조판으로 넘기는 원고 폴더에 편지와 내 답변을 슬쩍 더하는 일 자체는 정말 간단했지만, 실제로 행하는 것에는 어마어마한 의미가 있었다. 잡지를 인쇄하기 전에 미시즈 버드가 교정쇄를 보지 않기 때문에, 내가 편지를 미시즈 머호니에게 넘기면 그때부터는 절대 되돌릴 수 없었다.

만일의 사태에 대비한 내 계획도 결코 완벽하다 할 수 없었다. 혹시 내가 한 짓이 들통나면 나는 미시즈 버드가 답장을 써둔 사실을 잊은 거라고 주장할 작정이었다. 형편없다는 말조차 아까울 정도지만, 내 계획은 그것이 전부였다. 하지만 반 페이지를 차지하는 광고가 바꿔치기된 것을 그녀가 알아차리지 못하리라 미스터 콜린스가 자신할 정도라면 작은 편지 한 통 정도는 안전하지 않을까?

나는 위험을 감수하기로 했다.

*

내 비밀 활동을 번티에게 털어놓을 때가 된 것 같았다. 나는 이 일을 충분히 오랫동안 미뤄왔다. 번티는 남의 흥을 깨는 사람은 절대 아니지만 정직을 몹시 중시하기 때문에 내 의견에 절대 동의하지 않을 것이 분명했다. 적어도 처음에는 그럴 터였다. 그래도 나는 자세하게 사정을 설명하면 공감해주리라 믿고 오는 토요일에 내 운을 시험해보기로 했다.

그날은 태양이 분발해 구름 한 점 없는 겨울 하늘에서 한껏 온기를 발산하려고 힘을 내었고, 나는 번티와 함께 하이드파크로 산책을 나갔다. 번티는 서펜틴호수 둘레를 한 바퀴 빨리 돈 후에 켄싱턴으로 가서 가장 최근에 공습을 받은 피해 지구를 둘러본 다음 차를 마시고 나서 영화를 보러 가자고 했다. 대규모 공습이 있은 후 수백 년 동안 한자리에 서 있었던 건물들이 무너지고 교회들이 불타버린 흔적을 목도하면 언제나 비통했다. 하지만 기념비들과 조각상들이 그곳에서 여전히 일상을 영위하며 버티고 있는 것, 심지어 공원과 백화점들도 그대로인 것을 보면 어쩐지 승자의 기백이 느껴졌다. 독일 공군은 우리를 산산조각낼 기회를 호시탐탐 노렸지만 사람들은 늘 다시 일어섰다. 그리고 그들이 구멍조차 내지 못한 빅벤, 우리가 그들의 방화 공격으로부터 기어이 지켜냈던 세인트폴성당을 볼 때면 얼굴에 미소가 되돌아왔다.

번티가 외출하고 싶어 안달을 했기에 우리는 점심도 거른 채 집을 나섰고 결국 오리한테 주려고 가져온 빵을 우물거리며 배를 채웠다.

"미시즈 버드가 슬슬 너를 좋아하게 되고 있는 것 같니?" 번티가 빵껍질을 오리에게 던지며 물었다. 빵껍질이 오리에 맞고 튕겨나와 호수에 떨어졌다. 그러자 통통한 어린 녀석이 빵조각을 구출하기 위해 용맹스럽게 물장구를 치며 나아갔다.

"아닌 것 같아." 나는 장갑 위로 입김을 호호 불며 대답했다. "그냥 견디는 거겠지. 그분은 아무도 진심으로 좋아하는 것 같지 않아. 독자들까지 전부 다."

공원은 화창한 2월의 한낮을 만끽하려는 사람들로 붐볐다. 나는 세발자전거를 타는 어린 여자아이를 데리고 가는 노년의 신사에게 길을 비켜주고, 얇은 외투를 입고 거대한 유아차를 밀고 가는 젊은 여성을 지켜보았다. 그 엄마는 잠시도 가만히 있으려 하지 않는 어린 남자아이 둘을 곁에 붙잡아두려고 애를 쓰면서 유아차를 밀고 풀밭을 지나려는 중이었다. 그녀는 번티와 나보다 나이가 아주 많아 보이지는 않았지만 많이 지쳐 보였다. 사내아이 한 명이 제 형제를 눈밭으로 밀쳤고 순식간에 두 아이는 엉엉 울면서 싸움을 시작했다.

"이번주에 엉뚱한 남자의 아이를 가진 독자의 편지를 받았어." 나도 모르게 이런 말이 불쑥 튀어나왔다. "아무에게도 말하면 안 돼, 알겠지?" 나는 꼭 캐슬린 같은 말투로 이렇게 덧붙였다.

"그럼 너만 알고 있어." 번티는 이렇게 눈치 없는 말대꾸를 종종 했다. "음. 말이 그렇다는 거야."

나는 활짝 웃으며 이야기를 계속했다. "미시즈 버드는 그 독자를 도울 생각이 없어. 그분은 마음이 너무 편협하거든."

"음." 번티가 대꾸했다. 대답하는 투가 멀리 보이는 뭔가를 찾는 것 같았다.

"정말 부당해." 나는 계속 말했다. "어떤 사람들은 힘든 시간을 보내고 있다고."

"전쟁중이니까." 번티가 말했다. 당연한 말이었다.

"그렇기 때문에 그 사람들은 도움이 필요해." 나는 열을 내며 말했다. "너는 생각해본 적 없어? 도움을 주는 것도 제 몫을 하는 노력의 일부야, 그렇지 않니?"

"음, 그래." 번티는 이렇게 대답하면서도 여전히 먼 곳을 바라보며 머리카락을 만지작거렸다. "하지만 미시즈 버드가 원하지 않는다면 네가 할 수 있는 일은 별로 없어, 안 그렇니?"

"사실은," 나는 운을 뗐다. "없다고는 할 수 없어."

번티가 고개를 돌렸다. 나는 여전히 서로에게 소리를 질러대는 아이들을 보았다.

"에미." 번티가 말했다. "또 무슨 꿍꿍이야?"

역시 나를 오랫동안 알아온 번티다웠다.

"음." 내가 말했다. "모든 걸 내가 확실하게 관리하고 있어."

번티가 눈을 감았다. "그건 내 질문에 대한 답이 아닌데."

친구의 표정을 본 나는 별일 아니라는 듯 말하는 편이 좋겠다고 생각했다.

"어떤 여자애가 있어." 내가 말했다. "키티와 같은 상황인 것 같아. 아니면 조만간 그렇게 되거나."

번티가 앞으로 보게 될 장면을 두려워하는 사람처럼 천천히 눈을 떴다.

"그래서 내가 편지를 썼어." 나는 불쑥 털어놓았다.

번티가 나를 빤히 보았다.

"내가 미시즈 버드인 것처럼." 나는 덧붙였다.

번티의 입이 떡 벌어졌다. 홀로 지나가던 오리가 '맙소사'라고 말하듯 꽥 울었다.

"엠." 번티가 말했다. "그러면 안 돼. 너…… 맙소사."

나는 '당황스러운 사람'의 편지가 다음 호에 실린다는 이야기는 꺼내지도 말자고 다짐했다.

"아무 일 없을 거야." 나는 밝은 목소리로 말했다. "나는 그냥 도와주려는 거야."

"그러면 안 돼." 번티는 잿빛 눈을 만화 속 등장인물처럼 크게 뜬 채 미친 사람을 보는 것처럼 나를 바라보았다. "에미, 그 일은 네게 큰 기회야. 네가 진심으로 원했던 일에 한 발 더 가까이 다가간 거라고. 그런데 어떻게 다 괜찮을 거라는 거니?" 번티의 목소리가 점점 높아졌다. "모든 걸 망치게 될지도 몰라. 오, 엠."

번티는 못 믿겠다는 표정을 지었다. 나는 미리 생각해둔 반론을 펼치기 시작했다.

"미시즈 버드는 그 편지들을 읽지도 않아. 답장을 써도 괜찮아. 그분이 절대 알 리가 없다고."

"혹시라도 알게 되면?"

"그럴 리 없다니까. 오, 번티. 너도 그 편지들을 좀 봐야 해." 나는 정말 그녀가 이해해주기를 원했다. "그 사람들은 너무 비참한 상황에 처해 있어. 온갖 일들을 걱정하고 있다고. 너도 방금 전쟁에 대해서 말했잖아. 모두 최선을 다하고 있어. 하지만 그들 중 어떤 사람들은 곤경에 처했어. 그런데도 미시즈 버드는 그들의 문제를 쓰레기통으로 던져버려. 이건 부당한 처사야."

"에미." 번티가 말했다. "힘들다는 거 알아. 하지만 그만둬야 해. 농담하는 거 아니야."

번티가 내 어깨 너머를 다시 바라보았고 나는 뒤를 돌아보았다.

"그나저나." 내가 말했다. "저 사람 윌리엄이니?"

번티의 남자친구가 이렇게 반가운 적이 또 없었다.

번티는 남자친구의 출현에 전혀 놀라지 않는 것 같았는데, 아까부터 계속 그쪽을 보고 있었다는 걸 생각하면 좀 이상했다.

"말 돌리지 마." 번티가 말했다. "에미, 약속해."

"윌리엄 맞네." 나는 친구의 말을 무시할 기회가 생기자 반색하며 말했다. "맞지? 그런데 같이 있는 사람은 누구니?"

"아무도 아니야." 번티는 당황한 기색으로 대꾸했다. "아무것도 아니야."

"아무것도 아니라고?"

"나도 몰라." 번티가 말했다.

"무슨 일이야?" 나는 낌새를 채고 친구를 빤히 바라보며 물었다.

번티의 얼굴이 붉어졌다.

"아무것도 아니라니까." 그녀가 말했다. "음, 어쩌면 아무것도 아닌 건 아닐 수도. 어쨌든 에미, 너는 독자들의 문제에 절대 관여할 수 없어."

번티는 마지막으로 나를 노려본 후 엄마라도 되듯 목도리를 정리해주더니 초조하게 '후' 하고 숨을 내뿜었다.

"자, 이제 예쁜 표정을 지으면서 웃어." 번티가 명령했다.

윌리엄이 우리를 향해 성큼성큼 다가왔다. 그의 옆에는 내가 이

제껏 본 사람 중에 가장 거대한 남자가 군복 차림으로 따라오고 있었다.

고작 오리를 구경하러 나온 산책에 너무 과하게 준비를 시키더라니. 내가 모직 치마를 입자 번티는 얼룩이 묻었다며 갈아입게 했고 이 산책에 더할 나위 없이 적당한 풀오버를 봄에나 입고 싶을 만한 너무 얇은 모헤어 니트로 바꿔 입게 했다.

"어머나, 저 사람이 해럴드일 거야." 번티가 명랑하게 말했다.

"우리는 해럴드라는 사람을 모르잖아." 내가 말했다. "번티, 이거 네가 계획한 거니?"

윌리엄이 쾌활하게 손을 흔들자 덩치도 손을 흔들었다.

"그건 아니야." 번티가 마음 한구석이 찔리는 듯한 표정을 지으며 대답했다. "음, 사실, 맞아. 하지만 윌리엄이 해럴드가 좋은 사람이라고 그랬어."

"저 사람을 전에 만난 적이 있어?" 내가 물었다.

"아니. 하지만 봐, 키도 크고 괜찮게 생겼잖아."

번티는 정말 그렇게 생각할 것이다. 태양이 나오려고 했다가 이내 해럴드에 가려져 일식이 일어날 것 같았다.

"두 사람이 다가오고 있어." 번티가 손을 세차게 흔들고 쾌활한 표정을 지으며 말했다. "웃어." 그러더니 얼간이처럼 활짝 웃으며 복화술사처럼 잇새로 말했다.

나는 시키는 대로 했다.

"저 사람이 농담을 하면 웃어." 번티가 이렇게 조언을 했는데, 저 해럴드라는 남자가 무슨 말을 할지 예상하는 것처럼 보였다. "그리고 속눈썹을 파닥거려." 내가 아무 말도 하지 않자 번티는 엄한 표정으로 나를 보았다. "눈을 많이 깜박거리라고."

"번티." 나는 지시받은 대로 여전히 바보처럼 웃으며 말했다. "정말 고마워. 하지만 이미 말했다시피 남자 만나는 일에는 관심이 없어. 내 일에 집중할 거야."

"그것참 재미있네!" 번티가 말했다. "내가 알기론 너는 그 일을 망칠 작정인 것 같던데. 그리고 어쨌든," 그러더니 이렇게 덧붙였다. "저 사람은 고매한 사람일 거야."

번티는 평생 단 한 번도 '고매하다'는 표현을 쓴 적이 없었다. 번티는 목소리까지 이상하게 변했는데, 몹시 높고 너무 요란했다.

두 남자가 다가와 어느새 우리 옆에 섰다. 내가 무슨 말을 하려는 찰나 귀청이 떨어져나갈 듯한 우렁찬 목소리가 들렸다.

"고매하다고요? 지금 우리 이야기를 하는 거예요? 끝내주네요!"

해럴드라는 사람은 기차 화통을 삶아 먹었나?

도망치기에는 너무 늦었다. 신문판매상인 미스터 본이 늘 말하듯이, 나는 수문장처럼 그 자리에 못박힌 듯 서 있었다.

"안녕, 번티. 안녕, 에미." 윌리엄이 인사를 했다.

나는 장단을 맞춰주기로 했다.

"허, 뭐라고요!" 해럴드가 소리쳤다.

"안녕하세요." 여자답게 내숭을 떤다고 오해받지나 않기를 바라며 기어들어가는 목소리로 말했다.

"이쪽은 해럴드야." 윌리엄이 소개했다.

"그렇습니다." 해럴드가 쓸데없이 목청을 키웠다.

"그리고 이쪽이 에멀라인이야." 윌리엄이 말했다.

"처음 뵙겠습니다." 내가 말했다. "이쪽은 번티예요."

지금껏 우리는 간신히 이름을 주고받았고 잔뜩 고함을 질렀다. 해럴드에게 무례하게 굴기는 싫었지만 무슨 말을 해야 할지 감도 잡히지 않았다.

해럴드는 인상이 강렬했다. 키는 적어도 190센티미터는 되었고 영국을 대표해 럭비선수로 뛰어도 될 것 같았다. 영국 군대에서 제작한 제복 중 가장 큰 치수를 입은 것 같았고 환하게 웃고 있었다.

그가 테니스 라켓만한 커다란 햄을 내밀었는데, 다시 보니 그의 손이었다.

"좋네요." 그가 아까보다 훨씬 더 크게 고함을 치며 내 손을 신나게 흔들었다. 그 때문에 내 팔이 어깨에서 쑥 빠질 것 같았지만 나도 같은 기세로 악수를 하려 했다. 해럴드는 열정적인 타입인 것 같았다.

"해럴드와 나는 대학 동기야." 윌리엄이 말했다. "이 친구는 지금 육군 공병대 소속이야. 폭탄 해체반."

윌리엄이 자부심을 갖고 친구를 소개하는 태도는 존경할 만했다. 친구들은 모두 입대를 했는데 자신만 통과하지 못했다는 사실을 떠올리는 일이 결코 쉽지 않을 터였다. 번티는 남자친구가 스스로를 실패자로 생각할까봐 늘 걱정했다. 나는 항상 번티에게 그렇게 생각하지 않을 거라고 말했지만 실은 그렇지 않다는 걸 우리 둘다 잘 알았다.

그런데 지금 윌리엄은 이 자리에서 최선을 다해 거대한 덩치의 친구를 자랑하고 있었다. 내가 그를 좋아하게 될지도 모르고, 그렇게만 된다면 번티가 기뻐할 것이기 때문이었다. 너무나 다정한 마음이었기에 나는 두 사람 중 누구에게도 화를 낼 수 없었다. 그리고 해럴드가 절대 같이 있기 끔찍한 사람도 아니었다.

"만나서 반가워요, 해럴드." 내 인사에 번티는 좋아 죽겠다는 표정을 지었다. "퀜싱턴 쪽으로 잠시 산책을 할까요?"

세 사람은 이 제안이 '세상에서 제일 훌륭한 생각'이라고 입을 모았다. 해럴드는 그저께 밤에 서점이 폭격을 당했지만 아무도 다치지 않았다는 소식을 들었다고 했다. 그 말에 우리는 천만다행이라고 맞장구쳤다. 그러자 윌리엄이 끼어들어 우쿨렐레를 가진 한 남자가 퀜싱턴 지하철에서 잠든 사람들을 즐겁게 해줬다고 했고 우리는 그 연주가 사람들의 마음을 분명히 어루만져줬을 것이라고 입을 모았다. 공습에 대한 보도들을 읽으면 심장이 철렁하지만 우리는 상황을 명랑하게 받아들이려고 노력했다. 그러다보니 하이 스트리트에 도착했을 즈음 우리는 정말 유쾌한 무리가 되어 있었다.

해럴드는 좋은 사람인 것 같았다. 그의 웃음소리에 귀가 찢어질 것 같기는 했지만 말이다. 그는 〈여성의 벗〉에 관심을 보여 내게 점수를 땄고 내가 할말이 생각나지 않아 침묵을 지킬 때도 그 침묵을 견뎌주었다. 그렇다고 해도 다리가 후들거릴 정도로 반하거나 그를 향해 속눈썹을 파닥거리고 싶은 마음은 들지 않았다.

그도 내게 그렇게 끌리는 것 같지 않아서 나는 마음을 편하게 먹었다. 내가 한 일이라고는 시키는 대로 자주 웃고 직장 동료들에 관한 이야기를 한 것뿐이었다. 나는 그가 나를 완전히 얼간이로 생각하지 않기를 바랐다. 어쨌거나 윌리엄이 우리의 만남을 애써 주선했는데 그런 상대에게 안 좋은 인상을 남기고 싶지는 않았다.

"이렇게 마주치다니 정말 재미있네." 윌리엄 옆에서 걷다가 내가 말했다. 바커스백화점을 지나치고 있었고 푸른색 면직물이 다 떨어졌다는 사실이 떠올랐다. "너희도 우리와 함께 차를 마시러 갈 거야?" 나는 모든 것이 다 계획된 일이라는 사실을 받아들이며 물었다.

"너희가 괜찮다면." 윌리엄이 갈색 눈을 진지하게 빛내며 말했다. 그는 해럴드에게 재미있는 이야기를 하는 번티를 곁눈질했다. "번티가 너희 두 사람이 잘 맞을지 궁금해했어. 해럴드에겐 산책을 가자고 말했지. 에미, 저 친구에게 기회를 줘봐. 좋은 사람이야. 수많은 전우의 목숨을 구했어. 끝내주게 용감한 녀석이야."

한숨이 절로 나왔다. 그의 세계에서 가장 중요한 덕목은 용맹이었다.

"빌, 이 코트 좀 한번 봐봐." 번티가 그를 내게서 끌고 가며 말했다. 해럴드와 나는 잠시 서로를 바라보았다.

"우리 걸을까요?" 그가 큰 소리로 제안했다. "가만히 서 있기에는 너무 춥네요."

"그럴까요." 나는 할말을 찾아 머리를 굴리며 대답했다.

"우리가 계략에 걸린 것 같죠, 그렇죠?" 해럴드가 지극히 정상에 가까운 목소리로 말했다.

우리는 다시 서로를 바라보았다. 그가 분한 표정을 지었고 나는 웃음을 터트렸다.

"오늘 일은 미안해요." 그가 말했다. "그저께 펍에서 빌을 만났어요. 번티 이야기를 많이 하더니 당신과 함께 다 같이 만나는 게 어떻겠냐고 하더라고요. 오늘 많이 불편했나요?"

"오, 아니에요. 전혀요." 내가 말했다. "혹시 불편했나요?"

"황당했죠." 그가 원래의 성량으로 돌아가더니 같은 크기로 웃음을 터트렸다. "아뇨, 당연히 아니죠. 기분 상해하지 말아요." 내가 인상을 쓰자 그가 덧붙였다. "내가 이런 일에 정말 서툴러요. 차라리 아무때나 불발탄을 해체하는 게 더 낫죠. 그건 그렇고 내가 소리를 지르고 있나요?"

"좀 그런 편이에요." 내가 말했다.

"미안해요. 귀가 자꾸 울려서 그래요. 영구적인 증상은 아니고요. 이주 후면 증상이 사라지죠."

"오, 그렇군요. 정말 미안해요." 나는 그가 원래 목소리가 큰 사람이라고 넘겨짚은 자신이 부끄러워 얼른 사과했다.

"괜찮아요." 그는 다시 목소리를 낮추며 말했다. "늘 있는 일이죠. 작업을 할 때 소음이 굉장하거든요. 내가 잠깐 동안 속삭이면서 말할까요? 그러면 미친 사람처럼 보일까요?"

나는 다시 웃음을 터트렸다. 해럴드는 좋은 사람이었다. 여전히 로맨스의 꽃이 움을 틔울 징조는 없지만 분명 그도 나와 비슷한 느낌일 테니 괜찮았다.

"아마도요." 내가 말했다.

"있잖아요." 그가 운을 뗐다. "그냥 친구가 되자고 하면 너무 무례한가요?"

나는 그에게 입이라도 맞추고 싶어졌다. 그의 말에 가슴에 놓인 커다란 돌을 내려놓은 기분이었다.

"해럴드." 내가 고함을 질렀다. 지나가던 행인 세 사람이 나를 돌아보았다. "나도 우리가 친구가 되면 정말 좋을 거예요. 고마워요."

"좋아요." 그도 나와 똑같이 즐겁고 안도한 표정으로 소리를 질렀다.

우리는 번티와 윌리엄에게 가서, 연애 감정이 생길 리는 없을 것이라는 애석한 소식을 전했다. 번티는 그 사실을 의연하게 받아들였고 윌리엄은 해럴드에게 펍이라도 가지 않겠느냐고 권했다. 두 사람은 우리를 티하우스까지 바래다주었다. 나는 두 사람과 헤어지자마자 '〈여성의 벗〉 건에 관한 번티의 심문 제2라운드'가 시작될 것을 알기에 각오를 했다.

"가자, 번티." 나는 번티와 함께 두 사람을 향해 손을 흔들며 말했다. "내가 차를 살게. 번도 먹고 싶은 만큼 다 사줄게."

"좋아." 번티는 이렇게 말하더니 불길한 표정을 지었다. "하지만 뇌물은 안 통해. 해럴드 건으로 속이 상했으니까."

나는 난처한 상황은 지나갔다는 생각에 고개를 끄덕였다.

"그리고 잊지 마." 번티가 말했다. "지금까지 네가 직장에서 무슨 짓을 했는지 전부 다 들어야겠어."

10장

나를 찰스라고 불러요

티하우스에서 우리는 어떤 케이크를 먹을 수 있을지 보려고 목
을 뺀 채, 좌석 대기 줄의 꽁무니에 가서 섰다. 기다란 줄이 느림보
거북이처럼 움직여서 기운이 쏙 빠졌다. 둘 다 몹시 허기가 져서
더 힘들었다. 그래서 번티와 나는 투덜거리며 자리에 앉은 사람들
을 매섭게 노려보았다.

"저 두 사람을 봐." 번티가 말했다. "4인 좌석에 앉았으면서 아
무것도 안 시켰어."

나는 번티가 검지로 가리키는 곳을 봤다가 기겁했다.

"세상에, 미스터 콜린스잖아." 나도 모르게 말이 툭 튀어나왔다.

그는 평소처럼 트위드 양복 차림이었지만 평소보다 아주 조금
더 단정한 머리를 하고 우리 쪽을 향해 앉아 있었다. 일행은 제복
차림으로 우리에게 등을 보이고 앉아 있었고 두 남자는 대화를 나
누는 중이었다. 미스터 콜린스가 이해한다는 듯 고개를 끄덕였는

데, 나는 그 모습에 화들짝 놀랐다.

번티가 그 두 사람을 날카로운 눈빛으로 살폈다. "너의 미스터 콜린스?" 번티가 이렇게 묻는 바람에 나는 괜히 얼굴을 붉혔다.

"저분은 나의 미스터 콜린스가 아니야." 내가 대꾸했다. 그리고 내가 무슨 말을 더 하려는 순간 미스터 콜린스가 동행으로부터 시선을 돌려 우리 쪽을 보았다. 순간적으로 그는 나를 알아보지 못하는 것 같았다. 마침내 나를 알아보자 일순 동작을 멈추더니 이내 다정하게 살짝 손짓을 했다. 그는 다시 동행에게로 시선을 돌려 무슨 말을 하더니 놀랍게도 우리를 손짓해 불렀다.

나는 주변을 의식하며 손을 마주 흔들었고 번티는 의외의 상황에 키득거리며 말했다. "이런, 네가 저분의 미스 레이크인 것 같은데." 정말 쓸데없는 소리였기에 나는 가볍게 무시해버렸다.

"가자." 번티가 말했다. "어쩌면 합석을 해서 이 줄에서 벗어날 수 있을지 모르잖아. 그런데…… 같이 있는 남자는 누굴까?"

제복 차림의 남자가 미스터 콜린스가 느닷없이 손짓을 한 사람이 누군지 보려고 의자에 앉은 채 고개를 돌렸다. 그는 미스터 콜린스와 같은 짙은 색 머리에 날씬한 체형이었지만 훨씬 젊어서 이십대 후반 정도로 보였다.

번티와 나는 두 사람이 앉은 테이블로 갔다.

"미스 레이크." 미스터 콜린스가 동행과 함께 자리에서 일어나며 점잖게 인사를 건넸다. "이렇게도 만나는군요."

"안녕하세요, 미스터 콜린스." 내가 말했다. "이쪽은 제 친구인 미스 매리골드 태비스톡이에요."

"안녕하세요." 번티가 인사를 건네는 모습이 꽤 아름다웠다.

"번티라고 불러주세요. 다들 그렇게 부르거든요."

"만나서 반갑습니다, 번티." 미스터 콜린스가 번티와 악수를 하는데, 내가 사람을 잘못 봤나 싶을 정도로 정중한 태도였다. "이쪽은 내 이부형제인 찰스 메이휴 대위입니다. 찰스, 이쪽은 미스 레이크고 내 직장 동료야. 요즘 헨리에타가 돈을 모금할 짬을 만들어주는 직원이라고 내가 언급했었지."

나는 '언급'되었다는 생각에 좀더 겸연쩍어졌다. 우리는 모두 악수를 나누었다. 메이휴 대위는 자신을 찰스라고 부르라고 했고, 미스터 콜린스가 '다들 그렇게 부른다'고 덧붙이는 바람에 우리 모두 웃음을 터트렸다. 미스터 콜린스에게 형제가 있다거나 어떤 형태로건 사무실 밖의 삶이 존재한다고 생각하니 기분이 묘했다. 그는 언제나 지독하게 난장판인 곳에서 책상 앞에 앉아 미친듯이 글만 쓰는 사람이라는 인상이 있었기 때문이다.

우리 네 사람이 다 서 있자 웨이트리스들이 우리 곁을 지나갈 수 없었고 그 때문에 소란이 빚어지기 직전이었다.

"숙녀분들." 미스터 콜린스가 흥분하며 상황을 정리했다. "미스 레이크와 내가 동료 사이이긴 해도 우리 네 사람은 서로서로 초면이라 이러면 예의에 어긋나겠지만, 두 분을 우리 테이블로 초대해도 될까요? 지금 얼마나 위험한 상황이냐면 내 동생이 내 이야기가 너무 지겨운 나머지 누구라도 젊은 사람이 어서 말을 걸어주지 않으면 창문 밖으로 몸을 던질 지경이거든요. 우리는 케이크를 주문했답니다." 그가 과장된 몸짓을 하며 말을 마쳤다.

"정말 친절하시네요, 감사합니다." 번티가 영악하게도 거절할 여지를 남기지 않고 얼른 대답했다.

나는 직장 상사와 그의 동생과 함께 토요일에 갑작스럽게 차를 마시게 되었다는 사실이 당황스러웠다. 캐슬린은 충격을 받을 테고 미시즈 버드는 아마 버럭 화를 낼 것이었다. 하지만 나는 너무나 배가 고팠다.

"고맙습니다, 미스터 콜린스." 나는 그가 분별력을 완전히 잃지 않고 내가 알기로 '가이'인 자신의 이름으로 부르라고 하지 않아서 내심 고마워하며 대답했다. 그랬다면 죽어버리고 싶어졌을 것이다. "배려해주셔서 감사해요."

"합석을 해줘서 내가 고맙죠." 미스터 콜린스가 말했다. "이제 이렇게 서 있지 않아도 되겠군요."

번티는 흑표범 같은 속도로 모자를 벗더니 얼른 테이블을 빙 돌아가 미스터 콜린스의 옆자리를 차지했다. 덕분에 나는 아직 찰스라고 부를 기분이 들지 않는 메이휴 대위 옆자리에 앉아야 했다.

"하고 싶은 말이 있는데," 대위가 말문을 열었다. 그의 목소리는 차분했지만 듣기 좋았다. "나는 조금도 지루하지 않았어요. 물론 두 분과 합석하게 되어서 기쁘지만요." 그가 재빨리 이렇게 덧붙였다. "숙녀분들은 산책을 하다 오셨나봐요."

미스터 콜린스는 이제 평소의 침묵 속으로 빠져들었다. 나는 대화가 끊기는 상황을 어떻게든 피하고 싶었고 미스터 콜린스를 실망시키고 싶지도 않았으므로 대화에 흥미가 있는 것처럼 보이려 애쓸 수밖에 없었다.

"산책을 다녀오는 길이에요." 내가 대답했다. "이제는 사라지고 없는 서점을 둘러보고 왔어요. 그전에는 오리에게 빵을 던져줬고요. 번티가 재주도 좋게 빵으로 오리 한 마리를 맞히기도 했죠." 내가 이렇게 덧붙였는데, 마치 우리가 일부러 오리를 때린 것처럼 들리고 말았다.

"사실 두 마리였어요. 일부러 때린 건 아니에요." 번티가 상황을 어떻게든 수습해보려고 덧붙였지만 더 악화시키고 말았다.

"그렇군요." 메이휴 대위가 무슨 말이든 하려고 말문을 열었다. "그것참……"

"조금 온건한 유혈 스포츠의 일종이로군요." 미스터 콜린스가 말했다.

그러자 번티의 말문이 터졌다.

"맞아요." 그녀가 말했다. "그 녀석이 아팠는지는 몰라도 빵껍질에 맞은 것뿐이었다고요. 우리가 거기까지 가는 길에 빵을 거의 다 먹어버렸거든요."

"우리는 점심도 못 먹었어요." 내가 말했다.

"세상에." 미스터 콜린스가 가장 가까운 곳에 있는 웨이트리스를 붙잡아 세웠다. "저기, 괜찮으면 우리 주문을 두 배로 바꿔주겠어요? 최대한 빨리요. 고마워요. 내가 사죠."

미스터 콜린스는 당장이라도 먹을 것을 찾아 쓰레기통을 습격하기라도 할 것 같은 사람을 보듯 번티를 바라보았다.

"어머나, 정말 감사합니다." 번티는 그 어느 때보다 품위 있게 인사를 건네며 그에게 사랑스럽기 그지없는 미소를 보냈다. "빵껍질은 아주 작았어요."

나는 어쩐지 사과를 하지 않으면 안 될 것 같아서 메이휴 대위에게 고개를 돌렸다. 하지만 입을 떼려는 순간 그가 힘겹게 웃음을 참고 있다는 사실을 깨달았다.

"정말 미안합니다." 그가 결국 못 참고 박장대소하며 사과했다. "하지만 콩트 공연을 하는 플래너건과 앨런 콤비*와 함께 차를 마시는 것 같아서요. 그렇게 보지 마세요. 오, 세상에 말이 헛나갔네요." 그가 느닷없이 입을 다물었다. 자신의 말에 당황한 것 같았다.

"미안합니다." 그가 얼굴을 붉히며 말했다. "두 분 덕분에 기분이 많이 좋아졌다는 말을 하려던 거였어요. 내 연대가 좀 고생을 했거든요. 불쌍한 가이 형이 내 투정을 하루종일 받아주느라 고역이었어요."

"걱정 마세요, 메이휴 대위님." 나는 그가 괜찮은 사람 같다고 생각하며 대답했다. "우리가 아무에게도 이야기하지 않을 거라 믿으셔도 돼요."

"그런 생각은 안 했어요." 그가 말했다. "그건 그렇고 찰스라고 부르세요."

"그럴게요, 찰스." 이렇게 대답하는데 내가 좀 까부는 것 같았다. "저도 에미라고 부르세요. 우리 새로 시작할까요?"

"그러죠." 찰스와 번티가 동시에 대꾸했다.

"꼭 그래야만 하나요?" 미스터 콜린스가 말했다. "나는 오리 이야기를 두 번씩이나 마주할 자신이 없어요. 오, 하느님 감사합니다. 저기 웨이트리스가 오는군."

그가 음식이 가득 담긴 쟁반을 들고 온 웨이트리스를 향해 무심코 손을 흔들더니 아주 과장된 눈빛으로 우리를 차례로 바라보았다.

"자, 젊은이들, 점잔은 그만 빼고 들어요."

---

* 1930년대와 40년대 큰 인기를 얻은 가수 겸 희극배우들.

그가 우리를 향해 찻주전자를 들었다.

"숙녀분들, 두 분에게 경의를 표합니다. 방금 내 동생이 집에 온 후로 처음으로 웃는 모습을 봤어요. 자, 이 물냉이 샐러드는 누구부터 덜어드릴까요?"

*

어색한 분위기가 어느덧 사라지고 음식이 나오자 번티와 나는 평소의 모습으로 돌아와 멍청한 소리를 떠벌리는 바보짓을 멈추게 되었다. 미스터 콜린스와 이렇게 잡담을 나누고 있으니 기분이 묘했다. 그가 당장이라도 "미스 레이크, 압지"라고 외칠 것 같다는 생각이 자꾸 들었지만, 우리가 내일이라도 폭격으로 날아갈 수 있으니 이 순간을 즐길 수 있으면 즐기는 편이 좋다고 계속 다짐했다. 메이휴 대위는 형보다 더 말수가 없고 낯도 조금 가리는 것 같았지만, 꿔다놓은 보릿자루 같지는 않았다. 게다가 잘 모르는 사람과 대화하는 것치고는 놀랄 정도로 다정했다. 우리는 공습 따위 대수로운 일이 아니라는 듯 굴었다. ("제 숙모의 친구인 귀네스 아주머니는 폭격으로 모든 것을 잃었지만 고양이는 찾았어요. 얼마나 천만다행한 일인지!") 그리고 안전한 주제를 벗어나지 않았다.

"런던에는 오래 계실 건가요, 찰스?" 번티가 물었다.

"며칠 더 있을 거예요." 그가 대답했다. "형이 그동안 나를 참아낼 수 있다면요."

"지겨워서 죽을 것 같지 않겠어?" 미스터 콜린스가 진심으로 걱정스러운 표정으로 물었다.

"형." 찰스가 애정을 담아 말했다. "형은 지금 마흔여섯이야. 엘긴 대리석*이 아니라고. 숙녀분들, 방금 형이 한 말은 무시하세요." 그가 차를 한 모금 마시면서 찻잔 테두리 위로 나를 보며 한쪽 눈썹을 치켜올렸다. 나는 미소를 지었다.

"영화 좋아하세요?" 번티가 느닷없이 불쑥 물었다.

나는 깜짝 놀라서 그녀를 쳐다보았다.

"마침 우리가 차를 마신 후에 영화관으로 〈마크 오브 조로〉를 보러 갈 계획이거든요. 혹시 생각이 있으신지 궁금해서요. 물론 두 분 모두 환영합니다." 번티는 미스터 콜린스를 보며 마지막 말을 덧붙였지만 진심은 아니었다.

찰스가 웃음을 터트렸다. "고마워요, 번티. 정말 친절하시군요. 하지만 나는 파티의 불청객이 되거나 형을 버리고 가고 싶지 않아요." 번티가 몹시 명랑하게 "어머 그러시겠죠"라고 하고 미스터 콜린스가 "나는 괜찮아"라고 말하는데 모두 즐거워 보였다.

"그럼 그렇게 하면 되겠군." 미스터 콜린스가 이렇게 말했다. 그러더니 인상을 썼다. "야간 공습이 지독할지도 몰라요, 그건 알고 있죠?"

"괜찮아요." 내가 소지품을 챙기며 대답했다. "집으로 가는 길에 방공호가 어디 있는지 다 알고 있거든요."

"두 분의 용기를 존경합니다." 찰스가 말했다. "내가 떠나 있을 때보다 이곳의 상황이 더 우려스러워졌더군요."

"우리 오빠도 그런 말을 해요." 내가 말했다. "하지만 가만히 앉아

---

* 영국박물관에 있는 고대 그리스의 대리석 조각.

있는 오리보다 돌아다니는 오리가 되는 편이 더 낫다고 생각해요."

"미스 레이크." 미스터 콜린스가 말했다. "당신이 돌아다니는 오리가 되는 편을 더 즐긴다고 해도 찰스가 곁에 있는 편이 내 마음이 더 편할 것 같아요. 당신이 폭격에 날아가버리면 나는 도저히 마음이 편할 것 같지 않으니까요. 여기는 내가 알아서 하죠. 조심해요." 그는 우리 모두에게 당부했다. 우리가 차를 대접해줘서 고맙다고 몇 번이나 인사를 하자, 그는 대륙식으로 손을 흔들며 우리를 보냈다.

등화관제가 시작되자 거리가 칠흑같이 어두워졌다. 하지만 우리는 모두 손전등을 챙겼고 번티와 나는 버스에 납작하게 깔리지 않으려고 하얀 목도리를 둘렀다. 그런데도 찰스는 보도 바깥쪽으로 걷겠다고 고집을 피웠다.

"기사도 정신도 좋고 다 좋아요." 나는 두 사람과 함께 조심스럽게 걸으며 목도리에 입을 파묻은 채 말했다. "하지만 당신이 버스에 치이면 후방지원에 아무 도움도 안 될 거예요."

"나는 차에 치이지 않아요." 찰스가 상냥한 목소리로 말했다. "그리고 두 분은 업무에서 없어서는 안 될 중요한 인재들이잖아요. 두 분에게 사고가 일어난다면 큰일날걸요."

"나는 그저 타자나 두드리는 사람이에요." 내가 이렇게 말하자 찰스는 "그 이상의 뭔가가 있다고 믿어요"라고 말했고 번티는 '아까 한 이야기 아직도 똑똑히 기억하고 있어, 알지?'라고 말하는 준엄한 눈빛으로 나를 쏘아보았다.

우리는 다정한 분위기에서 말없이 잠시 걸었다. 오늘 하루종일 몇 번이나 그랬듯, 나는 날씨에 맞는 따뜻한 풀오버를 입지 않은 자신을 원망했다. 정말이지 너무 추웠다. 지난 두 주 동안 날씨가 계속 나빴는데, 오늘 밤하늘은 더할 나위 없이 청명했다. 미스터 콜린스의 말이 옳았다. 잠시 후 독일군이 바빠질 것이다.

중장년층과 아이가 있는 부모들이 어두워지기 전에 귀가를 했기 때문에 버스는 우리처럼 토요일 밤을 고대하며 재잘거리는 젊은이들로 가득했다. 퇴근을 하기 전에 립스틱을 바르고 힐로 갈아 신은 판매원 여성들은 춤과 남자들에 대해 이야기를 했고, 제복 차림의 남자들은 전쟁과 여자들에 대해 이야기했다. 버스가 하이드파크를 둘러서 조심스럽게 기어가듯 운행하는 동안, 번티는 찰스에게 군대에 대해 질문을 퍼부었고 나는 창밖의 어두운 거리를 바라보았다.

오디언극장에 도착해 자리를 찾고 나자 번티는 화장실에 다녀오겠다고 요란스레 알리더니 한참이 지나도록 돌아오지 않았다. 하는 수 없이 찰스와 나는 화면 곳곳에 긍정적인 분위기를 덧칠한 뉴스 영상을 보았다. 마침 육군수송부대에서 근무하는 여성 운전병들에 대한 짧은 영상을 틀어줬는데, 그들이 트럭의 보닛을 열고 당당한 기세로 엔진 여기저기를 가리키는 모습이 화면에 등장했다. 그때 앞쪽에 앉아 있는 사람들 가운데 누군가 소리를 쳤다. "저 사람은 너잖아, 메이비스." 그러자 여자 목소리가 들렸다. "아니야, 빈센트. 나는 저 사람보다 더 날씬하단 말이야." 그러자 극장 안의 사람들이 모두 웃었다.

하지만 나는 어색하고 신경이 쓰였다. 특히 제복을 입은 찰스 옆에 앉아 있어서 더 그랬다. 티하우스에서 나는 그에게 소방서 이야기를 했었다. 그리고 지금은 그에게 훈련을 받을 수만 있으면 언젠가 공군의 오토바이 전령이 되려고 고민했다는 이야기를 소곤거렸다.

"좋은 생각인데요." 찰스도 소곤거렸다. "정말 재미있을 거예요."

"그렇죠?" 내가 말했다. "어떻게 타는지 배우기만 하면 돼요. 그러면 들어갈 수 있을 거예요. 물론 좀 기다려야 하겠지만."

그러자 찰스가 다시 가벼운 어조로 말했다.

"원한다면 내가 가르쳐줄 수 있어요. 꽤 낡은 오토바이로 배워도 괜찮다면요."

"그럼요." 나는 반색하며 말했다. "그렇게 해주시면 정말 고마울 거예요."

바로 그때 번티가 제자리로 돌아왔다.

"너 괜찮니?" 내가 살짝 물었다.

"그럼 괜찮지." 번티는 화장실에 이십 분이나 머무르는 일이 더할 나위 없이 평범한 일이라는 듯 대답했다.

"찰스가 내게 오토바이 타는 법을 가르쳐준다고 했어."

"어머나." 번티는 마치 찰스가 달나라 여행을 계획중이라는 말을 들은 듯 감탄했다.

나는 고개를 돌려 그녀를 보았다. 번티의 시선은 맥스 밀러가 식당을 가득 메운 수녀들을 즐겁게 해주고 있는 스크린에 고정되어 있었다. 그는 일류 코미디 영화에 출연한 것이 분명했다. 번티가 더이상 크게 지을 수 없을 정도로 큰 웃음을 짓고 있는 걸 보면 말이다.

"솔직히," 번티가 목소리를 죽여 말했다. "이렇게 될 줄은 상상도 못했어."

*

영화를 반쯤 보았을 즈음 극장 지배인이 무대로 올라와 공습이 시작되었다고 알렸다. 일 년 전이었다면 다들 방독면을 움켜쥐고 가장 가까운 방공호를 향해 달렸을 테지만, 요즘은 언제나 그렇듯이 아무도 움직이지 않았고 발코니석의 어떤 사람들은 "빨리 영화나 틀어줘요" "타이론 파워를 돌려줘요"라고 소리치기까지 했다. 극장 지배인은 두 번의 요란한 휘파람과 소소한 박수를 받았다. 영화의 전개상 절대 눈을 떼지 않고 보아야 할 대목이 펼쳐지고 있었기에 번티와 나는 기꺼이 극장에 남았다. 영화가 끝날 때까지 공습 경보 해제 사이렌 소리는 들리지 않았다.

번티가 화장실에 다시 다녀오겠다고 했다.

"안녕히 가세요, 찰스." 그녀는 그와 악수를 하며 말했다. "다시 만날 수 있기를 바라요. 에미, 찰스와 인사하고 헤어지고 나면 여기서 나를 기다려줘." 번티는 평소답지 않게 보스 같은 말투로 말했다. 그러더니 모피 코트를 입은 덩치 큰 여자 뒤로 모습을 감췄다.

극장측은 평소보다 더 볼륨을 높여서 영화를 상영했지만 〈마크 오브 조로〉조차 상공의 폭격기로부터 들리는 쿵쿵 소리를 완전히 덮어버릴 수 없었다. 상영관을 나와 건물 바로 앞에 서 있으니 훨씬 더 크게 들렸다. 찰스와 나는 소음 사이로 서로에게 소리를 질렀다.

"설마 집으로 가는 버스를 탈 수 있을 거라고 진심으로 생각하는 건 아니겠죠, 그렇죠?" 찰스가 소리쳤다.

"오, 우리는 언제나 그러는걸요. 괜찮아요." 내가 이렇게 소리를 지르는데, 마침 무시무시한 경보음이 울리기 시작했다. 로비에 있던 사람들이 모두 얼어붙은 순간 엄청난 굉음이 건물을 뒤흔들었다. "폭탄이 떨어졌네." 내가 괜히 덧붙였다.

"내 말 좀 들어봐요." 찰스가 소음 사이로 말했다. "나도 안전에 목숨 거는 사람처럼 보이고 싶진 않아요. 당신과 번티가 평소에는 휴대용 의자를 꺼내서 연기에 휩싸인 런던을 구경한다고 해도 상관없어요. 하지만 오늘밤은 내가 택시를 잡으면 택시를 타고 가요."

그는 여전히 미소를 짓고 있었고 여전히 정중했다. 나는 반박하려고 입을 열었지만 그러지 않는 편이 낫겠다는 생각에 금붕어처럼 입을 딱 다물었다. 상냥한 눈빛이나 차분한 매력과는 별개로, 자신의 행동이 띨 수 있는 의미를 잘 아는 남자라는 생각에 나는 그에게 호감을 느꼈다.

또다시 공습경보가 울렸다. 이번에는 더 낮은 소리로 더 먼 곳에서 들려왔지만, 여전히 근처 건물에 폭탄이 떨어져 쿵 하는 굉음이 이어졌다. 영화관 건물의 전면 유리에는 널빤지를 빈틈없이 대었고 우리는 안전했지만, 찰스는 혹시 있을지 모를 폭발과 나 사이를 가로막듯 얼른 옮겨 섰다.

"자." 그는 소음을 무시한 채 말했다. "번티가 별일 없는지 가서 확인해봐야 하지 않을까요?"

번티는 또 감감무소식이었다.

"좋은 생각이에요." 내가 이렇게 말하자 찰스가 내 팔을 잡았다. 우리는 매표소에 줄을 서 있는 사람들 틈을 요리조리 빠져나갔다. "번티는 화장실에서 폭탄을 맞느니 차라리 죽어버릴 거예요."

찰스가 나를 곁눈으로 바라보았다. 우리 둘은 웃음을 터트렸다.

"오 세상에." 내가 말했다. "평소에는 이렇게 바보처럼 굴지 않아요."

"당신은 내가 만난 사람 중에 가장 똑똑해요." 찰스가 대답했다.
"봐요, 저기 있어요."

번티는 집에 갈 시간이 되면 어딘가 숨는 것이 분별력 있는 행동
이라는 듯 매점 뒤에서 어정거리고 있었다.

"집에는 택시를 타고 가자." 몸을 돌려 되돌아 나가면서 내가 말
했다. "안 그러면 찰스가 걱정될 것 같데."

"맞아요." 찰스가 말했다. "두 사람은 여기서 기다려요. 내가 가
서 택시를 잡아볼 테니까."

찰스가 외투 주머니에서 소형 군용 손전등을 꺼내 대리석 바닥
을 성큼성큼 가로질러 출구 옆 암막 커튼 사이로 나갔다.

"어머나." 번티가 말했다. "좋은 사람이야, 그렇지?"

밖에서 또 한번 불길한 굉음이 울렸다.

"번티." 마침내 우리 둘만 있게 돼 물었다. "혹시 배탈이 났니?"

번티가 의아한 표정을 지었다.

"화장실을 들락날락했잖아." 내가 속삭였다. "한참이나."

"오, 그거." 번티가 활짝 웃으며 대답했다. "좋은 생각이지, 안
그래?"

나는 멍한 표정으로 친구를 바라보았다.

"두 사람만 있으라고 자리를 비워준 거잖아, 이 바보야." 번티가
면박을 줬다. "그 사람, 네게 반했어."

"아, 그만해." 내가 받아쳤다. "말도 안 되는 소리."

"아니야, 내 말이 맞아. 어쨌든 너는 그 사람을 좋아하잖아. 딱
보면 알아. 런던을 떠나기 전에 네게 데이트 신청을 할 수 있도록

도와주려는 거야."

"번티……"

"자, 내가 말하는 대로 해." 번티가 음모를 꾸미는 듯한 눈빛을 지었다. "집에 도착하면 나는 몹시 몸이 안 좋은 것처럼 헐레벌떡 현관으로 달려갈 거야. 당연히 너는 나를 뒤따라와야겠지. 하지만 그전에 이렇게 헤어져서 정말 미안하다고 해."

나는 번티를 향해 눈을 굴렸다.

"그러면 찰스는 분명히 너를 꼭 다시 만나야 한다고 할 거야. 너는 사랑스러운 표정을 지으면서 내가 많이 아플지 모르니 얼른 가봐야 한다고 해. 그러면 네가 마음씨가 고운 사람으로 보일 거야. 그 사람이 좋다고 하면 네 전화번호를 남기면 돼."

"오. 번티." 내가 말했다. "현실에서 '당신을 꼭 만나야 해요'라고 말하는 사람이 어디에 있어. 너는 영화를 너무 많이 봤어."

"그렇긴 하지." 번티가 맞장구를 쳤다. "영화 덕분에 온갖 아이디어를 얻었어. 너무 재미있어. 나는 이제 '불쌍한 해럴드'는 기억도 안 나, 넌 안 그러니?"

"나는 그 사람과 친구가 되었다는 것도 거의 잊고 있었어." 내가 야박하게 말했다.

"찰스!" 번티가 거친 바다에 솟은 바위에 조난되기라도 한 것처럼 간절하게 소리쳤다.

번티는 내 팔짱을 끼더니, 추위로 귀가 얼어붙은 찰스가 들어온 정문 쪽으로 나를 잡아끌었다. 그리고 스스럼없이 그의 팔을 잡았다.

"정말 고마워요. 덕분에 오늘 살았어요." 번티가 고마운 듯 말했다. "있잖아요. 내가 지금 몸이 많이 안 좋은 것 같아요."

11장
소방서에서 보낸 지독한 밤

이튿날 저녁 나는 소방대 외투를 따뜻하게 챙겨 입고 밤참으로 먹을 샌드위치를 넣은 가방을 이리저리 흔들며 롤런드 스트리트를 걸었다. 이틀 연속 청명한 밤이었다. 적의 편이 된 달은 런던에서 가장 폭격하기 좋은 곳을 환히 보여주었다. 나는 다른 일에 정신이 팔려서 생각에 골몰한 채 소방대로 향했다.

나는 예술적인 사람들이 '엇갈리는 감정'이라고 부르는 상태에 푹 잠겨 있었다. 지난 토요일은 그 어느 때보다 즐거운 날이었다. 나는 번티가 총알처럼 택시에서 튀어나가기로 한 계획에 찬성했다. 번티의 뒷모습을 보며 찰스는 그저 "세상에"라고만 한 후, 번티가 아픈 건 유감이지만 저녁시간을 정말 즐겁게 보냈다며 다시 이런 시간을 보낼 수 있을지 물었다. 나는 번티가 영화를 아주 재미있게 봤다고 대꾸했고, 찰스는 자신도 번티가 좋고 그녀가 어서 회복되기를 바라지만 우리 둘만 괜찮다면 다음에는 단둘이서 만날 수 있을지 물었다.

그래서 나는 찰스에게 전화번호를 알려주었고 작별인사를 나눈 후 꼭 필요한 것보다 조금 더 오래 악수를 했다. 마지막까지 더할 나위 없었다.

당연히 번티는 이 일에 대흥분을 했다. 하지만 그것은 일시적인 집행유예에 불과했으니, 이튿날 그녀는 독자에게 편지를 쓰는 일은 그만두라고 나를 호되게 나무랐다. 번티는 내가 정신이 나가서 그런 짓을 했다고 생각했다. 그리고 아무리 남을 도와주려는 의도였다고 해도 직장을 잃을 수도 있으니 내 행동을 재고해야 한다고 했다.

찰스를 떠올리면 기분이 아찔할 정도로 좋았지만, 마음 한구석에서는 당연히 불안이 떠나지 않았다. 내일이면 '헨리에타의 고민 상담소' 코너에 내가 슬쩍 집어넣은 편지가 실린 〈여성의 벗〉 최신호가 사무실에 들어올 터였다.

내가 도와줄 수 있으리라는 생각에 독자들에게 편지를 써서 부친 것과, 잡지에 편지를 몰래 끼워넣은 일은 다른 차원의 문제라는 사실을 뼈아프게 인식하고 있었다. 나는 그냥 아무 생각 하지 말자고 다짐했다. 혹시라도 오늘밤 공습이 있다면 걱정할 일이 한두 가지가 아니었기 때문이다.

칼턴 스트리트 소방서는 번티의 할머니 집에서 고작 세 거리 떨어진 곳에 있었다. 나는 눈을 감고도 소방서를 찾아갈 수 있었고 그래서 다행이었다. 가끔 상황이 긴박하게 돌아가고 독일군의 소이탄이 런던의 거리를 선명한 주황색 불길로 환하게 밝힐 때면 나는 집까지 죽어라 달리곤 했다. 겁을 먹은 것은 아니지만 처칠 총리라고 해도 그럴 땐 계속 움직이는 편이 합리적이라 생각할 것이다. 하지만 대공포화가 한창일 때는 공습경보 해제 사이렌이 울릴 때까지 소방서에 머무른다. 포탄이 비 오듯 쏟아지는 밖으로 나갈 이유도 없을뿐더러 귀가 먹을 정도로 시끄럽기 때문이다.

나는 포장도로에 난 커다란 구덩이를 빙 둘러 길을 건넌 후 미스터 본에게 인사를 건넸다. 미스터 본은 판자를 댄 신문판매점의 문을 잠그는 중이었다. 이미 공습감시원 오버올을 입고 있었다. 그가 추위에 곱은 손에 호호 입김을 불며 나를 돌아보았다.

"안녕하세요, 미스터 본." 내가 인사를 했다. "장갑 없으세요? 그러다 동상 걸리시겠어요."

"안녕, 에미. 바보 같은 신문배달원 녀석이 가져갔지 뭐야. 오빠는 요즘 어때? 여전히 적들을 맹공격중인가?"

"애쓰는 중이에요." 나는 대수롭지 않은 일처럼 말했다.

"훌륭한 청년이야." 미스터 본이 친절하게 말했다. 나는 그의 부인의 안부를 물었다. 두 사람의 아들인 허버트도 공군이었고 후방 사수였다. 그는 영국해협 위에서 격추되었고 시신은 끝내 발견되지 않았다. 나는 두 사람이 그 소식을 들은 날을 떠올리지 않으려 했다. 미스터 본은 신문을 쌓아 아무에게도 얼굴을 보여주지 않았고, 미시즈 본은 평소처럼 현금등록기 옆에 서 있었지만 두 볼에 눈물이 소리 없이 흘러내렸고 눈빛은 모든 것을 다 잃었다고 말하고 있었다. 허버트는 부부의 유일한 자식이었다.

"공습경보가 해제될 때까지 집에 가지 마, 그럴 거지?" 미스터 본이 걱정스러운 표정으로 말했다.

나는 그러겠다고 약속했지만, 그는 내가 등뒤로 손가락을 꼬았다는 사실을 안다고 했다. 물론 그 짐작이 옳았다.

　나는 손을 흔들어 작별인사를 한 후 모퉁이를 돌아 원래 자전거 가게가 있었던 커다란 구덩이를 지나 벨러미 스트리트로 접어들었다. 무너져버린 가게 뒤편의 거리가 훤히 보였다. 나는 그래도 손글씨로 '휴가중—곧 돌아옵니다'라고 적힌 채 잔해 위에 기대 세워져 있는 표지판에 늘 '안녕' 하고 속으로 인사를 했다. 그 가게의 주인인 미스터 데니스는 원래 가게 2층에서 가족과 함께 살았는데, 폭격을 맞은 날에는 다행스럽게도 남쪽 바닷가에 사는 누이네에 가고 없었다. 미스터 데니스는 뭐라도 건질 게 있는지 보러 돌아왔는데, 아무것도 없었는데도 몹시 의연했다.

　"휴가를 좀더 가야 한다고 늘 생각했었지." 그는 이렇게 말했다. 그를 보러 온 사람들은 모두 위로와 격려를 아끼지 않았다. 그리고 그는 모두와 악수를 했다. 남쪽 바닷가로 돌아가는 기차를 타기 전 친구 두 명이 그를 펍으로 데려갔는데, 그때 그는 이렇게 말했다. "우리는 곧 돌아올 거야. 히틀러가 묻거든 내가 휴가를 갔다고 전해줘."

　이튿날 동네 익살꾼이 그 표지판을 세워놓았다. 그것을 볼 때마다 사람들은 모두 미소를 지었고 데니스 가족을 떠올렸다. 우리는 그들이 돌아올 것을 알았다.

　오늘밤은 윌리엄이 소방서의 당직이었다. 사실 그는 거의 매일 당직을 섰다. 그는 얼마 전 B조의 부사관으로 승진했다. 그런 보상을 받을 자격이 충분했으므로 우리는 그의 승진에 한마음으로 뛸 듯이 기뻐했다. 그는 누구보다 열심히 근무했으며 누구보다 용감했다. 가끔 오히려 그 점이 나를 두렵게 했다. 윌리엄이 용감한 건 나도 좋았다. 용감하지 않으면 그 일을 할 수 없기 때문이다. 하지만 이 전쟁이 끝날 때까지 번티가 사랑하는 이와 계속 함께하기를 간절히 바랐다.

나는 걸음을 재촉했다. 소방서에 가면 셀마와 조앤이 있을 터였다. 두 사람은 B조의 정직원이었다. B조에는 두 사람 외에 어린 메리와 내가 있었는데, 우리 둘은 자원봉사자였다. 평범한 일상을 보내듯 책상에 일렬로 쪼르르 앉아서 수다를 떨다보면 공습경보 사이렌이 울리고 집이 폭격을 맞았다거나 소이탄이 폭발해 거리의 반이 불길에 휩싸였다고 신고하는 사람들의 전화가 울리기 시작한다. 그러면 정신없이 바빠졌다. 메리와 나는 일주일에 사흘 야간근무를 자원했지만 네 번이나 다섯 번까지 근무를 해야 할 때도 잦았다.

하지만 이런 일은 윌리엄과 다른 남자 대원들이 하는 일과는 견줄 수조차 없었다. 웨스트런던이 조용하다고 해도 부둣가에서는 구조대원을 애타게 요청하고 있으리라는 데 마지막 남은 페니를 걸어도 될 것이다. 대개 교대근무를 시작할 즈음이면 윌리엄을 볼 수 있지만 내가 퇴근하는 아침 여섯시까지 그가 소방서로 돌아온 날은 손에 꼽을 정도였다. 설령 돌아왔다고 해도 물에 흠뻑 젖고 기진맥진했으며 정신은 여전히 다른 세상에 머물러 있을 때가 잦았다. 집으로 돌아가면 나는 항상 일부러 요란한 소리를 내어서 번티에게 내가 퇴근했다는 사실을 알렸다. 그러면 번티는 방에서 얼른 나와 주전자를 불에 올리겠다고 했다. 그런 식으로 우리 중 누구도 수선을 피우지 않는 차분한 상태에서, 나는 그날도 아무 문제 없었음을 전했던 것이다. 무슨 일이 일어났건 나는 항상 윌리엄은 아무 일 없었다고 번티에게 말해주었다.

오늘따라 교대시간보다 일찍 도착한 나는 소방대의 옆문을 열고 들어가, 지난주 무너진 담벼락에 깔린 이동소방펌프를 수리중인 B조 대원 두 명을 지나쳤다.

"좋은 아침, 여러분." 벌써 오후였지만 나는 이렇게 인사를 했다.

"좋은 저녁, 천사님." 둘 중 한 명이 펌프 아래에서 소리쳤다. "마침 와줘서 고마워요. 우리는 지금 목이 말라 죽을 지경이에요."

"먼저 주전자부터 챙길게요, 프레드." 나는 목도리를 풀며 그의 발에 대고 말했다. "로이도 마실 거예요?"

"그러면 고맙지." 로이가 뭔가를 후 불듯 말했다. "시계 방향이야, 프레드. 그걸 그 방향으로 돌리면 내가 납작해진다고."

기우뚱하게 서 있는 기계에 끼인 것처럼 옆을 지나쳐 가파른 계단을 올라간 다음, 여자 동료들이 벌써 출근해 수다를 떨고 있는 상황실로 향했다. 셀마가 제복 치마의 허릿단을 당겨서 넉넉한 허리춤을 보여주었다.

"이것 좀 봐—너희 줄 치즈는 없어. 디저트를 배급하기 시작하면 이 일은 아예 관두고 모델이나 해야겠어." 그녀가 환하게 미소를 지으며 말했다.

"안녕, 여성분. 셀, 오늘 멋진데요." 내가 말했다. 나는 셀마가 자신은 굶더라도 아이들에게 배급음식을 조금이라도 더 먹이려 한다는 것을 알았다. "재미있는 일이라도 있어?" 나는 코트와 모자를 벗으며 물었다.

"아돌프가 네가 오기만을 기다리고 있었어." 조앤이 말했다. "이제 아무때나 불쑥 찾아올 거야."

"그럼 그때까지 차 마시면서 수다나 떨면 되겠네." 셀마가 말했다. "어제 산책은 어땠어, 에미? 외출해서 누구 괜찮은 사람이라도 만났어?"

에드먼드가 나를 차버린 후로 동료들은 지치지도 않고 내게 남자친구를 만들어주려고 했다. 나는 개의치 않았다―덕분에 모두 신나게 수다를 떨 만한 거리가 생겼으니 말이다. 공습이 없는 밤이면 자원봉사자 방에서 쪽잠을 잘 수 있었고 우리는 그 방에 놓아둔 이층침대에 걸터앉아 코코아를 마시며 쓸데없는 이야기를 나누었다. 한편 공습이 있는 밤은 여러모로 힘들었기 때문에 잠시 쉬는 시간이 생기면 우리는 마음을 다른 곳으로 돌리기 위해 훨씬 더 쓸데없는 이야기를 나누었다. 그런 점에서 내게 남편을 찾아주는 일은 완벽한 주제였다.

"사실 만났어요." 내가 말했다. "해럴드라고 키가 아주 큰 남자."

세 명 모두 순진한 표정을 지으며 말했다. "어머나." 그러더니 세 명이 동시에 "끝내준다"라고 말했다. 반응을 보니 이 세 사람도 그 계획에 손을 보탠 한패가 분명했다.

"그런데 내 취향은 아니더라고요." 나는 이런 말로 그들의 희망을 내동댕이쳤다. 찰스에 대해서는 이야기하지 않기로 했다. 우리는 이제 막 만났을 뿐이고 B조 동료들의 절반이 찰스를 두고 신이 나서 이런저런 이야기를 하게 되는 것이 어쩐지 싫었다.

"그렇게 형편없었어?" 조앤이 말했다. 그녀는 남자들 대부분은 시간 낭비라고 생각했다. 그런 결론을 내리게 된 데는 남편의 탓이 컸다. 그녀가 내 어깨를 토닥였다. "신경쓰지 마."

"그리고 언니는 아직 젊잖아요." 메리가 말했다. 그녀는 열아홉 살이라 나를 늙은이라고 생각했다.

"너를 좋아해주는 사람이 나타날 거야." 셀마가 위로했다.

"어이, 우리 차는 어디에 있어요?" 아래층에서 누가 소리쳤다.

조앤이 세심하게 목소리를 낮추었다.

"희망을 잃지 마, 에미." 그녀가 진지한 표정으로 말했다.

나는 장애를 얻은 것이 아니라 남자친구를 잃었을 뿐인데, 언제 나처럼 아무도 이 사실을 신경쓰지 않았다.

조앤과 메리는 서둘러 차를 만들기 위해 내려갔고 셀마와 나는 근무를 시작하기 위해 늘 하던 준비를 시작했다. 윌리엄이 열린 문 틈으로 머리를 들이밀고는 인사를 했다. 그리고 자신은 동료와 있는 편이 좋겠다는 결의에 찬 표정을 보여주더니 얼른 사라졌다.

셀마는 열렬한 잡지 애독자였고 〈여성의 벗〉도 사기 시작했다. 셀마는 내가 그곳에서 맡은 업무가 전혀 화려하지 않다는 말을 듣고도 그 말을 겸손의 표시로 받아들였다.

"지난주 '뜨거운 냄비에 무엇이 있을까?' 코너 말이야." 셀마가 혼잣말을 하듯 말했다. "어린양의 뇌 스튜. 냄새를 뺄 수가 없어." 우리는 둘 다 웃음을 터뜨렸다. "그래도," 그녀가 덧붙였다. "애들이 배부르게 잘 먹었어. 독자 상담 코너는 어때? 재미있는 이야기 있어?"

셀마가 활짝 웃었다. 그녀는 내가 그녀에게 말할 수 없는 것을 말하게 만들곤 했다. 갑자기 뱃속이 요동쳤고 그 증상은 결코 스튜 탓이 아니었다. 셀마라면 도움이 될 조언을 많이 알겠지만 나는 그녀에게도 내가 답장을 쓰고 있다는 말을 하지 못했다. 셀마는 곧 서른이고 아이가 셋이었다. 나보다 독자들을 도울 자격이 훨씬 더 충분한 사람이었다.

"이 이야기는 하면 안 되는데." 내가 말했다. "그런데……"

셀마의 눈이 휘둥그레졌다. 그녀는 의자를 끌어당겨 내 옆에 앉았다.

"오, 끔찍한 이야기는 절대 아니에요." 나는 목소리를 밝게 유지했지만 내내 내 마음을 떠나지 않던 한 독자의 편지를 떠올렸다.

친애하는 미시즈 버드에게

저는 열여덟 살이고 부모님은 지독히도 엄하세요. 저는 군 주둔지에서 아주 가까운 곳에 살아요. 그리고 남자들은 언제나 매우 친절하고요.

저는 동갑인 군인과 친구가 되었어요. 우리는 단지 친구 사이일 뿐인데, 부모님은 내가 군인들과 아무것도 해서는 안 된다면서 혼자서는 집밖으로 한 발도 나가지 못하게 하실 거예요. 나는 이 친구와 영화관에 간 적이 있지만 부모님은 그 사실을 모르세요. 제 친구들은 전부 남자들과 데이트를 해요. 그래서 저도 그를 잃고 싶지 않아요.

제가 어떻게 하면 좋을지 말해주세요.

헐*에서
'지긋지긋한 사람' 드림

미시즈 버드라면 '지긋지긋한 사람'의 사연에 조금도 신경을 쓰지 않을 것이 분명했지만 나는 그녀가 몹시 안타까웠다. 하지만 뭐

---

* 잉글랜드 북동부 험버사이드주의 주도.

라고 조언을 해야 좋을지 알 수 없었다. 내 생각에 열여덟 살이면 누군가와 데이트를 하기에 확실히 충분한 나이였다. 하지만 그녀의 부모님 뜻에 반하는 행동을 부추기고 싶지 않았다. 나는 어떤 방향으로 조언을 할지 정하지도 못했고 이거다 싶은 조언도 떠올리지 못했다.

조앤과 메리가 자원봉사자 방에서 차를 내리며 웃고 떠드는 소리가 들렸다. 남자 대원들은 여전히 아래층에 있었고 데이비스 대장님은 자신의 사무실에 있었다. 나는 몸을 앞으로 기울이며 목소리를 낮췄다.

"셀, 열여덟 살짜리가 군인과 데이트를 하고 싶어한다면 뭐라고 하겠어요? 그 사람이 마거릿이라면?"

셀마의 딸 마거릿은 고작 아홉 살이지만 어쨌든 '지긋지긋한 사람'에 대해 이야기하지 않고도 대략적인 상황을 알릴 수 있었다.

셀마가 눈을 가늘게 떴다.

"나라면 전쟁이 끝날 때까지 그애를 제 방에 가둬버릴 거야." 셀마가 미소를 지으며 말했다. "그 여성분께 은총이 있기를. 내가 아서를 처음 만났을 때 그 사람은 해군 제복을 입고 있었어. 보자마자 홀딱 반했지 뭐야. 부모님이 그 여성분을 방안에 가두면 창문으로 빠져나갈 거야." 셀마는 어려운 과제를 즐기듯 생각에 잠겼다. "그 여성분은 일단 어머니를 설득해서 그 남자들을 한두 명 정도 초대해 같이 차를 마셔야 해. 모두 평가 같은 걸 받도록. 그 정도는 해야지." 셀마가 잠시 말을 멈췄다. "그리고 나라면 그 녀석에게 겁을 잔뜩 줄 거야."

우리는 웃음을 터트렸다. 물론 나는 셀마의 말을 잘 기억해두었다. 셀마의 조언은 너무 가혹해 보이지 않으면서도 현실적이었다.

"그럼," 셀마가 말했다. "내가 '헨리에타의 고민상담소'에 도움이 된 건가?"

셀마가 진실을 알게 되면 얼마나 좋을까. 그녀라면 미시즈 버드보다 훨씬 더 잘해낼 것이다. 그녀가 이 코너의 담당자라면 나는 〈여성의 벗〉에 편지를 슬쩍 집어넣는 짓을 하겠다는 생각을 할 필요조차 없었을 것이다.

불안이 다시 뱃속에서 요동치기 시작했다.

"그건 그렇고," 셀마가 말했다. "차 만들러 간 사람들은 어디에 있는 거야? 잠깐……"

우리는 귀를 쫑긋 세웠다. 사이렌이 울리기 시작했다.

조앤과 쟁반을 든 메리가 서둘러 돌아왔고 그와 거의 동시에 비행기와 대공포 소리가 들리더니 그날 밤의 첫번째 폭탄소리가 들렸다.

메리가 차를 건네는 동안 셀마가 담배에 불을 붙였고 헬멧을 머리에 눌러썼다. 나도 헬멧을 쓴 후 턱끈을 단단하게 조였다.

"소리가 가까워." 조앤은 이렇게 말한 후 입술을 굳게 다물더니 미스터 본과 같은 말을 했다. "오늘밤은 바빠지겠어."

그 말대로였다.

말이 떨어지기가 무섭게 전화기 네 대 중 내 전화기가 제일 먼저 울렸다. 나는 얼른 전화를 받았다. "소방서입니다. 전화를 거신 곳은 어디죠?" 내가 이렇게 묻는 순간 우리가 있는 작은 건물이 흔들릴 정도로 엄청난 충돌음이 밖에서 들렸다. 잔받침에 올려놓은 내 새 찻잔이 홀짝 뛰어오르는 바람에 차가 쏟아졌다.

"죄송합니다. 한번 더 말씀해주시겠어요?" 내가 되물었다. 이제 다른 전화통도 불이 나기 시작했는데, 수화기 반대편의 여자가 큰 소리로 상황을 알려주었다. 그녀의 집에서 두 집 건너 있는 집이 직격탄을 맞았다고 했다.

"그 집에 몇 명이 사는지 아세요?" 나는 약 1킬로미터가량 떨어진 그 길에 대한 세부사항을 기억나는 대로 끼적이며 물었다. "그리고 아이들이 있나요?"

나는 이 순간이 너무 싫었다.

"여섯 명요." 그 여자가 말해주었다. "연기 때문에 아무것도 안 보여요."

"걱정하지 마세요." 내가 말했다. 내 목소리는 차분했지만, 충격을 받은 내 표정이 신고자에게 보이지 않아서 다행이었다. "지금 계신 곳에서 움직이지 마세요. 최대한 빨리 소방대가 그곳으로 출동할 겁니다."

나는 거리의 반이 완전히 파괴된 곳의 상황을 들은 것이 아니라 막 레스토랑의 예약을 받은 사람처럼 신고자에게 고맙다고 한 후 인사를 나눴다. 처음에 이 일에 자원했을 때는 이런 태도가 몹시 냉혹해 보였다. 하지만 신고 내용이 아무리 참혹하다고 해도 절대적으로 냉정을 유지하는 것이 우리의 일이었다. 한창 일이 바쁜 야간에 신고 내용을 곱씹고 있을 수는 없었다. 데이비스 대장님의 말씀대로, 그런 태도는 누구에게도 도움이 되지 않았다. 그후 우리는 특히 상황이 심각하다는 사실을 알게 될수록 더욱 냉정을 잃지 않게 되었다.

나는 메모패드에서 종이를 찢어 신고 내용을 꽂아두는 게시판에

꽂았다. 셀마와 메리도 방금 받은 신고 내용을 꽂았다. 사무실에 있던 데이비스 대장님이 들어왔다.

"메리, 펌프 두 대와 소방차 한 대." 대장님은 이렇게 말하며 칠판을 보더니 어느 대원들이 어디로 가야 할지 보여주는 원반을 배치하기 시작했다. 메리는 밖에 있는 핸드벨을 울리려고 벌써 일어나서 문으로 가는 중이었다. 대원 한 명이 명령을 받기 위해 달려 들어왔다. 그는 내가 몇 달 동안 이곳에서 수없이 보아왔던 그 표정을 짓고 있었다. 진지하면서도 어서 뛰쳐나가고 싶어 몸이 근질근질한 느낌이 뒤섞인 재미있는 표정이었다. 전쟁이 이십 년 동안 계속된다고 해도 저 표정에 익숙해질 자신이 없었다.

"여러분, 헬멧을 써요." 데이비스 대장님이 메리를 노려보며 말했다.

내 전화기가 다시 울렸고 셀마의 전화기도 울렸다. 조앤은 잘 들리지 않는 신고 내용을 제대로 알아들으려 애쓰는 중이었다. 폭탄이 표적을 향해 쿵쿵 떨어지고 우리 머리 위로 총소리가 쉬지 않고 울리는 와중에도 누군가 무슨 말이라도 들을 수 있다는 게 놀라울 따름이었다.

"소방서입니다. 전화를 거신 곳은 어디죠?"

우리 모두 같은 일을 반복했다. 셀마의 담배는 다 타들어가 재떨이에서 조용하게 꺼져갔고, 메리는 출동할 대원들이 한 명도 남지 않을 때까지 종을 울려댔고, 데이비스 대장님은 셀마에게 램버스에 연락해 지원을 요청하라고 지시했다. 모두 옳았다. 그날 밤은 새해가 시작되고 가장 바쁜 밤이었으며 밤이 깊어질수록 폭격기의 소리가 더 가깝고 요란해졌다. 우리는 공습 현장의 한가운데에 있었다. 머리 위에서 비행기들이 신음하는 소리가 그칠 줄을 몰랐다. 총소리와 그보다 더 많은 폭탄소리가 간간이 끼어들 뿐이었다.

"놈들이 오늘밤 우리를 괴롭히려고 작정을 했나봐." 전화가 잠 잠하던 잠깐 동안 셀마가 건조하게 말했다. "엄마가 애들 데리고 석탄 저장실에 잘 계셔야 할 텐데."

"번티가 별일 없으면 좋겠어요." 내가 말했다. 번티는 분명히 이 웃집 대피소로 갔을 것이다. 우리 중 누구든 혼자 있으면 무조건 정원으로 내려가 문을 지나 미시즈 헤어우드의 집으로 갔다. 미시즈 헤어우드는 남편을 먼저 보내고 혼자 살았다. 죽은 남편이 외교 단에 있었기에 그녀는 집을 찾아온 고관들에게 방을 개방했다. 번티는 누구 옆에 앉게 될지 알 수 없는 일이라고 했다. 미시즈 헤어우드의 가정부인 모린이 될 수도 있고 파이프 담배를 든 극비의 인물일 수도 있었다.

하지만 오늘 같은 밤에는 시바의 여왕이 옆에 앉아 있다고 해도 관심이 생기지 않을 것이다. 이럴 때는 현실적으로 폭격의 피해자가 발생할 가능성이 매우 높았다. 최악은 우리의 가족이나 친구가 사는 곳 근처에 떨어진 폭탄을 신고하는 전화였다. 그럴 때면 재빨리 기도를 하고 근무가 끝날 때까지 어떻게든 버티는 것 외에 할 수 있는 일이 별로 없었다. 우리는 남자 대원들의 사기를 떨어뜨리고 싶지 않았다. 주위로 소이탄이 떨어지고 폭탄이 그치지 않는 상황에서 밖으로 나가 불을 끄는 건 그들이었으니까 말이다.

자정쯤 되자 우리는 기진맥진해졌다. 그래서 나는 전화를 받는 사이사이에 가져온 샌드위치를 먹으려 했다. 샌드위치는 어느새 가장자리가 말라비틀어지고 있었다. 원래는 자리에서 먹어서는 안 되지만 데이비스 대장님은 한 명이라도 더 돕기 위해 소방차로 출동하고 없었다. 그래서 나는 그냥 먹어도 되리라 생각했다.

셀마는 신고 게시판 옆에 서서 데이비스 대장님이 분필로 쓴 '처치 스트리트, 저녁 여덟시 십오분'이라는 메모를 보고 있었다. 그녀는 대장님의 사무실 밖에 걸린 커다란 시계를 힐끔 봤지만 아무 말도 하지 않았다. 우리 모두 그녀가 무슨 생각을 하는지 잘 알았다.

이런 일을 할 때는 출동한 대원들의 안전을 걱정하기 시작하면 견디기가 몹시 힘들어졌다. 그래서 나는 대원들이 출동해 있는 동안 다른 생각을 하기 위해 셀마에게 〈마크 오브 조로〉에 대해 이야기하기 시작했다. 그때 폭격기의 소음이 천둥처럼 울렸다. 조앤과 메리가 수화기를 대고 있지 않은 귀에 손가락을 집어넣고 어떻게든 통화를 하려고 전화기로 몸을 더 숙였다. 그래 봐야 아무 소용이 없었다. 폭격기들이 바로 우리 머리 위에 있었고 그 소리에 귀가 먹을 지경이었다.

조로 이야기를 포기한 순간, 가장 요란하고 끔찍한 쾅 소리가 났다. 어찌나 큰지 천둥이 치는 구름 한가운데 있는 것 같았다. 건물 전체가 무시무시하게 흔들리자 우리는 얼른 책상 아래로 들어갔다. 커다란 시계가 회반죽과 함께 벽에서 떨어졌고 찻잔들과 잔받침들, 접시들이 쩽그랑거렸고 내 찻잔은 책상에서 내 옆으로 떨어져 산산조각이 났다. 메리가 꺅 하고 비명을 지른 후 겸연쩍은 표정을 지었다. 하지만 우리 중 누구도 그녀를 나무랄 수 없었다. 소음이 사방에서 동시에 터져나와서 마치 그 굉음의 뱃속에 있는 기분이었다. 또다시 엄청난 폭발이 뒤따랐고 건물이 다시 흔들렸다.

이번에는 우리 동료가 아니었지만 누군가의 매우 가까운 사람은 피해를 입었을 것이다. 조앤조차 걱정스러운 표정을 지었다.

"맙소사." 셀마가 소리쳤다. 그녀는 내 옆 바닥에 앉아 있었다. 그녀가 내 팔을 꽉 쥐었다. "이번 건 정말 아슬아슬했어. 너 괜찮니?"

나는 고개를 끄덕였다. "그럼요." 나는 억지로 미소를 지으며 동료들을 둘러보았다. "손가락, 발가락 다 붙어 있어?"

모두 손을 흔들었고 셀마와 나는 몸을 이리저리 움직여보았다.

"빌어먹을 히틀러." 조앤이 총소리 사이로 고함을 질렀다.

"난 연필을 깔고 앉은 것 같아요." 메리가 소리를 질렀다. 그녀는 명랑하게 말을 하려고 애쓰며 엉덩이를 살피려고 몸을 꼼지락거렸다.

"안됐다." 내가 고함을 질렀다. 나는 그녀에게 엄지 두 개를 들며 입 모양으로 물었다. "괜찮아?"

메리도 엄지를 모두 들어 보이며 열심히 고개를 끄덕였다. 뒤이어 엄청난 굉음이 들렸고 또다시 모든 것이 흔들렸다. 이번에는 아까만큼 가깝지는 않았다. 독일군이 아직 전화선은 못 끊었는지 우리 머리 위로 전화들이 다시 울리기 시작했다.

"내 전화일 거야." 조앤이 소리쳤다. 그녀는 전화를 받으려고 책상 밖으로 기어나갔고 그 모습을 우리는 지켜보았다. "아야, 내 무릎." 교전이 이어지는데, 그녀가 몸을 들어올렸다. 조앤은 아무것도 두려워하지 않았다.

"히틀러, 야 이 자식아!" 조앤이 우리의 임시 벙커를 떠나며 소리쳤다.

전화들이 미친듯이 울리기 시작했다. 우리가 목소리를 한껏 키워야만 서로의 소리를 간신히 알아들을 수 있는 이 상황에서 조앤은 자신이 무엇을 할 수 있다고 생각한 것인지 나는 알 수 없었다. 하지만 그녀는 우리 중에서 가장 용감했고 우리의 리더였다. 메리와 셀마, 나는 서로의 얼굴을 바라보았다. 우리는 밤새 책상 밑에 들어가 있을 수도 있었지만 반대로 무거운 몸을 일으켜세울 수도 있었다.

"준비됐어?" 내가 소리치자 모두 고개를 끄덕였다.

"히틀러, 야 이 자식아!" 우리는 입을 모아 소리를 지른 후 전화를 받기 위해 각자의 자리로 기어갔다.

12장
그곳의 반이 날아갔어

히틀러는 우리의 욕에도 흔들림 없이 폭탄을 터트려 웨스트런던의 밤을 낮처럼 환히 밝혔다.

몇 시간 동안 우리는 쉬지 않고 신고 전화를 받았다. 어떤 남자는 내게 레이섬 로드에 있는 자신의 집 주소를 불러주었는데, 어차피 운이 좋아야 그곳에서 뭐라도 찾을 수 있을 테니 이제 그곳을 뭐라고 불러도 상관없다고 말했다.

"그곳의 반이 그냥 날아가버렸어요. 빌어먹을 그냥 날아갔다니까." 그는 수화기를 내려놓으며 말했다.

사방에서 화재 신고가 들어왔다. 아직 현장으로 나가지 않은 젊은 전령들에게는 대원들을 찾아가 소방서로 돌아오지 말고 가장 진화하기 어려운 화재 현장으로 곧장 출동하라는 명령을 전하게 했다. 세시 십오분경 독일군은 소리만으로 짐작해볼 때 가장 큰 피해를 낸 것 같은 폭격을 끝낸 후 돌아갔다. 그 직후 해제경보 사이렌이 울렸고 누군가 여성의용대로 전화해 대원들이 계속 진화 작업을 할 수 있도록 식사 차량을 보내달라고 했다.

새벽 여섯시 주간근무조가 속속 도착했고 나는 마침내 자리에서 일어나 밤새 전화 위로 웅크리고 있어 뻣뻣해진 어깨를 폈다. 어서 집으로 돌아가서 번티와 미시즈 헤어우드, 모린이 무사한지 확인하고 싶어 마음이 급해졌다. 정말 기나긴 밤이었다.

"출근시간은 몇시야?" 셀마가 눈을 비비는 나를 보고는 물었다.

"아홉시요." 내가 대답했다. "가서 두 시간 정도 눈을 붙이려고요." 나는 조앤을 돌아보며 말했다. "출동한 대원들 소식, 새로 들어온 거 없어요? 번티에게 상황을 알려주고 싶은데."

게시판을 담당한 건 조앤이라 나는 몇 시간 전부터 그들의 소식을 전혀 알지 못했다.

"아직 처치 스트리트에 있어." 조앤이 시계를 보며 대답했다. "거기로 출동한 지 꽤 되었네." 그리고 내 얼굴을 보더니 밝은 목소리로 덧붙였다. "다들 괜찮을 거야."

"듣기로 지난주 빌이 대단했다던데 이번에도 그만큼 활약하지 못했다면 다들 괜찮지 않을걸."

A조의 정직원인 '고약한 베라'가 방으로 막 들어왔다.

"토미 루이스 말로는, 빌이 구조활동에 너무 열심인 나머지 하마터면 다리를 잃을 뻔했대." 베라는 이렇게 말하며 얼굴을 붉혔다.

베라는 모자를 벗고 머리를 아무렇게나 헝클였다. 베라와 나는 껄끄러운 관계였다. 그녀가 윌리엄에게 마음이 있어서 번티의 뒤에서 못된 말들을 떠들어댄다는 사실을 모르는 사람이 없었다.

"입 다물어, 베라." 셀마가 쏘아붙였다.

베라는 순진한 척했지만 일부러 그러는 것이 분명했다.

"음, 에멀라인이라면 그 이야기를 그 번티에게 해주고 싶어할 거야. 나라면 제일 친한 친구에게 그렇게 할 거거든."

'그 번티'에게 무슨 이야기를 할지 정하는 사람은 다름 아닌 바로 나라고 말해주고 싶었다. 하지만 베라는 내가 무슨 생각을 하건 계속 조잘거렸다.

"어머, 너희 그 이야기는 알아? 전에도 윌리엄이 셰퍼드 부시 로드에 있는 창고에서 정말 아슬아슬하게 빠져나왔대. 엄청나게 큰 대들보가 지척에 떨어졌는데 아무도 목숨을 잃지 않았으니 운이 좋았다고 토미가 그러더라. 금방 돌아올게." 베라가 역겨운 미소를 날리며 방을 나갔다.

나는 여전히 입을 다문 채 내 보고서를 챙기기 시작했다.

"저애는 그저 사람들의 마음을 휘저어놓고 싶은 거야, 에미." 셸마가 말했다. "저애 성격 알잖아. 상황이 그렇게 나쁘지는 않았어."

나는 어째서 나를 제외한 모두가 그 일들을 아는 것 같은지 의아해하며 입술을 깨물었다. 지난밤 빌이 수다를 떨지 않고 슬그머니 금방 사라진 이유도 알 것 같았다.

"무시해." 조앤이 벽에 시계를 다시 걸려고 몸을 주욱 뻗으며 단호하게 말했다. "저열한 애라는 거 알잖아."

"곱슬머리 가발을 쓴 험프티 덤프티." 셸마가 빙긋 웃으며 말했다. "자, 어서 가. 베라가 오기 전에. 잘 가, 내일 보자. 오늘밤은 푹 쉬어."

셸마가 나를 상황실에서 쫓아내듯 내보냈다.

나는 속으로 혀를 차며 복도 벽에 박힌 고리에서 코트와 모자를 집어들고는 쿵쿵거리며 계단을 내려가 소방서를 나섰다. 몸이 피곤해서 베라가 내게 못되게 구는데도 아무 소리 못했다는 사실에 분통이 터졌다. 두더지가 파놓은 흙두둑도 베라가 떠들면 산이 된다는 사실을 모르는 사람이 없었다. 나는 아무 일 없을 거라 믿기로 했다.

그렇게 마음을 먹기는 했지만, 처치 스트리트로 가면 집까지 약간 더 우회하는 정도니 그 길로 돌아가보기로 했다. 아직 동트기 전이었지만 어느새 어둠에 눈이 적응해 지난밤 폭격의 결과가 조금씩 보였다.

소방서가 나뭇잎처럼 흔들린 이유가 짐작이 되었다. 눈앞에는 난생처음 보는 풍경이 펼쳐져 있었다.

해치 로드는 그곳에 더이상 없었다. 건물들은 여전히 불타오르며 사방에 타는 냄새를 퍼트리는 돌무더기를 품은 시커먼 껍데기에 불과했다. 일부 민가는 부분적으로 붕괴했는데, 동녘 하늘을 흐릿하게 밝히는 새벽의 첫 햇살에 일부가 멀쩡하게 남아 있는 방들이 여기저기 보였다. 어떤 침실은 집의 한쪽 벽에 매달리듯 남아 있었는데, 묘하게도 서랍장은 멀쩡했지만 방의 나머지 공간은 뭉툭한 칼로 썰어낸 것처럼 사라지고 없었다. 소방대원 두 명이 연기가 피어오르는 건물 잔해에 서서 호스로 물을 뿌리고 있었다. 그들은 물에 빠진 생쥐 꼴이었지만 묵묵히 임무를 끝마치는 데에만 집중했다. 내가 모르는 얼굴인 것을 보면 다른 소방서에서 지원 나온 사람들이 분명했다.

나는 구조대원들의 눈에 띄지 않고 계속 걸었다. 구급차 운전사가 노인을 부축해 구급차에 태우면서 걱정하지 말고, 다 괜찮을 거라고 위로했다. 노인은 자신이 늙었을지 몰라도 바보는 아니라며 실종된 사람들은 어떻게 된 것 같으냐고 물었다. 운전사는 그 질문을 무시하고는 차를 갖다주겠다고 했다.

시선을 돌리자, 이불을 둘러쓴 채 얼마 전까지 포장도로였던 곳의 한가운데에 놓인 식탁 의자에 앉아 있는 중년 여성과 눈이 마주쳤다. 여자의 주위에는 아무도 없었다. 나는 그녀에게 다가갔다. "안녕하세요. 저는 소방대에서 일해요." 제복을 입고 있어서 굳이 하지 않아도 될 말이었다. "도와드릴까요?" 여자는 머리부터 발끝까지 검댕과 재를 뒤집어쓴 상태였고 턱에는 커다랗게 베인 상처가 있었다.

여자는 고개를 가로저으며 지쳤다는 듯 미소를 짓고는 말했다. "걱정 말아요. 잠시 숨을 돌리려는 거니까. 폭격을 당한 게 이번이 세번째예요. 나는 괜찮을 거예요."

"정말 괜찮으세요?" 나는 쓸모없는 사람이 된 기분을 느끼며 다시 물었다.

"오, 그럼요. 가봐요. 어딜 급하게 가는 길인 것 같던데."

그 말이 맞았다. 어서 집으로 돌아가 친구들이 안전한지 확인하고 출근용 정장으로 갈아입고 공습의 한가운데 있지 않았던 사무실로 출근해 양재 패턴과 로맨스소설에 대해 잡담을 하고 소나 돼지의 내장 반 근으로 무엇을 만드는 게 가장 좋을지 의견을 나누는 민간인이 되고 싶다고 인정하지 않을 수 없었다.

나는 부끄러웠다. 이래서 무슨 종군기자가 되고 싶다는 건지.

불타버린 건물들과 폭탄이 떨어져 푹 팬 곳, 불타고 있거나 허물어져버린 집들을 수없이 봤다. 하지만 눈앞에 펼쳐진 황폐한 풍경

속으로 곧장 걸어들어간 적은 없었다. 들것에 사람들이 실려 있고 그 옆에 공습감시원들이 쪼그리고 앉아 꼬리표를 작성하는 상황으로 말이다.

나는 심호흡을 하고 스스로에게 힘을 내자고 중얼거렸다. 그리고 의자에 앉아 있는 여자에게 정말 내가 도울 일이 없는지 재차 물었고 괜찮다는 대답을 들은 후에야 윌리엄과 다른 대원들을 찾으러 처치 스트리트로 발길을 옮겼다.

"침착해, 레이크." 나는 속으로 말했다. "일터에 있다고 생각해."

나는 허리를 꼿꼿이 펴고 턱을 살짝 들어올렸다.

"그쪽으로는 안 가는 게 좋아요." 길모퉁이에 다다르자 어떤 공습감시원이 말했다. "내가 당신이라면 그쪽으로는 안 갈 거예요."

"고맙습니다. 저는 소방서에서 나왔어요." 나는 코트에 단 배지를 톡톡 두드리며 거짓말을 했다. "더이상 파견할 전령이 없어서요."

그는 잠시 망설이더니 "성실한 분이네"라고 중얼거리고는 내게 가보라고 했다. 나는 다시 발걸음을 옮겼다.

해치 로드가 암울했다면 모퉁이를 돌자마자 펼쳐진 풍경은 그와 비교조차 되지 않았다. 그곳은 더이상 예전의 모습을 알아볼 수 없었다. 이제 처치 스트리트는 대로라고 할 수도 없었고 한가운데는 아예 사라지고 없었다. 자랑스럽게 관리되어왔던 자그마한 조지왕조풍 주택들이 늘어서 있던 곳에 이제 벽돌과 유리 잔해만이 나뒹굴었고 아직 불이 꺼지지 않은 곳에서는 연기가 피어올랐다. 사방이 물바다였는데 일부는 소방대의 호스에서 나온 물이었지만 도로 한가운데에서도 물이 뿜어져나오는 모습을 보아하니 수도관 하나가 터진 것이 분명했다.

걸어가면서 보니 여전히 펌프 네 대와 소방차 두 대가 있었고 대원들이 바삐 작업중이었다. 그곳에도 윌리엄과 다른 대원들의 모습은 보이지 않았다. 여성의용대의 식사 차량이 이미 도착해 자원봉사자들이 몇몇 경찰관에게 샌드위치를 나눠주고 있었다. 하지만 소방대원들은 작업을 중단하지 않았다. 한 팀이 펌프의 출력을 최대로 올려 붕괴된 건물을 태우고 있는 불길에 물줄기를 쏘았다. 불길이 거리 전체를 환히 밝히고 있었고 가까이 다가가니 그 열기가 어마어마했다. 혹시라도 누가 여기서 뭘 하고 있느냐고 물어볼까봐 씩씩하고 빠릿빠릿하게 보이려고 했지만 다들 내게 눈길 돌릴 시간조차 없었다.

누군가 차문을 세게 닫고 쿵 쳤고 그러자 구급차가 길에 팬 구덩이와 주택의 잔해 사이를 간신히 빠져나가기 시작했다. 뒤이어 복구대를 태운 승합차가 그 자리에 도착했고 대원들이 차에서 거리로 훌쩍 뛰어내렸다. 하나같이 덩치 좋은 남자들로, 결연한 표정을 한 채 소매를 걷어붙이고 삽을 들고 있었다.

나는 멈춰 서서 소방대장이 복구대를 맞이하고 복구대장과 악수를 나누는 모습을 지켜보았다.

"각별히 조심하세요, 여러분." 소방대장이 말했다. "멀쩡한 곳이 어디에도 없습니다. 건물 잔해 속에 아직도 매몰된 사람들이 있는 것 같아요. 대원 한 명이 매몰된 사람들을 구조하려고 내려가 있어요."

"젠장." 복구대원 중 한 명이 투덜거리듯 말했다. "그 사람들은 차라리 죽었으면 좋겠다고 생각할걸."

"저 벽을 보세요." 그의 동료가 말했다. "대장님, 저 벽은 삼 분

후면 무너질 겁니다. 대원들이 총알처럼 튀어나와야 하겠는데요."

그들은 누군가의 집이었던 잔해를 바라보고 있었다. 금방이라도 쓰러질 것처럼 보이는 절반만 남은 3층 건물과, 그 건물에 이어져 있었지만 지금은 오른쪽으로 무시무시하게 기울어진 채 연기가 피어오르는 돌무더기와 조각난 나무들 위에 서 있는 벽이었다. 소방 대원 두 명이 허리에 밧줄을 묶은 채 그 잔해 위에 엎드려서 구멍을 들여다보고 있었다. 또다른 대원 두 명은 밧줄 끄트머리를 붙잡고 그들 곁에 서 있었다. 그들 중 한 명이 우리 소방서의 로이라는 사실을 알아차리자마자 속이 울렁거렸다. 그는 전혀 흔들림 없이 작업에 집중하고 있었다. 차를 더 달라고 하거나 자신이 키우는 페 럿들에 대한 이야기로 사람들을 웃게 만드는, 내가 아는 그 로이가 아니었다.

나는 잠시 망설이다 구조대원들 뒤에 몸을 숨긴 채 더 가까이 다 가갔다. 소방대의 여자 직원은 그곳에 있으면 안 된다는 사실을 나 도 잘 알았다. 하물며 근무시간이 아닐 때는 말할 것도 없었다. 로이가 나를 본다면 불같이 화를 내며 집으로 당장 가라고 할 것이 분명했다.

"이걸 잡아." 잔햇더미 위에 서 있는 다른 남자가 소리쳤다. 잘 보니 프레드였다. 그는 구조대원들에게 움직이지 말라고 손짓을 한 후 구멍을 가리켰다. "저 아래 소리가 안 들려. 잠시 그 펌프 좀 꺼줄 수 있어?"

잠시 후 호스를 든 남자들이 물러나자 쉭쉭거리며 뿜어져나오던 물소리가 멎었다.

"모두 입다물어요!" 복구대원들이 여전히 소곤거리자 프레드가 소리쳤다. 그의 어조가 어찌나 다급한지 모두 하던 말을 뚝 그치고 꼼짝도 하지 않았다. 그 순간 아직 꺼지지 않은 불길이 타닥타닥 타는 소리며 식사 차량에서 일하는 여자가 스테인리스스틸 찻주전 자를 내려놓을 때 나는 쨍 소리까지 다 들릴 정도로 조용해졌다.

나이가 지긋한 복구대원이 조심스럽게 돌무더기 주위를 걸어다 니며 기울어진 벽을 살펴보는 모습에 다른 복구대원들의 표정이 진지해졌다. 관례상 복구대는 소방대에게 명령을 내리지 않았다. 하지만 나는 모두가 그들의 조언을 귀담아듣는다는 사실을 알았 다. 그리고 소방대장은 그의 견해를 기다리고 있었다.

복구대의 연장자는 시간을 오래 끌지 않았다.

"곧 무너질 거예요." 그가 소리쳤다. "사람들을 끌어내요. 어서."

소방대장이 고개를 짧게 끄덕였다.

"프레드." 소방대장이 소리쳤다. "그 친구는 버틸 만큼 버텼어. 어서 끌어올려. 최대한 빨리."

프레드가 엄지손가락을 들더니 조심스럽게 구멍으로 몸을 숙였 다. 나는 보고 싶지 않았다. 하지만 그 이상으로 듣고 싶지 않았다. 내가 무슨 소리를 들을지 듣지 않아도 알았다.

"빌." 프레드가 소리쳤다. "빌, 내 말 들려?"

프레드가 대답을 들으려고 꼼짝도 하지 않자 모두 미동도 하지 않았다. 잠시 후 그가 고개를 돌려 모두에게 소리쳤다.

"저 아래 애들이 둘 있어요. 살아 있대요. 빌이 아이들을 올려보 낼 거예요. 밧줄 좀 더 줘요."

그 순간 프레드의 말은 희소식으로 들렸다. 하지만 나의 낙관은 오래가지 않았다.

"젠장." 복구대장이 말했다. "밧줄이 더는 못 버텨요. 세 사람은 어림도 없다고요." 그가 기울어진 벽을 쳐다보았다. "뭐든 저 벽을 지탱하는 것이 움직이는 순간 이 집은 폭삭 무너질 겁니다."

나는 도움이 되고 싶은 마음에 혼자 서 있었지만 쓸데없는 인력일 뿐이라는 사실을 절감할 뿐이었다.

"소방대나 복구대가 아닌 사람들은 모두 뒤로 물러나세요." 소방대장이 명령했고 그들은 나와 공습감시원들, 경찰, 자원봉사자들을 뒤로 물러나게 했다. 모든 대원들은 그대로 머물렀다. 우리 소방서 소속이 아닌 대원들조차 꿈쩍도 하지 않았다. 복구대원들과 함께 그들은 나무를 모아서 돌무더기나 다름없는 벽을 떠받칠 구조물을 만들어보려고 했다.

로이가 첫번째 밧줄을 구멍으로 들여보냈다. "좋아, 애들아." 그가 소리쳤다. "침착하게 소방관 아저씨한테 오는 거야. 천천히 올려, 프레드."

그들이 밧줄을 끌어올리기 시작하자 나는 손가락을 꼬며 행운을 기원했다.

"잘하고 있어, 애야. 조금만 더 참자." 로이가 아이에게 마치 노래를 불러주듯 말했다. "안 돼, 아가야, 발을 차지 마. 그래 착하지. 이제 다 왔다."

다음 순간 우리는 여자아이를 보았다. 잠옷 차림의 아이가 겁에 질린 표정으로 밧줄을 꼭 붙잡고 있었는데 머리부터 발끝까지 잿빛 먼지를 뒤집어써서 꼭 꼬마 유령 같았다.

"가만히 있어봐, 우리 공주님." 로이가 말했다.

아이는 어슴푸레한 새벽 햇살에 눈을 껌벅거리며 로이의 말대로 밧줄에 꼭 매달려 있더니 건물 잔해 꼭대기에 모여 있는 남자들을 보고 눈을 크게 떴다. 아이의 얼굴이 일그러지기 시작했다.

프레드가 로이로부터 아이를 받아 안았다. "이제 괜찮아. 프레드 아저씨가 널 안아줄게."

아이가 작은 두 주먹으로 프레드의 제복을 움켜쥐었다.

"메이블." 아이가 울기 시작했다. "메이블."

"괜찮아. 우리가 메이블을 찾아줄게." 프레드는 이렇게 약속하며 사다리에 있는 다른 대원들에게 아이를 가까스로 내려보냈다.

내가 앞으로 나서려고 했지만 구급대의 여자 대원이 내 팔에 손을 올렸다.

"아이는 제게 주세요." 남자 대원 중 한 명이 아직도 메이블을 부르고 있는 아이를 내밀자 그녀가 내 앞으로 나서며 말했다.

로이와 프레드는 이미 빌에게 다시 밧줄을 내려보냈다. 영원 같은 몇 초가 흘러갔다. 이윽고 우리는 두 사람이 남자아이를 끌어올리는 모습을 목격했다. 남자아이는 여자아이보다 더 컸지만 먼지를 뒤집어쓴 탓에 똑같이 유령처럼 보였다. 아이의 오른쪽 팔은 옆으로 축 늘어져 있었고 대원들에게 끌어올려질 때도 그들을 붙잡지 못했다. 오른쪽 다리의 상태도 지독했다.

대원들이 조심스럽게 아이를 받아 내렸고 우락부락하게 생긴 소방대원이 아이를 데리고 갔다. 그 모습을 내내 지켜본 나는 두려움으로 속이 울렁거렸고, 남자아이와 여전히 모습이 보이지 않는 윌리엄 때문에 심장이 두방망이질 쳤다.

옆에 붙은 주택에서 벽돌이 툭툭 떨어지면서 커다란 벽이 흔들리기 시작했다.

"빌." 로이가 구멍을 향해 소리쳤다. "이제 너를 끌어올려줄게. 여기 상황이 안 좋아. 밧줄을 단단히 잡아."

나는 숨을 멈추었다. 돌덩이 몇 개 정도의 무게인 아이들을 끌어올리는 것과 성인 남성을 끌어올리는 것은 완전히 다른 문제였다.

"무슨 일이야?" 소방대장이 소리쳤다. "빌은 무사한가?"

"빌을 끌어올려야 하는데 보이지 않아요." 프레드가 상관에게 보고했다.

커다란 벽이 기우뚱했다. 모두 숨을 삼켰다.

로이가 구멍으로 몸을 더 깊이 기울였다.

"빌이 왔어요." 그가 소리쳤다. "침착해, 프레드. 지금이야, 침착해."

두 사람이 밧줄을 끌어당기는데 벽돌이 사방으로 흩어졌다. 그들이 올라서 있는 건물 잔해가 서서히 무너지기 시작했다.

"물러서요, 모두." 복구대장이 소리쳤다. "모두 물러서."

나무와 대들보로 벽을 떠받치려고 용을 쓰고 있던 남자들이 뒤로 물러나기 시작했다. 그때껏 그들이 보여준 행동은 엄청난 용기에서 비롯되었다고밖에 말할 수 없으리라. 하지만 그들의 대장이 그들에게 물러나라고 했고 벽돌이 우수수 떨어지기 시작하자 그들은 안전을 위해 물러날 수밖에 없었다.

건물 잔해 꼭대기에서는 로이와 프레드가 마침내 빌을 끌어내는 모습이 보였다. 빌의 몰골은 도저히 알아볼 수조차 없는 지경이었다.

"이봐, 이제 나갈 거야. 간다."

내 평생 그렇게 크게 소리치는 사람은 처음 봤을 정도로 빌이 소리를 쳤다.

세 사람이 반은 구르고 반은 떨어지듯 내려오는데, 그 주위로 사방에서 벽돌과 유리, 부러진 나뭇조각들이 쏟아져내렸다. 마치 고장난 화산처럼 건물의 잔해가 안쪽으로 빨려들어가는 것 같더니 뒤이어 커다란 벽이 무너지며 무시무시한 꽹음을 냈다.

로이와 프레드가 먼저 일어서서 있는 힘껏 달렸다. 나도 모르게 그들에게 달려가려고 했는지 공습감시원이 내 코트를 잡아 뒤로 끌어당겼다.

윌리엄이 바로 뒤에서 달려나왔다. 마지막까지 서 있던 건물의 잔해가 땅으로 무너져내리고 거대한 먼지구름과 연기가 피어오르는 순간, 제복이 온통 피투성이가 된 윌리엄이 작은 꾸러미를 끌어안고 심하게 기침을 하면서 나타났다.

나는 공습감시원의 손을 뿌리치고 사람들을 헤치며 윌리엄에게 달려갔다.

"윌리엄은 무사해." 내가 밀치고 지나가자 로이가 말했다. "괜찮을 거야."

"이게 대체 뭐하는 짓이야?" 내가 소리를 질렀다. "목숨을 잃을 수도 있었어."

윌리엄이 꾸러미를 들어올렸다. 그것은 담요로 싼 인형이었다.

그것을 본 순간 나는 폭발했다.

"네가 고작 인형을 구출하려다 죽을 뻔했다는 말을 번티에게 해야 하니?" 나는 고함을 질렀다.

"여자애는 어디에 있어, 로이?" 윌리엄은 나를 본체만체하고 숨을 헐떡거리며 물었다. "메이블을 찾고 있을 텐데."

나는 윌리엄을 노려보았다. 아이들을 구조하는 일은 고귀한 행동이었다. 하지만 건물 잔해에서 장난감을 꺼내기 위해 동료들 반을 압사하게 만들 뻔한 행동은 별개의 문제였다. 프레드는 파괴되지 않고 용케 남은 포장도로에 무릎을 꿇은 채 앉아 있었다. 그가 한쪽 팔을 꼭 잡은 채 작게 욕설을 내뱉었다.

나는 제복을 입고 추태를 보이면 안 된다는 사실을 잊지 않으려 노력했다.

"너는 그 아이들의 목숨을 구했잖아. 그러니 인형 꾸러미를 가지러 돌아갈 필요가 없었어." 나는 눈을 닦았다. 무너진 건물에서 사방으로 먼지가 피어올랐다. "죽을 뻔했잖아."

"진정해, 에미." 윌리엄이 말했다. "그 아이들은 모든 것을 잃었어. 너는 이해 못할 거야."

"그래." 나는 최대한 차분하게 말하려고 애썼다. "그럴지도 모르지. 하지만 이런 일이 이번 한 번뿐인 것처럼 말하지 마. 그렇지 않다는 걸 다 아니까. 지난 토요일 밤에 대해서 할말이 있지 않아? 창고에서 구사일생으로 살아난 일?"

베라에게 들은 이야기를 퍼붓다가, 내가 못되게 군다는 생각이 들었다. 윌리엄은 영웅인데 내가 분위기를 다 망치는 중이었다. 하지만 너무나 무서워서 어쩔 수가 없었고 도무지 이해할 수도 없었다.

"에미." 그가 말했다. "이 일은 번티에게 말하지 마, 그럴 거지?"

나는 그를 한 대 치고 싶었다. 전혀 필요하지 않은 위험을 감수한 것도 모자라 이 일이 일어난 적도 없는 척해달라고 부탁하다니.

"너는 너 자신 외에 다른 사람을 생각하기는 하니?" 나는 그를 매섭게 노려보며 물었다. "내 눈에는 네가 그러지 않는 것 같아."

윌리엄이 분개한 눈빛으로 나를 쏘아보았다.

"아, 걱정 마." 내가 말했다. "아무 말도 하지 않을 테니까. 하지만 고작 인형 하나 때문에 네가 목숨을 위험에 빠트렸다는 사실을 내 가장 친한 친구가 아는 게 싫어서일 뿐이야. 어쨌든 너는 너 자신을 오랫동안 철저하게 되돌아보아야 해, 빌. 너는 번티를 조금도 생각하지 않아. 그리고 그건 공평하지 않아."

나는 그에게 등을 돌린 후 눈가의 먼지를 닦으며 집으로 발걸음을 옮기기 시작했다.

13장
정말 마음이 놓여요

집에 돌아와보니 번티는 이미 출근하고 없었다. 덕분에 약속한 대로 구조활동이나 윌리엄에게 일어난 일에 대해 아무 말도 하지 않고 넘어가기 쉬워졌다. 머리부터 발끝까지 먼지와 재를 뒤집어쓴 이유를 설명할 필요도 없었다. 나는 옷을 벗고 아침 목욕을 하는 호사를 누렸다. 아주 적은 양의 물이었고 찬물이나 다름이 없었지만 없는 것보다 나았고 오히려 잠을 쫓고 정신을 차리는 데 도움이 되었다.

나도 내가 못되게 굴었다는 사실을 알았다. 길거리에서 빌에게 소리를 지르지 말았어야 했다. 그가 몹시 경솔하게 행동했다는 생각에는 변함이 없었다. 하지만 나는 소방서에서 조용하게 이야기할 기회가 생기면 그와 화해할 수 있도록 당장 사과를 하기로 했다. 내가 빌에게 그렇게까지 화가 난 데는, 스스로가 쓸모없게 느껴진 탓도 있다는 것을 잘 알았다. 모두에게 차를 나눠주던 여성이

나보다 더 도움이 되었다.

나는 더러운 머리카락을 씻으며 확실하게 반성했다. 위급한 현장에서 구경이나 할 수밖에 없었다는 사실이 너무 싫었고 과도하게 감정적으로 대응했던 내가 당황스러웠다. 나는 스페인내전 당시 두려움을 몰랐던 여성 종군기자들의 자서전을 열광적으로 읽었다. 이제 나는 그들이 그런 상황에 직접 뛰어들고 싶은 마음을 억누른 채 어떻게 한발 물러서서 자신의 일을 하고 보도를 할 수 있었는지 탄복할 따름이었다.

나도 그렇게 할 수 있을까? 자신이 없었다. 나는 로이와 프레드가 건물 잔해에서 아이들을 끄집어낼 때 그 아이들의 얼굴을 계속 바라보았다. 그런 상황에서 어떻게 냉정하게 거리를 둘 수 있을까? 지난밤 윌리엄은 선을 너무 많이 넘었다. 하지만 그 빌어먹을 인형을 무시하더라도, 그와 로이와 프레드와 그곳의 모든 남자들이 아이들을 구하기 위해 엄청난 위험을 감수했다는 사실은 변함이 없다. 그리고 그들은 오늘밤도 똑같은 일을 하기 위해 출동할 것이다. 나는 소방서에서 여자 동료들과 함께 사람들의 전화를 받아 처리하는 일에 자부심을 느꼈다. 하지만 훨씬 더 중요한 일을 하고 싶었다.

이제 냉정을 되찾아야 할 시간이었다. 나는 사무실에 출근해서는 명랑하게 보이려고 평소보다 더 많이 애를 썼다.

캐슬린에게 지난밤에 대해 말하고 싶지 않았다. 그래서 간밤의 대공습을 소방서에서 쿵, 쾅, 펑이 몇 차례 있었다는 식으로 대수롭지 않게 말하고 주제를 바꿔서 '미스터 콜린스와 찰스를 만난 이야기'를 아주 짧게 했다. 그런데 이 주제를 선택한 것이 실수였다.

"세상에." 캐슬린은 미스터 콜린스가 누군가와 관계를 맺는다거나 그에게 직장 이외의 세상이 존재한다는 생각만으로도 숨을 헉들이쉬고 눈을 휘둥그레 떴다. "나라면 숨이 넘어갔을 거예요. 그 형제 되는 분도 '그분'처럼 목청이 좋아요?" 그녀가 목소리를 낮추더니 덧붙여 물었다.

"미스터 콜린스의 형제분은 몹시 점잖았어요." 나는 이걸로 충분한 정보가 되기를 바라며 말했다. 하지만 어림도 없었다.

"그러면 어떻게 생겼어요? 미스터 콜린스의 형이에요? 동생이에요?" 캐슬린이 책상 가장자리에 앉았다. 미시즈 버드가 불쑥 들어왔다가는 불호령이 떨어질 경솔한 행동이었다.

"오, 뭐라고 해야 할지." 나는 마치 기억상실증에 걸리기라도 한 것처럼 애매하게 말했다. "키가 꽤 커요. 꽤 젊고요. 흔히 보는 평범한 사람이었어요."

"기억을 더듬어봐요!" 캐슬린이 재촉했다. "무슨 이야기를 했어요?"

"오." 내가 말했다. "이런저런 거죠. '안녕하세요' 같은 거."

캐슬린이 새로이 드러난 사실에 고개를 흔들었다. "맙소사! 미스터 콜린스와 그분의 형제라니."

"반쪽 형제요." 내가 굳이 고쳐주었다. "아주 흔한 일이죠."

캐슬린이 눈을 가늘게 뜨며 미소를 지었다. 나는 괜히 허둥거렸다.

"지금 에미 모습이 꼭 클래런스 같은데요." 캐슬린이 지적했다.

나는 그 말이 얼마나 어처구니없는지 보여주려고 코웃음 치는 소리를 낸 후 쌓여 있는 일감을 처리하기 시작했다.

언제나처럼 게재가 가능한 편지는 얼마 되지 않았다. 애초에 미시즈 버드에게 전달한 편지도 얼마 되지 않았는데, 미시즈 버드는 그중에서도 몇 통을 '절대 게재 불가'라며 되돌려보냈다. 그녀가 답변을 쓰기로 한 유일한 문제는 곤란해하는 열네 살짜리가 보낸 문의("학생은 지금 꽤나 어리석게 굴고 있는데, 내 생각에는 걸가이드에 가입하는 게 좋을 것 같아요")와 자전거 안장 때문에 공습 감시원 오버올이 반들거리게 되었다고 한 여성에게 도움이 될 만한 해결책뿐이었다("우리는 지금 전쟁중입니다. 그 오버올이 반들거리건 말건 전혀 중요하지 않아요. 하지만 그 점이 자꾸 신경 쓰인다면 안장에 낡은 베레모를 씌우세요").

또다른 편지 한 통은 운에 맡겨볼 여지가 있었는데 놀랍게도 받아들여졌다. 자꾸 딴 여자에게 눈을 돌리는 남자친구를 둔 젊은 여성이 보낸 편지였다.

친애하는 미시즈 버드에게
제가 어떻게 해야 할지 말씀해주세요. 제 남자친구는 길을 걸을 때면 늘 다른 여자들을 힐끔거려요. 그이는 그런 적이 없다고 하지만 사실이 아니에요. 왜냐하면 제가 봤거든요. 화를 내고 따져야 할까요? 아니면 그냥 무시하는 게 좋을까요? 저보다 더 좋아하는 누군가와 만나는 중이면 어떻게 하죠?
'버림받은 기분에 사로잡힌 사람' 드림

나는 음란한 행동이라는 이유로 미시즈 버드가 불같이 화를 낼 위험이 있다고 생각했지만, 알고 보니 '다른 여자들을 힐끔거리는 남자들'은 그녀가 아주 좋아하는 주제였다. "문제의 젊은 남성은 하나부터 열까지 불쾌한 부류군요. 그 사람이 그런 행동을 계속한다면 그를 잊어버리거나 경찰에 신고하기를 권하는 바입니다"라는 미시즈 버드의 답변은 위협적일 정도로 강건했다.

아홉시 반경 미시즈 버드의 답변을 모두 타자로 정리했을 즈음, 복도의 문이 요란하게 열리며 미스터 콜린스가 출근하는 소리가 들렸다. 그는 내가 곡명을 잘 모르는 모차르트의 곡을 흥얼거리며 왔는데, 어쨌든 그것은 그의 기분이 좋다는 증거였다. 그가 휘파람을 불지 않을 때는 곧장 사무실로 들어가 잠시 타자기를 부서져라 두드린 후 늘 하던 대로 '고함'을 질러댈 것이라는 뜻이었다. 하지만 오늘은 손바닥만한 우리 사무실로 고개를 들이밀더니 미소에 가까운 표정을 짓고 있었다.

"좋은 아침, 숙녀분들. 오늘은 어때요? 지난밤 축제에서 모두 살아남은 모습을 보니 기쁘군요."

그는 공습을 늘 이런 식으로 표현했다.

"네, 감사합니다, 미스터 콜린스." 캐슬린이 예의바르게 대답하는데 나는 어색해서 어쩔 줄 몰라 쩔쩔맸다. 어쨌거나 우리는 토요일 오후에 케이크를 나눠 먹은 사이니까 말이다.

"미스터 콜린스도 별일 없으셨죠?" 캐슬린이 물었다.

캐슬린은 미스터 콜린스를 상당한 미치광이로 생각하기 때문에 그가 곁에 있을 때면 대체로 말을 거의 하지 않았다. 그런 그녀가 지금은 찰스에 대해 묻고 싶어 죽을 지경인 게 빤히 보였다.

"아주 좋았어요, 캐슬린. 고마워요."

그녀가 미스터 콜린스를 보며 활짝 웃었다. "주말은 즐겁게 보내셨고요, 미스터 콜린스?"

솔직히 캐슬린이 팁을 듬뿍 받으려고 밑밥을 던지는 웨이트리스처럼 보이기 시작했다.

"더할 나위 없었죠. 고마워요. 캐슬린." 미스터 콜린스는 이렇게 대꾸했는데, 내가 그를 알고 지낸 몇 주 동안 그가 이런 식으로 대단해 보인 적은 처음이었다. "캐슬린은 어땠어요?"

캐슬린이 속도를 냈다. "오, 아주 잘 보냈답니다. 고맙습니다. 우리는 폭탄은 전혀 신경쓰지 않았어요. 그러니까 저와 엄마는요. 남동생이 같이 있었거든요. 엄마와 저는 그애가 있으면 늘 든든해요. 그애가 저보다 훨씬 어린데도 말이죠."

나는 차라리 가장 가까운 창문에서 뛰어내리는 게 낫지 않을까 고민하기 시작했다.

"그래요?" 미스터 콜린스가 되물었다. "참 다행이군요." 그가 나를 힐끔 보았지만 나는 입을 떡 벌린 채 화분만 바라보았다.

"주말 잘 보냈나요, 에멀라인?" 그가 물었다.

"음, 네. 고맙습니다." 나는 간신히 대답했다. 찰스 이야기를 꺼내면 어쩌지? 그것도 모자라서 영화관에 같이 간 이야기를 꺼내면? 캐슬린이 기절을 할지도 몰랐다.

"동생분은 잘 지내시죠?" 내가 버럭 소리를 지르는 바람에 나머지 두 사람이 화들짝 놀랐다. "길거리에서 마주친 그분요."

마치 내가 이스트엔드에서 개싸움을 했거나 〈데일리 익스프레스〉로 포장한 칩을 먹으며 경마라도 한 것처럼 들렸다.

미스터 콜린스는 처음에는 당황한 것처럼 보였다. 그 상황에서는 당연한 반응이었다. 하지만 얼른 눈치를 챘다. 그는 주머니에서 담배를 꺼내며 캐슬린에게서 몸을 돌렸다.

"오, 그래요. 에멀라인이 토요일 오후에 나와 내 동생하고 마주쳤다고 이야기했군요?" 그가 물었다.

"길에서요." 미스터 콜린스가 애매하게 말할 경우를 대비해 내가 소리쳤다.

"그래요. 에미가 지리적으로 명확하게 밝힌 것처럼 길에서요." 미스터 콜린스가 미소를 지었다.

"바로 그거예요." 나는 사람들이 남의 시선을 의식하다못해 숨이 끊어지기도 하는지 궁금해하며 또 소리쳤다.

"길에서 말이죠." 캐슬린이 속삭이듯 말했는데, 누군가의 귀에서 정말로 피가 나기 전에 이 고통스러운 대화를 끝내주기를 바라는 게 분명했다.

미스터 콜린스가 활짝 웃으며 담배에 불을 붙였다. 그리고 우리가 이 주제에 대해 실컷 이야기를 나눴다고 판단한 후 반갑게도 내가 무슨 작업을 하고 있는지 질문했다.

"다음주 고민상담소 코너에 실릴 답변들요, 음, 미스터 콜린스." 나는 '정상적으로' 말하려고 애쓰며 대답했다. 미스터 콜린스가 그 편지에 관심을 보이는 일이야말로 꼭 피하고 싶었다. 나는 침착하자고 되뇌었다.

"아하." 그가 메모를 집어들며 말했다. "맙소사." 그가 '버림받은 기분에 사로잡힌 사람'에게 미시즈 버드가 쓴 답변을 보더니 말했다. "이런 걸 잡지에 실을 수는 없어요. 영국의 젊은 남자 반은 체포되겠군. 에미, 이건 빼요. 헨리에타는 알지도 못할 테니까. 혹시라도 화를 내면 내가 그러라고 했다고 말해요."

나도 모르게 불안한 표정을 지은 모양이었다. 미스터 콜린스가 담배 연기를 후 내뱉더니 짜증스러운 표정을 지었다.

"식자공들은 원고를 딱 맞게 배치하는 법을 알 거예요. 이제 내 사무실로 가봐야겠군."

그러더니 그는 코웃음을 치고 성큼성큼 걸어나갔다.

"야호!" 내가 말했다. "미스터 콜린스의 말대로 미시즈 버드가 모르고 넘어가면 좋겠어요." 나는 캐슬린에게 이렇게 덧붙였다. 그녀는 연필깎이에서 연필밥을 꺼내려는 중이었다.

"미스터 콜린스의 생각이 맞을 거예요." 캐슬린이 혼잣말을 하듯 말했다. "미시즈 버드는 '오도-로-노' 광고가 빠졌다고 뭐라고 하지 않았잖아요. 예전에 내가 최신호를 드렸는지 기억이 나지 않아서 물어봤더니 독서 같은 허튼짓에 쓸 시간은 없다고 하시더라고요. 그러더니 로맨스소설과 미스터 콜린스의 '큰돈이 될 푼돈들' 빼고는 모두 인쇄 전에 이미 보지 않았느냐고 하시지 뭐예요."

캐슬린은 그렇게 말하더니 입을 다물었는데 그 기억이 상처를 다시 헤집은 듯한 표정이었다.

"음울한 시절이네요." 나는 동정하듯 말했다. "혹시라도 뭔가 잘못되더라도 미시즈 버드가 알 일이 없다는 걸 알게 되어서 좋지 않아요?"

"그래요." 캐슬린이 나를 돌아보며 환하게 웃었다. "정말 마음이 놓여요."

"그렇죠?" 나도 환하게 웃어주며 맞장구를 쳤다.

'버림받은 기분에 사로잡힌 사람'은 '헨리에타의 고민상담소' 코너에 이상적인 공백을 만들어주었다. 내 친구가 '예쁜 쟁반 깔개를 만드는 법'을 타자로 치려고 몸을 돌리자마자 나는 얼른 '불쾌한 사연'을 넣어두는 서랍에서 폴더를 꺼내 지난밤 셀마에게 조언을 받았던 열여덟 살의 '지긋지긋한 사람'이 쓴 편지를 꺼냈다. 정신을 집중해서 셀마가 한 말을 기억해내려고 애쓰며 답변을 타자로 치기 시작했다.

'지긋지긋한 사람'에게
부모님이 너무 엄격하게 느껴질 때 실망스럽지 않나요? 나는 그분들이 최선을 원한다고 확신합니다. 그러니 당신이 타협안을 찾을 수 있을 거예요……

*

〈여성의 벗〉에 몰래 편지 한 통을 싣고 그냥 넘어갔으니, 같은 짓을 다음에는 내가 더 편안한 마음으로 했으리라 생각할지도 모르겠다. 하지만 전혀 그렇지 않았다. 미시즈 버드가 보지 않으리라는 확신이 생기긴 했지만 번티의 충고를 무시하려니 마음이 편치 않았다. 엄밀히 말해 더이상 독자들에게 편지를 쓰지 않겠다고 약속한 것은 아니다. 하지만 내가 고개를 연신 주억거리며 "물론이야, 네 말이 옳아"라고 말했으니 약속을 한 것이나 진배없었다. 그리고 번티가 나를 나무란 건 내가 독자들에게 답장을 보내는 것 때문이었다. 번티는 잡지에 내가 쓴 답변이 실제로 실리는 줄은 꿈에도 몰랐다.

가장 친한 친구에게 비밀을 만드는 것과 도움을 간절히 원하는 사람들을 무시하는 것 중에 무엇이 더 끔찍한 일일까? 번티도 나처럼 매일 이런 편지들을 본다면 내가 옳은 일을 하려고 애쓰는 중이라고 생각할 거라 확신했다.

머리를 식혀야 했기에 나는 캐슬린에게 뭔가 핑계를 대고 잠시 생각을 정리할 수 있는 계단참으로 서둘러 나갔다. 머릿속에 구름이 낀 것처럼 멍한 탓에 나는 계단 꼭대기에서 미스터 콜린스와 부딪히고 말았다.

"아. 당신을 찾아서 다행이네요, 에멀라인." 내가 사과를 하자 미스터 콜린스가 말했다. "에헴." 그가 잠시 입을 다문 채 벽을 보며 손으로 머리를 훑는 바람에 그의 머리가 빳빳하게 서버렸다. "그러니까. 그래요. 참으로 어색한 건 말할 것도 없고 부적절할 수도 있겠지만 우리가 이렇게 딱 마주쳤으니. 찰스가 이걸 알면 불같이 화를 낼 테지만. 흠."

그가 말을 멈추더니 겸연쩍어하는 표정을 지었다.

"에헴." 그가 다시 목청을 가다듬었다. "그러니까. 그래요."

"무슨 일이시죠, 미스터 콜린스?" 그가 다시 말꼬리를 흐리기에 내가 물었다. 그 순간 무슨 일인지 깨달았다. "오, 어머나. 메이휴 대위님에 관한 이야기인가요?" 나는 그 일로 인해 사회생활이 힘들어질지 모른다는 공포에 말문이 막히기 전에 얼른 말했다.

"아하." 미스터 콜린스가 말했다. "하, 그래요."

우리는 서로 미치도록 어색해하며 바닥만 바라보았다. 마침내 미스터 콜린스가 신사답게 냉정함을 되찾았다. 그는 다른 사람이 나타날 경우를 대비해 자신의 뒤쪽을 힐끔 돌아보았지만 아무도 오지 않았다.

"자." 그가 애써 말문을 열었다. "아까는 말 안 했는데. 그랬어야 했다는 사실을 깨달았죠. 거두절미하고, 에미, 어 에멀라인, 아니 미스 레이크가 낫겠네. 내 동생 찰스가 당신과 함께 영화를 보고 난 후에 한동안 그 어느 때보다 기분이 좋았어요." 미스터 콜린스가 목청을 가다듬었다. "그래서. 그러니까. 그래서 말이죠. 무슨 말을 하고 싶으냐면, 어떤 이유든 혹시 당신 생각에 그러니까, 여러 면에서 나와 함께 일을 하는 게, 어, 내가 여기서……"

그가 입을 꼭 다물고 내 눈을 응시했다. 그러더니 한숨을 푹 쉬고는 속에 담아둔 말을 쏟아냈다.

"에멀라인, 찰스가 당신과 함께 있었던 시간이 정말 즐거웠나봐요. 또 그럴 수 있다면 그애가 좋아할 거예요. 우리가 같은 직장에 근무한다는 이유로 당신이 그애를 만나서는 안 된다고 생각하지는 말아줘요. 동료들이 이 일을 꼭 알아야 한다고도 생각하지 않고요. 그러니 두 번은 이야기하지 않을게요. 혹시 당신이 괜찮다면……" 그가 말을 멈췄다. "혹시 아니라면……"

정말 듣고 있기 힘들었다.

"좋습니다, 미스터 콜린스." 내가 말했다. "저도 그러고 싶은 것 같아요." 나는 간신히 말했다.

다음 순간 나는 또 당황해 어쩔 줄 모르는 표정이 되었다. 번티와 내가 열두 살일 때 아빠의 의료 서적에 나온 그림을 보며 낄낄거리다 들켰던 것보다 더 끔찍했다.

"오, 다행이에요. 그래요. 다행이네, 오." 미스터 콜린스는 정말 한시름 덜었다는 듯 후련한 표정으로 말했다. "그럼 다 해결이 되었군요. 이런 상황을 겪게 해서 정말 미안해요. 난처했죠. 부모들은 어떻게 해나가는지 모르겠어요. 정말 이런 건 내 분야가 아니에요. 흠." 하지만 그는 나를 보며 미소를 지었고 의기양양해 보였다. "그애는 좋은 남자예요, 찰스 말이에요." 그가 말했다. "좋은 아이죠. 물론 말 안 해도 알겠죠."

그러더니 미스터 콜린스는 애초에 자신이 나타났던 바로 그 방향으로 계단을 씩씩하게 내려갔다.

*

책상으로 돌아와 새로운 로맨스소설을 타자로 치는데 마음이 한결 가벼웠다. 젊은 렌이 해군기지에 배치된 직후 두 명의 장교와 동시에 사랑에 빠지는 대목에 이르렀을 즈음, 클래런스가 '브릴크림'을 듬뿍 발라 만든 새로운 헤어스타일을 선보이며 들어왔다. 캐슬린에게 잘 보이고 싶어서 그런 것이 분명했다.

"좋은 아침이에요." 그가 걸걸한 목소리로 순조롭게 인사를 하더니 느닷없이 높은 톤으로 꽥꽥거리듯 "숙녀분들"이라며 끝을 맺었다.

"이번 호." 그가 진지하게 덧붙였다. "그리고 우편물입니다."

내가 갑자기 벌떡 일어나는 바람에 의자가 나무 바닥을 긁는 소리가 요란하게 났다.

"최신호다. 고마워요, 클래런스." 나는 큰 소리로 인사를 하며 그에게서 꾸러미를 받아들었다. "우편물이 왔네. 아, 좋아라."

클래런스가 가져온 것은 '당황스러운 사람'의 편지가 실린 호였다. '지긋지긋한 사람'에게 신이 나서 답변을 쓰고 '헨리에타의 고민상담소'에 슬쩍 끼워넣는 건 간단할 거라며 마음을 다잡는 것만으로도 정신적으로 힘들었다. 그런데 내 반란의 증거가 인쇄된 결과물이 손에 들어오니 나는 금방이라도 펄쩍펄쩍 뛰어오를 것만 같은 개구리처럼 초조해졌다.

"어머, 에미. 정말 열심이네요." 캐슬린이 말했다. "안녕, 클래런스. 오늘 멋있네요."

클래런스가 뼛속까지 고통스러운 표정을 지었다.

"고마워요, 클래런스." 캐슬린은 그가 가련하다 싶은지 상냥하게 말했다. "괜찮아요, 에미?"

"괜찮아요, 고마워요." 내가 말했다. "할일이 산더미라서요."

잡지 꾸러미를 책상 옆에 내려놓고 우편물을 살펴보는데 등에서 식은땀이 흐르는 것 같았다. 미시즈 버드가 한 번 정도는 이번주 〈여성의 벗〉을 읽겠다고 하면 어쩌지? 늘 잡지를 읽는데 책상에 워낙 단정하게 올려두기 때문에 손도 대지 않은 것처럼 보였을 뿐이라면 어쩌지? 나는 마음을 굳게 먹자고 되뇌었다. 모두 미시즈 버드가 인쇄된 원고를 보지 않는다고 자신했다. '당황스러운 사람'의 편지는 괜찮을 것이다. 그리고 '지긋지긋한 사람'의 편지도 별일 없을 것이다.

하지만 내 심장은 여전히 미친듯이 뛰었고, 다른 편지를 잡지에 싣는 일을 잠시 쉬는 것도 나쁘지 않을 것 같았다. 독자에게 편지를 쓰는 일까지도 말이다. 어쨌든 나는 최근에 내 운을 과신했다. 잠시 몸을 납작하게 낮추고 숨을 고르는 것도 괜찮을 것 같았다.

나는 초조하게 문을 바라보았다. 자신의 사무실에 있는 미시즈 버드가 언제 우리 방에 나타날지 몰랐다. 그저 만사가 무탈한 듯이 행동하는 게 최선이었다. 나는 우편물을 개봉한 후 '게재 가능 사연'들과 최신호 한 부를 그녀의 사무실로 가지고 갈 것이다.

모든 일이 다 괜찮을 거라고 중얼거린 후 첫번째 편지를 개봉했다.

친애하는 미시즈 버드에게

저는 아내가 엉킨 실을 푸는 동안 영원히 끝날 것 같지 않은 구십 분 내내 그 울 실타래를 들고 있었습니다. 정말 처음부터 끝까지 형편없는 일이더군요. 대체 왜 울을 공처럼 감아서 팔지 않는 겁니까?

T. 레너드 보냄

울에 관한 문의는 미시즈 버드의 관심 분야 그 자체였다. 나는 살짝 긴장을 풀며 다음 편지를 개봉했다.

친애하는 미시즈 버드에게

저는 집 근처에 주둔하고 있는 젊은 폴란드 공군과 사랑에 빠졌습니다. 우리가 사귄 지는 거의 일 년이 되어갑니다. 그래서 그이가 제게 청혼을 했답니다. 어머니는 전쟁이 끝날 때까지 기다리라고 하세요. 우리 사랑이 그때까지 이어질 거라 생각하지 않으시기 때문이죠. 하지만 저는 그이를 사랑하고 그이도 저를 사랑한다는 걸 알아요.

그이는 좋은 교육을 받았고 사수로 중요한 임무를 수행하고 있습니다. 그러니까 제가 하고 싶은 말은, 그이가 영국인이었다면 어머니가 우리의 결혼을 조금도 개의치 않으셨을 것 같아요.

제가 어떻게 해야 할지 제발 말씀해주세요.

'사랑에 빠진 사람' 드림

가엾기도 해라. 부당할 뿐만 아니라 너무나 애처로운 사연이었다. 비슷한 내용의 편지를 한두 통 받아본 게 아니다. 해외에서 파병된 연합군의 병사를 만나 사랑에 빠진 여성들의 편지를 벌써 몇 통이나 받았다. 미시즈 버드는 그들을 모두 무시했다.

지난주 나는 어떻게든 그런 편지에 답변을 받아내보려고 애를 썼다. 체코슬로바키아에서 우리를 위해 싸우러 온 병사와 깊은 사랑에 빠진 사랑스러운 여성이 보낸 편지였다. 다시 찾아보기 어려울 만큼 훌륭한 사람이에요. 그 여성은 이렇게 썼다.

나는 미시즈 버드에게 외국인 연인에 대한 편지를 '일반적인 문의'로 분류해 받으면 어떨지 슬쩍 물어보았다.

"그 청년이 몹시 용맹한 젊은이라는 점은 조금도 의심하지 않아요." 미시즈 버드는 이렇게 말문을 열었다. "우리는 연합군 병사들에게 너무나 감사하고 있어요." 그러더니 그녀의 어조가 변했다. "하지만 전쟁이 끝나면 아무도 그들을 원하지 않을 거예요. 그 청년의 고향에서도 아무도 그 여성분을 원하지 않을 게 거의 확실하고요. 인상 쓰지 말아요, 미스 레이크. 원래 세상이 그런 거예요. 그런 청혼은 그냥 잊는 게 최선이에요."

이런 상황이니 미시즈 버드에게 '사랑에 빠진 사람'의 편지를 보여줘봐야 의미가 없었다. 하지만 그게 누구든지 자신이 선택한 사람과 함께할 권리가 있는 다른 여성들을 또다시 못 본 척해야 한다는 게 너무 싫었다. 특히 그들이 얼마나 함께할 수 있을지 한 치 앞

214

도 예측할 수 없는 상황에서 말이다. 그 상대가 공군일 때는 더 말할 것도 없었다. 왜 그들이 행복해지면 안 되는 걸까? 전쟁중의 사랑은 그 사랑을 이해하지 못하는 사람들이 굳이 보태지 않아도 이미 힘든 일인데 말이다.

에드먼드가 떠올랐다. 우리는 오랫동안 가족끼리 아는 사이였는데도 그는 내게 지독한 짓을 저질렀다. 그렇다면 찰스는 어떨까? 나는 그의 배경에 대해 아무것도 몰랐다, 미스터 콜린스와 피가 반만 섞인 형제라는 사실 외에는. 그리고 그 사실로 그의 배경에 대해 알 수 있는 것도 없었다. 하지만 내가 그를 좋아하게 된다면, 그가 선한 남자이고 내게 잘해주는 한 가족 중 누구도 그의 출신에 대해 신경쓰지 않으리라는 사실은 잘 알았다. 나는 내가 얼마나 운이 좋은지 깨달아가는 중이었다.

복도에서 들리는 엄청나게 요란한 소리가 미시즈 버드가 자신의 사무실에서 나왔다는 사실을 귀띔해주었다.

"부대에 방한모." 그녀는 그 누구에게도 아닌, 모두에게 동시에 알렸다. "한 시간 반 후에 돌아올 거예요."

"네, 미시즈 버드." 캐슬린이 소리쳤다. 그녀는 야채카레 조리법을 교정중이었다.

"미스 나이턴, 나는 소리치는 걸 좋아하지 않아요." 미시즈 버드가 소리쳤다.

"죄송합니다, 미시즈 버드." 캐슬린이 말했다.

"뭐라고요?" 미시즈 버드가 소리치더니 이렇게 투덜거렸다. "젊은 사람들이란."

그러더니 요란하게 "흠" 소리를 내며 나갔다.

캐슬린이 고개를 절레절레 젓고는 다시 조리법으로 돌아가 어느새 잔뜩 집중하는 표정이 되자, 나는 바닥에 놓아둔 새 잡지 꾸러미를 내려다보았다. 에드먼드를 떠올리는 바람에, 약혼자의 애정이 식은 것 같다는 '당황스러운 사람'에게 썼던 내 답변이 떠올랐다. 잡지에서 시선을 돌릴수록 기분은 더 끔찍해졌다. 내 마음속에서 그 답변이 '헨리에타의 고민상담소' 코너의 반을 차지할 정도로 커졌다. 미시즈 버드가 한 번도 본 적 없고 절대 할 리 없는 조언이 달려 있는 거대한 편지 한 장.

학창시절 시험 결과가 발표되기를 기다릴 때와 똑같은 조마조마함을 느끼며 나는 책상에서 가위를 집어 꾸러미를 묶은 끈을 자르고 포장을 벗겼다. 눈앞에 잡지가 있었다. 〈여성의 벗〉 최신호.

나는 끝에서 두번째 페이지를 곧장 펼쳤다가 오히려 깜짝 놀랐다. 그도 그럴 것이 그 편지는 길이가 25센티미터에 불과한 편지면에서 눈앞에 불쑥 튀어나올 정도로 자리를 큼지막하게 차지하기는커녕 어디에 있는지 찾아보아야 할 정도였기 때문이다.

저는 약혼자를 몹시 사랑해요. 그런데 그이가 갑자기 제게 차갑게 굴어요. 저를 좋아하지만 뜨겁게 사랑하지는 않는대요…… 그와 결혼해서 마음이 돌아오기를 바라야 할까요?

다른 편지글과 전혀 다르지 않았다. 몇 줄이 발췌되어 있고 그 아래에 내 답변이 단정하게 달려 있었다.

불행할 정도로 실망스럽겠군요. 나는 이렇게 시작했다. 미시즈 버드가 쓴 것처럼 최대한 활기차게 말이다.

그리고 어느 모로 보나 슬픈 일이에요. 일단 약혼자와 잘 이야기해보세요. 그리고 그 대화를 통해 약혼자가 진심을 다하는지 확신할 수 없다면 아무래도 다 잊고 앞으로 나아갈 때인 것 같군요. 한동안 마음이 몹시 아플 거예요. 하지만 모든 것이 '좋아질' 거라 장담해요. 결혼은 아주 오랫동안 지속되는 관계이고 당신은 정말로 당신과 함께하기를 바라 마지않는 사람과 함께할 자격이 있어요. 당신의 약혼자가 정신을 차리기를 바랍니다. 하지만 그렇지 않다면 당신이 정말 당신에게 맞는 상대를 또 찾으리라 확신해요.

역시 확실히 인쇄되어 있었다.

정말 기분이 묘했다. 한편으로는 내가 사기꾼이 된 것 같았다. 내가 결혼에 대해 뭘 알겠는가? 그래도 다시 읽어보니 내가 약간의 희망은 준 것 같았다. '당황스러운 사람'이 약혼자에게 기회를 줄지도 모른다. 하지만 그가 더 노력하지 않는다면 그녀는 그 관계에 매여 있을 필요가 없었다. 다시 봐도 내가 제시한 안은 그렇게 나쁜 답변 같지 않았다. 나는 '당황스러운 사람'이 내 제안에 동의해 그와 잘 해결하거나, 정리를 하고 언젠가 진정한 사랑을 찾기를 바랐다.

캐슬린이 볼 경우를 대비해 미소를 짓고 있어야 했다. 뭔가를 해냈다고 생각하니 기분이 좋았다. '당황스러운 사람'의 문제를 해결해줄 수는 없었지만 답변을 통해 친구 같은 존재가 되어주려고 노력했다. 그리고 다른 독자들도 그 답변에서 위안을 얻을지도 몰랐다.

힘을 얻은 나는 '사랑에 빠진 사람'에 대해 다시 생각했다. 그녀는 행복해질 자격이 있었다. 스스로 결정을 내릴 자격이 있었다.

납작 엎드려서 기회를 살피자는 내 계획은 세운 지 삼 분도 되지 않아 흐지부지해졌다.

이제 와서 '사랑에 빠진 사람'—혹은 내가 실제로 도움을 줄 수 있는 사람들—의 편지를 그냥 내팽개치기에는 나는 독자들의 삶에 너무 깊이 발을 담그고 말았다. 그들의 편지를 잡지에 싣는 일은 위험천만했지만 지금껏 한 달이 넘게 답장을 보냈어도 아무런 의심도 받지 않았다. 그 부분만큼은 완벽하다고 나는 절대적으로 확신했다.

오늘밤은 소방서 근무가 없는 날이었고 번티는 윌리엄과 영화를 보러 갈 예정이라, 그 시간에 나는 혼자 집을 볼 터였다. 나는 '사랑에 빠진 사람'의 편지를 서류 아래에 숨겨뒀다가 캐슬린이 사무실을 나가자마자 얼른 꺼내 내 가방에 집어넣었다. 그리고 침착하게 업무로 돌아갔다.

14장
우리를 위해, 에미 레이크

월요일 오후 퇴근해서 집에 들어서는데 마침 메이휴 대위, 아니 찰스의 전화가 왔다. 그의 전화 목소리는 그윽했고 우리의 대화는 아주 매끄럽게 이어졌다. 찰스는 지난밤 공습에도 내가 무사해서 아주 다행이라고 했고 나는 공습이 실제로는 그리 심하지 않았다고 말했다. 두 아이가 구조되는 모습을 지켜보고 소방대원들이 길거리에서 압사할 뻔한 일에 대해서는 입도 뻥긋하지 않았다.

그러고서는 다시 만나자는 이야기를 꺼내기까지 조금 난처한 순간을 극복해야 했다. 우스꽝스럽게도 둘이 동시에 서로 다른 이야기를 시작했다가 둘 다 동시에 아무 말도 하지 않는 바람에 긴장된 침묵이 흐르게 되었다. 그러자 찰스가 단도직입적으로 말했다.

"저, 에미, 춤추는 거 좋아해요?"

"오, 그럼요. 아주 좋아해요." 내가 대답했다. "그렇지 않아도 번티와 빌이 모레 저녁에 댄스홀에 데이트하러 갈 거래요." 나는 아차 싶어서 말을 멈췄다. 마치 같이 가자는 말을 노리고 한 것처럼 느껴졌기 때문이다.

"물론 같이 가자는 말을 노리고 한 건 아니고요." 내가 얼른 덧붙였다.

찰스가 웃음을 터트렸다. "그래서 한 말이어도 나는 괜찮아요. 확실히 하는 게 좋을 것 같은데, 제가 당신에게 함께 가달라고 해도 될까요?"

나도 웃음을 터트렸다. "기꺼이 같이 갈게요."

"번티와 번티의 남자친구가 괜찮다면?"

"번티라면 아주 신나할걸요." 내가 자신 있게 말했다. "둘 다요."

그런 후 우리는 찰스가 몇시까지 우리집으로 올지 정한 후 좀더 잡담을 나누고 작별인사를 건넸다. 수화기를 내린 후 나는 홀에 서서 바보처럼 실실 웃었다. 찰스 메이휴가 내 기운을 북돋아주는 법을 확실히 안다고 인정하지 않을 수 없었다.

번티의 반응도 내 짐작대로였다. 댄스홀 약속 이야기를 했더니 번티는 아주 좋은 계획이라고 생각했다. 물론 "아마 찰스는 복귀하자마자 간호사랑 데이트를 하거나 제2의 에드먼드가 될 것 같지는 않아"라며 한마디 덧붙인 건 '용서하고 잊어버리자'는 정신과 전적으로 어울리는 건 아니었지만 말이다. 내가 에드먼드를 용서할 수 있을지는 잘 모르겠다. 하지만 최선을 다해 그를 잊으려 하는 중이었다.

어쨌든 찰스의 등장이 번티가 '그 에드먼드'(요즘은 늘 '그 인간'이라고 부르지만)에게 불같이 화를 내는 일을 관두는 데 도움이 된다면 금상첨화였다. 나는 아무 말도 하지 않았지만, 빌과 화해할 좋은 기회가 될 것 같았다. 그 일을 생각하면 할수록 그가 믿기지 않을 정도로 용감하게 행동했을 때 내가 오히려 그를 비난했다는 사실이 마음이 쓰여 견딜 수 없었다.

수요일 저녁 번티와 나는 일찌감치 준비를 마쳤다. 번티는 스물한번째 생일에 입었던 담녹색 원피스를 골랐는데, 옷에 시폰을 한 겹 덧댄 덕분에 황홀할 정도로 예뻤고, 번티가 춤을 추면 나풀나풀 떠 있는 것처럼 보였다. 나는 암청색 실크 원피스로 결정했다. 비록 몇 년 되기는 했어도 가진 옷 중에서 가장 좋아하는 옷이었다. 우리는 연습삼아 아파트를 빙빙 돌며 왈츠를 춰보았다. 나는 실수하지 않고 무사히 출 수 있기를 빌었다.

시간이 남자 우리는 찰스와 윌리엄이 도착하면 어디에서 맞이할지 의논했지만 좀처럼 마음을 정할 수 없었다. 어차피 곧장 나가야 하는데 두 사람을 우리가 지내는 꼭대기 층까지 올라오게 할 필요는 없을 것 같았다. 아래층 응접실 한 곳에서 두 사람을 맞을 생각도 해봤지만, 그곳은 할머님이 작년에 이사를 가신 후로 가구마다 먼지 덮개가 덮여 있었다. 창문은 죄다 테이프로 막아놓았고 암막 커튼이 빈틈없이 드리워져 있었다. 게다가 구식이라는 말로도 부족할 정도로 구식으로 꾸며져 있었고 위층의 우리 거처에 비해 너무 넓고 화려했다.

결국 우리는 두 남자를 꼭대기 층으로 올라오게 하기로 했다. 어차피 그곳이 우리가 사는 곳인데다 윌리엄은 번티를 만나러 올 때마다 늘 우리집을 들락거리니 오늘따라 특별한 행동을 하면 우리가 미쳤다고 생각할지도 몰랐다. 번티는 꼭대기 층까지 부르는 대신 두 사람에게 셰리주를 권하자고 했고 나는 긴장을 가라앉히기 위해 미리 한 잔 하자고 했다. 번티가 조 로스의 음반을 레코드에 걸고 볼륨을 올리는 동안 나는 셰리주 한 잔을 얼른 들이켜고 벽난로 위에 놓인 도자기 오리의 위치를 괜히 이리저리 바꿨다.

"긴장하지 마." 벨이 울리는 소리에 내가 하마터면 오리를 떨어트릴 뻔하자 번티가 상냥하게 말했다. "이제부터 우리는 가장 즐거운 시간을 보낼 거야. 자, 가서 문 열어줘."

시계는 일곱시 이십구분을 가리키고 있었고 나는 계단 세 층을 날듯이 뛰어내려간 후 잠시 멈춰 서서 숨을 가다듬고 환영의 미소를 지었다.

"우우." 나는 얼음장처럼 싸늘하고 큰 홀에서 소리를 냈다. 입이 바짝 말랐고 입술이 잇몸에 쩍 달라붙었다. "어서 오세요." 연습삼아 속삭이듯 말해보았다. "어서 오세요, 찰스." 그리고 커다란 중국식 도자기를 향해 좀더 화사하게 말해보았다.

그저 단순한 인사일 뿐이었다. 나는 지나가던 공습감시원에게 잔소리를 듣지 않도록 홀의 불을 끄고 두툼한 커튼도 친 후 문을 열었다.

어둠 속에서 찰스가 군모 아래로 살짝 수줍은 듯한 미소를 지으며 문 앞에 서 있었다.

"안녕, 에미." 그가 말했다. "오늘 근사하네요."

그는 정말 상냥했다. 그도 그럴 것이 불이 꺼져 있어서 그에게 내 모습이 잘 보일 리 없었기 때문이다.

"반가워요, 찰스." 나는 간신히 인사를 건넸지만, 뉴스 방송이라도 하듯 너무나 격식을 갖춘 것 같았다. 그에게도 근사하다고 인사말을 건네야 하는지 잠시 고민했지만 '적절한 행동'인지 몰라서 커틈만 부여잡고 있다가 마침내 퍼뜩 정신을 차리고 그에게 들어오라고 했다. 문을 꼭 닫은 후 불을 켜고 그를 위로 안내했다.

번티는 거실에 서서 한 손을 벽난로 선반에 척 올리고는 어중간한 높이의 허공을 바라보고 있었다. 너무 들뜬 것처럼 보이지 않으려고 연습한 걸 다 아는데도 막상 그러고 있으니 〈보그〉에 실릴 견본 옷을 입어보고 있는 모델 같았다.

찰스가 왔다고 알리지도 않았는데 번티가 느닷없이 큰 소리로 인사를 했다. "찰스!" 그러자 찰스도 큰 소리로 인사를 건넸다. "번티!" 인사를 나눈다기보다 금을 발견했다고 소리치는 것 같았다. 이윽고 두 사람은 '나를 찰스라고 불러요. 나를 번티라고 불러요' 같은 어색한 상황을 이미 겪은 덕분에 곧장 서로를 이름으로 부르게 된 것에 가슴을 쓸어내리며 악수를 했다. 그때 다시 벨이 울렸다.

"별일 없죠?" 번티가 아래층으로 후다닥 뛰어가자 찰스가 물었다.

"오, 이런." 나는 두 번 생각 않고 대답했다. "내가 먼저 물어보려고 했는데. 정말 바보 같아. 내가 말이에요. 당신이 바보 같다는 게 아니라." 나는 얼굴을 찡그렸다. "당신을 만나서 정말 기뻐요." 나는 마침내 이렇게 말했다. 왜냐하면 그것이 사실이었기 때문이다.

찰스가 웃었다. "나도 당신을 다시 만나서 좋아요." 그가 말했다. 그러더니 방금 전 번티와 악수를 할 때보다 백배는 다정하게 내 양손을 잡았다. 그러다보니 우리는 번티와 윌리엄이 거실로 들어올 때까지 손을 잡고 있었다.

"어, 우리 왔어." 번티가 이렇게 말을 하는 바람에 상황이 더 어색해지고 말았다.

나는 찰스의 손에서 얼른 내 손을 잡아 뺐지만 그러자마자 괜히 그랬다는 후회가 밀려왔다. 하지만 찰스의 손이 내 손을 다시 잡게 할 묘안이 떠오르지 않아 얼른 윌리엄에게 인사를 건넸다. 지난번 다툼 이후 그를 처음 보는 거였다. 그래서인지 유난히 윌리엄에게 눈치가 보였고 윌리엄도 나와 같은 기분일 것만 같았다. 내 상상일 수도 있겠지만 윌리엄은 평소보다 살짝 더 긴장한 것처럼 보였다.

나는 늦지 않게 내 역할을 떠올려서, 바보처럼 보이지 않고 자연스럽게 두 사람에게 서로를 소개해주었다.

찰스와 윌리엄 모두 제복을 입은 모습이 근사했다. 두 사람은 '현상황'에서 서로가 맡고 있는 임무에 즉시 경의를 표했다.

"대원들이 어떻게 그 일을 하는지 상상도 안 돼요." 찰스가 악수를 나누며 진지하게 말했다. "저는 불이 무섭거든요. 정말 대단하십니다."

그 순간 에드먼드가 윌리엄에게 소방대의 노고를 치하하는 말을 한 번도 한 적이 없다는 사실을 떠올리지 않을 수 없었고, 더욱 찰스의 마음씀씀이가 고마웠다. 자부심으로 환하게 미소 짓는 번티의 얼굴은 덤이었다.

나는 모두에게 셰리주를 권했다. 번티가 눈치 있게 우리가 먼저 마신 잔을 치워버린 덕분에 우리의 부적절한 중독 증세를 암시할 만한 흔적이 없어 다행이었다. 첫 잔을 마신 지 십 분 만에 두번째 잔을 마셨기 때문인지 조금 긴장이 되기는 해도 어느새 마음이 차분해졌다.

긴장이 슬슬 풀리자 우리의 대화는 활기를 띠기 시작했다. 우리는 BBC는 재즈를 충분히 틀어주지 않지만 막상 몇 곡 틀어줄 때는 끝내주고 〈또 그 남자야〉 프로에서 가장 재미있다는 토미 핸들리는 그렇게 재미가 없다는 이야기를 떠들었다. 나는 윌리엄에게 상냥하게 대하려고 몹시 신경을 썼고 그도 내게 정중하게 대하려고 똑같이 노력했다. 한편 찰스도 번티에게 지대한 관심을 보였고 번티도 그에게 살갑게 대해, 모르는 사람이 우리를 보고 서로 뒤바뀐 파트너와 춤을 추려 한다고 오해한대도 납득할 정도였다.

습한 저녁이었지만 웨스트엔드로 가는 내내 우리는 한껏 들떴다. 윌리엄은 유난히 서둘러 가고 싶어하는 것처럼 보였고 우리 네 사람은 저녁 영업시간에 맞춰 들어가려는 사람들이 막 줄을 서기 시작했을 즈음에 도착했다. 다양한 사람들이 모여들었다. 군인들과 젊은 여성들이 많았고 온갖 억양이 뒤섞여 있었다. '아빠처럼 되자! 엄마를 지켜주자'* 포스터에 대해 농담을 하고 '랜드 걸스'** 포스터를 보면서는 훨씬 더 원색적인 말을 늘어놓는 익살스러운 뉴질랜드 사람들 곁에서 부슬부슬 내리는 비를 맞으며 우리는 입장 순서를 기다렸다. 찰스가 나를 보며 눈썹을 치켜올렸고 나는 웃음을 터트렸다. 남자에게 한눈 팔지 않고 커리어 여성이 되겠다는 내 계획은 잠시 접어두기로 했다.

우리가 입장했을 즈음 댄스 플로어는 쌍쌍이 춤추는 사람들로 북적였다. 홀의 한쪽 끝에서는 밴드가 흥겹게 연주를 하는 중이었다. 각양각색의 제복이 바다를 이루고 민간인 여성들이 이브닝드레스 대신 원피스를 입고 있다는 사실만 빼면, 바깥세상에서 끔찍

---

* Be Like Dad, Keep Mum. 2차대전 당시 영국에서 기밀이 새어나가는 것을 경계하라는 의미로 사용한 표어. keep mum에는 '조용히 있다'는 뜻도 있다.
** 2차대전 당시 영국의 농촌자원봉사대.

한 일이 벌어지고 있다는 사실을 잠시 동안이라도 잊을 수 있을 것 같았다.

윌리엄이 작정한 듯이 곧장 번티를 댄스 플로어로 이끌자 찰스와 나는 잠시 두 사람을 지켜보았다. 두 사람이 폭스트롯을 추기 시작하는데, 번티가 너무 행복해 보였다. 원피스에 덧댄 시폰 천이 막 날아오르려는 무당벌레처럼 나풀거렸다. 나는 큰 소리로 웃으며 두 사람에게 손을 흔들었다.

"우리보고 알아서 하라는 건가봐요." 찰스가 밴드의 연주 소리와 바 주위에서 들리는 사람들의 말소리에 묻히지 않도록 큰 소리로 말했다. "춤부터 출래요? 아니면 한잔하면서 우리의 첫 저녁을 기념할까요?"

"한잔하자는 말 참 좋네요." 내가 소리쳤다. "구체적으로 우리가 뭘 기념해야 하는지는 모르겠지만요. 서둘러요, 저기 빈자리가 났어요." 남녀 한 쌍이 댄스 플로어로 나가자 나는 얼른 찰스의 팔을 잡아끌었다. 우리는 키가 큰 여자와 이야기를 나누고 있는 키 작은 남자를 무례하다 싶게 밀치며 지나친 후, 막 빈자리가 된 벨벳을 씌운 작은 칸막이석으로 체면을 차리는 시늉조차 않은 채 얼른 뛰어들었다.

다른 커플이 패배한 표정을 지을 즈음 나와 찰스는 서로를 바라보았다.

"만세!" 우리는 동시에 소리를 지르며 웃음을 터트렸다.

"잘했어요." 찰스가 웨이터를 불러 세우며 말했다. "당신이 춤을 출 때면 대단하겠는데요. 샴페인 마실래요?" 그가 말을 멈추고 인상을 썼다. "미안해요. 내가 너무 으스대고 있죠?"

"전혀요." 나는 매주 수요일마다 샴페인을 마시고 춤을 추러 가는 게 일상이라는 듯 대꾸했다.

"다행이네요." 찰스는 이렇게 말하며 샴페인 한 병을 주문했다. 그리고 내게로 몸을 돌리며 미소를 지었다. "내가 늘 이러는 것처럼 보이려고 애쓰는 중이라는 사실을 알아차렸죠, 그렇죠? 애쓴 보람이 조금은 있는 건지 말해줄래요?"

사실은 놀랄 정도로 효과가 있었다.

"오, 정말요." 나는 그의 사기를 북돋아주었다. "아주 잘하고 있어요."

"고마워요. 솔직히 말해서 뭐에 홀려서 내가 이러는지 모르겠어요. 엄청나게 으스대고 있잖아요. 내일이 되면 지금 으스댄 만큼 자기혐오에 빠질 거예요."

"아하, 하지만 우리는 기념하는 중이잖아요." 나는 그를 자기혐오에서 구해주려고 얼른 말했다. "아닌가요?"

그가 웃음을 터트렸다. "맞아요."

"그런데 뭘 기념해야 하는지 잘 모르겠어요." 말은 이렇게 했지만 솔직히 뭐든 상관없다는 생각이 들었다.

찰스가 잠시 입을 닫더니 다시 말을 하려고 몸을 앞으로 내밀었다. 칸막이석에 앉아 있어도 사방에서 들리는 시끌벅적한 소리를 피해 갈 수 없었다. "음." 웨이터가 아까보다 두 배나 빨리 샴페인한 병과 잔 두 개를 들고 돌아오자 찰스가 말했다. "당신이 내 휴가를 그 어느 때보다 즐겁게 만들어준 걸 기념해야 할 것 같아요."

나는 볼이 달아오르는 걸 느꼈다.

"나는 별로 한 것도 없는걸요." 내가 말했다. "영화 한 편과 전화 한 통화가 다잖아요. 아차, 오늘 이것도."

웨이터가 찰스에게 술병을 보여주었다. 그가 고개를 끄덕이자 웨이터가 샴페인을 잔에 따랐다.

찰스가 내게 잔을 건넸다. "일 년 남짓 만이에요." 그가 인상을 쓰며 말하는데 순간 갈색 눈동자가 진지해졌다. "휴가가 항상 그렇게 재미있는 건 아니거든요."

이제 찰스에게서 으스대는 모습은 어디에도 찾아볼 수 없었다. 그가 헛기침을 했다.

"에미. 내가 이런 말을 한다고 부담 가지지 말아요. 당신 덕분에 기운을 많이 얻었어요. 그 말을 꼭 전하고 싶었어요. 부디 내 말에 부담 갖지 말아요." 그가 다시 힘주어 말했다.

그는 잔을 만지작거리며 쑥스러워하는 표정을 지었지만 그 모습이 오히려 멋있었다. 나는 내 샴페인 잔의 손잡이 부분을 꼭 움켜쥔 채 용기를 내어 그의 눈을 바라보았다.

"나도 정말 즐거운 시간을 보내고 있어요." 내 목소리가 어찌나 나지막한지 그의 귀에 닿을 것 같지도 않았다. 하지만 이런 말을 고래고래 소리지르며 하고 싶지는 않았다. "정말 고마워요."

찰스의 눈은 내가 지금껏 본 어떤 눈보다 더 아름다웠다. 집에서 마신 셰리주에 문제가 있었나 싶을 만큼, 갑자기 숨이 잘 쉬어지지 않았다.

그가 잔을 들었다.

"우리를 위해, 에미 레이크." 그가 이렇게 말했고 우리는 잔을 맞부딪치고 서로를 바라보았다.

"우리를 위해." 나는 이렇게 답한 후 마음에 깊이 새기기 위해 소리를 죽여 다시 중얼거렸다. "세상에. 우리를 위해."

그런 후 우리는 아무 말도 하지 않았다. 그 순간 찰스가 자신의 잔을 내려놓고 테이블 위로 손을 뻗어 내 손을 잡았는데, 그야말로 세상에서 가장 자연스러운 일 같았다.

잠시 후 그러고 있는 우리를 번티와 윌리엄이 찾아냈고 나는 무심결에 "어머나"라고 소리치고 자세를 바로 하면서 다시 한번 찰스의 손에서 내 손을 재빨리 뺐다. 내가 자꾸 그러는 것에 찰스가 기분이 상했거나 나를 무례한 사람이라고 생각했을지도 모르겠지만, 그는 전혀 그런 티를 내지 않고 미소를 지으며 남몰래 내게 눈썹을 들어올려 보였다.

하지만 번티의 눈은 오로지 윌리엄을 향해 있었다. 우리는 어떻게든 대화를 이어나가보려고 했지만 주위에서 들리는 음악과 사람들의 말소리에 자꾸 가로막혔다. 그러거나 말거나 윌리엄은 계속 몸을 꼼지락거리며 목청을 가다듬었다. 어째서인지 점점 더 안절부절못하는 것 같았다. 마침 찰스가 내게 춤을 청하자 번티와 윌리엄은 기꺼이 자리를 지키기로 했다.

밴드는 한창 흥이 올라 연주하는 중이었고 플로어는 사람들로 가득찼지만 아무도 우리의 진로를 방해하지 않아 마치 그곳에 우리 둘밖에 없는 것 같았다. 찰스는 정말 춤을 잘 췄다. 자신만만하고 능숙했다. 잘 모르는 상대와 춤을 추다보면 가끔 꽃수레에 실린 석탄 자루가 된 것 같은 기분이 들 때가 있는데, 그와는 전혀 그런 느낌이 들지 않았다. 찰스와 춤을 추는 시간은 정말 황홀했고 밤새도록 그와 춤을 추고 싶었다. 에드먼드와 춤을 출 때는 한 번도 그런 기분을 느껴보지 못했다. 물론 에드먼드가 춤을 좋아하지 않는

탓도 있었지만 말이다.

우리는 왈츠를 추고 폭스트롯을 이어 췄다. 남들 눈에도 꽤 근사해 보일 것 같았다. 이 순간만큼은 일도, 소방서도, 공습도, 자잘한 걱정거리도 머릿속에 떠오르지 않았다. 은근히 멋있고 다시 보니 꽤 잘생기기까지 한 남자와 춤을 추고 깔깔 웃고 있을 뿐이었다.

밴드 리더가 잠깐 휴식하겠다고 했고, 우리는 숨을 돌리려고 우리 자리로 발걸음을 옮겼다. 윌리엄은 언제 긴장했냐는 듯 체셔 고양이처럼 웃고 있었고 번티는 훌쩍이면서 내가 본 것 중 가장 행복한 얼굴을 하고 있었다.

번티가 막 눈물을 쏟으려 하며 왼손을 들었다.

"이것 좀 봐, 에미, 어서." 번티가 눈물을 지었다.

세상에 둘도 없는 소중한 내 친구가 약혼을 한 것이다. 번티의 표정을 본 순간 나는 그녀의 가장 소중한 꿈이 실현되었다는 사실을 단박에 알았다.

다음 순간 번티와 나는 복받쳐오르는 감정을 이기지 못하고 소리를 지르며 얼싸안고는 사람들 앞에서 울지 않으려고 애를 써야만 했고, 찰스는 윌리엄의 손을 잡고 힘껏 흔들며 오래 사귄 사이라도 되듯 "잘했어, 친구"라며 축하의 말을 건넸다. 이윽고 번티와 나는 정신을 차리고 진정했다. 하지만 때마침 번티가 윌리엄의 어머니에게 물려받은 눈부시게 아름다운 에메랄드 반지를 보여주는 바람에 나는 또다시 울음을 참기 힘들어졌다.

내 평생 가장 행복하고 놀라운 순간이었다.

"빌이 승진을 했대. 그래서 더이상 기다리기 싫대." 번티가 활짝 웃으며 말했다. "바보라니까. 그이가 뭘 하는 사람이건 나는 결혼

할 텐데."

"누군가가 모두에게 샴페인을 대접해야겠는데." 빌이 활짝 웃었
다. "이러다가 우리 다 호사스러운 생활에 익숙해지겠어."

우리 모두 기분좋게 맞장구를 쳤다. 그때 번티가 나를 바라보
았다.

"에미, 꼭 상의해야 할 일이 있어." 번티가 순간 진지한 표정을
지으며 말했다. "네가 신부 들러리가 되어줄래? 그래줄 거지?"

물론 나는 그러겠다고 대답했고 우리 둘 다 살짝 감정을 억누르
지 못하게 된 바람에 찰스가 결국 내게 자신의 손수건을 건네주었
다. 윌리엄이 샴페인을 한 병 더 주문했고 우리 모두 행복한 예비
부부와 미래와 세계 평화를 위해 건배했고 심지어 국왕 폐하 부부
의 행복을 기원하기까지 했다.

윌리엄은 한 팔을 번티에게 둘러 절대 놓아주지 않을 것처럼 꼭
안았다. 번티도 그에게서 잠시도 시선을 떼지 않았다. 그래서 자신
들의 경사스러운 소식을 찰스와 내게 알리는 자리인데도, 두 사람
눈에 다른 사람은 전혀 안 보이는 듯했다. 마침내 번티가 당장 할
머니에게 전화를 드리고 싶으니 윌리엄과 함께 먼저 자리를 떠도
괜찮을지 내게 소곤거렸다. 당연히 나는 어서 그러라고 했고 우리
는 다시 포옹했다. 잠시 후 두 사람은 찰스와 나만 댄스홀에 남겨
둔 채 밤거리로 달려나갔다.

두 사람의 행복은 우리에게까지 전염되었다. 우리는 오랫동안
춤을 추었다. 둘 다 발이 너무 아프다고 하면서도 저녁이 끝나갈
즈음에는 서로의 팔짱을 낀 채 행복하게 밤길을 걸어 집으로 향했
다. 도시의 북쪽 지역은 공습으로 폭탄이 쏟아지는 중이었지만 그

도 나도 별로 개의치 않았다. 집에 도착해 문 앞에 서서 소곤거릴 때는 이미 자정이 넘은 시간이었다. 찰스는 다음날 새벽 다섯시에 기차를 타고 연대로 복귀해야 했고 한동안은 다시 만날 수 없을 듯했다. 생각만으로도 힘이 빠지고 어쩔 수 없이 기분이 가라앉았다. 우리는 최대한 쾌활하게 이야기를 나눴고 이심전심으로 그가 떠나 있는 동안 분명히 서로 편지를 쓰고 싶어질 것이라고 했다.

"나는 우울할 일이 없을 거예요." 그가 말했다. "당신의 편지를 고대하고 있을 테고, 게다가 혹시 모르죠, 내가 휴가를 더 받을 수 있을지도요."

몹시 마음에 드는 거짓말이었기에 나도 그 거짓말에 장단을 맞춰주었다. 그리고 그의 부대생활이 훨씬 즐거울 수 있도록 그가 원한다면 소름 끼치도록 지겨운 편지를 써 보내겠다고 말했다. 그런 다음 나는 입을 다물었고 우리는 비장한 분위기로 서로를 바라보았다. 이제 막 만났는데 벌써 작별인사를 하기가 너무나 힘들었기 때문이다. 그는 어떤지 몰라도 적어도 나는 그를 꽤 많이 좋아하게 된 것 같았다.

"당신은 재미있고 사랑스러운 사람이라 아무리 애를 써도 절대 지루할 수가 없어요." 그가 말했다. "매일 내게 편지를 쓴다 해도 당신 편지는 절대 지겹지 않을 거예요. 나도 편지 쓸게요."

그리고 내가 재미있거나 사랑스럽거나 지루하지 않은 말로 대꾸할 생각을 하기도 전에 찰스 메이휴 대위가 앞으로 몸을 숙였고, 그 순간 우리는 입을 맞췄다, 몹시 다정하게.

15장
나도 내가 무슨 짓을 하는지 알아

찰스는 편지를 쓰겠다고 한 약속을 확실하게 지켰다. 그가 떠난 다음날, 번티가 무슨 내용인지 전혀 관심이 없는 척하며 실내를 서성대는 동안 내가 읽은 글이 바로 그의 편지였으니까.

소중한 에미에게

우리가 작별인사를 나눈 지 얼마 되지도 않았는데 짐을 싸는 시간을 잠시 뒤로 미루고 그 틈을 타서 당신에게 편지를 쓰고 있다고 한다면 당신은 내가 너무 열을 올린다고 생각할까요?

음, 나는 집으로 돌아오는 내내 고민을 했고 이 정도 위험은 감수해야만 한다고 결론을 내렸어요!

오늘밤 당신과 한 데이트는 정말 즐거웠어요—런던에 더 머무를 수만 있다면 그러고 싶지만 그랬다간 떠나기가 얼마나 힘들어질지—웃고, 이야기를 나누고, 발이 떨어져나가라 춤을 추기도 했죠! 이렇게 즐거운 시간을 또 언제 보냈는지 기억도 안 나요.

에미, 우리가 만나게 되어서 얼마나 기쁜지 몰라요. 당신에 대해 더 많이 알고 싶어요. 내일 바로 이 편지를 부칠 거예요. 그러면 이 편지는 내가 시간이 날 때마다 편지를 쓰겠다고 한 약속의 증표가 되겠죠—그리고 당신이 편지를 쓰겠다고 한 약속을 지키도록 꼭 붙들어매는 증표가 되기도 하고요!

음, 이건 편지가 아니라 그냥 쪽지라고 해야겠네요. 이제는 내 펜을 짐에 싸야 할 때가 된 것 같아요. 영국을 떠나기 전에 또 편지 할게요—그후로는 약간 뜸해질지도 몰라요. 하지만 편지가 사기 진작에 도움이 되니 조국은 우리에게 편지를 전해주기 위해 노력할 거예요.

번티와 윌리엄에게 정말 축하한다고 다시 전해줘요. 두 사람에게 행복만 가득하기를 빌어요.

지금은 안녕.

당신의 찰스 x[*]

너무 다정한 편지였다. 나는 번티에게 편지를 읽어주고 그녀를 궁금증의 지옥으로부터 구해주었다. 번티도 몹시 기뻐했다. 그리고 직접 편지를 읽으라고 줬더니 찰스가 서명 옆에 쓴 키스 표시를 보자마자 흥분을 해 난리법석을 떨 뻔했다.

나도 약속대로 찰스에게 편지를 쓰기 시작했다. 그를 웃게 하기 위해, 하다못해 조금이라도 기분좋은 하루가 되도록 수다스럽고

---

[*] '키스'를 의미하는 표시.

따뜻한 내용을 쓰려 했다. 그의 다음 휴가까지 얼마나 기다려야 할지 기약이 없었다. 게다가 아무리 낙관적으로 생각하려 애를 써도 그가 맡은 임무에 대해 아무런 환상도 생기지 않았다. 나는 첫번째 편지를 쓰는 데 저녁시간을 몽땅 쏟았고 생각나는 대로 자연스럽게 쓴 것처럼 보이려고 몇 번이나 고쳐썼다. 소중한 찰스에게로 아주 순조롭게 편지를 시작했지만, 다음 순간 그럭저럭 재미있다고 할 만한 이야기를 떠올릴 수 없었고 영영 떠올릴 수 없을 것만 같아 좌절하고 말았다. 그래도 어떻게든 편지 한 통을 꾸역꾸역 쓰고 나니 그와 작별을 나눈 지 하루밖에 되지 않았는데도 잡담으로 가득찬 네 장짜리 편지가 완성되었다.

편지를 적절하게 끝맺을 말을 생각해내는 것도 고역이었다. 단순히 그가 쓴 대로 지금은 안녕이라고 쓰고 내 이름을 쓰고 싶진 않았기 때문이다. 번티는 호들갑을 떨면서 미스터 콜린스의 로맨스 소설 속에나 나올 법한 영원한 당신의 연인이란 말을 쓰라고 해서 아무 도움도 되지 않았다. 결국 나는 차분하게 마음을 가라앉힌 후 당신의 에미로부터라고 쓰고 키스 표시를 덧붙이기로 했다. 그렇게 쓰고 보니 잘 어울렸다.

두 번밖에 만나지 않았지만 나는 어느새 찰스가 너무 좋았다. 그를 먼 곳으로 보내버린 고약한 전쟁이 저주스러웠다. 물론 이 빌어먹을 전쟁이 아니었다면 애초에 그를 만날 일도 없었겠지만.

어쨌든 나는 대책 없이 사랑에 빠진 여학생처럼 그에게 목을 매지는 않을 것이다. 이런 입장은 내가 미즈스 버드에게 절대적으로 동의하는 몇 안 되는 것 중 하나였다. 우리 여자들은 전쟁터가 아닌 집을 지키고 있고 실제로 전투에 참가하진 않지만 제 역할을 열심히 해야 했다. 나만 해도 해야 할 일이 산더미였다. 〈여성의 벗〉에서 일을 하고, 소방서에서 자원봉사를 하고, 번티의 결혼식 준비를 도와야 했다.

나는 가능한 한 많은 독자들에게 답장을 써나갔다. 집으로 오는 버스에서 그들의 편지를 읽으면서 한 통이라도 어디에 흘릴까봐 조심 또 조심했고, 번티가 육군성에서 근무를 하는 오후면 거실에서 미친듯이 답변을 타자로 쳤다. 여전히 미시즈 버드 앞으로 오는 편지가 〈여성의 벗〉으로 쇄도하는 사태는 벌어지지 않았다. 하지만 최근 두 주는 전에 비해 편지가 꽤 늘었다. 어떤 독자는 친구들에게서 우리 잡지에 대해 들었다고 했다. 나는 '헨리에타의 고민상담소'에 실을 미시즈 버드의 진짜 답변이 살짝이라도 덜 퉁명스럽게 보이도록 답장 한두 통을 손보기도 했다. 충고의 내용은 그대로였고 중요한 건 그 점이었다.

가끔 소방서에서 조용한 밤을 보낼 때면 셀마에게 의견을 구하곤 했다. 특히 연장자들이 보낸 고민들이 문제였다. 어떤 부인이 답변을 받기 위해 우표 첨부 회신용 봉투를 동봉했는데, 나는 무슨 조언을 해주면 좋을지 감조차 잡을 수 없었다.

친애하는 미시즈 버드에게

저와 제 친구 둘은 모두 삼십대 후반이며 갱년기에 대해 슬슬 걱정을 하고 있습니다. 우리는 여사님의 잡지에서 여성의 인생에서 사십대가 가장 까다로운 시기라는 광고를 보았습니다. 그 광고에서 하는 말은 다 어리석은 헛소리인가요? 친구인 아이린은 열감 때문에 약국에서 '메노팩스'를 처방받았지만 조금도 나아진 것 같지 않아요. 어떤 상태냐고 물으신다면, 여전히 전부터 있던 그 고통에 인생의 반을 빼앗기고 있습니다. 우리는 어떻게 해야 할까요?

여사님의 독자
(미시즈) 위니 플럼 드림

나는 미시즈 버드에게 의견을 물었지만 그녀는 코웃음을 치며 위니 플럼에 대해 '아주 어리석은 여자'라고 했다. 하지만 셀마는 훨씬 더 공감해주었다. 그녀의 언니 말에 따르면, 중년은 엄밀히 말해 한창때는 아니지만, 오디언극장에서 괴상한 진 앤드 레몬을 마시며 연속 상영되는 지미 스튜어트 영화를 보고 있으면 중년이라고 세상이 다 끝난 기분이 들지도 않을 것이라고 했다. 이런 말로도 납득이 되지 않는다면, 마흔이지만 여전히 멋있는 여왕을 보라고 했다.

사무실에서 그런 내용으로 답장을 쓸 수는 없었지만 미시즈 플럼을 격려하는 내용으로 바꾼 후 긍정적인 분위기를 곁들여 "어떤 나이에도 당신이 하고 싶은 일을 포기하지 마세요. 행운을 빕니다!"라고 끝냈다.

나는 이 답변이 미시즈 플럼에게 도움이 되기를 바랐다. 아무것도 없는 것보다는 낫기를 희망했다. 나는 인생에 대해 좀더 알고 싶어졌다. 미시즈 버드는 갱년기에 관한 편지를 상당히 많이 받았다. 여성의 갱년기는 '게재 불가 주제 목록'에 없는 몇 안 되는 주제였음에도 불구하고 언제나 독자들은 유난 그만 떨고 그냥 버티라는 핀잔 섞인 조언을 들어야 했다.

사람들이 더 현대적인 잡지를 선호하는 것이 당연했다. 그런 잡지들은 신청서를 써서 우표를 동봉해 보내기만 하면 거의 모든 문제에 대한 팸플릿을 보내주었다. 캐슬린은 아는 사람이 대형 잡지사에서 일하는데, 그런 곳에는 항상 독자들에게 필요한 정보를 보내주는 팀까지 갖춰져 있다고 했다.

내가 시간만 낭비하는 것 같은 기분이 들 때도 있었다. 〈여성의 벗〉에서 근무하는 나는 집으로 가는 버스에서 답변을 떠올리려고 남몰래 애쓰고 있는데, 다른 잡지들은 산업적 규모로 그런 일을 하고 있었으니까. 그럴 때면 우울한 생각은 그만하고 하던 일이나 하자고 스스로를 격려하는 수밖에 없었다.

이러니저러니 해도 즐거운 일도 잔뜩 있었다. 비록 봄이 늑장을 부리며 좀처럼 시작될 기미가 보이지 않았지만 번티와 윌리엄의 결혼식만 생각하면 기운이 났다. 전쟁이 시작된 후로는 아무도 약혼을 오래 끌지 않았다(이제 와 생각해보면 에드먼드가 그렇게 행동한 이유가 있었던 것이다). 게다가 번티와 윌리엄은 오랫동안 알고 지낸 사이였기에 더 기다릴 이유가 없었다. 두 사람은 3월 19일 수요일로 결혼식 날을 잡았다. 그 말은 모든 준비를 끝내야 할 시간이 한 달도 남지 않았다는 뜻이었다.

흥분한 번티의 영향으로 나도 덩달아 들떴다. 결혼식은 조촐하게 치를 예정이었다. 번티의 할머니가 계신 마을의 교회에서 식을 올린 후 할머니 댁에서 편안하게 식사를 하기로 했다. 소방서의 로이가 윌리엄의 들러리가 되기로 했고 엄마 아빠도 당연히 참석하시기로 했다. 하지만 잭은 아무래도 휴가를 받을 수 없을 것 같았다. 다 같이 점심식사를 한 후 반스 부부는 앤도버로 이틀 동안 신혼여행을 떠날 예정이었는데, 금요일 오후에 돌아오면 윌리엄은 곧장 소방서로 출근을 해야 했다. 식사 메뉴로는 돼지고기 등심 요리를 생각중이었다.

나는 장난기 가득한 약혼 선물로 번티에게 『현대적인 신부를 위한 안내서』를 사줬는데, 삼 년 전에 출간된 이 책은 전쟁이 한창인 지금은 써먹을 데도 없는 실용적인 조언들로 가득했다.

"'피아노가 없는 집은 가정이 아니다.'" 번티가 한 구절을 소리 내어 읽더니 엄숙하게 덧붙였다. "그런 거라면 빌과 나는 난감하네." 번티가 웃음을 터트렸다.

"너 이 책을 충분히 진지하게 받아들이지 않는 것 같은데." 나는 책장을 휘리릭 넘겨 색인을 살펴보는 번티의 어깨 너머로 내용을 힐끔거리며 말했다. "'허물없는 저녁 모임용 샌드위치에 넣는 통통 튀는 재료들' 팁을 활용해 파티의 완벽한 안주인이 되는 법을 살펴봐."

번티가 코웃음을 쳤다.

"흥." 번티가 그 내용을 읽으며 말했다. "정어리 통조림 하나로 할 수 있는 일이 이렇게 많은 줄 몰랐네. 나도 공부 좀 해야겠어. 체면을 구기고 싶지 않으니까."

우리는 그 말에 한층 더 크게 웃었다. 지금은 책에 나온 재료를 구하는 게 불가능했지만 우리는 '칵테일 제안'이 나온 챕터를 열심히 공부했다. 종전이 선언되자마자 자신만만하게 스팅어 칵테일을 만들 수 있도록 말이다. 브랜디와 페퍼민트시럽에 압생트까지 들어가는 조합은 말만 들어도 진저리가 쳐졌지만, 실제로 마셔보지 않고는 모를 일이 않은가.

이런 일들이 우리에겐 너무 재미있었다. 다른 때, 다른 장소였다면 동화 같은 순백의 결혼식을 올릴 수 있었을 것이고 그에 대해 몇 달이고 이야기할 수 있을 만큼 좋았겠지만, 사랑에 푹 빠진 번티가 행복에 겨웠기에 그런 건 상관없었다. 번티는 결혼식 같은 절차는 후딱 해치우고 얼른 미시즈 윌리엄 반스가 되고 싶을 뿐이었다. 교대근무 사이사이 짬이 날 때마다 항상 우리집을 찾아오는 미스터 윌리엄 반스의 마음도 크게 다르지 않은 것 같았다.

경사스러운 날까지 두 주도 채 남지 않았을 즈음, 나는 번티의 드레스를 만드느라 정신이 없었다. 하느님이 보우하사 매우 우아한 녹색 크레이프 직물을 손에 넣었는데, 그 원단이라면 다른 행사에서도 잘 어울리는 옷을 만들 수 있을 것 같았다. 재봉질이라면 내 솜씨도 그리 나쁘지 않았고 지금까지 모든 일이 계획대로 착착 진행되는 중이었다. 번티가 육해군 구매조합 매점에서 필요한 재료를 고르면 엄마와 나는 어떻게든 그것을 손에 넣었다. 번티는 흥분을 감추지 못했다. 미시즈 태비스톡이 깜짝 선물로 릴리 앤드 스키너에서 주문한, 말할 수 없이 근사한 갈색 스웨이드 구두를 보내주었다. 또 번티의 직장 동료가 작은 벨벳 리본이 달린 갈색 모자를 빌려주었는데, 선물 받은 구두에 환상적으로 잘 어울렸다. 결혼식 날 날씨가 어떻든 번티는 아름다운 신부가 될 것이었다.

어느 날 저녁 윌리엄이 소방서에 출근하는 길에 몇 가지 소식을 갖고 우리집을 찾아왔다. 나는 그때까지도 얼마 전 길에서 벌인 바보 같은 언쟁에 대해 그와 제대로 이야기를 나눌 기회를 얻지 못했다. 윌리엄은 집에서는 번티 옆에만 딱 붙어 있었고 소방서에서는 항상 다른 동료들과 함께 있거나 정신없이 바빴다. 솔직히 너무 바빠 보여서, 일부러 나를 피하는 게 아닐까 의심이 들 정도였다.

번티가 내려가 윌리엄에게 문을 열어주었고 두 사람이 후다닥 부엌으로 올라왔다. 윌리엄은 발에 용수철이라도 달린 듯 순식간에 올라왔고 번티는 그 뒤를 따라 계단을 한 번에 몇 칸씩 오르며 왜 그렇게 서두르느냐고 깔깔 웃었다.

나는 야간근무중에 먹을 청어 파이를 썰다가 고개를 들었다.

"왔어, 빌." 내가 유쾌하게 말했다. "마침 잘 왔어. 잼스퀘어 좋아해? 번티가 지금 굽던 중이었어."

나는 빵 바구니로 손을 뻗어 페이스트리를 집어 그에게 건네며 친근하게 미소를 지었다.

"제복에 잼 흘리지 마." 윌리엄의 뒤에서 번티가 말했다. "칠칠맞지 못한 남편은 원치 않으니까. 그리고 잼이 아깝잖아."

윌리엄이 돌아서서 한 팔로 번티를 감싸안았다. "알았습니다, 마님." 그가 자랑스러운 표정으로 말했다. 두 사람은 결혼한 지 백년은 된 부부처럼 보였다. "생각해봐. 자기가 나를 꽉 쥐고 흔들 날이 두 주도 안 남았어."

"말도 안 돼!" 번티의 말에 우리는 함께 웃음을 터트렸다.

"그건 그렇고," 윌리엄이 제 약혼녀만 보면 터져나오는 미소를 간신히 잠시 멈춘 채 말했다. "지금부터 '중대 발표'를 할 거야."

"와우." 번티와 내가 동시에 말했다.

"잘 들어봐." 윌리엄은 우리 둘이 동시에 말하는 데 익숙했다. 그는 잠시 제복 주머니를 뒤적여 표를 몇 장 꺼내더니 목청을 가다듬었다. "에헴. 이번주 토요일 밤. 정각 아홉시. 카페 드 파리. 숙녀분들, 아름다운 미스 매리골드 태비스톡과 누구보다 그녀를 숭배하는 미스터 윌리엄 반스를 위한 결혼 전 축하연에 두 분을 초대하오니 꼭 참석해주시기 바랍니다."

"맙소사!" 번티가 소리를 꽥 질렀다.

"어머나!" 나는 너무 감동해 숨을 헉 들이쉬었다. "세상에!"

번티와 나는 입을 다물지도 못하고 서로를 마주보았다. 카페 드
파리는 우리가 평소에 자주 갈 수 있는 곳이 아니었다. 언제나 런
던의 부자들이 저녁을 보내는 곳으로 우리에게는 몹시 사치스러운
장소였다. 그곳의 악단은 실력이 최고여서 번티는 늘 그 카페에 가
보고 싶어했다. 전쟁중이라 예전만 못하더라는 말을 번티가 직장
동료에게 들었다지만 어쨌든 윌리엄은 그곳에서 축하연을 열기 위
해 대단히 애를 썼을 것이 분명했다.

"괜찮아?" 번티가 정신을 차리고 윌리엄을 숨이 막힐 정도로 꼭
안자 그가 물었다.

"그럼." 번티가 그의 품으로 파고들었다. 그러고는 그에게서 몸
을 떼더니 슬픈 표정을 지었다. "오, 찰스가 와서 에미와 함께하면
좋으련만!"

"바보 같은 소리 하지 마." 나는 야식을 가방에 집어넣으며 아무
렇지 않은 척 말했다. "그 사람과는 딱 두 번 만났어. 게다가 두 번
다 너도 함께 있었잖아."

"그럼 그동안 쉼없이 써댄 편지는 다 뭐였어?" 번티는 윌리엄의
볼에 입을 맞추고 그가 소방서에 가져갈 빵과 버터를 찾으며 나를
놀렸다. "너처럼 편지를 많이 쓰는 사람은 처음 봤다고."

"허튼소리." 나는 괜히 가방 안을 꼼꼼하게 살펴보며 말했다.

"다음 차례는 너야." 번티가 웃었는데, 그 소리가 살짝 신랄하게
들렸다.

"사실 내가 대타를 찾아뒀어." 윌리엄이 우리 둘 사이로 끼어들
며 말했다. "이 특별한 날에 내 들러리를 초대해야 마땅하겠더라
고. 소방관 로이 호지스가 파티에 참석해서 미스 레이크가 허락한
다면 그날 파트너가 되더라도 메이휴 대위가 마음이 상하지 않기
를 바라."

"당연하지." 나는 살짝 들뜨기도 하고 여자 동료들이 이 일에 얼
마나 소란을 피울지 모르겠다고 생각하며 대답했다. "나야 영광이
지." 다음 순간 퍼뜩 기억이 났다. "어머나, 안 되겠어. 토요일 밤
에 근무해야 해."

윌리엄이 활짝 웃으며 말했다. "그것도 내가 다 해결해뒀어. 베
라가 그날 대신 근무해주기로 했어. 물론 나중에 네가 베라 대신
근무하는 게 괜찮다면."

나는 그 말에 깜짝 놀랐다. 정말 친절한 행동이라 인정하지 않을
수 없었다.

"신난다!" 번티가 소리쳤다.

윌리엄도 미소를 멈추지 못했다.

"그리고 너희들 로이에게 깜짝 놀랄걸. 로이가 곧 마흔이지만
춤을 끝내주게 춘다는 이야기를 들었거든. 카페 드 파리에 가본 적
이 있어서 그곳을 잘 안내해줄 수 있을 거야."

생각지도 못한 전개였다. 시에서 주는 주말 농장을 꾸리고 추리
소설을 좋아하는 그는 정말 좋은 사람이었다.

"조심해요, 메이휴 대위." 번티가 말했다. "여기 소방관 호지스
가 등장하니까."

나는 번티에게 인상을 쓴 후 부엌에 걸린 시계를 보았다.

"어머." 나는 윌리엄에게 미소를 건넨 후 말했다. "소방서에 같이 가도 될까?"

"아." 윌리엄의 반응이 살짝 날카로웠다. "좀 이른 거 아니야?"

나는 기분이 살짝 가라앉았다. 윌리엄이 너무 유쾌해 보여서 그에게 화를 낸 나를 벌써 용서해줬기를 기대했었다. 목소리를 밝게 내려고 애를 쓰며 말했다. "좀 이르기는 한데, 로이가 프레드 애스테어만큼 춤을 잘 춘다고 하니 이 놀라운 소식을 들으면 소방서 여자 동료들이 족히 이십 분은 난리를 피워야 진정하고 교대근무를 시작할 수 있을 거야."

"어서 가, 자기." 번티가 말했다. "하지만 에미에게 내 드레스에 대해서 꼬치꼬치 캐물으면 안 돼. 깜짝 놀라게 해주고 싶으니까."

윌리엄은 차마 거절하지 못하고 그냥 웃기만 했다. 나는 내 가방을 집어들고 코트와 모자를 가지러 얼른 달려갔다.

*

윌리엄과 나는 이른 저녁의 눅눅한 습기를 막기 위해 단단히 옷을 여민 채 소방서까지 짧은 거리를 함께 걷기 시작했다.

"다음주 파티에 초대해줘서 정말 고마워." 컴컴한 밤길을 따라 발을 내디디며 내가 말했다. "벌써부터 너무나 기대돼."

"그러지 않는 건 번티가 용납 못 할 거야. 그리고, 어, 나도 마찬가지고." 윌리엄은 얼른 이렇게 덧붙였지만 나중에 떠오른 생각이라고 해도 나쁜 뜻은 없으리라 나는 확신했다. "조심해. 거기에 구덩이가 있어."

나는 일주일 전쯤 공습이 있었을 때 집의 일부가 서 있던 곳에 생긴 보도 위의 커다란 구덩이를 피해 걸었다. 미스터 본이 알려준 바로는, 그 공습에 세 가구가 폭격을 당했는데 〈데일리 미러스〉를 사러 오던 단골 한 사람은 무릎 아래를 잘라냈다고 했다.

"끔찍한 일이야." 나는 그 구덩이를 들여다보며 말했다. "미스터 본한테서 들었어."

"전혀 몰랐어." 윌리엄이 말했다. "조지네 A조가 여기를 담당했어. 실력이 좋은 팀이야."

"두말하면 잔소리지." 나는 다정하게 말했다. "물론 너희도 대단하고."

어둠 속에서는 '흠' 하는 소리뿐, 더 이상 아무 말도 들리지 않았다.

나는 볼 안쪽 살을 씹으며 윌리엄과 함께 걸었다. 두 사람이 식을 올리면 윌리엄이 번티의 집으로 들어와 방이 세 개인 2층에서 조촐하게 신혼살림을 꾸릴 예정이었다. 번티는 계속 내게 제 할머니의 집에서 살아야 한다고 했고, 그 마음은 고마웠다. 하지만 셋이 사는 미묘한 분위기를 오래 견딜 수 있을 리 없었다. 나는 두 사람의 가장 오래된 친구 중 한 명이지만 동시에 하숙인이 될 것이었다. 하지만 지금은 그런 이야기보다 두 사람이 무사히 결혼을 앞두게 되어 얼마나 기쁜지 꼭 전하고 싶었다. 그리고 내가 화를 낸 건 그가 무사하기를 진심으로 바라기 때문이라는 사실을 알아주었으면 했다. 우리는 어색해진 분위기를 말끔히 정리하고 관계를 회복해야만 했다.

그런 이야기를 하기에 지금만 한 때가 없었다. 이 어색한 상황을 어서 정리하면 우리는 댄스파티와 결혼식 당일에 대해 이야기를 나누고 다시 전처럼 편해질 수 있을 것이었다.

"날이 맑고 구름도 약간 끼어 있네. 아무래도 오늘은……" 내가 막 말을 시작하려는데 윌리엄이 말했다.

"있잖아." 나는 그의 말허리를 잘랐다. 윌리엄이 놀라서 얼른 입을 다물었다.

"미안해. 음, 내가 하고 싶은 이야기가 있어서."

윌리엄이 조금 속도를 내 걷기 시작했다. 그 바람에 나는 종종걸음으로 속도를 맞춰야 했는데 어두운 밤길을 그렇게 걸으려니 힘에 부쳤다.

"있잖아, 빌." 나는 숨을 헐떡이다시피 말했다. 손을 뻗어 그의 팔을 잡았다. 윌리엄이 조금이라도 걸음을 늦추어줘야 내가 제대로 사과할 수 있었다.

"이러다 지각할 거야." 윌리엄이 말했다. 그 말은 결국 그냥 조용히 가자는 말이나 다름없었다. 그래도 윌리엄은 보폭을 줄여주었다.

"우리가 싸운 거에 대해서 사과하고 싶어서 그래." 나는 서둘러 본론으로 들어갔다. 그가 다시 속도를 내려고 할 때를 대비해서 말이다. "그리고 너랑 번티가 결혼하게 되어서 진심으로 기뻐."

그가 고개를 끄덕였다. "고마워." 그는 이렇게 말하더니 잠시 입을 다물었다가 다시 말했다. "내가 번티를 얼마나 사랑하는지 너는 알 거야, 그렇지? 그리고 나는 바보가 아니야."

"당연하지." 내가 말했다.

"그리고 에미, 나는 번티를 위해서라도 우리의 앞날을 망칠 일은 절대 하지 않아. 그런 점에서 솔직히 말하면, 내 일에 대해 네가 이래라저래라 할 필요 없어."

"알아." 내가 말했다. "그 일은 정말 미안하게 생각해."

"그런 일에 대해서 내게 잔소리할 필요 없다고."

"그래, 맞는 말이야." 내가 말했다. 윌리엄의 말이 옳았다.

"그럼 됐어." 윌리엄은 어딘지 쌀쌀맞게 대꾸한 후 다시 걷기 시작했다. 나는 길바닥 상태가 온전하지 않은 곳이 어디였는지 기억하려고 애쓰며 그와 보조를 맞추었다. 내 손전등은 불빛이 너무 약해서 앞에 뭐가 있는지 잘 보이지 않았고 돌부리에 발을 차이고 넘어지지 않으려고 훌쩍 뛰어야 할 때도 있었다. 윌리엄이 계속 말했다.

"나는 내가 하는 일을 잘 알아, 엠. 너는 몰라. 네가 소방서에 앉아 있는 동안 우리는 지난 몇 달 동안 매일 밤 출동해서 작업을 했어. 너는 네가 무슨 소리를 하는지도 몰라. 네가 안다면 우리 작업이 겉보기만큼 위험하지 않다는 것도 알겠지."

방금 윌리엄의 말은 너무 심하다는 생각이 들었다. 나는 폭격을 당한 곳이 어떤 지경이었는지 똑똑히 목격했다. 프레드는 건물 잔해 때문에 한쪽 팔이 부러졌다. 그의 팔은 보는 사람마다 속이 메슥거릴 정도로 괴상하게 꺾여 있었다. 그리고 폭탄이 떨어진 가옥은 터가 몽땅 붕괴되기 일보직전이었다. 전문가가 아니어도 그들이 어떤 위험에 처해 있었는지 알 수 있었다.

우리는 벨러미 스트리트의 모퉁이에 이르렀고 일이 분이면 소방서에 도착할 터였다. 여기까지 올 즈음이면 카페 드 파리에 대해 이야기꽃을 피우고 있기를 바랐는데.

"어쨌든," 윌리엄이 나를 멍텅구리인 것처럼 말하는데도 나는 어떻게든 좋은 쪽으로 이야기를 끌고 가고 싶었다. "카페 드 파리에서 열 파티가 너무 기대돼."

"……그리고 솔직히 처치 스트리트에서도 상황은 완벽하게 통제되고 있었어."

그는 여전히 내 사과를 받아주지도 않았고 이제는 숫제 설교를 늘어놓기 시작했다.

"맙소사, 빌. 그건 헛소리야." 나는 좌절감에 휩싸여 소리쳤고 좋게 매듭지으려 했던 마음도 바람처럼 사라졌다. "너와 네 동료들은 생매장되기 일보직전이었어."

그가 우뚝 멈춰 섰다.

"그만해, 에멀라인." 그가 버럭 소리를 쳤다. "그 이야기는 그만 묻어둘 수 없어?"

윌리엄이 나를 에멀라인이라고 부른 건 몇 년 만이었다. 나는 그 이야기를 계속 묻어두고 있었다. 적어도 이렇게 사과를 하려고 할 때까지는 말이다. 나는 폭격이 있었던 아침 이후로 처치 스트리트는 입에 담지도 않았다. 게다가 번티에게 입도 벙긋하지 않았다. 그런데 윌리엄은 누가 보면 내가 그 이야기를 커다랗게 써서 소방서에 붙여놓기라도 한 것처럼 굴었다.

"아니, 빌." 내가 쏘아붙였다. "그럴 수는 없어. 인형을 구하려다가 너 자신과 팀원의 반이 죽을 뻔했는데도 계속 그런 행동이 분별력 있는 양 군다면 나는 계속 말할 거야."

이 말을 마치자마자 나는 또 후회했다. 윌리엄이 자신의 대원들을 존경하고 가족처럼 아낀다는 사실은 아무도 부정하지 않을 것이다. 나는 그런 식으로 몰아붙여서는 안 되었다. 다른 대원들 이야기는 꺼내지 말았어야 했다. 사과를 하려고 입을 열었지만 그가 나보다 먼저 말했다.

"그 말은 좀 심하다, 에미." 그가 말했다. "정말 심했어."

그가 등을 돌려 소방서로 걸어갔다.

"빌." 내가 불렀지만 그는 발걸음을 늦추지 않았다. "빌, 제발."

나는 움푹 팬 곳 한가운데 홀로 서서 그의 모습을 삼켜버리는 어둠을 멍하니 바라볼 뿐이었다.

"잠깐만, 너니 에미?" 내 뒤에서 길을 따라 걷는 발소리가 고르지 않게 들려왔다. "잠깐만 기다려줘. 배터리가 다 닳아서 아무것도 보이지 않아."

형편없는 타이밍의 주인은 셀마였다. 나는 최대한 밝은 목소리로 그녀에게 인사를 건넸다.

"너 괜찮아?" 셀마가 대뜸 물었다. 셀마는 누가 괜히 괜찮은 척하는 걸 용케 알아채는 재주가 있었다. "우리의 윌리엄이 혼자 가버린 거야?"

"오, 아무 일도 아니에요." 거짓말을 했다. "우리 둘 다 늦어서 급히 가던 중이었거든요. 그래서 먼저 가라고 했어요."

"빌은 참 잘됐어." 셀마의 말에 내 기분은 더 추락했다. "빌이 다음주 파티를 잔뜩 기대하고 있더라. 빌에게 깜짝 소식 들었어?"

셀마가 내 팔을 잡았고 우리는 내 작은 손전등의 흐릿한 불빛에 의지해 걸음을 내디뎠다.

"카페 드 파리라니." 셀마는 내가 아무 대답도 하지 않았다는 사실도 잊은 채 감탄했다. "빌이 지난주에 번티와 네가 좋아할지 물어보기에 너희라면 좋아 죽을 거라고 했지. 기대되지?"

"그럼요." 나는 작은 목소리로 대답했다. "번티도 나도 어서 토요일이 되기만 기다리는걸요."

"그럴 줄 알았어." 셀마가 내 팔을 꼭 쥐며 말했다. "그리고 로이는 하늘을 나는 기분일 거야. 정말이지 번티는 최고의 행운아야. 그렇게 멋진 남자와 결혼하다니 너무 근사하지 않니?"

나는 고개를 끄덕이며 내가 참 못났다고 생각했다. 셀마 말이 옳았다. 윌리엄은 자신의 일을 사랑하고 자신이 최선을 다하고 있음을 증명하고 싶어 안달했다. 하지만 나는 그가 이 세상에서 제일 사랑하는 존재가 번티라는 사실을 누구보다 잘 알았다. 그에게 또 못된 말을 하다니. 우리는 오랜 세월을 함께한 친구였고 그는 내 가장 친한 친구와 결혼을 앞두고 있는데. 셀마가 계속 재잘거리는 동안 나는 입술을 잘근잘근 씹으며 말없이 걸었다. 지난 십 년 동안 윌리엄과 나는 사소한 말다툼조차 하지 않았다. 그런데 지금 이게 뭔가. 나는 강렬한 분노에 휩싸였다. 하지만 윌리엄을 향한 분노가 아니었다. 나를 향한 것도 아니었다. 이게 다 망할 전쟁 때문이었다. 망할, 빌어먹을, 멍청한 전쟁.

"너 정말 별일 없는 거니, 에미?" 셀마가 어둠 속에서 물었다.

"응, 없어요. 좀 쌀쌀해서 그래요." 내가 대답했다. 나는 그녀의 팔짱을 끼고 서둘러 소방서 쪽으로 잡아끌며 발걸음을 재촉했다. 내가 좀더 빨리 도착하면 윌리엄이 교대근무를 시작하기 전에 기회를 봐서 이 상황을 바로잡으려 한번 더 노력해볼 수 있을 것이다.

16장
편집국장 사칭하기

나는 윌리엄과 이야기할 기회를 잡지 못했다. 카페 드 파리 덕분에 한껏 들떠 있는 B조 여직원들도 못 본 척한 채 열심히 그를 찾아다녔지만, 윌리엄은 데이비스 대장님과 장비에 대해 한창 이야기를 하는 중이어서 나는 신고 전화기 앞으로 돌아올 수밖에 없었다. 셀마와 다른 여자 동료들은 〈여성의 벗〉에 연재되는 소설이라도 되는 것처럼 번티의 결혼 계획을 꼼꼼하게 따지는 중이었다. 특히 의상의 세부적인 부분과 이제는 거의 보기 힘든 종류의 음식을 맛볼 수 있을 가능성 등 마음을 쏟을 만한 즐거운 일이 많아서 모두 신이 난 것을 한눈에 알 수 있었다. 결혼식 계획을 세우다보니 히틀러를 보기 좋게 한 방 먹인 듯한 기분이 들었다. 그가 아무리 원 없이 많은 폭격기를 우리에게 보내더라도 사람들이 사랑에 빠지고 모두가 흥겨워하는 것까지 막을 수는 없을 테니까.

근무가 끝날 즈음 데이비스 대장님이 우리에게 당번표를 같이

짜자고 하는 바람에, 나는 잡지사 출근에 늦지 않기 위해 소방서에
서는 얼른 퇴근할 수밖에 없었다. 그래서 윌리엄과 말할 기회를 놓
쳤다. 평소처럼 얼른 옷을 갈아입고 사무실로 출근하고 잠은 나중
으로 미뤄야 했다. 엄마는 그런 생활을 어떻게 해내느냐며 걱정했
다. 나도 모르겠다. 그냥 그렇게 할 뿐이다.

월리엄과의 오해를 어떻게든 풀고 싶어 애가 탔지만 한편으로
는 캐슬린에게 카페 드 파리에서 열릴 파티 이야기를 하고 싶어 입
이 근질거렸다. 사무실에 일찌감치 도착해 우리가 함께 쓰는 작은
사무실에 들어갔다. 화분을 지나치면서 조만간 물을 주어야겠다
고 생각했다. 나는 오전에만 근무하기 때문에 캐슬린이 전날 도착
한 우편물을 내 책상에 올려두었다. 미시즈 버드에게 온 편지 묶음
이 평소보다 살짝 더 두툼해진 것을 보니 흥이 절로 났다. 문 뒤에
달린 고리에 코트를 걸어둔 후 책상에 앉아서 미시즈 버드에게 전
해줄 편지가 충분하기를 바라는 마음으로 자그마하게 쌓인 편지를
한 통씩 개봉했다. 이내 노다지를 찾아낼 정도로 운이 좋았다.

친애하는 미시즈 버드에게

여사님의 잡지에 전시 노동을 할 때는 머리를 짧게 유지할수록
더 안전하다는 기사가 몇 차례 실렸습니다. 하지만 남편이 반대를
하네요. 남편은 도러시 라모어에게 긴 머리가 충분히 괜찮다면 내
게도 충분히 좋을 거라고 해요. 남편은 내가 일터에서 머리를 핀
으로 고정할 필요도 없다고 합니다.

어떻게 하면 좋을까요?

'미스 라모어의 팬과 결혼한 여자' 드림

웃음이 나왔다. 미시즈 버드는 이런 종류의 사연에 화를 내지만 내가 보기에는 이런 편지를 내심 좋아했다. 미시즈 버드는 도러시 라모어가 할리우드 배우라는 사실을 알 턱이 없고 나쁜 영향을 끼치는 몹쓸 이웃이라고 생각할 것이 분명했다. 미시즈 버드가 '미스 라모어의 팬과 결혼한 여자'에게 닥치고 헤어네트를 챙기라고 할 것도 분명했다.

나는 이 편지를 미시즈 버드의 폴더에 곧장 집어넣었다.

그러고 나서 너무나도 기묘한 일이 일어났다. 다음으로 개봉한 편지의 독자가 자신의 사연을 꽤 열을 내며 들려주고는 아무런 조언도 요청하지 않았기 때문이다.

친애하는 미시즈 버드에게

저는 이번주에 발매된 호에서 '지긋지긋한 사람'이라고 불린 여자분의 편지를 실어주셔서 감사하다는 말을 전하기 위해 편지를 썼습니다. 저라면 편지를 보낼 엄두도 못 냈을 거예요. 하지만 여사님이 그 여자분에게 쓴 답변을 보고 무척 기뻤습니다.

짐작하시겠지만 저도 그 여자분과 같은 처지였거든요—올여름에 스무 살이 되는데도 부모님은 너무 엄격하세요. 그래서 제게 이성교제도 허락하지 않으셨어요. 특히 군인이나 그 비슷한 처지라면 절대 사귀지 못하게 하셨죠. 모든 사람이 사위로 삼고 싶을 만큼 훌륭한 청년이라고 말하는 사람도 예외가 아니었답니다. 저는 부모님 몰래 간 교회 댄스파티에서 너무나 멋진 남자친구를 사귀게 된 후로 걱정이 되어서 한시도 마음이 편치 않았어요. 짐작

하셨겠지만 그 사람은 해군이에요. 그러니 부모님이 절대 반대하
실 게 뻔했죠.

레너드(그 사람의 이름이에요)와 만나는 현장을 부모님에게 들
키면 어쩌나 싶어서 병이 날 정도로 걱정했어요. 하지만 여사님이
'지긋지긋한 사람'에게 용기를 갖고 부모님에게 털어놓으라고 하
신 걸 읽고 저도 그렇게 했어요. 그런데 알고 보니 엄마의 친구분
인 이디스 아주머니가 레너드의 어머니와 육촌 간이었어요. 그래
서 이디스 아주머니가 어딜 봐도 그렇게 훌륭한 사윗감은 없을 거
라고, 교구 목사와 결혼하는 것만큼 좋을 거라고 제 엄마를 설득
해주셨어요.

그 말에 결국 엄마도 만족하셨고, 여사님의 충고대로 먼저 차를
마시러 레너드가 저희 집을 찾아왔어요. 그렇게 세 사람이 사이가
가까워져서 지금은 아빠가 그 사람을 '아들'이라고 부를 정도예
요. 요즘 우리는 선을 넘지 않는 선에서 데이트를 하고 있어요. 이
렇게 되어 얼마나 기쁜지 몰라요.

어쨌든 제게 부모님과 대화할 용기를 주셔서 정말 감사하다는
말씀을 드리고 싶었어요.

(미스) 릴리언 뱅크스 올림

추신: 제 친구 제니의 어머니가 몹시 무서운 분이셔서 제가 제
니에게 여사님께 편지를 써보라고 했습니다.

정말 사랑스러운 편지였지만 나는 꽤 충격을 받았다. 그도 그럴
것이 처음으로 피와 살이 있는 진짜 사람이 내 조언이 실제로 쓸모
가 있었다고 말해주었기 때문이다. 게다가 그녀는 상담 편지를 보

낸 당사자조차 아니었다. 지금까지 〈여성의 벗〉의 독자들은 미스터 콜린스에게 위로를 받고 즐거움을 얻었으며, 미시즈 버드에게는 몸은 커다랗지만 조금 덜 떨어진 아이 취급을 받는, 얼굴 없는 대중일 뿐이었다. 내가 그들을 좋아하고 도와주고 싶어한 것은 맞지만, 이건 다른 문제였다.

저라면 편지를 보낼 엄두도 못 냈을 거예요. 하지만 여사님이 그 여자분에게 쓴 답변을 보고 무척 기뻤습니다.

나는 지금까지 잡지에 실리는 편지의 의미를 이런 식으로 생각해보지 못했다. 내가 생각이 모자라 편지를 쓴 독자에게 엉터리 조언을 주지나 않을지 노심초사했다. 수백 명, 심지어 수천 명이 내 조언을 읽고 같은 고민을 안은 채 힘든 시간을 보내고 있는 다른 독자들까지 용기를 얻으리라는 생각은 해보지 못했다. 나는 하늘을 날듯이 기뻤다.

내내 살금살금 눈치를 살폈고, 뜨거운 석탄 위를 걷듯 안절부절못했고, 심지어 이 일에 대해 번티에게 거짓말까지 했다. 그런 내게 릴리언 뱅크스의 편지는 그렇게 고생한 보람이 있다고 자부하게 했다. 나는 또 얼마나 많은 독자들이 이렇게 용기를 얻었을지 궁금했다.

복도 문이 열리는 소리가 들리자 얼른 릴리언의 편지를 봉투에 집어넣었다. 집에 가서 한번 더 읽어야지.

"좋은 아침, 에미." 캐슬린이 사무실로 들어와 모자를 벗고 핀에서 머리를 치렁거리게 풀어 내리며 인사를 건넸다. 그녀가 코트를 벗으니 작은 축구공처럼 보이는 가죽 단추가 일렬로 달린 밝은 노란색 카디건이 드러났다.

"안녕, 케이트." 내가 대답했다. "털이 정말 보송보송하니 예쁜 옷이네요. 우편물을 책상에 올려줘서 고마워요. 깜짝 놀랄 소식이 있어요. 나 카페 드 파리에 가요!"

나는 재잘거리기 시작했다. 어서 다 들려주고 싶어 입이 근질근 질했다. 하지만 캐슬린은 딴 데 정신이 팔려 있는 듯했다. 그녀는 자리에 앉기도 전에 내 책상 위에 놓아둔 편지 더미를 보더니 내 말을 끊었다. 살짝 날 선 목소리였다.

"거의 한 더미네요." 캐슬린이 말했다. "괜찮은 편지가 있어요?"

"아, 특별히 재미있는 건 없어요." 나는 대수롭지 않게 말했다. "머리카락에 관한 편지 한 통이랑 대부분은 쓰레기통으로 직행할 '불쾌한 사연'이에요."

캐슬린이 고개를 끄덕였다.

"재미있지 않아요?" 그녀가 물었다. "미시즈 버드가 성질을 누 그러뜨리다못해 착해지고 있다는 느낌이 들지 않아요? 약혼자가 냉담해진 독자의 편지를 정말 너그럽게 받아줬잖아요. 나는 미시 즈 버드가 분명히 그 독자를 멍청이라고 할 줄 알았는데 정말 친절 하게 답변해줬더라고요."

캐슬린이 살짝 미소를 지었다. 그녀의 목소리가 평소보다 더 높 았다. 나는 앉은 자리에서 몸을 꼼지락거렸다.

"잘 모르겠는데요." 내가 말했다. "기억이 잘 안 나요."

"이번주에 또 그런 편지가 있었어요." 캐슬린이 계속했다. "부 모 몰래 군인을 사귀는 여자에 관한 편지. 나는 여사님이 그분을 된통 혼내지 않아서 깜짝 놀랐어요."

나는 열이 확 올라와서 재킷을 벗기 시작했다.

"아, 그거요? 그나저나 봄이 오는 것 같지 않아요?" 나는 한쪽 팔을 뒤로 돌려서 소매에서 빼려고 끙끙거리며 대답했다. "지난주 보다 날이 훨씬 더 따뜻해졌어요."

밖에서 거센 바람 한줄기가 지나갔다. 그저께 미술부의 미스터 브랜드는 동상으로 쉬었다. 캐슬린이 계속 말을 이어갔다.

"좀 이상한 것 같아요. 알다시피 미시즈 버드는 그런 문제에는 확고하시잖아요. 너무 전향적인 변화예요. 그렇게 생각하지 않아 요, 에미?"

뱃속이 뒤틀렸다. 나는 누군가 내가 한 짓을 알아낸다면 분명 캐 슬린일 것이라고 늘 생각했다. 그녀는 〈여성의 벗〉을 첫 페이지부 터 마지막 페이지까지 살살이 읽었고, 감이 압정처럼 날카로웠다. 그녀를 속여넘길 수 있으리라 생각했다니 내가 미쳤지. 사실을 털 어놓아도 될지 가늠하느라 내 머리는 미친듯이 돌아갔다. 사실대 로 말하지 않는다면 너무 끔찍할 것 같았다. 솔직히 그녀에게 모든 것을 다 털어놓고 내 편으로 끌어들여 함께 이 일을 하고 싶은 마 음이 간절했다.

하지만 그것은 정당한 처사가 아닐 것이다. 캐슬린은 내가 아는 사람들 가운데 가장 정직한 사람이었으며 '도덕심'이 몹시 투철했 다. 나는 편집국장을 사칭해왔다. 캐슬린이 이 사실을 미시즈 버드 에게 비밀로 해주리라 기대할 수 없었다.

"에미?" 점점 몸이 화끈거리고 차마 캐슬린의 눈을 똑바로 보지 못하겠는데 그녀가 다시 나를 불렀다. "솔직히, 고약하게 굴고 싶 지는 않아요. 하지만 나한테 감추고 있는 거 있죠, 그렇죠?"

그녀를 이 일에 끌어들이는 것은 생각만으로도 너무 끔찍했다.

그래서는 안 되었다.

"사실," 내가 말했다. "실은 뭔가가 있어요. 캐슬린, 비밀 지킬 수 있어요?"

캐슬린은 잔뜩 긴장한 것처럼 보였지만 마음을 굳게 먹고 고개를 끄덕였다.

나는 깊이 숨을 들이쉬었다.

"그러니까 말이에요. 내가, 음…… 요즘 미스터 콜린스의 동생 찰스와 사귀고 있어요."

그 말이 불쑥 튀어나와버렸다. 캐슬린에게 뭔가 가슴이 두근거리되 절대 나쁜 일이 아닌 내 비밀을 알려주는 것이 내가 그 순간 생각해낼 수 있는, 그녀의 관심을 다른 곳으로 돌릴 최고의 전술이었다. 물론 찰스를 이용했다는 사실에 내가 형편없는 인간이 된 것 같은 기분을 피할 수는 없었지만 말이다.

캐슬린은 잠시 멈칫하나 싶더니 두 눈을 그 어느 때보다 크게 뜨고는 간신히 속삭이듯 말했다.

"말도 안 돼!"

나는 역사상 가장 위선적인 미소를 지으며 그녀에게 고개를 끄덕여주었다. 습관적으로 우리는 미시즈 버드가 불쑥 나타날 때를 대비해 문을 힐끔 보았다. 그녀가 들어오지 않자 캐슬린은 순수한 기쁨과 심지어 그보다 더 큰 안도감에 휩싸인 표정으로 양손으로 자신의 카디건을 부여잡고는 "세상에 미스터 콜린스의 동생이라니"라거나 "이게 말이 돼요?" 같은 말을 몇 번이고 반복했다.

*

캐슬린과 나는 그후 십 분 동안 쉬지 않고 이야기를 했다. 그 십 분 동안 나는 그녀에게 찰스에 대한 모든 것을 털어놓았고 최근에 그런 비밀을 품고 있었으니 어딘지 켕기는 구석이 있는 것처럼 보였을 거라고 넌지시 말했다. 심지어 나는 진짜 숨기고 있는 주제로 다가가 그 편지들에서 어떤 점이 신경이 쓰이는지 순진한 척 물어보기까지 했다. 그러나 그녀는 그 이야기는 그만하자며 자신이 바보처럼 굴었고 아무것도 아니라고 대꾸했다. 캐슬린은 너무나 착하고 내 이야기에 흠뻑 빠져들었기 때문에 찰스를 내세운 내 평계에 완전히 넘어갔다. 나는 모르는 독자가 보낸 감사 편지에 떨듯이 기뻐한 지 단 십오 분 만에 스스로에 대한 혐오감으로 속이 쓰린 상태가 되고 말았다.

로맨스에 관한 기분좋은 수다가 되어야만 하는 그 시간을 즐기려고 애쓰는 동안 나는 스스로에게 약속했다. 다시는 몰래 편지를 잡지에 싣지 말자고 말이다.

나야 좋은 뜻으로 한 일이라지만, 이렇게 다정한 캐슬린이 나 때문에 곤란한 입장에 처할 뻔했다. 그 생각에 나는 모든 것을 중단할 수밖에 없었다. 독자들에게 답장을 쓰고 있다는 사실을 번티에게 말하지 않은 것만으로도 마음이 몹시 힘들었는데, 내가 잡지에 멋대로 충고를 싣는 것 같다는 의심을 하고도 캐슬린이 보고하지 않았다고 미시즈 버드가 오해를 한다면 정말 심각한 일이 벌어질 것이 분명했다. 캐슬린이 곤란해질지도 모르는 위험을 감수할 수는 없었다.

나는 조심하며 독자들에게 답장을 계속 쓸 것이다. 하지만 그 답변을 잡지에 싣는 문제에 관해서는, 설령 릴리언 뱅크스 같은 사람들에게 도움이 된다고 해도 각별히 조심해야만 했다.

바로 그때 쾅 하는 요란한 소리와 함께 복도 문이 활짝 열렸다. 그리고 내 추측을 증명이라도 하듯 트위드 옷을 입은 미시즈 버드가 결연한 표정으로 사무실로 들어왔다.

"나가봐야 할 것 같아요." 그녀가 알렸다. "농장 한 곳에 사고가 났거든요."

"어머, 큰일이네요." 나는 캐슬린과 함께 벌떡 일어나며 말했다.

"그 남자의 잘못이죠." 미시즈 버드가 꽤나 밝게 대꾸했다.

그 부분에 대해서는 할말이 없었기 때문에 캐슬린과 나는 굳은 표정으로 고개만 끄덕였다. 미시즈 버드가 사무실을 둘러보았다.

"나는 교외에 있다가 월요일에 돌아올 거예요. 그동안 두 사람이 충분히 업무를 처리할 수 있으리라 믿어도 되겠죠? 내가 읽어야 할 '게재 가능 사연'이 있나요, 미스 레이크?" 그녀는 릴리언의 감사 편지가 봉투째 놓여 있는 내 책상을 보며 물었다. 심장이 점점 더 빠르게 뛰기 시작했다. "지독한 악필이군." 그녀가 웅얼거렸다. "'불쾌한 사연'은 아니겠죠?"

"그럼요, 아닙니다." 나는 자신 있게 대답했다. "손금을 읽는 사람 때문에 심란해하는 부인이 보낸 아주 재미있는 편지가 한 통 있어요. 그 부인이 누구보다 도움을 필요로 해요."

미시즈 버드가 눈살을 찌푸렸다. "그러겠죠." 그녀가 말했다. "그 편지는 월요일에 보겠어요. 두 사람 다 바쁜 거 확실해요? '수다 떠는' 소리를 들은 것 같은데."

캐슬린과 나는 미시즈 버드의 추측성 발언에 상처받은 표정을 지으며 절대 아니라고 잡아뗐다.

"아주 좋아요." 미시즈 버드가 말했다. "그러면 나는 가보겠어요. 미스 나이턴, 내 서류함에 서신이 있어요. 잘 처리해줘요. 그럼 좋은 하루 보내요."

그 말을 끝으로 미시즈 버드가 사무실을 나갔다.

캐슬린의 말로 위기일발의 상황까지 가서 간이 콩알만해졌는데 미시즈 버드까지 실체를 가진 유령처럼 불쑥 나타나자 나는 숨이 꼴딱 넘어가기 직전이 되었다. 우편물을 살펴보려면 혼자만의 공간이 필요했기에 나는 비좁은 내 자리에서 빠져나와 캐슬린에게 마지막으로 활짝 미소를 지어 보이고는 복도로 얼른 피신했다.

그리고 멈춰 서서 벽에 기댄 채 눈을 꼭 감고 편지들을 가슴팍에 끌어안았다.

"뭘 훔쳐서 도망 나온 거예요?" 미스터 콜린스가 물었다. 그는 사무실 문가에 서 있었다. 다른 사람이었다면 음침하게 숨어 있었다고 표현하겠지만, 어쩐지 미스터 콜린스는 남들 눈에 수상하게 보일 멀뚱히 서 있는 모습도 자연스러웠다. 그는 스스로를 눈에 띄지 않게 만드는 기자의 재능을 타고났다.

"오, 저요? 오, 아뇨. 설마요." 나는 이렇게 얼버무리며 의심스럽기 짝이 없는 웃음을 터트렸다. "다른 이유가 있는 게 아니라 너무 바빴거든요. 할일이 너무너무 많아요." 부디 성실하게 보이기를 바라며 나는 덧붙였다.

"음, 그럼 됐고요." 미스터 콜린스가 말했다. "이해할 수 없는 이유로 우리가 바쁘다면 앞으로 한두 주 정도는 더 일할 수 있을 것도 같네요." 그가 살짝 웃는데, 자조하는 말 같았다. "사람들이 실제로 잡지를 사기 때문이라는 말은 말아요."

"음, 하지만 정말로 사는 것 같아요." 또다시 시작될지도 모르는 심문을 피해 가기 위해 내가 말했다. "아마 집시들 때문일 거예요." 내가 불쑥 덧붙였다.

"집시들?" 미스터 콜린스가 한쪽 눈썹을 치올리고는 한숨을 푹 쉬었다. "이런 질문을 한 걸 후회할 참담한 운명을 피하지 못하리라는 예감이 들지만, 집시라니 무슨 말이에요, 미스 레이크?"

미스터 콜린스는 나를 미스 레이크라고 부르는 걸 언제나 재미있어하는 것 같다.

"기자님이 쓰신 소설에 나오잖아요. 집시들. 그리고 약탈자. 숲속. 독자들은 그런 설정에 열광한답니다, 선생님."

이번 관심 돌리기 작전은 캐슬린 때에 비하면 반도 먹히지 않을 것 같아 나는 '선생님'까지 붙였다. 이런 호칭을 쓴 건 처음이었다.

미스터 콜린스가 조금 더 다가오더니 물었다. "괜찮아요, 에미?"

"그럼요." 내가 대답했다. "이 우편물을 정리하려고요. 괜찮다면 예전 기자실로 가져가려던 참이었어요. 저희 사무실은 너무 좁아서요. 가끔 그 방을 쓰지 않는 게 아깝다는 생각도 들고요. 미시즈 버드가 괜찮다고 하실지 모르겠지만요."

"안 될 이유가 없죠." 그가 말했다. "공간이 더 필요하면 아예 그곳에 자리를 만들면 어때요? 원한다면 내가 그러라고 했다고 헨리에타한테 말해요." 내가 감사인사를 하고는 캐슬린한테도 괜찮을지 물어보겠다고 하자 미스터 콜린스는 자신의 제안을 떠올리며 미소를 지었다.

캐슬린은 좋은 생각이라며 자신도 사무실을 더 넓게 쓸 수 있으면 좋겠다고 했다. 다만 미시즈 버드가 복도 맞은편에서 바로 캐슬린에게 호통을 칠 수 있는 걸 좋아해서 새 사무실까지 오려고 하지 않을 것이라고 했다. 그녀는 내가 자리를 옮기는 걸 도와주었다. 미시즈 버드가 사무실을 비웠으니 나는 마침내 캐슬린에게 카페 드 파리에서 열릴 저녁 파티에 대해 말해줄 수 있었다.

차 담당 미시즈 버셀이 언제나처럼 정시에 사무실에 들어와 자주 보기 힘든 가리발디 비스킷을 내놓으며 '빌어먹을 이탈리아 것'이라 미안하다고 사과를 했다.

"무솔리니 비스킷이 아닌 게 어디에요." 나는 그녀의 기분이 풀릴까 싶어서 이렇게 말했다. 하지만 엘리베이터로 트롤리를 밀고 가던 그녀의 입에서는 차마 글로 옮길 수 없는 말이 튀어나왔다.

"그날 뭘 입을 거예요?" 캐슬린이 이렇게 물으며 비스킷에서 건포도(두 개가 있었다)를 빼내 아주 천천히 씹었다. "이브닝드레스?"

나는 고개를 끄덕였다. "스물한 살 때 장만한 실크 드레스가 한 벌 있어요." 나는 미소를 지었다. 마치 아주 오래전 일 같았다. "그걸 입으면 될 것 같아요."

나는 버려져 있던 책상에 앉으며 몸을 돌렸다. "요즘 같은 상황에서 그 드레스가 너무 화려한 것 같기는 해요." 나는 겸연쩍은 기분에 이렇게 덧붙였다.

"어머나, 아니에요." 캐슬린이 말했다. "정말 예쁠 거예요. 그리고 에미는 거기 있는 동안 마음껏 즐겨야 해요. 어쨌든 그런 경사를 축하해주는 게 우리의 의무잖아요, 그렇죠? 나치가 이를 갈 거예요."

나는 웃음을 터트렸다. 우리가 평소처럼 수다를 떨고 있다는 사실이 좋았다. 편지에 대해 감추려고 애를 쓸 필요도 없었다.

"내가 나이트클럽에 가든 말든 히틀러가 크게 걱정할 것 같지는 않은데요." 내가 말했다. "하지만 캐슬린 말이 무슨 뜻인지는 잘 알겠어요. 토요일에 웨스트엔드를 미친듯이 휩쓸고 다니겠다고 약속해요."

나는 한 손으로 머리 뒤를 짚은 채 포즈를 잡으며 패션잡지에 나오는 마네킹 흉내를 냈다.

바로 그때 문가에서 예의바른 기침소리가 났다.

"그러고 있는 걸 보니 헨리에타는 아직 외출중인가보군요." 캐슬린과 나는 제 발 저린 표정을 지으며 벌떡 일어났다. "오, 이런. 차렷 자세로 서 있을 필요 없어요. 농담이니까. 웨스트엔드를 휩쓸고 다니겠다니 무슨 소리예요?" 그가 짐짓 '엄한 표정'을 지으며 나를 바라보았다.

"오, 정말로 휩쓸고 다니겠다는 건 아니고요." 내가 대답했다. "번티의 남자친구인 윌리엄이 결혼 전 파티 비슷한 자리를 마련해서 토요일에 우리를 초대했어요. 두 사람은 따로 약혼파티를 하지 않았거든요."

"카페 드 파리에 간대요." 캐슬린이 덧붙였다. 그녀는 요즘 들어 미스터 콜린스에게 좀더 적극적으로 말을 하게 된데다 결혼 축하 파티에 흥분해 들떠 있었다.

미스터 콜린스가 길게 휘파람을 불었다. "미스 레이크." 그가 말했다. "와우. 훌륭한 밴드. 바가지 씌운 샴페인."

그 말에 캐슬린과 나는 그대로 멈췄다. 미스터 콜린스가 댄스 밴드에 대해 알고 있다고?

미스터 콜린스가 눈을 굴렸다. "나도 그렇게 노인네는 아니에요."

"당연하죠." 나는 숨을 헉 들이쉬었고 캐슬린은 힘껏 고개를 끄덕였다.

"솔직히 상당히 젊으시죠." 내가 대꾸했다. 이 말은 확실히 과했다. 캐슬린이 내게 인상을 썼다.

"그만해요, 에미." 미스터 콜린스가 말했다. "애쓰지 말아요. 어차피 젊음이 다가 아니라고들 하잖아요. 음, 어쨌든 아주 즐거운 시간을 보내리라 믿어요. 공습이 있다고 해도 거기는 다른 어느 곳보다 안전할 거예요." 그가 덧붙였다.

"카페 드 파리에 가보셨어요, 미스터 콜린스?" 캐슬린이 물었다.

캐슬린이 춤과 음악, 드레스가 등장하는 이 이야기에 푹 빠져 있는 게 빤히 보였다. 우리와 함께 간다면 캐슬린이 얼마나 좋아할까 생각하면서 나는 앞으로는 근사한 일을 할 대단한 이유를 기다리느라 미적거리지 않겠다고 다짐했다. 보통의 파티나 정원에서 여는 생일파티로도 충분할 것이다.

나는 미스터 콜린스가 그쯤에서 대화를 끝낼 거라고 생각했다. 그런데 놀랍게도 그는 얼굴에 미소를 띤 채 팔짱을 끼고 문틀에 몸을 기댔다.

"한두 번 가봤죠, 캐슬린." 그가 대답했다. "말해두지만 최근은 아니었어요. 이러니까 내가 엄청 늙은 것 같네." 그가 한쪽 눈썹을 살짝 올렸다. "그래요. 사실 그곳이 처음 문을 열었을 즈음이었죠. 그때만 해도 나는 지금보다 훨씬 더 세련된 사람이었거든요."

캐슬린과 내가 호기심에 차 서로를 바라보았다.

미스터 콜린스가? 세련되었다고?

이런 이야기를 들을 줄이야! 우리는 좀더 듣고 싶었지만, 미스터 콜린스는 완전히 다른 시절에 대해 떠올렸던 아주 찰나 같은 순간이 지나자 몸을 세우며 조끼의 끝을 잡아당기고 "흠" 소리를 냈다.

"오래전 이야기죠." 그가 경쾌하게 말했다. "자. 두 사람은 일을 좀더 하는 편이 좋겠네요. 안 그러면 우리 모두 혼꾸멍이 날 거예요." 그가 순식간에 업무 모드로 전환했다. "에멀라인, 시간이 있으면 타자를 쳐야 할 원고가 한 무더기 있어요. 해변을 배경으로 한 이야기죠. 좀 지루하겠지만 해피엔드예요. 나는 이제부터 두 시간 정도 외출할 예정이에요. 그러니 월요일에 보겠군요. 토요일엔 즐거운 시간 보내요. 나중에 봐요, 캐슬린."

그는 몸을 돌려 나갔다가 다른 생각이 난 듯 다시 사무실로 돌아왔다.

"토요일에 조심해요. 저 위가 붐빌지도 모르니까." 그가 눈을 들어 천장을 바라보았다. 그러더니 고개를 까닥하고 떠났다.

캐슬린이 몸을 돌려 나를 보았다. "세상에." 그녀가 말했다. "내 생각에는 동생이 멀리 떨어져 있으니 대신 미스터 콜린스가 당신을 챙겨주려는 것 같아요." 그녀는 이렇게 말하며 킥킥 웃더니 긴장한 표정으로 복도를 살폈다.

"오, 말도 안 돼요." 내가 말했다. "그냥 잘 대해주려고 하시는 거예요. 캐슬린이야말로 어떻게 된 거예요. 미스터 콜린스에게 카페 드 파리에 간 적이 있느냐고 묻기까지 했잖아요."

"내가 잠시 어떻게 되었나봐요." 그녀가 한 손으로 이마를 짚으며 말했다. "무슨 생각이었는지 나도 모르겠어요." 그러더니 캐슬린이 활짝 웃었다. "하지만, 그 파티 정말 근사할 거예요, 그렇죠?"

나는 고개를 끄덕였다. 그럴 것이었다. 일터에서 발생한 돌발 상황을 처리하고 나자, 내 신경은 자연스럽게 결혼식 계획과 번티에게로 향했다. 윌리엄과의 갈등은 이번에야말로 확실하게 정리해야했다. 그러면 나머지는 다 잘될 것이다.

17장
런던에서 가장 안전하고 흥겨운 레스토랑

그리 원만한 관계가 아닌데도 토요일 야간근무를 대신해주기로
한 베라에게 나는 말할 수 없이 고마웠다. 답례로 나도 베라 대신
그날 A조의 주간근무를 해주었다. 근무를 마치면 잠시 눈을 붙였
다가 개운하게 카페 드 파리로 가고 싶었다. 소방관들은 당연히 전
용 휴게실이 있었지만 우리 여직원들은 잠시 쉬어야 할 때면 좁아
터진 뒷방을 써야 했다. 그 방에는 간이침대 두 개가 있었고, 조앤
이 기껏 가져와서는 경솔하게 밤새 목재 사물함에 넣어둔 코코아
100그램을 먹어치운 쥐들이 살았다.

　나는 주간근무가 끝나면 후다닥 집으로 돌아가 몸치장을 한 후,
술을 몇 잔 하러 집으로 올 윌리엄과 로이를 맞을 준비를 하고, 아
홉시경에 클럽에 도착하도록 시간에 맞춰 출발하기로 계획을 짰
다. 시간이 빠듯했지만 서두르면 될 것 같았다.

　토요일 아침 나는 소방서로 향했다. 윌리엄도 나처럼 근무시간

을 바꿨다고 해서 그와 이야기를 하기 위해 조금 일찍 출근했다. 소방서에 도착해보니 로이는 평소처럼 이미 출근해 펌프 차량 중 한 대의 엔진 안으로 머리를 집어넣은 채 휘파람을 불고 있었다.

"안녕하세요, 로이." 내가 소리쳤다. "우리가 함께 출 왈츠를 위해서 스텝 연습을 하시는 거예요?"

로이가 차에서 몸을 빼 일으키며 내게 유쾌하게 인사를 건넸다.

"방금은요, 진저 로저스* 씨." 그가 대꾸했다. "퀵스텝이었답니다." 그가 바보 같은 표정을 지었다.

나는 웃음을 터트렸다. "걱정 마세요, 저도 알아요. 미스터 애스테어." 그가 안심한 표정을 지었다. "성대한 파티의 밤을 위해 준비는 다 끝내셨나요?"

로이가 양팔을 내려다보았다. 두 팔 모두 팔꿈치부터 손톱 밑까지 윤활유로 뒤덮여 있었다. "몇 시간 후면 나를 알아보지도 못할 거야." 그는 차의 앞유리에 아슬아슬하게 올려둔 손목시계를 집어들며 말했다. "어이쿠, 어서 서둘러야겠어." 그가 엔진을 다시 들여다보았다. "이만하면 될 거야."

"빌도 와 있어요?" 내가 물었다.

로이가 보닛을 닫으며 고개를 저었다. "아니. 빌은 강 건너편으로 출동했어. 그쪽은 대원이 세 명인데 감독자가 필요하거든." 그가 낙담한 내 표정을 보았다. "걱정하지 마. 오늘밤은 아서 퍼브리지가 대신해주기로 했으니까. 아서는 바이올렛한테서 벗어날 수

---

* 진저 로저스와 프레드 애스테어는 뮤지컬 영화에서 파트너로 출연해 왈츠를 추었던 배우다.

있어서 좋아할 거야. 얼마나 수다스러운지."

나는 억지로 웃음을 지은 후 위층으로 발길을 옮겼다. 이제는 오늘밤에 윌리엄을 만날 때까지 기다리는 것 외에 할 수 있는 일이 없었다. 나는 들뜬 분위기와 샴페인의 도움을 받을 수 있으리라 마음을 다잡았다. 내가 얼마나 바보였는지 말하고, 그에게서 우리가 여전히 평생 친구라는 장담을 받아낼 것이다. 그동안의 일에도 불구하고 나는 자신 있었다. 이렇게 특별한 날에 어떻게 우리가 화해를 못하겠는가?

*

낮 동안 신고 전화기는 잠잠했고, 데이비스 대장님은 오후에 순서대로 휴식을 취하도록 배려해주었다. 하지만 나는 정시에 퇴근하지 못할까봐 조마조마했다. 마침내 야간근무를 위해 메리가 도착하고 그 뒤를 이어 B조의 소방대원들까지 도착해 내게 온갖 농담과 '로이에게 살살하라'는 짓궂은 경고를 잔뜩 건넬 즈음에야 마음이 놓였다.

반년 전이라면 그런 말에 얼굴을 붉혔을지도 몰랐다. 하지만 이제는 그들에게 익숙해져서 잠시 귓등으로 듣고 있다가 내가 불에 주전자를 올리는 걸 잊기를 바라는지 물어볼 정도가 되었다. 모두 기운이 펄펄 넘쳤다. 나는 여섯시가 지날 때까지 조앤이 출근하지 않았다는 사실을 알아차리지 못했다. 게다가 베라와 그녀의 친구인 모까지 코빼기도 비치지 않았다. 모는 셀마와 근무시간을 바꿔서 베라와 같은 시간에 근무를 하도록 조정했다. 데이비스 대장님이 사무실에서 나와 우리 방을 재빨리 훑어보고는 인상을 썼다.

"미시즈 노스가 아프다는군." 그가 말했다. 미시즈 노스는 조앤이었다. "방금 연락이 왔어. 다른 사람들은 어디에 있나?"

교대를 빠지는 건 성실하지 않은 행동일 뿐이지만, 소방서에 대체 인원을 찾을 시간을 주지 않는 건 용서할 수 없는 일이었다. 그런데도 결근한 것을 보면 조앤은 몸이 많이 아픈 것 같았다.

"조앤을 대체할 직원을 찾도록 전화를 돌려볼까요, 대장님?" 내가 물었다.

"그래주게." 대답하는 대장님의 어조에서 불안해하는 기색이 느껴졌다. "지금 당장 하게. 오늘밤은 맑아서 바쁠 것 같으니까."

"네, 대장님." 나는 얼른 대답한 후 게시판으로 다가가, 집이나 이웃에 전화기가 있는 사람들의 전화번호 목록을 뗐다. 일단 조슬린 데릭부터 시작했다. 그녀는 마음씨가 좋은 사람이라 선뜻 와줄지도 몰랐다.

전화를 막 거는데 베라의 친구 모가 상황실로 후다닥 들어오다가, 자신의 자리 옆에 데이비스 대장님이 팔짱을 낀 채 서 있는 모습을 보고 우뚝 멈춰 섰다.

"정말 죄송해요, 대장님. 버스가 계속 말썽을 부리네요." 모가 변명을 했다.

적어도 소방서 출근에 관한 한, 버스는 거의 영구적으로 모를 괴롭히며 말썽을 부리는 듯했다.

"알겠네." 데이비스 대장님이 유독 아무 감정을 드러내지 않으며 대답했다. "혹시 미스 우즈도 비슷한 말썽에 휘말린 걸까?"

"오, 아니에요, 대장님." 아마추어 연극배우인 모가 얼른 대답했다. "베라가 살짝 늦을 것 같아요. 몸이 안 좋거든요." 모는 병이 위중하다고 강조하려는 듯 목소리를 잔뜩 낮췄다.

"알려줘서 고맙네." 데이비스 대장님이 심드렁하게 대꾸했다.

"베라의 어머니에게 전화를 걸어보겠습니다." 모가 작은 목소리로 말했다.

"그렇게 하게." 대장님은 이렇게 말하고는 마지막으로 우리를 힐끔 보고는 상황실을 나갔다.

조슬린이 전화를 받지 않았다. 나는 명단에 있는 다음 번호로 전화를 걸면서 모의 통화 내용에 귀를 쫑긋 세웠다.

"큰일났어, 베라. 대장님이 저기압이셔." 모가 속삭였다. 그녀의 얼굴에 먹구름이 끼었다. "오, 마음대로 해." 모는 이렇게 말하고 큰 소리로 혀를 차며 수화기를 내려놓았다.

"최선을 다해서 가능한 한 빨리 오도록 해보겠대." 모는 이렇게 말한 후 최대한 엄숙한 표정을 지으며 이 소식을 데이비스 대장님에게 전하기 위해 재빨리 사무실을 나갔다.

이곳을 단 두 명에게만 맡겨두고는 차마 발길이 떨어지지 않았다. 근무를 빠진 조앤을 대체할 사람을 어서 찾아내는 것 외에는 방법이 없었다. 나는 번티에게 전화를 걸어 상황을 알렸다.

"아, 이런. 할 수 없지, 괜찮아." 번티는 마음을 다잡고 실망스러운 기색을 용케 드러내지 않은 채 대답했다. "네 옷이랑 필요한 물건들을 가방에 따로 챙겨놓을게. 시간이 아슬아슬하면 로이가 가방을 거기로 가져다주면 되니까 두 사람은 거기서 곧장 와."

"꼭 갈게, 번티." 내가 약속했다. "무슨 일이 있어도 그 파티는 절대 놓치지 않을 거라는 거 알지?"

"걱정 마, 엠." 번티가 말했다. "이제 끊어야겠어. 머리를 말던 중이라 엉망진창이야. 이따 보자. 혹시 공습이 시작되면 절대 무모한 짓은 하지 마, 알겠지?"

"알았어." 말은 이렇게 해도 필요하다면 친구의 당부를 무시할 작정이었다. 시계를 보고 다시 조슬린에게 전화를 걸기 위해 수화기를 집어들었다.

이번에는 운이 좋았다. 마음씨 착한 조슬린은 막 외출을 했다가 돌아왔지만 최대한 빨리 나오겠다고 말했다. 최고의 희소식이었다. 이제 베라만 도착해주면 나는 자유였다.

하지만 베라는 좀처럼 서둘러 오지 않았다. 사실 나는 베라가 눈곱만큼도 서두르지 않으리라 믿어 의심치 않았다.

여덟시를 십오 분 앞둔 시각, 베라는 여전히 올 기미가 없었다. 조슬린이 다급하게 도착했다. 그리고 잠시 후 아래층에서 남자 대원들의 왁자지껄한 환호를 꼬리처럼 달고 오늘밤 내 파트너가 상황실로 들어왔다.

"여러분, 안녕." 로이가 말했다. "미스 레이크에게 옷 배달 왔습니다." 그는 번티가 챙겨준 가방을 흔들었다.

"어머나." 모두가 우리를 쳐다보는 와중에 메리가 말했다.

로이가 자신에게 쏠린 시선을 알아차리고 고개를 살짝 숙여 인사를 했다. 그는 정말 근사했다. 제복은 꼼꼼하게 김을 쐬어 다림질을 했고 가지런히 늘어선 단추들은 평소보다 훨씬 더 공을 들여 손질해 광이 났다. 로이는 최고로 잘생겨 보일 수 있게 '브릴로' 수세미로 얼굴을 벅벅 문질러 닦은 것 같았다. 머리에 '브릴크림'을 잔뜩 바른 그에게서 번쩍번쩍 빛이 날 정도였다.

조슬린이 감탄의 휘파람을 크게 불었다. 아마 그녀는 그런 휘파람을 자주 부는 것 같았다. "때를 박박 밀었나봐?" 그녀가 환하게 웃었다.

"확실히 그런가봐요." 그가 내게 가방을 건넬 때 내가 대꾸했다. "정말 고마워요, 로이. 오늘 정말 근사해요."

나보단 윌리엄과 소방대를 위한 마음이 더 컸으리라 짐작했지만, 이 정도로 애를 써줘서 감동받았다. 오늘밤 열릴 파티에 참석할 남자들 가운데 다수는 군복을 입고 있을 것이다. 로이를 보니 소방대의 명예는 절대 실추되지 않으리라는 생각이 들었다.

"서둘러요, 신데렐라." 로이가 말했다. 그는 전혀 요정 같지 않은 요정 대모였다. "어서 누더기 옷을 입어요. 그러면 우리는 출발할 수 있으니까."

나는 고마운 마음을 담아 미소를 지었고 얼른 여자 화장실로 향했다. 최대한 빨리 제복을 벗었다. 머리가 엉망이었지만 번티가 챙겨준 실핀과 모조 다이아몬드 머리핀으로 틀어올려 고정하니 그리 흉하지 않게 정돈이 되었다.

세면대 위에 달린 작은 거울로 재빨리 매무새를 확인해보니, 보는 이의 시선을 한몸에 받을 정도는 아니어도 그리 나쁘지 않은 것 같았다. 나는 재빨리 이를 닦은 후 두툼한 근무용 스타킹을 벗은 다음, 서두르다가 손톱에 올이 나가지 않도록 조심하면서 귀한 '외출용' 스타킹으로 갈아 신었다. 그리고 내가 가진 가장 좋은 드레스를 머리부터 집어넣어 입었다. 긴장해서 떨리는 손가락으로 이브닝슈즈의 버클을 채웠고 그곳에 가면 더 예뻐 보이라고 립스틱도 발랐다. 마침내 준비가 끝났다. 이 모든 치장을 단 삼 분 만에 마쳤다.

"와우, 여러분, 이 여성분은 누구예요?" 내가 상황실로 돌아가자 로이가 감탄했다. 정말 상냥한 마음씀씀이였다. 메리와 조슬린도 그와 함께 감탄을 쏟아냈다.

다른 동료들이 모두 제복을 입고 있는데 혼자만 바닥까지 치렁치렁 내려온 이브닝드레스를 입고 댄스용 구두를 신은 채 내 자리 옆에 서 있으니 어딘지 어색했지만 동시에 기대감으로 가슴이 두근거렸다. 로이에게는 미안한 일이지만 나는 그곳에 서 있는 남자가 찰스면 좋겠다는 생각을 했다. 그가 검은색 나비넥타이를 매거나 예복을 입으면 정말 근사해 보일 것 같았기 때문이다. 그럼에도 로이가 동행해주는 것에 나는 정말 감사했다. 이제 카페로 가서 윌리엄과 말끔히 화해하고 내 최고의 친구와 윌리엄과 로이와 함께 경사를 축하하며 즐거운 시간을 보내고 싶은 마음밖에 없었다.

바로 그때 사이렌이 울렸다. 심장이 철렁 내려앉았다.

"걱정 마." 끝까지 절대 포기하지 않을 조슬린이 말했다. "여기는 아무 문제 없을 거야. 베라도 십 분 후면 올 거고. 우리끼리 그때까지 버틸 수 있어, 그렇지? 얘들아?"

나는 베라는 눈곱만큼도 믿지 않았다. 공습이 시작된다면 그녀가 도착할 때까지 절대 떠나지 않을 작정이었다.

"나는 상관없어요." 내가 말했다. "베라가 여기 도착할 때까지 기다릴 거예요. 로이, 괜찮죠?"

로이도 나와 같은 생각이었다. 그는 그때까지 대원들을 도울 만한 일이 있는지 가서 알아보겠다고 말했다.

몇 분도 채 지나지 않아 하늘에서 적군 폭격기의 웅웅거리는 소리가 들리기 시작했다. 아름다운 머리핀으로 손질한 머리에 헬멧을 쓰자마자 '고성능 폭약'이 상당한 피해를 일으키고 있다는 전화가 평소처럼 밀려들어왔다. 우리 머리 바로 위에서도 사격이 시작됐다.

아홉시 이십오분, 마침내 베라가 사무실로 뛰어들어왔다. 흉막염에 걸린 것 같다는 변명이 무색할 만큼 그녀는 내가 본 사람 중 가장 건강해 보였다. 베라는 장장 세 시간 하고도 삼십 분을 늦었다.

내가 자리에서 벌떡 일어나 코트를 집어드는 순간 데이비스 대장님이 금방이라도 불호령을 내릴 것 같은 얼굴로 나타났다.

"미스 레이크, 소방관 호지스와 함께 어서 가보게. 미스 우즈. 내 사무실에서 이야기 좀 하지. 지금 당장!"

베라를 노려보지 않기 위해서는 꽤나 인내심이 필요했다. 하지만 그런 어리석은 짓을 하고 있을 여유가 없었다. 로이는 언제라도 뛰어나갈 준비가 되어 있었다. 서둘러 동료들에게 작별인사를 한 후 우리는 소방서를 나와 컴컴한 길거리로 달려나갔다. 머리 위로 폭격기가 날고 총소리가 빗발치는 가운데 우리 두 사람은 지독한 공습 현장으로 변한 곳으로 향했다.

동쪽을 보니 하늘은 이미 분홍색으로 물들어 있었다. 이윽고 불이 활활 타오르면 저 하늘은 주황색과 붉은색으로 변해가리라. 지금 달은 독일 공군을 위해 런던을 환히 비춰주고 있었고 적들은 그 이점을 충분히 활용하는 중이었다. 소방서 밖에서 들리는 독일 폭격기의 윙윙 소리는 더 육중했고 우리의 숨통을 더욱 거세게 조여오는 것 같았다. 마치 괴물이 자신의 친구들을 부르는 소리 같았다. 실제로 그것들은 괴물이었다.

나는 한 손으로 손전등을 움켜쥐고 다른 손으로는 로이의 팔을 잡았다. 택시가 잘 잡힐 것 같지 않았다. 하지만 이 근처에서는 상황이 어지간히 지독하지 않은 한 택시가 계속 다녔기 때문에 희망을 버리지 않았다.

마침내 택시 한 대가 나타났다. 가여울 정도로 작은 빛줄기 하나를 헤드라이트 삼아 기어가듯 달리고 있었다.

"택시!" 로이와 내가 동시에 외치며 택시를 향해 달려갔다. 이윽고 택시가 속도를 줄이는 모습을 보자 우리는 마음이 한결 가벼워졌다.

"코번트리 스트리트까지 가줄 수 있어요?" 로이가 열어놓은 창문으로 말했다. 기사가 인상을 썼다. 그곳은 웨스트엔드 한가운데였다.

"미안합니다, 손님." 그가 말했다. "오늘밤 거기는 최악이에요. 내가 손님이라면 번화가로는 안 갈 겁니다. 오늘 같은 밤은 집에 있는 게 제일 좋아요." 그가 로이에게 눈을 찡긋하더니 다시 출발하려 했다. 로이는 그 말을 무시한 채 몸을 앞으로 더 숙였다.

"거기까지 가주면 정말 고마울 겁니다. 우리는 소방대예요." 택시기사가 제복과 배지를 알아보지 못할까봐 로이가 덧붙였다. 기사는 눈을 흘겼지만 로이의 발을 밟고 지나가지 않고 핸드브레이크를 걸었다. 로이가 설득을 이어가는데 그가 전쟁이 끝난 후 백과사전을 팔아 한 재산 잡을 수 있겠다는 생각이 절로 들었다.

"있잖아요. 우리 대원 한 명이 다음주에 결혼식을 올려요. 이분은 '신부 들러리'고 나는 '신랑 들러리'죠. 보통은 이런 부탁을 하지 않아요. 하지만⋯⋯"

이렇게 우물쭈물하는 동안 폭격을 맞을지도 모른다는 말을 하려는 찰나, 택시기사가 마음을 바꿨는지 한번 가보겠다며 턱짓으로 어서 타라고 했다. 그는 부두가 직격탄을 맞았을 때 엄청난 광경이 펼쳐졌던 라임하우스에서 소방관으로 일하고 있는 사촌 이야기를 시작했다.

로이가 지지 않을 기세로 기사와의 대화에 푹 빠져들자 나는 의자에 등을 기댔다. 우리는 운이 좋았고 운이 계속 따라준다면 열시 직후에 번티와 윌리엄 곁에 있을 것이다.

전쟁이 터지기 전에는, 기분을 내고 싶어서 택시를 잡아타도 핌리코에서 피커딜리서커스까지 요금이 그리 비싸지 않았다. 하지만 바리케이드가 쳐져 있고 공습이 벌어지고 정전까지 더해지면 어디를 가든 평소보다 세 배는 돌아가야 했다. 목적지로 가는 길목에 폭탄이 떨어진다면 그마저도 장담할 수가 없었다. 일단 택시에 올라타고 나면, 대책 없이 달관한 사람이 되어 언젠가는 목적지에 도착할 것이라는 희망을 갖는 것 외에는 할 수 있는 일이 아무것도 없었다. 런던의 택시기사들은 어찌나 뚝심이 있는지 받을 요금이 있으면 하늘에서 폭탄이 쏟아져도 일단 계속 가고 보았다. 그들 중 누구와 이야기를 나눠보더라도, 지난 몇 달 동안은 그렇게 하지 않았다간 죽치고 앉아 차를 마시다 빈털터리로 집에 돌아가게 되었으리란 걸 알게 될 것이다.

오늘밤 우리는 주위에서 들려오는 끔찍한 굉음에도 불구하고 잘 나아가고 있었다. 폭탄이 쉴새없이 떨어졌다. 저 앞쪽에서 거대한 섬광이 번쩍하자마자 다른 곳에서 굉음이 울려 우리의 집중력을 흩트렸다. 작년 이맘때 이후로 예전 모습을 알아볼 수도 없게 된

경로들을 포기하고, 구멍이 푹푹 팬 길을 기듯이 달리다 앞차에 막혀 멈춰 섰다 느닷없이 달리기를 반복하는 동안 억지로라도 유쾌한 척하며 나누던 대화도 어느새 사라지고 말았다. 때때로 우리는 가게나 사무실이 폭탄에 날아가버린 자리에 새로 세운 바리케이드 때문에 유턴을 해야 했다.

나는 몇 주 동안 이렇게 폭격이 심한 날은 절대 외출하지 않았다. 이번 공습은 번티와 찰스와 함께 극장에 간 날과는 차원이 달랐다. 이런 밤에 웨스트엔드로 외출하는 것은 결코 좋은 생각이라고 할 수 없었지만 무슨 일이 있어도 그 파티만큼은 놓치지 않을 작정이었다. 나는 말없이 앉아서 밖에서 들리는 소리에 움찔하지 않으려고 마음을 다잡았다.

우리를 태운 택시가 하이드파크코너역으로 향했다. 그곳에서 피커딜리를 거쳐 코번트리 스트리트와 카페 드 파리에 닿을 수 있기를 바랐다. 우리는 아무 일 없이 괜찮은 척했지만 폭탄이 떨어지는 무시무시한 윙윙 소리를 못 들은 척하기는 불가능했다. 눈 깜짝할 사이에 도로 전체가 흔들리더니 택시가 통째로 튀어나갈 것처럼 풀쩍 뛰었다.

우리를 태운 택시는 그린파크를 코앞에 두고 멈췄다.

"미안합니다. 하지만 점점 심해지네요." 택시기사가 로이에게 말했다. "도착하긴 힘들겠어요. 대신 어디든 집에라도 태워드릴까요?"

내게 한 질문도 아닌데 나는 고개를 세차게 가로저었다.

"괜찮습니다." 로이가 지갑을 꺼내려고 주머니에 손을 넣으며 대답했다. "여기까지 태워주셔서 감사합니다."

나도 감사인사를 건넸다. 기사가 무사히 돌아가기를 마음속으로 빌며 차에서 내릴 채비를 했다.

차문을 열자마자 타는 냄새가 코를 찔렀다. 두 거리쯤 떨어진 곳에서 웅성거리는 소리가 그 냄새를 뒷받침해주었다. 누군가 총에 맞았다. 총성에 귀가 먹을 것 같았다. 우리 머리 바로 위에서도 전투가 벌어지고 있었다.

"손님 배짱이 대단하네요." 기사가 소음에 말소리가 묻히지 않도록 로이에게 크게 외치는 게 들렸다. "여자친구를 잘 지켜줘요."

로이가 웃음을 터트리며 감사인사를 건네고 그러겠다고 외쳤다. 이윽고 그가 기사에게 손을 흔들어주더니 내 팔을 잡았다.

"어서 가자, 에미." 그는 내게 괜찮은지 물어볼 필요도 없다는 사실을 알기에 이렇게 소리쳤다. "일단 카페까지 가면 거기는 안전할 거야."

"알아요." 나도 같이 소리쳤다. "런던에서 가장 안전하고 흥겨운 레스토랑이니까." 나는 런던의 잡지마다 실려 있는 카페 드 파리의 광고 문구를 인용해 대답했다.

"하늘에서 폭탄이 쏟아져도. 지상에서 6미터 아래니까!" 로이가 마무리를 지었다. 다음 순간 그는 고개를 들어 거대한 조명탄이 도시를 환히 밝히고 있는 하늘을 보았다. "젠장." 그가 내게 말하기보단 혼잣말을 하듯 툭 뱉었다. "저 자식들은 자기들이 무슨 짓을 하고 있는지 두 눈으로 똑똑히 볼 수 있겠군."

우리 중 누구도 내달리기 위해 격려가 필요하지 않았다. 공습중에도 외출을 하다보면 이런 상황도 익숙해진다. 하지만 이번 공습에는 유난히 마음이 흔들렸다. 이브닝슈즈는 이런 상황에 도움이 되지 않았다. 소방서로 돌아가 내 브로그구두를 신을 수만 있다면 무슨 짓이든 할 수 있을 것 같았다. 하지만 지금은 한 손으로 드레스 자락을 잡아 들고 다른 손으로 로이의 팔을 꼭 잡은 채 성큼성큼 달려가는 로이를 따라 달릴 수밖에 없었다.

독일군은 신나는 밤을 보내는 중이었다. 영국군 기관총 사수들이 전력을 다해 대응사격을 했지만 독일군의 폭탄이 윙윙거리며 투하되는 소리는 멈추지 않았다. 로이와 나는 상황이 점점 안 좋아지고 있다는 사실을 알았다. 막 달리기 시작했을 때만 해도 로이는 상가를 지나며 농담을 했다. "경마장에 가져갈 소풍 바구니 안 필요해요?" 포트넘 매장을 지나가는데 로이가 소리쳤다. "두 개 주세요!" 농담이라도 하듯 내가 되받아쳤다. 하지만 그런 분위기도 오래가지 않았다. 피커딜리서커스에 도착할 즈음 우스갯소리는 자취를 감추었다. 내 하이힐에도 불구하고 우리는 상당한 속도로 달렸다.

"새 크리켓 배트 갖고 싶지 않아요?" 운동용품을 파는 릴리화이츠를 지나칠 즈음 거의 다 왔다는 사실에 안도감을 느끼며 나는 로이에게 소리쳤다. 릴리화이츠의 쇼윈도는 깜깜했지만 여전히 걸려있는 광고판이 온갖 군복과 제복을 판매한다고 알리고 있었다.

로이가 멈춰 섰다. 폭탄이 떨어질 때 들리는 귀를 찢을 듯한 윙윙 소리가 바로 우리 머리 위에서 들렸다. 시시한 농담으로 그 소리를 무시할 엄두조차 나지 않았다. 이번 폭탄은 지척에 떨어질 것이 분명했다.

로이가 잠겨 있는 릴리화이츠의 문으로 나를 끌어당겼다. 우리는 곧이어 닥칠 폭발에 마음의 준비를 한 채 꼭 안았다. 나는 로이의 제복에 얼굴을 파묻었다. 그가 광이 날 때까지 열심히 닦은 은단추 하나에 내 얼굴이 눌렸다. 코번트리 스트리트와 안전한 카페 드 파리가 바로 코앞이었다.

나는 마지막 순간에 눈을 감았다고 말하는 것이 조금도 수치스럽지 않다. 하지만 그렇게 힘주어 눈을 꼭 감았는데도 지독한 섬광이 망막에 비치는 것을 막을 수는 없었다.

로이는 위험 따위는 개의치 않고 자신의 몸을 방패삼아 나를 문으로 바짝 밀어붙였다. 나도 곧 들이닥칠 폭발의 충격파가 그를 비켜가도록 그를 있는 힘껏 끌어당겼다.

우리는 서로에게 매달리듯 부둥켜안았다. 폭탄이 우리 중 누군가를 데려갈 작정이라면 우리 둘 다 데려가야 할 터였다.

마침내 폭탄이 떨어지자 굉음에 고막이 터질 것 같았고, 우리 주위의 모든 것이 토대까지 뒤흔들리고 내장이 뒤집히는 것만 같았다.

하지만 우리는 목숨을 건졌다. 우리는 직격탄을 맞지 않았다.

나는 고개를 들었다. 로이는 여전히 나를 살리기 위해 꼭 안고 있기는 했지만 반쯤 고개를 돌려 어깨 너머로 피커딜리서커스를 보고 있었다. 로이는 병원이나 학교 같은 곳이 폭격을 당해 참혹한 현장으로 출동할 때 소방대원들이 짓던 바로 그 표정을 짓고 있었다. 다만 이 상황은 적어도 우리에겐 훨씬 더 끔찍하게 느껴졌다.

나는 그가 어디를 보는지 알아차렸다. 폭탄이 떨어진 곳은 코번트리 스트리트였다.

그 순간 우리는 달리기 시작했다.

18장
누군가 손전등을 비췄다

등화관제중이었지만 하늘이 어찌나 환한지 길이 너무 잘 보였다. 우리는 손을 꼭 잡고 폭탄이 떨어진 곳을 향해 전속력으로 달려갔다. 로이가 나를 거의 끌다시피 했지만 나는 학창시절부터 달리기에는 자신이 있었기에 하이힐을 신었다거나 움직이기 불편한 바보 같은 드레스를 입었다는 사실도 잊은 채 그를 따라갈 수 있었다. 하지만 카페 드 파리 근처에 가까워지자 속도를 늦춰야 했다. 이미 몰려들기 시작한 사람들을 헤치고 지나가기가 쉽지 않았다. 무슨 수를 써서라도 그곳에 들어가야 했기에 우리는 사람들을 마구 밀치며 앞으로 나아갔다.

나는 우리 짐작이 틀렸을 거라고 계속 중얼거렸다. 건물 밖에서는 아무것도 단언할 수 없다고. 주변 건물들의 창문이 전부 깨져 거리에는 유릿조각들이 나뒹굴고 있지만 우리가 과잉반응을 해 선부른 판단을 내렸을 수도 있다고. 물론 다른 사람들이 보기에는 너무 무시무시한 광경일지라도 번티와 빌이 무사하다는 사실을 우리는 안다고.

그것은 나의 바람이었다.

나는 카페의 정문을 간신히 알아보았다. 이중문은 더이상 남아 있지 않았다. 누군가 들어갈 길을 내기 위해 남아 있는 암막 커튼을 잡아 뜯으려고 애쓰는 중이었다. 충격을 받고, 부상을 입고, 옷차림이며 머리가 엉망이 된 사람들이 서로 부축하거나 바깥에 있던 사람들의 도움을 받아 쏟아져나왔다.

"소방관입니다." 로이가 소리쳤다. "지나가겠습니다." 그는 좀더 잘 보려고 앞을 가로막고 선 덩치 큰 남자를 옆으로 밀쳤다. 그러다가 내 손을 놓쳤다. 로이가 나를 찾아 뒤를 돌아보았다.

"먼저 가요." 내가 그에게 소리쳤다. "뒤따라갈게요." 그가 고개를 끄덕이더니 안쪽으로 사라졌다.

나는 그 뚱뚱한 남자의 코트에 대고 지나가게 해달라고 소리치며 뒤따라가려 했지만 군중 사이로 뚫린 길은 금세 사라졌고 내 힘으로는 그들을 밀치고 지나갈 수 없었다. 안으로 들어가려는 사람들이 밖으로 나오려는 사람들의 앞을 가로막는 형국이었다. 누군가 "사람들이 지나가게 비켜서세요" 하고 외쳤다. 우리 머리 위로는 여전히 비행기가 으르렁거리며 날아다녔고 기관총소리가 요란했다.

나는 사람들을 밀치는 것을 멈추고 잠시 서서 까치발을 했다. 약간 체격이 좋은 회색 옷의 남자가 반쯤은 안고 반쯤은 질질 끌다시피 하며 카페에서 여자를 데리고 나오고 있었다. 그 여자도 완전히 회색이었다. 그런데 다시 보니 그들의 옷이 회색이 아니라 머리며 얼굴이며 온몸이 잿더미에 푹 빠졌다 나온 것처럼 회색 먼지로 뒤덮여 있었다.

누군가 그들에게 손전등을 비추었고 여자는 울부짖으며 손으로 얼굴을 가리다가 손이 닿자마자 움찔했다. 이마에 난 커다란 상처에서 피가 흐르고 있었다. 무채색 광경 속에서 선명하게 도드라진 붉은색이 무엇보다 끔찍했다.

내 친구들이 저기에 있었다. 번티가 저 여자처럼 다쳤으면 어쩌지?

"지나가게 비켜주세요!" 나는 뱃속 깊은 곳에서 소리를 끌어올려 비명을 지르듯 고함쳤다. 나를 가로막고 있는 코트를 주먹으로 마구 쳤다. 로이는 그들을 지나갔는데 나는 옴짝달싹도 할 수 없었다. 그가 나보다 덩치가 더 크고 힘이 센데다. 훈련을 받았다는 것, 자신이 할 일을 잘 안다는 것, 도움을 줄 수 있다는 것을 보여주는 제복을 입었다는 이유만으로 말이다. 그런 건 중요하지 않았다. 모든 것에 대한 두려움에 사로잡힌 나는 부당한 대우를 받고 있다는 생각에 분노로 활활 타올랐다. 로이가 윌리엄의 친구라면 번티는 내 친구다. 그녀를 찾아내는 건 내 일이고, 안전한지 확인하는 것도 내 일이었다. 나는 구경꾼이 될 수 없었다.

나는 계속 사람들을 밀쳤고 이번에는 좀더 권위를 실어 다시 소리쳤다. 여전히 효과가 없었다. 나는 더 세게 사람들을 밀어냈다.

누군가 내 팔을 잡았다. 나는 누구인지 돌아보지도 않고 그 손을 뿌리치려고만 했다. 그런데 어디서 들은 적이 있는 남자 목소리가 자꾸 내 이름을 불렀다.

"에미. 에멀라인. 에멀라인…… 미스 레이크."

나는 고개를 돌렸지만 갈피를 잡을 수가 없었다. 내 마음은 어느새 건물 안으로 들어가 번티를 찾고 있었다.

"에미." 그 목소리가 다시 들렸다. "나예요."

미스터 콜린스가 내 어깨를 단단히 잡고 내가 가야만 하는 방향과 반대로 나를 끌어당겼다.

"에미, 하느님 감사합니다." 그가 말했다. "당신이 저 안에 있는 줄 알았어요. 나는 화재감시중이었어요. 내 친구의 레스토랑에서요." 그가 말을 멈췄다. "당신 친구들은 어디에 있어요? 미스 태비스톡은?"

"안으로 들어가야 해요." 반쯤은 미스터 콜린스에게, 반쯤은 나 자신에게 말을 하며 그를 뿌리치고 다시 사람들을 마구 밀쳐낸 덕분에 간신히 문 쪽으로 두 걸음 정도 더 다가갔다. 그때 구조대인 듯한 사람들이 길을 트며 일부는 카페 안으로 모습을 감추었고 일부는 최대한 문으로 다가가 회색 먼지를 뒤집어쓴 채 빠져나오려고 애쓰는 사람들을 도와주기 시작했다.

"이봐요." 내 길을 가로막고 있던 공습감시원이 말했다. "이제 저기로 들어갈 필요가 없어요."

"나를 들여보내주세요." 나는 그를 노려보며 말했다.

그 공습감시원은 내가 입고 있는 일반 코트와 그 아래로 보이는 실크 드레스 자락, 이 상황에서 너무 바보 같아 보이는 모조 보석 머리핀을 가만히 바라보았다. 그는 내가 취했거나 이 지역의 길거리를 전전하면서 약탈할 기회를 엿보는 여자들 가운데 하나라고 생각하는 것 같았다.

"어서 돌아가요." 그가 말했다. 내가 마구 따졌지만 그는 꿈쩍도

하지 않았다.

"맙소사, 이봐요. 내 아내를 들여보내줘요."

어느새 내 곁으로 온 미스터 콜린스가 그 어느 때보다 고압적인 목소리로 명령을 내렸다.

"내 아내는 간호사라고요, 이 답답한 양반아. 우리를 들여보내 줘요."

그는 감시원에게 신분증을 재빨리 흔들어 보였다.

"닥터 리처드 그린이오." 미스터 콜린스는 신분증을 코트 주머니에 쑤셔넣으며 말했다. "자 어서 비켜요. 그래야 놈들이 우리에게 또 폭탄을 떨어트리기 전에 이 사람들을 도울 수 있지 않겠소."

공습감시원이 망설이자 나는 운에 맡기기로 했다. 그 감시원을 무시하고는 고집스러운 표정을 짓고 있는 미스터 콜린스가 순한 양처럼 보일 만큼 살벌한 표정을 지으며 두 주먹을 이용해 사람들을 밀치며 앞으로 갔다.

충격을 받고 부상을 당한 사람들이 계속 거리로 뛰쳐나오고 있었는데 나는 그들을 그냥 지나쳤다. 나중에 가서야 그런 행동이, 돕고 싶은 사람을 내가 선택했다는 사실이 얼마나 이기적이었는지 깨달았다. 하지만 그 순간 내 머릿속에는 번티를 찾아야 한다는 일념밖에 없었다.

카페 안이 칠흑처럼 어두워서 나는 손전등을 꺼내려고 코트 주머니에 손을 더듬더듬 집어넣었다. 안으로 들어오자마자 분노는 휘발되어버렸다. 번티와 빌을 찾아야 한다는 생각만 남고 모두 사라졌다. 심장은 그 어느 때보다 빨리 뛰었지만 나는 단 하나의 목적의식과 침착함으로 마음을 무장했다.

공기 중에 연기와 먼지가 꽉 차 있어서 안으로 들어가자마자 기침이 나왔다. 손으로 입을 막은 채 소방서에서 받은 훈련을 간신히 떠올렸다. 그곳에서는 행정직이라도 폭격을 당할 때를 대비해 대처법을 배웠다.

화상보다 질식으로 죽는 사람이 더 많다.

침착하라.

코로 숨을 쉬고 입으로 숨을 크게 들이쉬지 마라.

나는 손전등으로 앞을 비추며 건물 잔해를 피해 계단을 조금 내려갔다. 손전등의 작은 빛기둥에 네 명이 한 줄로 늘어서 다가오는 모습이 보였다. 그들은 서로가 서로를 붙잡아 인간 기차를 만든 채 출구로 올라오는 중이었다. 그들은 다른 사람들과 달리 회색이 아니었다. 폭발로 인해 검은색이었다. 남자 한 명은 울고 있었다. 그가 입고 있었을 정장 재킷이 폭탄의 충격으로 날아가버린 줄 알았는데, 함께 올라오는 여성의 어깨에 둘려 있었다. 그녀의 드레스는 너덜너덜했다. 아무도 달려가거나 소리를 지르지 않았다.

미스터 콜린스가 내 뒤에 바짝 붙어서 내 어깨 위로 손전등을 들고 우리 주위를 비춰주고 있었다.

"에미." 그가 나를 불렀다. "친구들이 춤을 추고 있었을 것 같아요? 아님 아래층에 있었을 것 같아요?"

내가 알 리가 없었다. 댄스 플로어와 위쪽 발코니 중 어디에 테이블을 잡을지, 어느 쪽이 밴드가 가장 잘 보일지를 놓고 번티와 이야기를 나눈 적은 있었다. 그렇게 가장 시시한 대화들이 세상에서 가장 중요한 일이 되기도 하는 법이다.

나는 번티가 아래층을 이야기했던 기억이 났다. 아래층에 있으리라 거의 확신했다.

나는 내 왼쪽으로 발코니를 따라 손전등을 비췄다.

계단에서부터 이어져 있는 난간이 새까만 감초사탕 가락처럼 뒤틀리고 짓이겨져 있었다. 그리고 아무것도 없었다. 그곳에 더이상 발코니는 없었다.

나는 미스터 콜린스를 향해 대답한다기보다 스스로를 다잡기 위해 고개를 끄덕였다. 그리고 난간을 꼭 붙잡은 채 계단을 내려갔다. 발을 내디딜 때마다 깨진 유리가 굽에 밟혔다.

"번티." 내가 소리쳐 불렀다. "번티, 나야. 우리가 왔어. 이제 다 괜찮아. 우리가 여기 왔어."

어느새 나는 어릴 때 무서운 꿈을 꾼 나를 달래주던 엄마의 목소리로 외치고 있었다. 나는 늘 엄마를 찾았고 엄마의 목소리가 들리면 괴물들이 여전히 내 방에서 어슬렁거리고 있어도 참을 수 있을 만큼 용감해지리라는 사실을 알았다. 엄마는 복도를 걸어오며 내 마음을 어루만지는 침착한 목소리로 다 괜찮을 거라고 말해주곤 했다. 내 방에 들어올 때까지 엄마는 말하기를 멈추지 않았고, 불이 켜지는 순간 괴물은 흔적도 없이 사라졌다.

"번티, 우리가 가고 있어." 나는 다시 친구를 불렀다. "어디에 있는지 말해줘. 우리가 지금 도우러 가는 중이니까."

나는 계속 소리쳐 부르다가 멈춰 서서 번티의 목소리가 들리는지 귀를 기울였다. 아무런 대답도 없었다. 대신 울음소리와 신음소리가 들렸다. 누군가 큰 소리로 도움을 청하고, 서로를 부르고, 누군가는 구급차가 오는 중이라고 말했다.

미스터 콜린스와 나는 댄스 플로어가 있었던 곳에 도착하자 잠시 멈춰 섰다. 그의 손이 여전히 내 어깨 위에 있었다. 그는 내게 번티가 무슨 옷을 입었는지 물었다. 나는 그녀의 푸른색 드레스를 떠올리고 미스터 콜린스에게 말했다. 치맛단에는 주름장식이 달려 있었다. 나는 윌리엄은 소방관 제복을 입고 있을 것이라고 말했다. 미스터 콜린스는 오로지 번티에 대해서만 생각하라고 했다. 무엇을 보건 그녀 생각만 하고 계속 그녀를 부르고 소리를 들으라고, 그것 외에 다른 건 아무것도 생각하지 말라고. 자신이 바로 뒤에 있다고 했다.

나는 손전등으로 주위를 비추며 주위를 둘러보았다. 돌덩이며 유리며, 발코니나 천장이었을 것들이 보였다. 그것들은 이제 바닥을 뒤덮고 있었다.

그리고 시신이 여러 구 있었다. 내 입에서 연신 새어나오는 "아!" 소리가 귀에 들어왔다. 미스터 콜린스의 손은 굳건히 내 어깨를 지키고 있었다.

"계속 친구를 불러요." 내가 잠시 멈춰 서서 손전등으로 뭔가를 비추자 미스터 콜린스가 말했다. 형체로 보건대 사람 같았지만 단언할 수는 없었다.

"그 사람은 아니에요." 미스터 콜린스가 끔찍할 정도로 상냥하게 말했다. 나는 고개를 끄덕이고 또 끄덕이기만 했다. 왜냐하면 상상도 못할 정도로 못된 생각이었지만, 이 가련한 사람이 번티가 아니라는 말이 지금 상황에서 들을 수 있는 최고의 희소식이었기 때문이다. 나는 다시 번티를 부르기 시작했다.

우리는 계속 발을 움직여 테이블들 주위를 돌아다니다 우리 오른쪽으로 보이는 야트막한 무대를 지나쳤다. 그곳에는 악단일 듯한 사람들이 아직도 남아 있는 것 같았다. 누군가 "아파요. 아파"
라고 소리치고 있었다.

나는 그 목소리를 못 들은 척했고 그러는 내가 혐오스러웠다. 나
는 죽어가는 사람들을 그냥 지나쳤다. 그때는 고민을 하고 말고 할
문제가 아니라고 생각되었다. 번티가 살아 있다면 도움을 받아야
했다. 그러니 나는 계속 돌아다녀야 했다.

사방에 사람들과 건물 잔해와 먼지와 수많은 유릿조각들이 널려
있었다. 우리는 사람을 볼 때마다 번티나 빌이 아닌지 확인하기 위
해 몸을 숙이고 가까이서 봐야 했다. 시신이 그 두 사람이 아닌 걸
알고 나면 내 친구들이 목숨을 부지했을 확률이 커졌다는 생각이
들었다. 이곳에 있었던 사람들이 전부 다 죽었을 리는 없지 않은
가. 그것은 뒤틀린 논리였다. 몇 달 후 내 침대에 뜬눈으로 누워 있
을 때면 어떻게 내가 그 중요한 순간에 그런 식으로 생각할 수 있
었는지 놀라곤 했다.

어떤 시신은 폭탄에 몸이 갈기갈기 찢겨나갔고 어떤 시신은 여
전히 테이블에 앉아 있는 그 광경은 너무 참혹하고 끔찍했다. 폭발
로 인해 몸이 검게 되었지만 외상은 보이지 않았다. 어떤 남자는
술에 취한 것처럼 테이블에 엎어져 있었다. 그의 얼굴은 보이지 않
았지만 양손이 사라지고 없는 것은 똑똑히 보였다.

나는 그 남자로부터 돌아서며 다시 번티를 불렀다. 미스터 콜린
스를 찾으려고 고개를 돌릴 필요는 없었다. 그가 절대 내 곁을 떠
나지 않으리라는 사실을 잘 알았기 때문이다. 주위의 광경이 점점
더 참혹하고 끔찍해져도 미스터 콜린스는 돌아가야 한다고 말하지
않았다. 나는 그때, 그가 설령 내 상사라 할지라도 그를 향한 애정

이 평생 변치 않으리라는 걸 알았다.

　도움의 손길이 속속 도착했다. 어떤 남자가 들것이 필요하다고 외쳤다. 진짜 간호사들이 의학 용어를 주고받으며 피투성이가 된 여자를 처치했다. 그때 무대 뒤편 어딘가에서 로이의 목소리가 들렸다. 그도 계속해서 빌과 번티를 소리쳐 부르고 있었다.

　계속 앞으로 가는데 댄서 두 명이 무릎을 꿇고 앉아 누군가를 살펴보고 있었다. 한 사람은 테이블보를 찢고 있었고 다른 사람은 천으로 쓰러져 있는 사람을 누르고 있었다. 그들은 모두 스팽글로 장식한 옷을 입고 있었다. 게다가 먼지를 뒤집어쓰지도 몸이 새까맣게 되지도 않았다.

　"세상에, 에이미. 오 분만 더 있었으면 우리도 여기에 있었을 거야." 둘 중 한 명이 말했다. "이 여자분 불쌍해서 어떻게 해."

　나는 충격을 받지 않도록 꾹 참으며 손전등으로 두 사람이 어떻게든 도와보려는 사람을 비췄다. 여자는 폭발에 드레스가 날아가버려 속옷 차림이었다. 그 모습만으로는 누구인지 알아볼 수 없었다. 하지만 금발 머리였다. 그렇다면 번티가 아니었다.

　폭탄이 떨어졌을 때 댄서들은 분명히 무대 뒤에 있었거나 휴식을 취하는 중이었을 것이다. 그들 뒤쪽으로 손전등을 비춰보았다. 무대 바로 옆으로 거대한 석고 덩어리들이 떨어져 나뒹굴고 있었다.

　그때 나는 보았다. 그 석고 덩어리 하나에 긴 드레스를 입은 사람이 반쯤 파묻혀 있었다. 드레스가 무슨 색인지는 잘 보이지 않았지만 치맛단에 주름장식이 달린 긴 드레스라는 것은 알 수 있었다.

　"번티." 내가 소리쳤다.

　나는 미친 사람처럼 부리나케 달려가 번티 주위에 깔려 있는 유릿조각과 잔해도 아랑곳 않고 몸을 던지다시피 무릎을 꿇었다. 한쪽 다리가 무언가에 끼여 있었고 온통 잔해에 뒤덮여 있었지만 분명 번티였다.

번티가 입을 벌려 무슨 말을 했다. 소리가 너무 작아서 무슨 말을 하려는 건지 알아들을 수 없었지만 이것만큼은 확실히 알 수 있었다. 번티는 살아 있었다.

"번티, 다 괜찮을 거야." 나는 친구의 얼굴을 어루만지며 말했다. "너는 아무 일도 없을 거야."

나는 번티 주위에 떨어져 있는 석고 덩어리들을 치우기 시작했다. 미스터 콜린스도 무릎을 꿇은 채 잔해를 치우기 시작했다.

"너는 절대 죽지 않아." 나는 계속 말했다. "우리가 도와줄게. 너는 괜찮을 거야."

번티가 눈을 깜박거렸다. 두 번. 눈에는 먼지가 잔뜩 끼어 있었다. 번티는 기침을 억지로 참았다. 그런 와중에도 그녀는 시선을 들어 나를 보며 완전히 쉬어버린 목소리로 간신히 이렇게 말했다.

"빌."

19장
이번에는 우리 차례였다

　구급차가 번티를 실어간 후에 미스터 콜린스는 엉망인 우리 행색을 눈감아달라며 웃돈까지 줘서 택시를 잡았다. 우리는 그 택시를 타고 음울하게만 보이는 구급차의 행렬을 따라 한참을 달려 채링크로스병원에 도착했다. 그후로 새벽까지 나는 번티를 찾아 헤매고 윌리엄이 발견되었는지 알아내려고 애쓰며 악몽 같은 시간을 보냈다. 병원에서 미스터 콜린스에게 동전 몇 개를 빌려서 부모님에게 전화를 걸었다. 나는 "번티가 다쳤어요, 아빠. 빌은 실종 상태예요. 번티가 다쳤어요"라는 말만 반복했다.

　엄마와 아빠는 밤새 차를 몰고 런던의 집으로 왔다. 번티의 할머니는 기사가 모는 차로 곧장 병원으로 왔다. 채링크로스병원에서는 나와 미스터 콜린스를 집으로 돌려보냈다. 병원에서는 여기저기 베인 내 무릎의 상처를 반드시 치료해야 한다고 했고 그만큼 단호하게 내 친구들에 대해서 아무 이야기도 해줄 수 없다고 말했다.

일요일은 번티와 내가 여전히 가시지 않은 전날 밤의 황홀했던 경험을 풀어놓으며 점심을 먹으러 들를 윌리엄을 기다리다가 그가 오면 셋이서 다시 그 추억을 되살리는 날이 되었어야 했다. 그런데 그렇게 되지 않았다. 대신 엄마는 쉴새없이 차를 끓이고 아빠는 간호사가 완벽하게 잘 감아놓은 붕대를 다시 손봐야 한다고 고집을 부리는 동안 나는 아무 기억도 떠올리지 않으려고 애쓰고 있었다.

오전 열시 오십분, 전화가 울렸다. 번티의 할머니였다. 전화를 받은 아빠는 의사의 말투로 몇 번이고 이렇게 대답했다. "알겠습니다. 미시즈 태비스톡, 그건 아주 좋은 증상들입니다." 그러더니 이렇게 말했다. "그런데 윌리엄 소식은 없습니까?" 아빠는 잠자코 듣다가 꽤 낙관적인 분위기로 이렇게 덧붙였다. "네, 행방이 확인되는 대로 알려줄 겁니다."

이윽고 아빠는 인사를 건네고 내 옆으로 와 앉으며 내 양손을 잡았다.

"번티는 꽤 위중한가보구나, 애야." 아빠가 부드러운 어조로 말했다. "회복하는 데 한참 걸릴 거야. 하지만 이야기를 들어보니 번티가 좋아질 수 있을 거라고 장담해. 꼭 그럴 거야. 윌리엄의 행방은 아직도 모르지만 미시즈 태비스톡 말이 금방 알 수 있을 거라는구나. 사람들이 여러 병원으로 분산 수용되는 바람에 확인하는 데 시간이 약간 걸리나봐."

그로부터 한 시간 정도는 세상이 조금 긍정적으로 보이는 것 같았다.

열두시가 거의 다 되었을 무렵, 아래층 초인종이 울렸다. 번티에 대한 소식과 아빠의 말씀에 대한 믿음으로 기분이 약간은 고양된 나는 문을 열어주려고 아래층으로 내려갔다. 들뜬 것까지는 아니어도 조금은 희망적인 기분이었다.

하지만 문을 열고 로이를 본 순간 나는 알아버렸다.

지난밤 제복 차림 그대로였지만 모자와 코트는 보이지 않았다. 나는 그를 뒤덮은 먼지와 검댕이 거의 눈에 들어오지 않았다. 그의 얼굴에 내려앉은 표정밖에 안 보였다.

"에미." 그가 널찍하고 큰 현관 계단에 우뚝 선 채 살며시 나를 불렀다. "들어가도 돼?"

나는 꼼짝도 하지 않았다.

"찾았어요?" 나는 속삭이듯 물었다.

로이가 고개를 끄덕이며 내게 가장 슬프고 가장 희미한 미소를 지었지만 그의 눈에는 미소가 단 한 톨도 담겨 있지 않았다. 그가 홀을 들여다보았다. "우리 좀 앉자."

목 안쪽에서 숨이 콱 막히는 것 같았다.

"로이?"

"빌은 이제 없어." 그가 차분하게 말했다. "빌은 죽었어."

영화에서는 사람들이 이런 비보를 들으면 헉하고 숨을 들이쉬거나 기절하거나 극적인 몸짓으로 손등을 입으로 가져간다. 하지만 나는 그중 어느 것도 하지 않았다. 나는 아니라고, 사실일 리 없다고 말하고 싶었다. 로이에게 그가 틀렸다고 말하고 싶었다. 아직 아무것도 몰랐던 십 초 전으로 되돌아가고 싶었다.

나는 누군가 내 몸안에서 공기를 모조리 빨아들인 것 같은 느낌에 사로잡힌 채 멍하니 서 있기만 했다. 그러다가 다음 순간 어린아이가 도저히 울음을 멈출 수 없을 때 그러는 것처럼 아랫입술이 떨리기 시작했다.

나는 심호흡을 하고 영국인답게 용감하게 행동하려 했지만 소용 없었다. 눈물이 흐르기 시작했다. 펑펑 쏟아졌다. 이 많은 눈물이 내 몸 어디에 있다가 이렇게 순식간에 쏟아져나오는 것일까? 뭔가 끔찍한 일이 일어나기를 내내 기다리며 늘 몸속에 있었을까? 눈물은 어쩌면 이렇게 참담한 일을 하는 걸까?

불쌍한 로이. 이 소식은 그에게도 엄청난 충격이었을 것이다. 그는 집안으로 들어와 먼지투성이인 차가운 두 팔로 나를 안아주었다. 폭탄이 떨어졌을 때, 내가 털끝 하나 다치지 않도록 있는 힘껏 나를 감싸주었을 때처럼.

나도 로이를 해칠 만한 것으로부터 그를 보호하려 했던 그때처럼 꼭 마주 안았다.

하지만 이번에 우리는 서로를 보호해줄 수 없었다. 이제 너무 늦었다. 모든 것이 그냥 너무 늦어버렸다.

나는 울음을 멈출 수 없었다. 로이는 울지 않았다. 나는 그가 "자, 자" 하며 나를 달래는 소리를 들었다. 그의 목소리가 떨렸다. 그가 울지 않으려고 안간힘을 쓴다는 사실을 알아차렸다. 로이는 런던에서 가장 선한 사람이었다. 덩치 크고 강인한 소방관. 하지만 빌은 그의 가장 소중한 친구였다.

부모님이 계단을 내려오는 소리가 들려서 나는 살며시 그의 품에서 떨어졌다. 로이의 눈도 촉촉하게 젖어 있었다. 그가 얼마나 힘들지 알기에 나는 코를 훌쩍이며 눈물을 멈추려고 했다.

엄마와 아빠는 아무것도 물어볼 필요가 없었다. 엄마는 양팔로 나를 꼭 안으며 "세상에"라고만 했다. 엄마에게 꼭 안겨서 펑펑 울고 싶었지만 로이를 그렇게 내버려둘 수 없었다.

"이쪽은 로이예요." 내가 애처롭게 말했다. "빌의 친구예요. 제 친구이기도 하고요."

로이가 헛기침으로 목청을 가다듬더니 몸을 꼿꼿이 세우고 아빠에게 "처음 뵙겠습니다"라고 하며 손을 내밀어 악수를 청했다. 이런 때조차 예의를 갖추어야 하는 로이의 심정은 오죽했을까. 아빠는 로이가 내민 손을 잡고 다른 손으로 그의 팔을 꼭 쥐었다.

"고마워요." 아빠가 다급하게 말했다. 나를 안전하게 보살펴준 것에 대한 감사인사라는 사실을 나는 깨달았다. "고마워요, 로이. 어서 들어와요. 마실 것을 내드리리다."

*

위층 거실로 들어가자마자 엄마는 로이에게 어깨에 담요를 둘러줄 수 있도록 제복 재킷을 벗으라고 했다. 로이가 고맙지만 괜찮다고 사양을 해도 엄마는 물러나지 않았다. 결국 로이도 자신이 도움을 주던 평범한 민간인들처럼 담요를 어깨에 두르고 앉았다. 그는 커다란 위스키 잔을 들고 있었다.

나는 좀처럼 내 손을 놓으려 하지 않는 엄마와 소파에 나란히 앉았다. 나도 위스키를 마셨다. 그 어느 때보다 맛이 끔찍했다. 이제 다시는 위스키를 마시지 않을 것이다.

"확실히……" 내가 물었다.

로이는 내가 말을 끝내기도 전에 고개를 끄덕였다.

"제복." 그가 잔을 바라보다가 위스키를 한 모금 크게 들이켜고는 말했다. "빌이었어." 로이는 아까보다 더 마음이 아파 보였다.

그리고 나는 내 마음을 무겁게 짓누르는 질문을 했다.

"누가…… 누가 이 소식을 번티에게 전하죠? 언제 알려야 할까요?"

"나는 모르겠어, 에미." 로이가 말했다. "나는 빌의 곁을 지켰어……" 그가 말을 멈췄다. "사람들이 빌을 데리고 갈 때까지. 그후에 채링크로스병원으로 갔지만 사람이 너무 많았어. 끔찍한 밤이었지. 그래서 일단 이리로 온 거야. 이제 병원으로 다시 가볼 거야."

로이가 일어섰다. 지친 기색이 역력했다.

"어림도 없네." 아빠가 따라 일어서며 얼른 말했다. 아빠는 엄마에게 시선을 돌렸고 엄마도 고개를 끄덕였다. 두 분이 눈빛으로 무슨 이야기를 나눴는지 나는 알 것 같았다. 로이를 그곳으로 보내다니 그럴 수는 없었다. 미시즈 태비스톡은 경찰이나 간호사보다 아빠에게 소식을 듣는 편이 나을 것이다.

"제가 갈게요." 내가 말했다. 아무 도움도 되지 못하고 앉아만 있고 싶진 않았다. 번티 곁에 있고 싶었다. "나는 괜찮아요. 정말로요." 내가 덧붙였다. 거짓말이었지만 그건 중요하지 않았다.

아빠가 고개를 가로저었다.

"안 된다." 아빠가 단호하게 말했다. "지금은 안 돼, 얘야. 너와 로이 두 사람 다 할 만큼 했어. 지금은 쉬어야 해. 그리고 의사는 나야."

내가 반박하려고 하자 아빠는 우리 둘을 심각한 표정으로 바라보더니 이렇게 덧붙였다. "에미, 내가 번티의 주치의 자격으로 병원을 찾아가야 의료진을 볼 기회도 더 많아질 거야."

아빠의 말씀이 맞았다. 나는 소파에 주저앉으며 패배를 인정했다.

이런 일이 런던 전역에서, 이 나라 전역에서, 유럽 전역에서 사람들에게 매일같이 일어나고 있었다. 사방에서 사람들이 최악의 비보를 전해듣는 나날이었다. 우리도 다르지 않았다. 이번에는 우리 친구들의 차례였다. 이번에는 우리의 차례였다. 이렇게 생각해도 기분은 전혀 나아지지 않았다.

가엾고 가여운 빌. 그리고 너무나도 가여운 번티. 번티가 꿈꾸었던 모든 것, 두 사람이 함께 계획하고 고대했던 모든 것은 이제 어떻게 되는 걸까. 거실의 모습은 어제 이 시간과 똑같았다. 아직 개봉하지 않은 카드와 선물, 은제 액자에 들어 있는 두 사람의 사진들. 어느 여름날 공원에서 찍은 번티와 윌리엄의 사진들이었다. 윌리엄이 처음 소방대에 들어간 날 제복을 입고 자랑스러운 표정으로 찍은 사진도 있었다. 번티는 그 사진을 몹시 좋아했다. 번티가 결혼 선물로 윌리엄에게 주려고 산 커프스가 든 작은 파란색 상자도 커피 테이블 위에 그대로 있었다. 그런데 이제 모든 것이 물거품이 되었다.

다음 순간, 내 기분이 더이상 굴러떨어질 수도 없는 바닥에 처박혀 있던 찰나에, 아무 의미도 없고 어리석고 꼴사납기만 했던 빌과의 말다툼이 떠올랐다.

빌에게 제대로 사과하기 위해 더 노력했어야 했다. 미안하다고 더 일찍 말할 수 있는 방법을 어떻게든 찾았어야 했다. 내가 카페 드 파리에 약속시간에 맞춰 갔어야 했다.

희미하게 엄마의 말소리가 들렸다. "어서 가봐요, 앨프리드. 우리는 괜찮을 거예요." 그리고 내 손을 꼭 쥐며 말했다. "그렇지? 우리는 괜찮을 거야."

나는 고개를 끄덕였다. 하지만 절대 괜찮아지지 않을 것이다. 번티에게 무슨 말을 어떻게 해야 할지 알 수 없는 것처럼, 엄마에게도 무슨 말을 해야 할지 알 수 없었다.

내가 빌과 다퉜고 번티를 실망시켰다고 해야 할까? 오랜 세월을 사귄 사랑하는 친구가 나를 미워하며 죽었다고? 이런 이야기를 누구에게 하겠는가? 이 이야기는 죽을 때까지 간직해야 할 끔찍한 비밀이었다.

*

나는 번티가 너무 보고 싶었다. 하지만 면회는 가족에게만 허락되었고 우리는 그 가족에 포함되지 않았다. 엄마와 나는, 미시즈 태비스톡이 이래라저래라하는 말을 듣고 참지 못하는 세대와 계급이라는 사실에 기대보기로 했다. 우리의 면회가 번티에게 도움이 된다고 생각한다면 미시즈 태비스톡은 분명 그렇게 되도록 조치를 취할 것이었다.

일요일 내내 연락을 기다리면서 집에 틀어박힌 채 나는 무슨 말을 어떻게 해야 할지 머릿속으로 생각하고 또 생각했다. 번티라면 아무리 심하게 다쳤더라도 회복하기 위해 열심히 싸울 것이었다. 하지만 빌의 죽음을 어떻게 받아들일지는 나도 완전히 자신할 수 없었다.

결혼식을 코앞에 두고 있었다는 것은 차치하더라도, 사랑하는 이의 죽음을 어떻게 받아들일 수 있을까? 나는 번티를 어떻게 도울 수 있을지 알 수 없었다. 하지만 그녀가 내게 무엇을 필요로 하건 다 해줄 작정이었다.

월요일 아침, 아빠는 환자들을 진료하러 돌아가기 전에 내 사무실로 전화를 걸어 미스터 콜린스와 통화를 했다. 미스터 콜린스는 내가 괜찮다고 아빠가 확신할 때까지 필요한 만큼 얼마든지 쉬어야 한다고 했다. 미시즈 버드는 그에게 맡기고 〈여성의 벗〉에 대해서는 생각도 하지 말라고 말이다. 그리고 내게 안부를 전했다고 아빠가 말했다.

그후 엄마와 나는 병원에서 올 소식을 기다리며 또다시 영원 같은 시간을 보냈다. 마침내 오후 늦게 미시즈 태비스톡이 전화해 번티가 의식을 되찾았고 내가 원한다면 일이 분가량 면회를 할 수 있다고 알려주었다. 엄마와 나는 눈 깜짝할 사이에 코트를 입고 집을 나섰다.

사실 면회시간이 아니었기에 우리는 연줄을 이용했다고 짐작했다. 채링크로스병원에 도착해보니 당직 수간호사가 단단히 화가 난 것 같았다. 하지만 미시즈 태비스톡은 병원 이사회의 임원들 중 적어도 한 명과 친분이 있었으므로 그 간호사는 아무리 못마땅해도 못 본 척할 수밖에 없었다.

미시즈 태비스톡은 병원 복도에서 우리를 맞았다. 평소 부인은 살짝 살집이 있지만 등이 꼿꼿하고 오십 년 전만 해도 상당한 미인이었으리라 짐작되는 우아함을 지닌 분이었지만, 지금은 아무리 의연한 척해도 근심에 찬 얼굴이 해쓱했다.

"왔구나, 에멀라인." 미시즈 태비스톡이 내 손을 맞잡고 따뜻하게 미소를 지으며 말했다. "잠은 좀 잤니." 그녀는 엄마를 돌아보며 말했다. "엘리자베스, 이렇게 와줘서 얼마나 고마운지. 가요. 매리골드…… 번티가…… 이제 깨어났어요. 의사들이 지금 당장 할 수 있는 조치는 다 취했어요. 다리를 자르지 않고 치료할 수 있을 거라니 천만다행이죠."

나는 충격을 받은 티를 내지 않으려 애썼다. 아빠는 다리를 잃을지도 모른다는 이야기는 전혀 해주지 않았다.

미시즈 태비스톡은 내게 상냥하지만 서글픈 미소를 지었다.

"에멀라인, 번티가 지금 상태가 아주 안 좋아. 아직은 네가 번티를 만날 준비가 안 되었다고 해도 그애가 이해해줄 것 같구나."

나는 재빨리 고개를 저었다. 미시즈 태비스톡이 계속 말을 이었다.

"알아둬야 할 게 있어. 내가 윌리엄에 대해 말해준 후로 번티는 아무 말도 하지 않아."

미시즈 태비스톡은 무너질 것 같은 마음을 다잡으려 안간힘을 쓰는 듯 보일락 말락 턱을 살짝 들었다.

"의사들은 그애가 충격을 받아서 그렇대. 하지만 너희는 둘도 없는 친구 사이니 너를 만나서 말문이 트이면 좋겠구나. 번티에게 네가 온다는 말은 하지 않았어. 혹시 네 마음이 바뀔까봐."

부인의 목소리는 굳건했지만 약해진 속마음을 숨길 수 없었다.

"번티를 꼭 보고 싶어요, 미시즈 태비스톡." 내가 말했다. 번티가 지금 어떤 상태인지 상관없었다. "이제 들어가봐도 돼요?"

수간호사는 번티의 할머니가 병원의 규칙이란 규칙은 모조리 어긴 탓에 여전히 이를 갈고는 있었지만 수용의 의미로 고개를 까닥하고는 내게 병실을 안내해주었다.

나는 이 병동에 와본 적이 딱 한 번 있었다. 전쟁이 일어나기 일

년 전 잭이 맹장 수술을 받으려고 입원했을 때였다. 우리가 들어간 기다란 병실은 그때 본 병실과 크게 다르지 않았지만, 창문이 전부 까맣고 더 많은 환자를 수용하기 위해 침대를 따닥따닥 붙여놓았다는 점이 달랐다. 옆 침상들을 살짝 훔쳐보니 맹장염이나 황달이나 팔이 괴상하게 부러진 탓에 병원을 찾은 환자들이 아니었다. 그들은 몸 여기저기에 부상을 입었고, 얼굴이 새까맣게 되었고, 몇 킬로미터나 될 것 같은 깨끗한 붕대로 온몸을 칭칭 감고 있었다.

이런 상황은 신문에 실리지 않았다.

간호사가 활기차게 우리에게 다가왔다.

"친구분은 괜찮을 거예요." 간호사가 말했다. "활짝 웃어요. 기운 나는 이야기를 하시고요. 그 일 얘기는 꺼내지 마세요. 자, 여기예요. 오른쪽이요. 저 의자에 앉으세요. 오 분 후에 돌아올게요."

그 간호사는 번티의 귀가 먹기라도 한 듯 큰 소리로 알렸다. "미스 태비스톡. 병문안을 오셨어요. 오 분 동안만이에요." 그녀는 내게 다시 말한 후 성큼성큼 걸어나갔다.

번티의 침대는 병실의 가장 안쪽 벽에 붙어 있었다. 나는 힘껏 숨을 들이마신 후 간호사의 말대로 환하게 미소를 지으려고 했다. 밝은 미소만큼 어울리지 않는 것도 없어 보였다.

"번티?" 나는 살며시 친구를 불렀다.

번티는 침대에 납작하게 붙어 있다시피 누워 있었는데, 오른쪽 다리는 도르래 같은 장치로 들어올려져 있고 엉덩이부터 발까지 붕대에 감겨 있었다. 왼쪽 팔에 부목이 대어져 있고 더 많은 붕대가 감겨 있었으며, 붕대를 감지 않은 자리에도 멍과 베인 상처가 생생히 남아 있었다. 공습 후 거의 이틀이 지났지만 번티의 얼굴은 거의 알아볼 수 없을 지경이었다. 마치 프로 권투선수에게 맞아 나가 떨어진 사람처럼 한쪽 눈은 노랗고 시퍼렇게 멍든 피부가 늘어날 수 있는 최대한으로 부어올라서, 커다랗게 부풀어오른 굴 껍데기 같았다. 나는 놀란 기색을 드러내지 않으려고 안간힘을 썼다. 차마 억지 미소를 짓지는 못할망정 번티에게 내가 충격을 받았다고 알릴 수는 없었다.

나는 침대 옆에 놓인 철제 의자에 얼른 앉았다. 번티를 꼭 안아주고 우리 모두 상황이 더 나아질 수 있도록 도와줄 거라고 말해주고 싶었지만 당연히 그럴 수 없었다. 몸의 모든 부분에 상처를 입은 것처럼 보이는 사람을 안을 수는 없었으니까. 손이라도 잡아주고 싶었지만 그마저도 붕대로 꽁꽁 싸여 있었다. 대신 나는 몸을 앞으로 내밀고 빳빳한 시트를 쥐어짜서 쭈글쭈글하게 만들 수밖에 없었다.

번티는 내 인사에 아무 말도 하지 않았고, 내 말을 들었는지 알 수 있는 반응조차 없었다. 다치지 않은 한쪽 눈은 뭘 보지도 않으면서 천장으로만 향해 있었다.

"번티." 나는 아주 미세한 소음조차 새로운 피해를 일으킬 수 있다는 듯, 뭔가를 건드려 상태를 더 악화시킬 수도 있다는 듯 최대한 부드럽게 다시 불렀다. "나야, 에미."

번티가 숨을 쉬면서 가슴이 오르락내리락했고 눈을 깜박이기도 했다. 내가 왔다는 사실을 번티도 안다고 확신했다.

"오, 번티." 나는 너무 막막했지만 어떻게든 적절한 말을 하고 싶었다. "어떡하면 좋아."

아무 반응이 없었다.

"우리 모두 여기에 있어. 모두 모여서 네가 완쾌하도록 도와줄 거야. 너와 네 할머니를 도와드릴 거야. 아빠가 의료진과 계속 연락해서 네가 빠른 시일 안에 훌훌 털고 일어나려면 뭐가 필요한지 정확하게 파악해두려고 해. 그리고……"

견디기 힘든 순간이었다. 내 말을 들을 수 있는데 어째서 반응을 하지 않는 걸까? 혹시 하고 싶은 말이 있지만 도저히 말이 되어 나오지 않는 걸까?

"음. 어쨌든 의사 선생님들은 네 다리를 치료할 수 있다고 자신하고 있어. 아주 많이 아프겠지만 언젠가는 꼭 다 나을 거야." 나는 입을 다물었다. 내가 뭘 안다고?

"오, 번티." 목소리가 갈라지지 않기를 바라며 속삭이듯 번티를 불렀다. "빌의 일은 너무 마음이 아파."

번티는 눈을 깜박거렸지만 여전히 아무 말도 하지 않았다. 얼굴이 너무 부어 있어서 무슨 표정을 짓는지 알아볼 수도 없었다. 계속 말을 걸려고 입을 열었지만 아무 말도 할 수 없었다. 번티가 말을 했기 때문이다.

"그이한테 들었어."

번티는 몹시 힘겹게 말문을 열었지만 그것이 시작이었다. 나는 번티 쪽으로 몸을 기울인 채 철제 의자를 침대에 더 가깝게 끌어당겼다.

"번티." 나는 친구의 손끝으로 손을 뻗으며 말했다. 번티에게 절대 혼자가 아니라고 전하고 싶었다. 무슨 말이든 도움이 될 만한 말을 하고 싶었다.

"그만해."

나는 침대 옆으로 내 손을 얼른 치웠다.

"그이한테 들었어." 번티가 다시 속삭였다. 목소리는 아무런 감정 없이 건조했다. 번티는 여전히 내 쪽으로 눈길조차 주지 않았다.

"무슨 이야기?" 나는 번티가 계속 말을 하도록 유도하기 위해 되물었다. "서두르지 마. 얼마나 힘들지 아니까."

"네가 그이를 몰아붙였다는 이야기. 소리를 질렀다고."

생각지도 못한 말에 멍해졌다. 윌리엄의 죽음이라는 충격적인 현실 속에서 우리의 말다툼은 그 어느 때보다 터무니없게 느껴졌다. 나는 해명을 하려고 했다.

"세상에." 내가 말했다. "그랬어. 우리가 괜한 일로 좀 다퉜어." 나는 말을 멈췄다. 사소한 일처럼 말할 뜻은 전혀 없었다. "나는 그저 윌리엄이 몸조심을 했으면 했어." 나는 우물쭈물하며 말을 끝맺었다.

"그이에게는 괜한 일이 아니었어." 번티가 말했다. "너는 그럴 권리가 없어. 너는 사람들의 문제를 네가 해결할 수 있다고 생각하겠지만 못해. 너는 간섭만 한 거야."

번티의 목소리에서 느껴지는 비통함에 나는 꼼짝도 할 수 없었다.

"번티, 미안해." 내가 말했다. "빌이 걱정됐어. 난 네 생각을 한 거야."

말이 입 밖으로 나오자마자 얼마나 바보처럼 들리는지 깨달았다.

"아니, 너는 그런 게 아니야." 금방이라도 부서질 것 같았지만 번티의 목소리는 분노로 가득차 있었다. "나는 내가 너의 가장 친한 친구인 줄 알았어. 너는 다른 사람들을 생각하지 않아. 네가 하고 싶은 대로 할 뿐이지."

"오, 번티." 내가 애원했다. "미안해. 그런 뜻이 아니었어."

번티의 목소리는 약했지만 말은 끊어지지 않고 이어졌다.

"너는 늘 그런 뜻이 아니지. 하지만 너는 다른 사람의 일에 끼어 들어서 상황을 더 악화시키기만 해. 키티 때도 그랬어. 너는 키티 에게 아기를 위해서 싸우라고 했지만 결국 일은 다 틀어지고 키티 는 더 비참해졌어. 너는 잡지에 편지를 보내는 독자들에게도 조언 을 할 수 있다고 생각했지. 하지만 너는 못해. 다른 사람의 일에 끼 어들지 말았어야지." 번티가 다시 말했다.

내가 양손을 너무나 세게 맞잡아서 관절이 피부를 뚫고 튀어나 올 것처럼 보였다. 목으로 공포가 치밀어오르는 느낌이었다. 번티 는 나를 증오하는 것 같았다.

"나는 빌이 위험했다는 사실을 네가 몰랐으면 했어." 내가 말했 다. "윌리엄에게 사과했어. 그후에 다시 이야기를 나눴고 나는 다 시 제대로 사과하고 싶었어. 그런데 기회가 없었어. 카페 드 파리 에 도착하자마자 사과를 할 생각이었어."

궁상맞은 변명의 연속이었다. 내 입에서 말이 튀어나올 때마다 나 자신에게 점점 더 화가 났다.

"너는 거기 안 왔어." 번티가 말했다. 마침내 그녀의 목소리가 아주 미세하게 흔들리기 시작했다. "그이는 걱정을 했지."

"정말, 정말 미안해." 나는 이 상황에 적절한 말을 떠올리려고 애쓰며 말했다. "소방서에 일할 직원이 없었어. 차마 그냥 갈 수가 없었어."

"그이는 네 걱정을 했어." 번티가 말했다. "네가 아직도 화가 나 있을지 모르니 너를 찾아야 한다고 말했어."

"하지만 나는 화가 났던 게 아니야." 나는 호소하듯 말했다. 번티의 다음 말이 무엇일지 겁이 났다. "화가 났던 게 아니야."

번티가 천천히 고개를 돌려 비로소 내 눈을 바라보았다. 엉망으로 다친 얼굴은 보기에도 끔찍했다.

"빌은 괜히 분위기를 깨고 싶어하지 않았어. 너를 찾아서 오해를 다 풀겠다고 했어."

번티는 몹시 지쳐 보였지만 계속 말했다.

"그래서 그이가 죽은 거야. 너를 찾으러 나갔다가."

나는 토요일 밤에 세상이 무너졌다고 생각했다. 모든 것이 암흑천지에 엉망진창이고 최악이라고 말이다. 그런데 그건 내 착각이었다.

나는 눈물을 줄줄 흘리며 의자에 기대앉았다.

미안하다고, 이보다 더 미안할 수 없을 거라고 말하는 것 외에 또 무슨 말을 해야 이 상황을 해결할 수 있을지 알 수 없었다. 번티가 내 마음을 알아줄 때까지 백번이고 천번이고 말할 것이었다. 하지만 번티는 내 말을 들으려고도 하지 않았다. 내가 입을 열자마자 번티는 내 말을 끊었다. 여전히 목소리에 감정은 하나도 실리지 않았지만 오싹할 정도로 또렷했다.

"하지 마."

간호사의 씩씩한 발소리가 등뒤에서 들렸다.

"다시 올게." 내가 말했다. "나중에, 네가 좀더 회복되면 그때 다시 이야기하자."

번티가 나를 바라보았다. 그 얼굴에는 이 세상의 모든 슬픔이 다 들어 있었다.

"다시는 오지 마. 너를 보고 싶지 않아."

그러더니 고개를 돌려버렸다.

간호사가 이제 가야 한다고 쾌활하게 말했고 나는 의자에서 천천히 일어섰다.

"정말 미안해." 내가 이렇게 속삭이는데 퉁퉁 부어올라 알아보기도 힘든 번티의 옆얼굴에 굵은 눈물 한 방울이 흘러내렸다.

간호사가 내게 얼른 가라고 했다.

번티는 아무 말도 하지 않았다.

20장
나를 믿고 편지를 써요

나는 번티의 말을 무시하고 무슨 일이 있어도 다시 병문안을 가고 싶었다. 빌과 무슨 일이 있었는지 설명하고 번티가 이해해주기를 바라는 수밖에 없었다. 고통과 비통함 속에서 병실에 누워 있을 친구의 모습이 뇌리에서 떠나지 않았다. 무엇보다 번티의 말이 머릿속에서 계속 들려와 견딜 수가 없었다. 빌이 나를 찾으러 나왔다가 목숨을 잃었다는 말이.

표현은 얼마든지 바꿀 수 있겠지만 의미는 너무나 명확했다. 빌의 죽음은 내 탓이었다.

미시즈 태비스톡과 엄마는 병실 밖에서 나를 기다렸고, 내 얼굴에 핏기라고는 없는 이유를 너무나 참혹한 번티의 모습을 본 충격 탓이라고 짐작했다. 나는 부인에게 번티가 이야기를 하고 싶어하지 않는다고 말했다. 사실이었다. 하지만 완전한 사실은 아니었다. 나는 두 분만 괜찮다면 나가서 바람을 쐬고 집에는 혼자 가겠다고 말했다. 엄마는 안 된다고 만류했고, 미시즈 태비스톡은 내 손을 잡고는 도와주려고 하다니 정말 좋은 아이라고 말했다. 걱정 말라는, 모든 일이 곧 다 잘될 것이라는 말도 잊지 않았다.

나는 도저히 견딜 수가 없었다.

두 사람을 그곳에 남겨둔 채 계단을 뛰어내려갔다. 사람들이 혀를 끌끌 차는 소리며 "침착해요" 하는 소리들을 무시하며 접수계를 후다닥 지나 최대한 빨리 병원을 벗어나서 등화관제를 한 거리로 나갔다.

미시즈 태비스톡은 정말 상냥한 분이었다. 하지만 그분이 생각하는 손녀는 내가 아는 번티와 달랐다. 번티는 나를 보고 싶어하지 않았다. 나는 계속 문을 두드리겠지만 번티의 말이 진심이라는 사실을 알았다. 미시즈 태비스톡으로부터 번티가 당분간 병문안을 받지 않을 것이라는 말을 전해듣는 건 시간문제였다.

병원 옆에는 늦게까지 근무하는 직원들을 위해 열어놓은 작은 카페가 있었다. 나는 집으로 가는 버스를 타기 전에 진한 차 한 잔을 마시고 싶어 그곳으로 비칠비칠 들어갔다. 카페는 따뜻했고 가공육과 석탄산비누 냄새가 났지만 대체로 아늑했다.

"손님, 몸이 안 좋아요?" 사람 좋아 보이는 남자가 계산대 뒤에서 말을 걸었다. 눈에 띄는 콧수염을 길렀고 억양이 독특한 오십대 남자였다. "얼굴이 파랗게 질렸어요. 나는 체코슬로바키아 사람이죠." 그는 외국인 억양을 쓰는 사람이 적군의 동조자일 것이라는 의심에 익숙한지 이렇게 덧붙였다.

"저는 괜찮아요. 고맙습니다." 나는 간신히 아무렇지 않은 척하고 있었기 때문에 제발 그가 아무 말도 말아주기만 바라며 이렇게 대답했다. 그가 조금만 더 친절하면 나는 무너질 것 같았다. "차 한 잔 할 수 있을까요?"

"물론이죠." 그가 대답했다. "앉으세요. 비밀의 설탕을 찾아드리죠. 쉬!" 그는 윙크를 하고는 구석의 작은 테이블을 가리켰다. 나는 고개를 끄덕이며 고맙다는 말을 하려고 했지만 딸꾹질 같은 소리만 나왔다. 그러자 그는 마치 아버지가 그러듯 마른행주를 내 앞에서 부채처럼 부쳐주었다. 나는 매일같이 얼마나 많은 사람들이 인생이 뒤죽박죽이 된 채 병원에서 이 카페로 오는지 궁금했다.

그는 노랫가락을 흥얼거리며 전쟁이 터진 후 내가 마신 것 중에 가장 진한 차를 내리고 잔받침에 무화과 롤 하나를 얹어서 테이블로 가져와 지시하듯 이렇게 말했다. "먹고 마셔요. 무료니까. 그리고 볼에 혈색이 돌아올 때까지 여기 있어요."

나는 차를 저으며 벽에 붙어 있는 사기 진작용 포스터들을 구경했다. 어떤 포스터는 감자를 키워보라고 했고, 다른 포스터는 저축 채권에 대해 알아보라고 제안했다. 두 장 다 후방지원에서 핵심적인 역할을 하게 될 것이라는 암시를 풍겼다. 세번째 포스터에는 다양한 제복을 입은 여성들이 잔뜩 있었다. "위대한 임무를 수행하기!" 이렇게 적혀 있었다.

나는 계속 차를 저었다. 나는 위대한 임무라고는 아무것도 하지 않았다. 친절한 체코슬로바키아 친구는 다른 시대의 다른 세상이었다면 성가대에서 한자리를 맡았을 부드러운 바리톤 음성으로 노래를 부르고 있었다. 지금은 성가대는커녕, 위협적인 인물로 오해를 받는 것을 대비해 인사와 동시에 자신의 국적을 밝혀야 하는데도 그는 이 카페에서 처음 보는 사람의 마음을 공짜로 위로해주는 중이었다.

세상은 미쳤고 추했다.

절대 실의에 빠지지 않으려고 애쓰며 차를 한 모금 마셨더니 오
랜만에 맛보는 달콤함에 머리가 아찔해졌다. 이제부터 어떻게 해
야 할지 막막했다.

번티와 나는 다투는 동안에도 항상, 정말 항상 잡담을 나누곤 했
다. 물론 우리는 거의 다투지 않았다. 우리는 평생 가장 좋은 친구
였고 언제까지나 그럴 거라고 맹세했다. 그런데 지금 번티는 그녀
의 약혼자가 내 잘못으로 목숨을 잃었다고 생각했다. 너무 엄청나
고, 너무 끔찍했다.

내 자리 맞은편에 놓인 테이블에 누군가 놓고 간 오늘자 신문과
손때 묻은 잡지 몇 권이 보였다. 그중에 〈여성의 벗〉은 없었다. 하
지만 잡지를 보니, 자신의 인생은 엉망진창으로 만들어놓고 독자
들에게 조언을 하겠다고 설치는 내가 기가 찼다. 미시즈 버드에게
지금 내 상황을 편지로 보내면 그녀는 그 편지를 갈기갈기 찢어버
릴 게 분명했다.

나는 몸을 숙이고 가방을 열어 어딜 가나 들고 다니는 노트를 꺼
냈다. 독자들이 보내는 까다로운 고민거리에 보낼 답변에 대한 아
이디어가 떠오를 때마다 그곳에 끼적거렸다. 지금은 번티에게 꼭
전해야만 하는 말을 정리하고 싶었다. 다시 기회가 생긴다면 그녀
와의 관계를 어떻게 회복할지도 미리 생각해두고 싶었다. 모든 사
정을 제대로 글로 쓴 후 편지로 보낼 수도 있을 것 같았다. 그러면
번티가 마음이 내킬 때 그 편지를 읽을 수 있을 것이다.

어떻게 쓸지 계획 같은 것은 거의 없었지만 일단 쓰기 시작하자

적어도 내가 무언가를 하고 있다는 생각이 들었다. 그 어느 때보다 번티에게 친구의 도움이 필요할 때 내가 먼저 우정을 포기하는 일은 절대 없을 것이다.

사랑하는 번티에게

어디서부터 시작해야 할지, 어떻게 내 마음을 제대로 전할 수 있을지 모르겠어. 하지만 나를 보면 네가 너무 감정이 격해질 것 같아서, 이 글은 읽어줄지도 모른다는 희망을 품고 지금 쓰고 있어. 내가 너를 얼마나 생각하는지 네가 알아준다면 소원이 없을 거야. 그리고 언젠가는 너를 둘러싼 모든 상황이 좋아지리라는 희망을 절대 잃지 않을 거야.

네가 심하게 다친 걸 알아. 하지만 빌을 잃은 현실이 그보다 훨씬 더 끔찍하리라는 사실도 나는 너무나 잘 알아. 그의 이름을 언급하는 것조차 너무나 조심스러워. 네가 나를 너무나 미워할 테니까. 내가 얼마나 미안한지 글로는 다 전할 수가 없어.

그의 말이 전적으로 옳아. 그건 괜한 일이 아니었어. 우리는 말다툼을 했고 내가 빌에게 현장에서 너무 용감하게 굴지 말라는 둥 너무 많은 위험을 감수하지 말라는 둥 주제넘은 소리를 했어. 번티, 내가 정말 어리석었어. 헛소리가 그냥 튀어나왔어. 사과하려고 했는데 또 헛소리를 해버렸어. 나는 너를 보호하고 싶었고 그가 다칠까봐 걱정이 됐어. 그렇다고 해서 그런 말을 해서는 안 됐어. 그건 그의 임무였고 그 임무를 누구보다 잘 수행하고 있었으니까. 그걸 모르는 사람은 아무도 없었어. 너희 둘에게 내가 고작 이런 친구였다니.

말들이 마구 흘러나왔지만 그 어떤 말도 내 마음을 전하기에 충분하지 않았다. 내가 쓴 글은 결국 변명 다발에 불과했다. 내가 번티라면 이 편지를 북북 찢어버리고 내가 보낸 편지를 다시는 열어보지 않을 것이다.

나는 카페 테이블에 팔꿈치를 괴고 고개를 숙였다. 어깨가 축 처졌다. 점장은 여전히 노랫가락을 흥얼거리며 바닥을 쓸고 있었다.

그가 잠시 손을 멈추더니 내 쪽을 바라보았다.

"마셔요." 그가 내 잔을 턱짓으로 가리키며 말했다. "식기 전에."

나는 어색한 미소로 답했다. 그가 나를 상냥한 눈빛으로 바라보았다.

"그리고 써요." 그가 말했다. "누구에게 쓰는지는 모르겠지만 당신을 사랑하는 사람이라면 당신을 이해해줄 거예요."

나는 그의 말이 맞기를 바랐다. 점장이 빗자루를 벽에 세워두고 내게 다가온 것을 보면 내가 몹시 비참한 표정을 짓고 있었던 모양이었다. 그가 내 어깨를 토닥였다.

"나를 믿어요." 그가 말했다. "여기는 온갖 손님들이 다 오거든요. 편지를 써요."

나는 그가 친절함과 차와 노래와 비밀의 설탕으로 도움을 주려 노력하는 모습에 감동을 받았다.

"고맙습니다." 내가 말했다. "그럴게요."

그가 옳았기 때문이다. 내가 쓴 글은 그리 정제되지 않았다. 어쩌면 상황을 더 악화시킬지도 몰랐다. 하지만 내가 할 수 있는 일은 번티가 진실을 알도록 최선을 다해 내 마음을 전하는 것밖에 없었다. 번티의 용서를 기대할 수는 없으리라. 하지만 일어나버린 일을 바꿀 수 있기를 내가 얼마나 바라는지 번티는 알아주었으면 했다.

나는 아직 따뜻한 차를 한 모금 마신 후 다시 펜을 들었다.

번티, 나는 카페 드 파리에서 모든 일을 바로잡을 수 있으리라 생각했어. 그럴 시간이 있을 줄 알았어. 내가 틀렸고 그 일을 살아 있는 내내 후회할 거야.

이 상황이 네게 얼마나 끔찍할지 상상조차 못하겠어. 그리고 네가 용서해줄 리 없다는 사실도 알아. 상황이 달라져서 빌과 내가 있던 곳을 바꿀 수만 있다면 나는 무슨 짓이든 할 거야. 그럴 거라고 약속해. 진심이야. 그러니 내 말을 믿어줘.

이제 그만 끝맺어야겠어. 얼른 나아서 다시 걸을 수 있도록 최선을 다할 거지, 그렇지? 우리 모두 너를 하늘만큼 땅만큼 사랑해. 네가 없다면 다시는 행복하게 살 수 없을 것 같아.

번티, 이것만은 알아줘. 너는 언제까지나 이 세상에서 나의 가장 소중한 친구일 거야. 혹시라도 네게 내가 필요할 때를 위해 나는 언제나 여기 있을게.

정말, 정말 미안해.

사랑을 담아
너의 영원한 친구 에미가xx

나는 잠시 의자에 푹 기대앉았다. 더이상 무슨 말을 써야 할지 떠오르지도 않았다. 하지만 멈추고 싶지 않았다. 이 편지가 번티에게 이야기할 마지막 기회처럼 느껴졌다.

그렇게 생각하자 견딜 수가 없었다. 한마디를 더 덧붙여야만 했다.

추신: 네게 계속 편지를 쓸게. 혹시라도 네가 내 편지를 열어볼
마음이 들 수도 있으니까. 편지 봉투 앞면에 메모를 남길게. 그러
면 간호사들이 내 편지인 걸 알아보고 네가 원치 않으면 곧장 버
리면 될 거야. 엠.

나는 계속 편지를 쓸 것이다.
조심스럽게 수첩을 덮었다. 집에 도착하자마자 이 내용을 옮겨
써서 부칠 것이다.
번티는 윌리엄을 잃었다. 그리고 그것 때문에 나를 미치도록 증
오하고 있었다. 그런 건 다 이해할 수 있었다. 하지만 나는 번티를
포기하지 않을 것이다. 그녀가 나를 원하건 말건 나는 언제까지나
그녀의 친구일 것이다.

21장
전쟁은 끔찍해

번티에 대한 내 짐작은 옳았다. 그날 저녁 늦게 미시즈 태비스톡이 집으로 와서 번티가 '놀라울 정도로 좋아지고 있고' 게다가 '분명히 눈 깜박할 사이에' 좋아질 것이라고 했지만 나는 그 말을 조금도 믿지 않았다. 부인은 당분간 면회를 오지 않는 편이 좋을 것 같다고 내게 말했다. 의사와 간호사가 최선을 다해 번티의 회복을 돕도록 배려해달라고 했다.

나는 미시즈 태비스톡이 어디까지 아는지 짐작도 되지 않았다. 하지만 '그럼요, 그래야죠'라고 대답한 후 간호사들이 모두 '어찌나 든든하고' 또 의사들은 전부 '얼마나 유능한지' 같은 말을 늘어놓기까지 했다. 마치 웨스트엔드에서 공연중인 연극의 평을 하는 것처럼 말이다.

번티에게 편지를 써도 되는지 미시즈 태비스톡에게 물어보아야만 할 것 같았다. 부인이 안 된다고 한다면 나도 더이상 뭘 할 수 있을지 몰랐기에 그저 손가락을 꼬며 행운을 빌었다. 부인은 아주 잠깐 망설이는 기색이었지만 다음 순간 바로 침착함을 되찾고 '되고말고'라고 대답했다. 평생 그때만큼 안심이 된 적도 없었다.

미시즈 태비스톡은 내게 이 집에서 계속 살아야 한다고 말했다. 나는 그런 배려가 너무나 고마웠다. 사실 이 집에서는 눈만 돌리면 번티와 윌리엄을 떠올리게 하는 물건들이 보였다. 그 말은 내가 이곳에서 지내는 매 순간 죄책감으로 고통받으리라는 뜻이었지만, 동시에 내 가장 친한 친구의 삶에 이런 식으로라도 계속 속할 수 있다는 뜻이기도 했다. 무엇보다 그 결정이 번티가 할머니에게 윌리엄의 죽음이 내 잘못이라고 말할 수 없었다는 뜻이기를 나는 빌었다.

하지만 이 집에서 계속 지내려면 한 가지 조건이 있었다. 부모님은 내가 당분간 런던을 떠나 고향집에서 요양을 해야 한다는 뜻을 꺾지 않았다. 나는 쉬어야 한다는 생각이 영 마뜩잖았다. 쉴 필요가 없었으니까. 다친 곳도 없는데 억지로 시골로 내려간다면 내 모든 것이 가식적으로 느껴질 것 같았다. 하지만 그 문제는 부모님과 미시즈 태비스톡 사이에서 이미 결정난 것이 분명했다. 나는 마음을 단단히 먹고 엄마와 이야기해보았지만 결국 어른들의 뜻을 받아들이는 것 외에 선택의 여지가 없었다. 그렇게 하지 않으면 미시즈 태비스톡이 이 집을 폐쇄해버릴 것이 분명했다.

번티의 할머니는 내게 언제나 상냥하셨지만 이번만큼은 나의 패배였다. 로이는 소방서에 가서 데이비스 대장님에게 이야기를 해두겠다고 말했다. 미스터 콜린스도 내게 〈여성의 벗〉에는 당장 출근하지 않아도 된다고 강하게 말했다. 더이상 런던에 머무를 핑계가 없었다. 나는 신체적으로는 아무렇지도 않았지만, 당장 소방서와 잡지사 동료들을 만나지 않아도 된다고 생각하니 안도감이 든 것도 사실이었다.

나는 미스터 콜린스가 공습이 있던 날 밤 내게 해준 모든 일에 감사를 드리고 싶었지만 뭘 어떻게 해야 할지 알 수 없었다. 카페 드 파리에서 번티를 찾아 헤매는 동안 내내 내 곁을 지켜준 미스터 콜린스는 말로 다 할 수 없을 정도로 자상했다. 나 혼자였다면 번티를 찾을 수 있었을지 모르겠다. 애초에 그가 공습감시원에게 내가 간호사라고 둘러대주지 않았다면 카페 안으로 들어갈 수 있었을지조차 장담할 수 없었다. 그런데 이번에는 내가 일을 쉴 수 있도록 친절하게 신경을 써주었다.

그리고 내게는 찰스가 있었다. 우리가 함께 춤을 추고, 웃고, 작별의 입맞춤을 하며 서로에게 편지를 쓰자고 약속한 지 채 이 주도 되지 않았다. 어느새 그와 편지를 주고받는 일은 설레고 재미있고 기대되는 일상이 되었다. 그런데 이제 그에게 무슨 말을 써야 할까? 잘 알지도 못하는 사람에게 어떻게 지금까지 일어난 일을 설명할 수 있을까? 나는 이 고민을 마음 가장 깊은 곳으로 밀어두었다.

화요일 아침 엄마와 나는 워털루역에서 기차에 올랐다. 비가 억수같이 퍼부었고, 엄마가 나이 지긋한 부인과 물자 부족에 대해 예의바르게 이야기를 나누는 동안 나는 이등칸 창문에 머리를 기댄 채 눈을 감았다.

이번 귀향은 지난번과 더없이 달랐다. 그때는 번티와 내가 잭과 함께 눈싸움을 벌였고, 나의 예기치 않은 이직에 대한 흥분과 에드먼드의 못난 행동에 대한 성토로 떠들썩했다. 하지만 지금 우리집은 정적에 잠겨 있었다. 리틀횟필드는 작은 마을이었고 모두 윌리엄과 번티를 알았으며 우리가 얼마나 가까운지도 다 알았다. 염려가 된 친구들은 초인종을 누르기보다 조용히 문을 두드렸다. 심지어 아빠의 환자들조차 아이들의 홍역이나 할아버지의 요통에 관한 일상적인 대화를 들을 일도 없는데 진료실을 어슬렁거리고 싶어하는 듯했다.

나는 내가 쓰던 방에서 지내며 예쁜 꽃이 그려진 벽지만 멍하니 바라보다가 결국 손도 대지 않을 식사를 하러 아래층으로 내려가거나 아무도 마주칠 일 없는 정원을 하릴없이 돌아다녔다. 깊은 밤 방이 깜깜한 어둠에 잠기면 나는 창문으로 하늘을 쳐다보며 차라리 비행기가 나타나 뭔가 끔찍한 일을 하기를 바랐다. 다른 사람이 아니라 오로지 내게만 말이다.

힘을 내자고 계속 다짐을 했지만 소용이 없었다. 내가 간신히 할 수 있는 일이라고는 약속대로 번티에게 편지를 쓰는 것뿐이었다. 잔잔하지만 희망에 찬 편지를 매일 짧게 써서 보냈다. 하지만 번티가 그 편지들을 읽는지조차 알 수 없었다.

나는 마음을 굳게 먹고 찰스에게도 편지를 썼다. 쓰고 싶지 않았지만 그는 정말 너무나도 좋은 사람이었고 번티와 윌리엄과도 안면이 있으니 그에게 소식을 전하지 않는 건 대단히 무례한 일이 될 터였다. 나는 차마 전부 다 내 탓이라 쓸 수 없어서 최대한 간략하게 썼다.

찰스에게

잘 지내고 있기를 바라요.

형님으로부터 소식을 전해들었는지 모르겠지만, 나는 나대로 이 비보를 전해야 할 것 같아서요. 이런 소식은 차마 입에 담고 싶지도 않지만 그래도 해야겠죠.

있잖아요, 번티와 윌리엄과 내가 둘의 약혼을 축하하려던 날 공습이 있었어요. 카페 드 파리에 폭탄이 떨어졌고 빌이 목숨을 잃었어요.

번티는 다쳤는데 상태가 꽤 심각해요. 나는 지각을 하는 바람에 폭탄을 피해 무사해요. 그리고 미스터 콜린스(미안해요, 가이라고는 못 부르겠어요)가 마침 그곳에 계셔서 내가 번티를 찾을 수 있도록 도와주셨어요. 그분이 어찌나 자상하셨는지 당신은 형님을 자랑스러워해야 해요.

이렇게 끔찍한 비보를 전하게 되어 정말 안타까워요. 당신에게 유쾌한 소식을 전하겠다고 약속했는데.

부디 걱정하지 말아요. 번티는 누구보다 강인하고 아빠도 번티가 곧 회복될 거라고 하셨어요. 나도 번티의 회복에 도움을 주고 싶지만 아빠는 그런 건 간호사들이 제일 잘한다고 하세요. 아주 유능한 의료진이 번티를 치료하고 있어요.

요 며칠 부모님 댁에 와 있지만 곧 런던의 집으로 돌아갈 거예요.

부디 몸조심해요, 그래줄 거죠?

당신의 에미 x

그에게 달리 더 무슨 말을 해야 할지 떠오르지 않았다. 집밖으로 나가고 싶지 않아 엄마에게 편지를 부쳐달라고 했다.

집에 있으니 편했다. 아무것도 할 필요 없이 부모님에게 좀더 밝은 표정을 짓고 매일 더 좋아지는 것 같다는 말만 하면 되었다. 엄마는 내 관심을 다른 곳으로 돌리려고 애를 썼다—이를테면 후방 지원용 담요 만들기나 달걀 모으기나 이웃이 새로 키우는 개를 보기 위해 이웃집 찾아가기 같은 일이었다. 엄마가 나를 위해 생각해낸 일들이었지만 내게는 아무 효과도 없었다. 내가 몸이 안 좋은 것도 아니었을뿐더러 이미 일어난 일을 곱씹을 시간은 차고 넘치도록 많았다.

집으로 돌아온 지 일주일이 지났을 즈음, 나는 정원에 달아놓은 낡고 축축한 나무 그네에 앉아서 풀밭에서 얼굴을 내밀기 시작한 이른 수선화들을 멍하니 바라보고 있었다. 문득 에드먼드와 처음으로 데이트를 한 날이 떠올랐다. 그때 우리는 열일곱이었고 가벼운 산책을 나갈 예정이었다. 나를 데리러 온 에드먼드는 내게 줄 꽃다발을 들고 있었고 긴장한 것처럼 보였다. 나는 머리를 흔들어 그 기억을 털어냈다. 별다른 기복 없이 평탄한 삶을 살던 내게는 에드먼드가 간호사와 눈이 맞아 도망간 일이 엄청난 모욕처럼 느껴졌다. 그런데 지금 생각해보니 그런 일은 아무것도 아니었다.

그때 번티가 어떻게 했더라? 내게 술잔을 건네며 에드먼드가 대책 없는 머저리고 나보다 더 잘나갈 일은 없을 거라고 말해주었다. 번티는 단 한 순간도 망설이지 않고 곧장 내 편을 들어주었다. 언제나처럼 세상에서 가장 좋은 친구였다.

"너는 멍청이야." 나는 스스로에게 말했다. 그리고 더 큰 목소리로 말했다. "너는 정말 대책 없는 멍청이야."

자기연민 대회를 연다면 나는 일등 중의 일등이었다. 번티가 여전히 내 친구고 여기 있었다면 상황이 아무리 힘들다 해도 이런 침울함에 빠지지는 않았을 것이다. 번티는 이 상황과 맞서 싸웠을 것이다.

나는 런던으로 돌아가 일을 해야 했다. 이 절망을 떨치고 일어날 수 있는 유일한 방법이었다. 엄마와 아빠를 설득할 것이다. 어쨌든 나는 결국은 다 잘되는 행운아이니 말이다.

그네에서 훌쩍 뛰어내려 집으로 들어가 짐을 싸려고 2층으로 올라갔다.

*

번티와 살던 집으로 돌아가는 것은 내 결심을 계속 고수할 수 있을지 확인하는 첫번째 시험이었다. 늦은 오후에 문을 열고 들어가 벽에 붙은 등의 스위치를 켜자 그곳의 모든 것이 전과 다름없어 보였지만 그곳에 머무는 일은 모든 것이 전과 달랐다. 싸늘한 거실은 적막하고 쓸쓸했다. 엄마는 개봉도 하지 않은 결혼 축하 카드며 선물을 모두 정리해 어딘가에 집어넣어버렸다. 평소에는 식탁으로 쓰다가 번티가 출근을 하고 나면 내가 〈여성의 벗〉 독자들에게 몰래 편지를 쓰곤 했던 작은 티크 테이블 위는 내 필통과 타자기를 제외하면, 견딜 수 없을 정도로 말끔하게 정리되어 있었다. 최대한 빨리 답장을 쓰려고 내 방에 숨겨놓은 새 편지가 한 무더기나 있었다. 그 편지들을 이제 어떻게 해야 할지 난감했다.

전에는 독자들의 편지에 답장을 한다는 사실에서 목적의식을 느꼈다. 캐슬린에게 들킬 뻔한 바람에 다시는 내 답장을 잡지에 싣지 않겠다고 다짐했을 때조차 몰래 보내는 답장이 사람들에게 도움이 될 거라는 생각은 버리지 않았다. 하지만 병원에서 번티에게 들은 말이 가슴을 아프게 찔렀다.

너는 다른 사람의 일에 끼어들어서 상황을 더 악화시키기만 해. 너는 잡지에 편지를 보내는 독자들에게도 조언을 할 수 있다고 생각했지. 하지만 너는 못해.

번티의 말이 옳았다. 여기저기 편지를 보내는 일을 관두고 앞으로는 후방지원을 위해 좀더 양심적인 일을 해야 했다. 지난 한 주 동안 부모님 댁에서 지내면서 나는 말만 하는 게 아니라 정말로 정식 소방대 오토바이 전령이 되기 위한 연수 과정에 지원하겠다고 마음을 먹었다. 아니면 다른 봉사들을 찾아서 시작해볼 수도 있고 말이다. 솔직히 무슨 일이건 상관없었다. 그저 사람들에게 도움이 될 만한 일이라면 되었다.

무슨 일을 하건 지금 일보다 훨씬 더 유용한 일일 것이다. 앞으로 다시는 소방관들이 사람들을 구조할 때 길가에 무기력하게 서 있어서는 안 되었다. 미스터 콜린스 같은 사람들의 도움 없이는 위급한 상황에 처한 사람들을 구하러 가지도 못하는 사람이 되어서는 안 되었다. 나는 봉사할 수 있는 적당한 일을 찾아보기로 마음먹었다. 또다시 실수로 엉뚱한 곳에 취직할 수는 없었다. 새 일을 찾는 동안 소방서의 근무 횟수를 늘리고 〈여성의 벗〉에서는 죽어라 일만 할 것이다. 절대적으로 규정을 지킬 것이다. 더이상 독자에게 편지를 보내지 않을 것이다. 타인의 삶에 더이상 끼어들지 않을 것이다.

그것이 내 계획의 시작이었고 이렇게 계획을 세우자 기분이 밝아졌다.

내일 나는 사무실로 돌아갈 것이다. 하지만 그전에 해야 할 더 중요한 일이 있었다. 카페 드 파리의 일 이후 처음으로 소방서에 나가보아야 했다.

갑자기 불안감이 엄습해왔다.

거실 구석에 서 있는 지구의 모양 술 보관함이 코앞에서 내게 손짓을 하는 듯했다. 하지만 나는 고개를 가로저었다. 술의 힘을 빌린 용기는 아무 도움도 되지 않는다. 대신 나는 소파에서 일어나 체계적으로 온 방을 돌아다니며 불이란 불은 모두 켰다. 그리고 우두커니 앉아서 잡념에 빠지지 않기 위해서라는 이유만으로 이미 먼지 한 톨 없이 깨끗한 아파트를 구석구석 청소하기 시작했다.

*

이튿날 아침 여섯시 반, 한숨도 자지 못한 나는 씻은 다음 가장 맵시 있는 출근복을 입었다. 〈여성의 벗〉은 겁나지 않았지만, 로이와 여자 동료들, 빌의 친구들을 마주할 생각에 두려움이 몰려왔다. 하지만 미루면 미룰수록 더 힘들어질 것이 분명했다. 그래서 독일 공군의 조종사들이 런던을 떠나 우리 공군에 의해 독일까지 쫓겨갔다고 생각될 즈음, 나는 외투를 입고 울 베레모를 귀까지 푹 눌러쓴 채 소방서를 향해 어둠 속으로 들어갔다.

칼턴 스트리트의 대원들은 어김없이 호출을 받아 소방차와 펌프를 몰고 출동한 터라 내가 도착했을 때는 차고가 텅 비어 있었다. 비가 쏟아져 내내 뛰어서 온 나는 사람들이 없는 틈을 타 숨을 고르며 옷매무새를 가다듬었다.

나는 모자를 벗고 숨을 몰아쉬며 차고에 홀로 서 있었다. B조의
근무시간이 곧 끝날 터였다. 셀마, 조앤, 메리 그리고 내 빈자리를
대신하고 있을 누군가. 목이 갑자기 갑갑해졌다. 그 사람이 베라는
아니기를 바랐다.

베라가 아니라고 해도 동료들과 만나면 고통스러울 것 같았다.
내 친구들은 분명 따뜻하게 맞아줄 것이고, 그런 분위기도 충분히
견디기 힘들 것 같았다. 하지만 그들의 슬픔과 마주하는 것은 더
끔찍할 것이다. 지금껏 나는 번티와 미시즈 태비스톡만 생각했다.
그리고 이기적이게도 나 자신의 아픔을 생각했다. 윌리엄의 친구
들에게까지는 생각이 미치지 않았다. 윌리엄은 칼턴 스트리트에서
인기를 한몸에 받았다. 사랑받기까지 했다.

"자, 힘내자." 나는 소리 내어 말했다. 고개를 들고 어깨를 쫙 폈
다. 누군가 번티의 상태를 물어보면 '놀랄 정도로 잘 버티고 있다'
고 말해줄 것이다.

나는 옆문을 열고 안으로 들어가 사람들이 자전거를 세워두는
습기 찬 벽을 지나 가파르고 컴컴한 계단을 오르기 시작했다. 불안
이 치밀어올라 심장이 세차게 뛰어서 한번 더 심호흡을 했다.

해제경보 사이렌은 한 시간 전에 울렸고 일출의 첫번째 징후가
풍경 속으로 고개를 내밀었지만, 상황실에서 근무중인 야간근무조
의 동료들은 여전히 경계를 늦추지 않고 핌리코의 주민들이 위험을
무릅쓰고 밤새 어떤 피해가 발생했는지 신고한 내용을 정리중이
었다. 이 시간대에 걸려오는 전화는 어딘가에 갇힌 사람들이나 붕
괴할 것 같은 건물들, 모두가 안전해졌다고 생각한 순간 훅 들어온
공기로 인해 느닷없이 다시 시작된 잔인한 화재에 대한 신고였다.

상황실은 정확히 예전 모습 그대로인 것 같았다. 책상 위마다 전화기와 메모패드가 놓여 있고 벽에 걸린 게시판에는 어느 팀이 어디로 출동했는지 적혀 있었다. 문가에 걸린 커다란 시계가 똑딱똑딱 울리며 근무시간이 곧 끝난다고 알려주었다. 조앤은 전화를 받으며 맹렬한 기세로 신고 내용을 받아 적고 있었고 셀마와 메리는 근무중 받은 전화 메모들을 기록하고 있었다. 그들 셋뿐이었다. 내가 방으로 들어가자, 셀마와 메리가 고개를 들었다가 자리에서 벌떡 일어나는 바람에 의자가 밀려나며 바닥을 긁었다. 메리가 이제 어떻게 해야 할지 알려주기를 바라듯 셀마를 힐끗 봤지만, 셀마는 벌써 내 쪽으로 달려오는 중이었다. 그녀의 얼굴이 일그러지면서 '모든 일이 다 잘될 거야'라는 미소와 비슷한 표정이 나타났다. 나도 그와 비슷한 표정을 지었다.

"잘 지냈어요?" 내가 이렇게 인사를 건네며 멈춰 서자 셀마가 나를 꼭 안았다.

"오, 세상에." 셀마가 이렇게 말하더니 다시 말했다. "오, 세상에." 내 머리카락 속으로 그녀의 떨리는 목소리가 전해졌다. 그녀는 나를 놓아주지 않았다. "어쩌면 좋으니. 어쩌면 좋아."

어찌나 나를 꼭 안는지 숨이 막혀 말을 하기도 힘들었다. 나는 눈물을 터트리지 않으려고 악착같이 참았다. 모두의 마음을 아프게 하기 싫어서 고개를 끄덕이며 셀마를 꼭 안아주었다.

"너무 안됐어요, 에미." 메리가 말했다. 그녀는 셀마를 뒤따라 내게 왔다. 그리고 살짝 조심스러운 듯 내 어깨를 토닥여주었다. 고개를 드니 그녀의 눈도 촉촉하게 젖어 있었다. 셀마는 더이상 말이 없었다. 아니, 달리 아무 말도 할 수 없었을 것이다. 나는 한 팔로 그녀를 다시 안고 다른 팔을 메리에게 뻗었다. 조앤이 전화를 다 받은 후 서둘러 메모를 게시판에 핀으로 꽂고 우리에게 달려왔다.

"오, 엠." 조앤이 이렇게 말하자 나는 셸마의 품에서 빠져나와 조앤을 꼭 안았다. 조앤은 윌리엄을 아꼈고, 자신의 아들들이 윌리엄처럼 자라면 좋겠다고 말하곤 했었다.

"알아요." 나는 모두를 침울하게 만들기보다 위안을 주고 싶은 마음을 담아 말했다. 그 순간 그 마음이 내 진심이었다.

조앤의 눈가도 붉게 물들었다. 그녀는 셸마처럼 용기를 주는 미소를 지으려고 애쓰며 내 팔을 꼭 잡았다.

"불쌍해서 어떻게 해." 조앤이 고개를 흔들며 말했다.

굳게 먹은 마음도 부질없이 기어이 굵은 눈물이 볼을 따라 흘러내렸다. 그 눈물은 우리 중 누구 때문도 아니었다. 그것은 자신이 누려야만 할 모든 것을 누릴 새도 없이 가버린 용감하고 훌륭한 젊은이의 죽음을 애도하는 눈물이었다. 내가 느끼는 죄책감에서 비롯된 눈물이 아니었다. 빌이 죽었기 때문에 흐르는 눈물이었다. 상황실 한가운데에 서 있으니 그 사실이 도무지 믿기지 않았다.

조앤과 셸마, 메리는 다른 수많은 사람들처럼 아무리 무시무시한 상황에서도 밤낮으로 자신의 임무를 수행했다. 매일 그들은 알지도 못하고 아마 만날 일도 없을 낯선 사람들이 구조되도록 도왔다. 하지만 오늘 그 낯선 이는 그들의 친구였다. 마음을 굳게 먹고 해야 할 일을 하며 버티는 것이 훌륭한 태도라는 건 알았지만, 때때로 상황이 너무나 암울하다는 사실을 인정할 수밖에 없었다. 전쟁은 지독하고 혐오스럽고 불공평했다.

그 순간만은 전화가 한 통도 오지 않았다.

잠시 후 나는 조심스럽게 조앤을 놓아주며 얼굴을 닦고 그녀와 메리의 손을 잡았다. 두 사람이 셀마에게 손을 뻗었다. 잠시 동안 우리 네 사람은 마치 특별한 비밀 모임을 열기라도 하듯 상황실 한가운데에서 서로의 손을 꼭 잡고 서 있었다.

나는 동료들이 조금이라도 밝아지거나 마음을 좀더 편하게 가질 수 있도록 먼저 말문을 열었다.

"자, 힘내요, 여러분." 목소리가 떨렸지만 최선을 다해 말을 이었다. 그리고 메리를 보며 아주 상냥하게 덧붙였다. "어서, 다들 기운 내요."

고작 사 개월 전 메리는 오빠가 아프리카에서 실종되는 일을 겪었다. 나는 윌리엄을 위해 흘린 메리의 눈물에는 피붙이를 잃은 슬픔이 섞여 있음을 알았다. 나는 그녀의 손을 더 꼭 잡으며 위로를 건네는 큰언니가 되어주고 싶다고 생각했다. 그녀도 굳건한 마음을 잃지 않겠다는 듯 미소를 보여주었다.

"잘했어." 내가 말했다. "바로 그거야."

셀마가 바통을 이어받았다.

"우리 좀 봐." 그녀가 코를 훌쩍이며 말했다. "꼴사납게 이게 뭐람. 제복을 입고 말이야." 그녀가 풀죽어 말했다.

그러자 조앤이 단호한 태도로 그 말을 이어받았다. "빌이 보면 뭐라고 하겠어, 그렇지?" 그녀는 이렇게 말하며 웃으려고 했지만 목소리가 심하게 떨렸다. "오, 세상에. 오, 왜 이런담."

세 사람 모두 마음을 굳게 먹으려고 애쓰는 게 보였다. 그 모습을 보고 있기 괴로웠다.

"자자." 내가 천천히 말문을 열었다. "여러분이 이렇게 슬퍼하는 모습을 보면 빌이 무척 속상해할 것 같아요. 하지만 이해할 거예요. 분명 우리에게 기운 내라고 격려해주겠죠."

내가 빌의 입장을 대변하다니 가증스럽기 짝이 없었지만, 모두 그 말에 기운을 내는 것 같았다. 세 사람은 고개를 끄덕이고 그 말대로라며 맞장구를 치고 억지로라도 미소를 지었다.

아래층에서 엔진소리가 들렸다. 출동 나갔던 대원들 가운데 제일 먼저 도착한 팀이었다.

메리가 경악에 찬 표정을 지으며 손수건을 찾아 주머니를 뒤졌다. 나머지도 손수건을 꺼내들었다. 아무도 대원들에게 눈물 젖은 얼굴을 보이고 싶어하지 않았다.

"걱정 말아요." 내가 말했다. "먼저 소방차부터 세워야 할 테니까. 내가 먼저 내려가서 잠시 대원들과 인사를 할게요."

"고마워, 엠." 셀마가 코를 힘껏 풀더니 말했다. 그녀는 살짝 마음을 다잡는 듯하더니 번티의 상태를 물었다.

"놀랄 정도로 잘 회복하고 있어요." 나는 미리 연습한 대로 대답했다. "완전히 회복하려면 시간이 좀 걸릴 것 같지만요."

"우리가 힘내라고 했다고 꼭 전해줘, 알겠지?" 그 말에 가슴 한구석이 묵직하게 저렸지만 나는 고개를 끄덕였다.

아래층에서는 소방차들이 속속 들어오는 소리며 남자들끼리 서로 소리치고 부르는 소리가 들렸다. 이제 언제라도 그들 중 누군가가 차를 끓여달라며 계단을 후다닥 뛰어올라올 터였다.

"나는 이만 내려가서 대원들을 만나야겠어요." 내 기분은 완전히 반대였지만 씩씩하고 활기찬 것처럼 들리기를 바라며 말했다.

"다들 너를 보고 싶어할 거야." 조앤이 말했다.

과연 그럴까? 불쑥 이런 생각이 들었다. 진실을 알면 어떻게 될까?

하지만 나는 마지막으로 미소를 지으며 동료들을 둘러본 후 윌리엄의 친구들을 만나기 위해 아래층으로 내려갔다.

22장
언제까지나 여사님의 팬일
미시즈 바딘스키로부터

소방서를 나서는 순간부터 완전히 겁쟁이가 되어버린 나는 집으로 가는 길에 미스터 본의 신문판매점을 지나지 않도록 멀리 돌아서 갔다. 지금쯤 미스터 본은 무슨 일이 일어났는지 다 알 것이다. 이 일이 아들을 잃은 그분의 상처를 또 한번 헤집게 되리라는 사실을 알았기에 나는 또다시 미치도록 비통한 대화를 나눌 자신이 없었다. 거리는 출근하는 사람들로 북적이기 시작했고 나는 혹시라도 아는 사람과 마주칠까봐 고개를 푹 숙인 채 걸었다. 이제는 나를 아는 사람들의 얼굴에 나타나는 특유의 표정을 보자마자 알아차리게 되었다. 경악까지는 아니어도 어떤 강렬한 감정이 일순 스쳐지나가고, 이어 할말을 찾기 위해서, 더 나쁜 경우에는 슬픔을 숨기기 위해서 선의가 담긴 억지 미소를 짓곤 했다.

나는 평소처럼 작은 놀이터를 지나가다가 개와 함께 술래잡기를 하는 아이 둘을 보고 잠시 멈춰 섰다. 추위와 습기, 술래잡기의 배경이 되어버린 커다란 구덩이들도 아랑곳하지 않은 채 아이들은 까약 소리를 지르고 테리어 개는 신이 나서 멍멍 짖어댔다. 여자아이가 부르자 개는 격렬하게 꼬리를 흔들며 달려갔다. 아이가 개를 팔로 안아들어 품에 꼭 안아주자 개가 아이의 얼굴을 마구 핥았다. 아이가 너무 어려 개를 제대로 안지 못하는 바람에 품에서 삐져나온 두 다리가 버둥거리며 아이의 코트에 신나게 진흙을 비벼댔다.

나는 그 순간 아무 문제도 없는 것처럼 놀이터로 달려가 소리를 지르며 뛰놀고 실컷 웃고 싶었다. 찰스와 함께 있다면 얼마나 좋을까. 그러면 내 손을 잡고 모든 일이 다 잘될 거라고 말해줄 테지. 설령 그럴 리가 없다고 해도 그의 목소리로 그 말을 듣고 싶었다. 그는 어딘지 확신이 느껴지게 말을 하는 재주가 있었다. 오만한 게 아니라, 듣는 사람을 안심시키고, 해결할 수 없는 일은 아무것도 없다고 믿게 만드는 침착함이 있었다.

나는 스스로를 다그쳤다. 지금 그를 떠올리며 약해지는 건 아무 의미가 없다고 말이다. 휴가를 받아 돌아온 그가 빌의 죽음을 둘러싼 이야기를 듣고 어떻게 생각할지는 하느님만이 아실 것이다. 다시 만나는 날까지 나는 번티가 잘 회복되고 있다고 허풍을 떨 수밖에 없었다. 다시 만나면 그는 나를 어떻게 생각하게 될까? 우리는 이제 막 서로를 알게 된 사이였다. 비록 내가 그에게 많은 이야기를 써 보냈고 해외에 있는 그로부터 편지를 여러 통 받기는 했지만, 그럼에도 막 만나기 시작한 사이였다.

나는 한기가 느껴져 습한 공기를 막으려고 가슴 앞으로 팔짱을 낀 채 씩씩하게 다시 걷기 시작했다. 집으로 돌아가면 세수를 하고 사무실에 출근할 만한 모습으로 단장을 할 것이다. 그리고 일단 출근하고 나면, 전쟁과 관련된 일을 구해 〈여성의 벗〉을 떠날 수 있을 때까지 최대한 바쁘게 지내려는 내 계획을 실행에 옮길 수 있을 것이다.

*

출근을 하니 단 한 명의 예외도 없이 모든 직원들이 돌아온 나를 따뜻하게 맞아주었다. 캐슬린은 심지어 4층 엘리베이터 옆에서 나를 기다리기까지 했다. 그녀는 걱정스러운 마음을 담아 나를 꼭 안아주더니 내 팔짱을 낀 채 얼마나 마음이 아픈지 모르겠다는 말을 몇 번이나 되풀이하며 나와 함께 6층까지 걸어올라갔다.

우리가 〈여성의 벗〉이 있는 층으로 들어가는 문을 통과하자마자 미시즈 머호니와 미스터 브랜드가 나타나 더할 나위 없이 따뜻한 위로를 해주었다. 미스터 콜린스가 무슨 일이 있었는지 두 사람에게 알렸음이 틀림없었고, 두 사람은 끔찍이도 친절했다. 내게 쏠린 관심을 물리치기 위해 나는 그들에게 감사인사를 한 후 다시 출근할 수 있을 정도로 컨디션이 완벽하다며 모두를 안심시켰다. 캐슬린이 내 마음을 읽고 얼른 자신의 작은 사무실로 나를 들여보냈다. 막 코트를 벗는데 이번에는 미시즈 버드가 문가에 나타났다. 마치 막 교회로 날아가는 길이었던 거대한 까마귀처럼 보이는 깃털 옷을 입고 깃털 모자를 쓴 미시즈 버드의 모습은 대단했다.

"아, 에멀라인." 그녀의 말투는 건조했지만 성량은 받아들일 만한 수준이었으며, 성이 아닌 이름으로 나를 불렀다. 한 번도 일어난 적 없던 일이었다. "출근을 하면 당신을 볼 수 있을 것 같았어요." 그녀가 입술을 꾹 다물고 엄숙한 표정을 지었다. "당신이 아주 가슴 아픈 시간을 보냈다고 들었어요. 참 힘든 시절이에요."

편집국장 권한대행이 밖에서 고래고래 소리를 지르며 지시를 내리지 않고 캐슬린의 사무실에 직접 찾아오는 일은 정말로 드물었다. 그렇기에 의외인 그녀의 행동에서 상냥함이 느껴졌다.

"고맙습니다, 미시즈 버드." 내가 대답했다. "그리고 일주일이나 쉬게 해주신 것도요."

"괜찮아요." 그녀는 감사인사를 훌쩍 물리치며 말했다. "미스터 콜린스에게 들었어요. 지독한 일이에요. 그놈들은 사람이 아니에요. 해충이죠. 이렇게 다시 나왔으니 잘했어요. 몸은 힘들지 않아요?"

나는 고개를 가로저었다. 이렇게 동정적인 태도의 미시즈 버드가 영 어색했다. 나는 캐슬린을 보았다. 그녀는 못박힌 듯 서서 우리를 바라보고 있었다.

"고맙습니다, 미시즈 버드." 나는 다시 인사를 했다. "저는 정말 괜찮아요. 고맙습니다."

"다행이에요." 미시즈 버드는 내가 울음을 터트리는 등 꼴사나운 모습을 보이지 않았다는 사실에 안도감과 자부심이 뒤섞인 감정을 내보이며 대답했다. "이럴 때는 바쁘게 지내는 게 최고의 약이에요. 일에 몰두하는 거예요."

〈여성의 벗〉을 관두고 풀타임으로 참여할 군역에 지원하려는 계획을 그녀에게 알리기에 지금이 최적의 시기인지 고민이 됐다. 어차피 미시즈 버드가 말할 기회도 주지 않기는 하지만.

"그건 그렇고 미스터 콜린스가 당신한테 맡길 일이 있어서 초과근무를 좀 해야 할지 모른다더군요. 제자리로 돌아갈 완벽한 타이밍이에요."

그녀가 인간 증기롤러에 훨씬 더 어울리는 평소의 태도로 돌아왔다.

"주중 오후근무 한 번과 월요일 종일근무면 될 것 같아요. 하지만 전처럼 내 편지를 최우선으로 처리해야 해요. 미스 나이턴은 나머지 업무로 지금도 할일이 산더미예요."

나는 고마움의 표시로 고개를 끄덕였다. 미시즈 버드의 업무 지시야말로 지금 내게 꼭 필요한 조치였다. 소방서의 근무 횟수까지 더 늘린다면 잡생각을 할 여유는 없을 것이다. 앞으로 나는 잠자는 시간 외에는 일만 해야 했다.

"그리고 미리 일러둬야 할 일이 있어요." 미시즈 버드가 눈썹을 솜씨 좋게 움직여 우유도 굳혀버릴 눈빛을 했다. "최근에 아주 '지독한 편지'를 계속 받았어요. 아주. 불쾌했어요. 말할 수도 없이 말이에요."

편지들. 그건 나중에 처리하자고 나는 생각했다. 지금은 아니다.

미시즈 버드가 우리를 쏘아보았다.

"불결한 사연들이었죠, 미스 레이크. 나는 우리 독자들에게 갑자기 무슨 바람이 불었는지 모르겠어요. 어쨌든 당신이 쉬는 동안 미스 나이턴이 절대 게재 불가한 사연이 담긴 편지를 몇 통이나 폐기해야 했어요."

캐슬린이 고개를 끄덕이며 어색한 표정을 지었다. 나는 숨을 죽인 채 다음 말을 기다렸다.

"이것이 '불미스러운 유행'이 아니기를 바라며 좀더 정신을 바짝 차리고 '불쾌한 사연'이 들어오는 족족 내게 보고를 해줘요. 그런 방향으로 한 걸음도 더 나아가서는 안 됩니다."

"물론입니다." 내가 말했다. "일시적인 현상일 겁니다." 나는 얼른 입을 다물었다. 괜히 하나 마나 한 소리로 미시즈 버드를 더욱 자극하는 짓만은 하지 않을 분별력은 있어야 했다.

"흠." 그녀는 위협적인 어조로 이렇게 대꾸하고는 캐슬린을 향해 몸을 돌렸다. "나는 비상용 소화 양동이에 대해 논의하기 위해 이사회실에 가봐야 해요."

그러더니 쌩하니 나가버렸다.

캐슬린과 나는 계단으로 향하는 문이 쾅 닫히는 순간 서로를 바라보았다.

"미시즈 버드가 정말 친절하시네요." 내가 말했다. "이런 상황은 생각지도 못했어요."

"미시즈 버드는 사실 마음씨가 고약하시진 않아요." 캐슬린이 말했다. "단지…… 뭐랄까……"

"단호하시죠." 우리가 동시에 말했다. 덕분에 보일락 말락 미소가 지어졌고 그 미소는 며칠 만에 내가 처음 지은 웃음이었다. 대단한 변화는 아니었지만 이곳에 다시 나오니 마음이 편안해졌다는 사실은 인정하지 않을 수 없었다. 〈여성의 벗〉에는 윌리엄이나 번티를 아는 사람이 없었다. 이기적으로 들리겠지만, 타인의 슬픔에 대해 걱정하지 않아도 된다는 것만으로도 견디기가 한결 수월해졌다.

나는 책상 가장자리에 걸터앉아 캐슬린에게 미스터 콜린스가 출근했는지 물어보았다.

"금방 오실 거예요, 아마도요." 캐슬린이 말해주었다. "미스터 콜린스가 당신 걱정을 얼마나 하시는지 몰라요, 에미." 그녀가 덧

붙였다. "그동안 부쩍 말수도 없으셨고 솔직히 견디기 힘들었어
요." 캐슬린이 문을 힐끔 보았다. "당신을 보면 좋아서 펄쩍 뛰실
걸요, 장담해요."

캐슬린의 말에 뭐라고 대꾸하면 좋을지 생각이 나지 않았다. 그
저 미스터 콜린스가 나를 보고 유난스럽게 굴지 않기만을 바랄 뿐
이었다. 주제를 바꾸기 위해 나는 위험을 각오하고 미시즈 버드가
말한 '불미스러운 유행'에 대해 물어보기로 했다. 나는 내 질문에
캐슬린의 의심이 다시 고개를 쳐들지 않기만 간절하게 바랐다.

"그간 다채로운 편지들이 좀 왔나봐요?" 나는 단지 업무에만 온
정신을 다 쏟는 것처럼 보이기를 바라며 물었다.

수면 부족 탓인지 머리가 아팠다. 나는 지난 일들을 마음 깊숙한
곳으로 열심히 밀어넣었다. 그리고 캐슬린이 내 질문들을 받아주
고 도덕을 내세운 '출입금지' 표지판을 들어올리지 않기만 바랐다.

고맙게도 캐슬린은 입고 있는 털옷에서 보풀을 떼더니 인상을
쓰면서 이야기를 시작했다.

"음, 맞아요. 몇 통은 꽤 심했어요. 내가 무슨 말을 하는지 짐작
할지 모르겠지만요. 에미가 쉬는 바람에 우리 모두 '일손을 보태
야' 했어요. 미시즈 버드조차 몇몇 편지를 직접 확인했을 정도였
죠. 알다시피 요즘 들어 평소보다 편지가 더 많이 왔거든요." 캐슬
린이 말을 멈추고 뒤를 돌아보더니 손을 뻗어 작은 편지 더미를 들
어올렸다. "이게 어제 두번째 배달에 도착한 편지들이에요. 아직
개봉도 못했어요. 그런데 미시즈 버드가 이 정도 양의 편지를 직접
열어보신 거예요. 그중에 임신 관련 편지가 두 통이었고 이혼하는
법을 알려달라는 편지까지 있었지 뭐예요. 여사님의 심기가 몹시

불편해졌죠."

나는 동정하는 표정을 지었다.

"미시즈 버드는 이런 편지를 쓴 독자들이 잡지를 읽고 싶어한다면 우리는 잡지에 어떤 글을 실을지 엄중하게 살피고 고민해야 하고 '윤리적 기강을 바로잡아야 한다'고 하셨어요."

나는 어깨를 으쓱하며 무심한 표정을 지었지만 불길한 소식이라는 생각이 들었다. 캐슬린은 마음이 딴 데 있는 듯한 태도로 도착한 편지들을 분류하며 계속 말을 이었다.

"정말 슬픈 일은 말이죠, 미시즈 버드께 큰 도움을 받았다는 여성 독자가 보낸 훈훈한 편지가 있었어요. 여사님이 그 답장을 보면 기뻐하실 것 같아서 어제 보여드리려고 했거든요. 그런데 시간이 없다시지 뭐예요. 에미가 기운을 차리는 데 그 편지가 도움이 될지도 모르겠다 싶어서 따로 보관해뒀어요." 캐슬린이 미안한 표정을 지으며 나를 보았다. "미안해요. 고작 그런 편지에 그런 힘은 없겠죠. 하지만 에미는 늘 독자들에게 관심이 많았으니까 혹시라도…… 음. 아무튼 그랬어요. 그냥 버려도 상관없어요."

"오, 제발 버리지 말아요. 그 편지를 꼭 읽어보고 싶어요." 내가 말했다.

캐슬린이 책상의 제일 아래쪽 서랍을 열더니 내게 편지 한 통을 건넸다. 그녀에게 고맙다고 인사를 하며 그 편지를 어제 두번째로 배달된 편지 더미 위에 얹었다. 그녀와 계속 대화하며 편지를 읽기보다 혼자서 열어볼 수 있도록 말이다. 잠시 후 나는 편지를 모두 개봉하고 미스터 콜린스를 기다리기 위해 재빠르게 새 사무실로 향했다.

옛 기자실에서 고작 몇 시간을 일한 직후에 일주일이나 쉬었는데
도 어느새 나는 그 방을 좋아하게 되었다. 그곳에 있으면 적어도 어
엿한 기자들의 사무실에 있는 기분이 들었다. 종군기자가 되고 싶
었던 꿈을 희미하게나마 떠올리게 해주는 공간이었다. 나는 〈여성
의 벗〉이 대성공을 거두어, 아이디어와 샌드위치, 담배를 나누며
취재에 여념이 없는 기자들로 그곳이 북적이면 어떤 풍경이 될지
낭만적인 상상을 했다. 하지만 전쟁이 끝난 먼 미래에 다시 그런 모
습이 되기를 바라는 편이 더 나을 것이다. 곰팡이 냄새가 변화에
고집스럽게 저항했기 때문에 나는 들어서자마자 불을 켜고 곧장
창문을 열었다. 그리고 내가 고른 책상에 앉았다. 문 바로 옆자리
였기 때문에 미스터 콜린스가 부르면 곧장 대답할 수 있었다. 테이
프로 막아놓은 창문으로, 일부이기는 해도 근사한 풍경과 맞은편
건물들 위의 하늘이 보이는 자리이기도 했다.
　이제 업무를 시작할 시간이었다. 나는 캐슬린이 나를 위해 보관
해둔 편지부터 열었다.

　친애하는 미시즈 버드에게
　몇 주 전 제가 쓴 편지에 친절하게 보내주신 조언에 감사드리기
위해 이렇게 다시 펜을 들었습니다.
　여사님은 저를 폴란드 공군과 '사랑에 빠진 사람'으로, 어머니
가 그와의 결혼을 반대하는 여자로 알고 계실 거예요.

　갑자기 속이 울렁거리는 것 같았다. 이 편지를 캐슬린이 미시즈
버드에게 보여주고 싶어했다고? 위기일발의 상황이란 바로 이런

것이었다.

미시즈 버드, 제 이름은 돌리 바딘스키, 아니 미시즈 미에치스
와프입니다. 우리는 어제 결혼식을 올렸어요!

나도 모르게 입에서 감탄사가 튀어나오는 바람에 놀라서 얼른
손으로 입을 막았다. 무엇 하나 평탄치 않은 상황 속에서 이 편지
만큼은 행복으로 가득했다.

저는 여사님의 조언을 수도 없이 읽고 제게 하라고 하신 것처럼
현실을 신중하게 생각했습니다. 그랬더니 미에치스와프와 함께라
면 전쟁이 끝난 후 유럽대륙이건 심지어 미국이나 다른 어디를 가
더라도 상관없다고 확신하게 되었습니다. 물론 쉽지 않으리라는
걸 알아요. 하지만 우리가 함께 있는 한 그런 건 아무래도 좋습니
다. 물론 저는 신중에 신중을 기하며 이 문제를 고려해보았고 제
남편(이렇게 쓰니 정말 짜릿하네요!)과 함께 우리의 문제를 매우
이성적으로 의논했습니다. 그리고 저는 남편에게서 모든 것이 잘
되리라는 강한 확신을 받았습니다.
　어머니의 반응에 대해서 걱정을 많이 했지만, 여사님의 도움으
로 용기를 냈습니다! 어머니와 아버지는 제 결정을 결코 좋아하지
않으셨어요. 하지만 결국 마음을 푸실 거라는 걸 저는 압니다.
　미시즈 버드, 여사님의 친절에 어떻게 보답을 할 수 있을까요?
제 남편은 위험한 일을 수행하고 있고 그이도 저도 앞으로 무슨
일이 일어날지 알지 못합니다. 하지만 이제 저는 그의 아내입니

다. 세상에서 가장 행복한 여자고요.

스코틀랜드에서

언제까지나 여사님의 팬일

미시즈 미에치스와프 바딘스키(돌리)로부터

'사랑에 빠진 사람'이 결국 해낸 것이다. 밖을 보니 미약하지만 고집스러운 햇빛이 3월의 구름을 뚫고 나오려 애쓰고 있었다. 돌리의 편지로 촉발된 나의 흥분은 아무에게도 이야기할 수 없다는 서글픔 때문에 기세가 수그러들었다. 확실히 나 자신을 제외하면 〈여성의 벗〉에 근무하는 누구에게도 할 수 없는 이야기였다. 번티가 이토록 사랑스러운 해피엔드를 듣는다면 얼마나 좋아할까.

나는 확실하게 현실을 깨달았다.

물론 번티에게는 절대 말할 수 없었다. 감히 그런 생각조차 할 수 없었다. 번티가 잃은 것을 모두 가진 낯선 독자의 편지는 상황을 더 악화시킬지도 몰랐다. 게다가 나는 남몰래 계속 편지를 쓴 일에 대해 애초에 솔직하게 다 털어놓지도 않았다. 그녀가 가장 가까운 친구라는 것을 생각하면, 이 편지 건은 내가 얼마나 얄팍한 인간인지만 확실히 떠올리게 해줄 뿐이었다.

기가 팍 죽어 있었던 탓에 나는 미스터 콜린스가 사무실에 들어오는 소리도 못 듣고 그가 다른 책상에서 의자를 가져와 내 옆에 놓았을 때야 고개를 들어 그를 보았다.

미스터 콜린스는 내게 아무 말도 하지 않았다. 다만 사려 깊은 표정으로 내 쪽으로 몸을 기울인 채 양손을 포개 무릎 사이에 두고 있었다. 그는 때에 따라 내 상사였고, 직장 밖에선 내 남자친구의 형이었는데, 이제는 내 인생에서 가장 끔찍한 경험을 함께한 사람이라는 타이틀까지 더해졌다. 괴상하고, 우울하고, 재미있고, 이젠 영웅이 된 미스터 콜린스. 그는 원래 감정을 쉬이 드러내는 사람이 아니었지만 오늘만큼은 그의 표정을 보니 하고 싶은 말을 꾹 참고 있는 것을 알 수 있었다. 부적절하기 짝이 없겠지만 양팔로 그의 목을 감싸안은 채 그의 코트 위로 축 늘어져 엉엉 울 수 있다면 훨씬 마음이 편해질 것 같았다. 하지만 세상이 미치지 않고서야 그럴 수는 없겠지.

마침내 그가 손을 뻗어 내 팔을 만졌다. 직장에서는 그 정도도 충분히 대담한 행동이었다.

"괜찮아요?" 그가 조용하게 물었다. "알겠지만, 꼭 출근할 필요는 없어요."

나는 고개를 끄덕이고 요즘 내 입에서 툭하면 나오는 괜찮다는 말을 했다. 그는 한쪽 눈썹을 휙 올릴 뿐 아무 말도 하지 않았다. 내가 지난 몇 주 동안 배운 사실 가운데 하나는 미스터 콜린스 앞에서는 허세를 부릴 수 없다는 것이다.

"사표를 내려고요." 내가 불쑥 말했다. "그리고 풀타임으로 일하는 군역을 찾아서 지원하려고 해요."

미스터 콜린스가 고개를 끄덕였다.

"그렇군요." 그가 말했다.

"지난주 내내 고민했어요. 좀더 사회에 도움이 되는 일을 하고 싶어요." 나는 내 마음을 설명해보려고 노력했다. "지금 하는 일로는 부족해요. 게다가 어차피 조만간 여자들도 징집이 될 테고요. 그래서 지금 관두려고요."

나는 '너무 성급하게 결정하지 말아요'라는 반응이 나올 때를 대비해 마음을 다잡았다.

"그럼요." 미스터 콜린스가 말했다. "이해할 수 있어요. 그러면 이건 사직서인가요?"

그는 내가 들고 있던 돌리의 편지를 가져가더니 내가 만류할 새도 없이 읽기 시작했다.

"세상에." 그가 깜짝 놀라며 말했다. "헨리에타가 정말로 도움을 줬군. 세상에는 놀랄 일이 끝도 없다니까."

"여사님도 가끔은 그러세요." 내가 재빨리 말했다.

"다행이네요." 미스터 콜린스가 편지를 돌려주며 말했다. 그는 앉은 채로 방향을 틀어 창밖을 바라보았다. "쾌청한 날이에요. 봄이 저만치 왔어요."

그는 나를 보지 않고 바깥 풍경을 계속 보며 말했다.

"구닥다리 〈여성의 벗〉이 완전히 시간 낭비는 아니라는 걸 알아서 다행이에요. 당신이 관둔다니 큰 손실이네요. 나를 도와줄 수 있을 만한 아이디어가 몇 가지 있는데." 그가 몸을 돌려 나를 보더니 몹시 상냥하게 미소를 지었다. "걱정 말아요. 번티에게는 분명 당신이 필요할 거예요."

미스터 콜린스는 사람의 마음을 읽을 수 있거나 감이 정말 좋은 사람임이 틀림없었다. 나는 군대에 들어가고 싶지만 솔직하게 말하자면 미스터 콜린스와 캐슬린에게서 이렇게 훌쩍 떠나고 싶지 않아 스스로도 조금 놀랐다.

"정식으로 입대할 때까지는 계속 일하고 싶어요." 내가 말했다.

그는 게시판 하나를 물끄러미 바라보며 고개를 끄덕였다.

"좋은 생각이에요." 그가 대꾸했다. "지원 입대 과정이 지긋지긋할 정도로 느릴 때도 있으니까. 아, 저 기사 기억나네." 그는 벽에 핀으로 꽂혀 있는 누렇게 바랜 토막기사를 좀더 주의깊게 읽으며 덧붙였다. 그 모습은 마치 나를 이곳에서 계속 일하게 만드는 것보다 그 토막기사가 말도 못하게 더 흥미롭다고 말하는 것처럼 보였다. "젊은이가 쓴 기사군. 그리 나쁘지 않아."

나는 미스터 콜린스가 자신이 원하는 것을 다른 사람들에게서 얻어내는 재능이 출중하다는 사실을 정부가 아는지 궁금했다. 정부는 미스터 콜린스에게 스파이 업무를 맡겨야 했다.

점점 마음이 약해졌다. "음, 제 도움이 필요하실지도 모른다고 미시즈 버드가 말씀하시던데요? 제 말이 여기 일에 의욕이 없는 것처럼 들렸다면 죄송해요."

"상황에 따라 당신은 용감한 사람이 될 수 있다고 나는 생각해요." 미스터 콜린스가 마침내 내 눈을 들여다보며 말했다. "자, 번티가 어떻게 지내고 있는지 말해줘요. 그러고 나면 무슨 도움이 필요한지 설명해주죠."

23장
큰 사랑을 담아, 에미가

갑자기 미스터 콜린스는 내게 도움이 필요한 일을 산더미처럼 안겨주었다. 그가 미시즈 버드와 공모해서 나를 정신없이 바쁘게 만드는 임무를 은밀하게 수행중일 리는 없겠지만 달리 생각하면 분명히 그런 것 같기도 했다. 그의 글을 타자로 정리하는 일을 맡겼을 뿐 아니라 내 또래들이 좋아할 만한 소설 소재들을 알려달라고도 했다. 어느 날은 정말 놀라운 부탁을 하기도 했다.

"소방서 근무를 소재로 오백 단어 분량의 글을 한 편 써줄 수 있어요?" 그가 말했다. "우리 독자들이 좋아할지 몰라요. 게다가 내부에서 본 소방서 이야기는 꽤 재미있을 것 같고요."

나는 내 글이 〈여성의 벗〉에 실릴지도 모른다는 사실에 깜짝 놀라 눈을 휘둥그레 뜬 채 그를 빤히 바라보았다. 그리고 일단 글을 써보았다. 미스터 콜린스는 첫 글치고는 나쁘지 않다며 이번에는 '이상적인 비서'에 대한 재미있는 글 한 꼭지를 써야 하는데 도와주겠느냐고 물었다. 그후로도 미스터 콜린스는 자신의 글을 위한 자료 조사를 부탁하거나 필요한 정보를 요청하는 문서를 작성하는 업무를 맡기기 시작했다. 내 나이대의 여성 독자들이 좋아할 만한 기삿거리를 알려달라고 했을 때는 여러 제안을 목록으로 작성해서 제출했다. 업무가 하나같이 재미있었고 딴생각을 할 짬도 나지 않았다. 심지어 아주 조금 기자에 가까워진 기분마저 들었다. 이제 더이상 기자의 꿈에 매달리는 건 아니었지만 말이다. 나는 맡은 일이 즐거웠고 어쨌든 미스터 콜린스에게 고마웠다.

나는 잡지사에 전보다 더 많은 시간을 쏟으며 퇴근해야 할 시간을 훌쩍 넘겨서까지 근무했다. 소방서에서도 근무시간을 늘릴 수 있는 만큼 늘렸다. 내가 집으로 가는 이유는 자고, 먹고, 번티에게 편지를 쓰기 위해서였다. 물론 찰스에게도 편지를 몇 통 썼다. 그 외의 시간은 계속 몸을 바삐 놀렸다. 멍하니 앉아 있는 순간 지난 일이 떠오를 것만 같았다.

나는 내 시간을 일로 채우기 위해 뭐든지 했다. 하지만 내게 아무리 중요한 의미였다고 해도 독자에게 편지는 더이상 쓰지 않았다. 그들에게 얼마나 도움이 간절하건, 미시즈 버드가 얼마나 그들을 무시하건 상관없었다. 나는 답장을 하지 않았다.

마침내 나는 번티가 내게 한 말을 따르는 중이었다.

그녀가 내게 관두라고 말한 후로 백 년은 흐른 것 같았다. 그때는 양심의 가책을 느끼면서도 답장하는 걸 멈추지 않았다. 하지만 이제는 더이상 그렇게 할 수 없었다.

독자들을 모른 척하기가 결코 쉽지는 않았다. 하지만 나는 내 결심을 지켰다. 미시즈 버드의 도덕적 규칙은 여전히 해독할 수 없었다. 그녀는 편지를 아예 무시하거나, 마음이 처져서 편지를 보낸 독자는 말할 것도 없고 대부분의 평범한 독자들조차 기겁할 답장을 실었다.

어느 날 나는 마음의 빗장을 거의 해제한 채 내가 아는 미시즈 버드라면 단숨에 해치워버릴 편지를 보낸 젊은 여성에게 답장을 작성했다. 하지만 보내지 않았다. 미시즈 버드의 서명을 하려던 순간 손을 멈추고 편지를 찢어버렸다. 더이상 독자에게 쓰는 답장도, 거짓도 없을 것이다.

대신 나는 그중 몇 통이라도 읽힐 수 있기를 바라며 매일 번티에게 편지를 쓰고 또 썼다. 그것은 마치 현실세계가 아니라 종이 위에서만 사는 삶 같았다. 그편이 더 좋았다. 실언을 하면 다 지우고 새로 시작할 수 있으니까. 하지만 번티에게서 답장은 오지 않았다.

그래서 그냥 계속 썼다. 때로는 윌리엄을 추모하기 위해 열린 추도식 같은 중요한 사건에 대해서도 썼다. 이 세상에서 그곳에 절대 있어서는 안 될 사람이 있다면 바로 나라고 생각하면서 교회에 앉아 있기는 했지만, 그날이 얼마나 아름다웠는지 언젠가는 번티도 듣고 싶어할 것 같았기 때문이다.

하지만 아무것도 아닌 일들도 자주 썼다. 번티가 좋아할 것 같은 소소한 이야기들 말이다. 그리고 누군가 그녀의 근황을 묻거나 안부를 전해달라고 하면 꼭 전했다. 사실은 언제나 번티에 대해 질문을 받았다. 모두 번티의 상태를 궁금해했다. 모두 그녀의 쾌유를 빌었다.

1941년 3월 19일 수요일

사랑하는 번티에게

오늘 우리는 내내 너를 떠올렸어.

위플 목사님이 너와 빌을 위해서 특별 예배를 보셨다고 오늘 아침 엄마가 전화로 알려주셨어.

엄마는 교회를 꽃으로 장식하셨어. 정원에서 네가 제일 좋아하는 수선화를 꺾어 가셨대. 엄마 말씀이 수선화도 예배도 모두 아름다웠대. 그 꽃들은 금요일에도 빌을 위해서 여전히 교회에 있을 거야.

큰 사랑을 담아

에미가 x

1941년 3월 22일 토요일

사랑하는 번티에게

이 편지를 읽으면 네가 얼마나 많이 힘들지 알아. 이 편지로 네 마음이 몹시 괴로워진다면 미리 사과할게. 네가 언젠가는 추도식에 대해 알고 싶어할지도 모른다고 생각했어. 그래서 만약을 위해 이 편지를 쓰고 있어.

오, 번티. 네가 어제 그곳에 있었다면 세상 그 누구보다 자랑스러웠을 거야. 교회에는 거의 삼백 명이나 되는 추모객이 모였어. 당연히 빌의 아버지도 카디프에서 오셨고 제일 먼저 네 안부를 물으셨어.

마을 주민들은 당연히 다 참석했어. 빌의 옛 은사님들도 많이 참석해주셨어—미스터 루이스가 봉독을 하셨는데 정말 훌륭하게 낭독해주셨어.

칼턴 스트리트 소방서에서 올 수 있는 대원들은 모두 참석했고 다른 소방서에서도 올 수 있는 대원들은 다 왔더라. 데이비스 대장님은 아름답기 그지없는 추모사를 해주셨어. 빌은 가장 뛰어난 대원 중 한 명이었다고, 누가 뭐래도 최고였다고 하셨어. 나중에 대장님이 추모사를 쓴 카드를 내게 주셨어. 이 편지에 그 카드도 함께 보내.

로이와 프레드는 노트를 한 권 가져왔어. 그 노트에는 사람들이 너에게 보내는 메시지와 빌을 추억하며 하고 싶은 말이 가득 적혀 있어. 이 꾸러미에 그 노트도 넣을 거야. 우편으로 보냈다가 혹시 분실되면 안 되니까 할머님이 네게 직접 전해주실 거야.

우리는 〈I Vow To Thee My Country〉*를 불렀고 소방합창단은 네가 요청한 대로 〈Oh Jesus I Have Promised〉를 불렀단다. 아빠는 합창단이 '주 나와 함께하면 전쟁도 두렵지 않고' 부분을 부를 때 교회 천장이 날아가버리는 줄 아셨대. 정말 온 마음을 다해서 불렀거든.

이제 그만 써야 할 것 같아.

너희 둘을 생각하며
깊은 사랑을 담아
에미가 x

1941년 3월 29일 토요일

---

* 구스타브 홀스트의 관현악 모음곡 〈행성〉 중 '목성' 악장에 가사를 붙인 곡으로 주로 역사적인 인물의 장례식에서 부른다.

사랑하는 번티에게

요즘 네가 조금 더 좋아졌다는 이야기를 할머님에게 들었어. 우리 모두 얼마나 기뻐했는지 말로 다 전할 수가 없구나.

셀마가 네게 페퍼민트크림 사탕을 보내려고 했대. 셀마네 아들 스탠리가 이번달 치 설탕을 다 써가며 네게 보낼 사탕을 만들었거든. 그런데 하나를 맛보더니 나머지 사탕이 배달중에 다 뭉개질지 모른다고 걱정을 하더라지 뭐니. 그래서 실망할 일 없도록 네가 몸이 더 좋아질 때까지 스탠리가 그 사탕들을 가지고 있기로 했대. 그랬더니 이번에는 누가 그 사탕들을 먹지 않으면 분명 상할 거라고 걱정을 하고 있대.

이 이야기에 네가 미소를 지을 것 같았어.

큰 사랑을 담아
에미가 x

1941년 4월 8일 화요일

사랑하는 번티에게

요즘은 어떻게 지내니? 지금까지 보낸 편지를 네가 읽고 있는지 모르겠지만, 나는 네가 계속 읽고 있다고, 이 편지를 쓰면 마치 너와 수다를 떠는 것 같다고 나 자신에게 말하곤 해.

캐슬린이 오늘 네 안부를 물었어. 나는 네가 놀랄 정도로 잘 회복하고 있다고 말해줬어. 캐슬린이 이 숄을 네게 전해달라고 했어. 캐슬린은 편도염 때문에 또 회사를 쉬었는데, 요양을 하면서 숄을 떴대. 병원에서 네가 바깥으로 나가서 바람을 쐬도록 허락해주면 이 숄을 써. 캐슬린이 네가 숄을 좋아해주었으면 좋겠대.

큰 사랑을 담아

에미가 x

추신: 아빠에게 여쭤봤는데, 모직물은 괜찮대. 숄 때문에 네가 편도염에 걸릴 일은 없을 거야.

1941년 4월 14일 월요일

사랑하는 번티에게

할머님에게 들었는데 곧 퇴원할 거라면서? 너무 흥분돼. 말할 수 없이 기쁘고.

네가 고향으로 돌아가면 정말 좋을 거야. 모두들 너를 어마어마하게 반겨주겠지. 네가 없으면 런던은 낯선 곳이 될 거야. 우리가 서로 만나지는 못했지만 네가 근처에 있다고 생각하면 마음이 푸근했어.

네가 요즘 어떻게 지내느냐고 미스터 콜린스가 물어보셨어. 아주 잘 지내고 있다고 대답해드렸지.

조심히 잘 내려가.

큰 사랑을 담아

에미가 x

추신: 엄마 생신이라 다다음 주말에 집에 갈 거야. 혹시 런던 집에 네게 필요한 물건이 있을까봐 미리 알리는 거야.

나는 매일 편지를 썼다. 번티는 답장을 하지 않았다.

24장
친애하는 미시즈 버드,
저를 도와주실 수 있나요?

나는 번티에게 보내는 편지에 내 근황은 거의 알리지 않았다. 대신 번티가 재미있어할 일이나 혹시라도 미소를 지을 만한 소식들을 쓰려고 했다. 번티는 하루하루 줄타기를 하는 듯 살고 있는데 밝고 쾌활한 이야기를 쓰면 나만 재미있게 사는 것처럼 보일 것 같았다. 그렇다고 우울한 이야기는 내가 징징거리는 것처럼 보일 것 같았다.

어느 쪽도 만족스럽지 않았지만 나는 최선을 다했다.

찰스에게도 편지를 보냈다. 재미있게 읽을 수 있도록 아주 시시한 이야기를 잔뜩 쓴 편지들이었다. 그가 '평범한 생활'이라고 즐겨 말하는, 평소에 늘 일어나는 일들에 대해 이야기했다. 찰스는 윌리엄의 비보를 듣고 말할 수 없이 슬퍼했으며 당연히 우리 모두에 대해서도 많이 걱정했다. 나는 정기적으로 그의 편지를 받게 되었는데, 상황이 이렇지만 않았다면 분명 무척 행복했을 것이다. 하지만 번티를 몇 주나 못 만났으면서 그녀가 건강하게 잘 회복하고 있다고 편지에 쓸 때마다 나는 사기꾼이 된 기분을 지울 수 없었다.

그 폭탄이 떨어진 지 한 달이 다 되어가자 나는 더이상 그 기분을 무시할 수 없게 되었다. 그래서 찰스가 진실을 알게 된 순간 나와 끝내고 싶어할 수 있다고 생각하면서도 모든 사실을 털어놓았다.

보고 싶은 찰스에게

최근에 보내준 편지들 고마워요. 어제 두 통이 같이 도착해서 얼마나 기뻤는지 몰라요.

이번주에 편지를 못 보내서 미안해요. 카페 드 파리에서의 일과 관련해서 당신에게 꼭 말해야만 할 아주 중요한 이야기가 있어서 계속 차일피일 미뤘던 거예요. 몇 주 전 그 일이 일어났을 때 바로 전했어야 했는데, 내가 겁쟁이였어요.

있잖아요, 그 일이 일어나기 얼마 전에 나는 윌리엄과 다퉜어요. 내가 몹시 어리석게도 구조활동을 할 때 너무 무모하게 행동한다고 윌리엄을 나무라는 바람에 시작된 끔찍한 말다툼이었죠. 너무 괴로운 이야기라 더 자세하게 못 쓰겠어요. 각설하자면 나는 주제넘은 비난을 했고 제대로 사과할 기회를 끝내 잡지 못했어요. 병원으로 번티를 보러 갔을 때 번티의 말이, 빌이 그 일에 마음을 많이 썼고 내가 파티에 늦자 얼른 만나 화해를 하려고 나를 찾아 나섰대요. 그러다가 공습에 목숨을 잃은 거예요. 이렇게 간단히 말한 것보다 더 복잡한 사정이 있기는 하지만 내 탓이라는 사실은 변하지 않아요.

번티는 너무 화가 나 있지만 나는 그애를 원망하지 않아요. 번티가 순조롭게 회복하고 있다고 당신에게 전했지만, 그건 할머님으로부터 전해들은 이야기였어요.

찰스, 나는 번티에게 너무나 형편없는 친구예요. 변명의 여지가 없어요. 이렇게 끔찍한 이야기를 써서 정말 미안해요. 하지만 당신에게 더이상 거짓말을 할 수가 없어요. 내게 다시 편지를 쓰고 싶지 않다고 해도 이해해요.

부디 몸조심해요, 그렇게 할 거죠?

당신의

에미 xx

추신: 직장 동료들에게는 이 일에 대해 입도 벙긋 못했어요. 형님에게 이 이야기를 하고 싶다고 해도 나는 이해해요.

나는 한없이 우울한 기분으로 그 편지를 보냈고 답장은 기대하지도 않았다. 그리고 그의 답신을 받자 감히 열어볼 용기가 나지 않았다.

사랑하는 나의 에미

오늘밤 우리 부대가 막사를 옮길 예정이라 급하게 편지를 써요. 당신에게 당장 편지를 쓰지 않을 수 없었어요. 당신의 편지 (no.14)를 읽고 내가 당신 곁에 없어서 얼마나 안타까웠는지 몰라요. 당신 곁이라면, 당신을 품에 안고 카페 드 파리에서 일어난 일에 대해 당신이 얼마나 용감하게 대처했는지 말해줄 텐데. 그리고 당신을 나무라며 내게 약속하게 할 거예요. 절대 자책하지 않겠다고 말이에요. 단 한 순간도 그러지 말아요. 내 말 듣고 있어요?

우리가 사귄 지 얼마 되지 않았을지 몰라도, 당신이 윌리엄에게든 번티에게든 해가 될 일을 할 리가 없다는 걸 나는 알아요. 당신이 그 두 사람을 얼마나 아끼는지 아니까요. 나는 윌리엄이 매우 바르고 훌륭한 남자라고 생각해요. 그러니 그라면 당신이 결코 나쁜 의도가 아니었다는 걸 분명 알아줄 거예요. 괜히 내가 주제넘은 말을 한 게 아니기를 바라요.

번티의 건강에 대한 걱정만으로도 당신은 무척 힘들겠죠. 번티가 곧 전처럼 돌아올 거라 나는 믿어요.

이대로만 해요. 시간 날 때마다 내게 편지를 써요. 당신의 편지를 받으면 힘이 나니까. 혹시 슬픈 일이나 걱정거리가 있어도 내게 꼭 말해줘야 해요. 나는 괜찮을 거라고 약속할게요.

당신을 향한 사랑을 담아
찰스가 xxx

추신: 이 이야기는 가이 형에게 하지 않을 거예요. x

찰스는 이 편지 전에는 한 번도 '사랑을 담아'라고 편지를 끝맺지 않았다. 나는 이 편지를 수십 번이나 읽었다. 그의 편지를 읽고 난 후 얼마나 마음이 홀가분해졌는지 모른다. 찰스는 내가 감히 바랄 수 있는 것보다 훨씬 더 좋은 사람이었다. 이 편지는 내 인생의 가느다란 한줄기 빛이자 최악인 하루하루를 버티게 해주는 지지대였다. 물론 번티가 언젠가는 전처럼 내게 돌아올 거라는 말은 믿기지 않았지만 말이다.

나는 여전히 번티에게 편지를 썼다. 편지를 부칠 때마다 번티가 답장을 쓰게 해달라고 손가락을 꼬며 빌었지만 효과가 없었다. 미시즈 태비스톡은 엄마와 아빠에게 근황을 알렸고 그러면 부모님이 무슨 소식이든 전해주었다. 항상 '많이 호전되었다'고 했지만 '번 티는 많이 지쳐 있고 의사들 말로는 번티가 푹 쉬어야 한다고 한 다'는 내용이 꼬리처럼 달려 있었다. 미시즈 태비스톡이 번티를 돌 봐줄 개인 간호사와 분명히 '실력이 끝내주는' 대단한 의사를 고용 했기 때문에 아빠조차 요즘은 아무 소식도 못 듣는 형편이었다.

나는 무엇보다 나의 가장 소중한 친구가 보고 싶었다. 그리고 내 친구 윌리엄도 그리웠다. 소방서 사람들 모두 아무 일 없었다는 듯 어느 때보다 의연한 표정을 짓고 있었지만, 실은 윌리엄의 죽음으 로 모두의 가슴에 커다란 구멍이 뚫려버렸다. 나는 아직도 그를 다 시 볼 수 없다는 사실을 받아들이려고 애쓰는 중이었다.

번티가 런던을 떠나 고향으로 돌아간 후 다시 만날 가능성은 전 보다 더 희박해졌다. 하지만 마음 한구석으로는 번티가 위험한 곳 과 멀어져 다행이라는 생각을 하지 않을 수 없었다. 지금까지 실패 를 거듭한 히틀러는 우리를 끝장내려고 심기일전한 모양이었고 날 이 쾌청할 때면 독일 공군도 마찬가지로 활기를 띠었다. 공습은 간 헐적이기는 해도 전보다 더 극심해졌다. 그리고 매번 더 지독해졌 다. 런던의 우리가 목표물이 될지 아니면 브리스틀이나 선덜랜드, 카디프가 될지 알 길이 없었다. 최악의 상황에 처한 이가 다른 곳 의 다른 누군가라는 사실을 확인한다고 해도 마음은 결코 가벼워 지지 않았다. 히틀러는 아무런 소득도 올리지 못할 것이다. 하지만 전사에 버금가는 회복력을 지닌 조앤조차 요즘은 사기가 떨어져서 "그 빌어먹을 악당 놈들이 그만 날아오는 날이 올까"라고 물었다.

나는 소방서의 근무 횟수를 늘리고 〈여성의 벗〉의 근무시간도 늘린 덕분에 늘 바쁘게 지낼 수 있었고, 그 점에 감사하기까지 했다. 혼자 있는 시간이 너무 싫었지만, 여자 동료들이 자꾸 함께 어울리자며 불러줘서 가끔 따라나설 때도 썩 내키지는 않았다.

카페 드 파리의 그날 밤 이후 거의 두 달이 흘렀다. 5월 초의 햇살이 주는 싱그러움에도 불구하고 가끔 나는 어마어마한 가짜 활력으로 모든 일을 처리하는 일종의 로봇이 된 기분이 들 때가 있었다. 나도 이런 패배주의가 좋은 기운이 아니라는 사실을 알기에 안내데스크 직원에게 손을 흔들어 아침인사를 하면서 로비를 지나 〈여성의 벗〉 사무실로 발걸음을 옮겼다. 봄이 여름에게 어서 일어나 일을 하라고 재촉하는 듯한 어느 화창한 아침이었다.

나는 세 층을 올라가는 동안 쪽잠을 잘 수 있을까 생각하며 엘리베이터에 탔다. 〈이브닝 크로니클〉의 기자 두 명이 곧 터질 거라고 예상하는 특종에 대해 아무 이름도 거론하지 않은 채 이야기를 나누는 중이었다. 몇 달 전의 나라면 특종에 대한 힌트를 얻고 싶은 마음에 기를 쓰고 두 사람의 말을 엿들었을 것이다. 지금의 나는 눈을 감은 채 바닥에 주저앉아 잠시 눈을 붙일 수 있도록 엘리베이터를 정지시키고 싶은 마음뿐이었다.

"좋은 아침이에요, 캐슬린." 〈여성의 벗〉의 사무실이 있는 어두컴컴한 긴 복도로 들어가는 문을 밀며 소리쳤다. 그리고 이제 거의 영구적으로 내 집이 된 것이나 다름없는 조금 더 큰 내 사무실로 가는 길에 그녀의 사무실 문틈으로 머리를 집어넣었다. 캐슬린은 평소 나만큼 수다 떨기를 좋아했는데 오늘 그녀의 자리는 텅 비어 있고 옷걸이에는 코트가 보이지 않았다.

대신 미시즈 버드가 천둥 번개를 때릴 듯한 표정을 하고 자신의 사무실에서 나왔다. 그리고 캐슬린의 어머니가 전화로 딸이 심각한 편도염에 걸렸기 때문에 '전쟁중이건 말건' 편도선부터 떼어야한다고 알렸다고 했다. 미시즈 버드의 시각에서 그런 일은 아찔할 정도로 약점을 전시하는 행위였다.

"그런 건 아이 때 끝냈어야지." 미시즈 버드가 말했다. "미스 레이크, 당신이 애써줘야겠어요. 미스터 콜린스는 당신 없이 혼자서 알아서 해야겠군."

그런 연유로 나는 캐슬린의 방에 되돌아왔고, 타자로 쳐야 할 원고를 산더미처럼 받은 후에, 귓가에 울리는 날카로운 말을 들으며 강렬한 농장의 냄새를 풍기는 꾸러미를 챙겨 런던 북부로 심부름을 다녀왔다.

그날을 버티면서 나는 새삼스럽게 캐슬린을 존경하게 되었다. 미시즈 버드는 사무실에 거의 없는 사람치고는 엄청난 양의 일을 맡겼다. 게다가 그 일들은 절대 쉬엄쉬엄 할 수 없는 일이었다. 양재 패턴의 교정지를 확인하는 일에만 몇 시간이 걸렸는데, 캐슬린이라면 십 분이면 끝낼 일이었다. 그녀는 언제나 모든 것의 위치를 정확하게 알았으며, 잡지 기고자들의 전화번호와 주소도 모두 머릿속에 들어 있었고, 조금의 소란도 피우지 않고 모든 문제를 해결할 방법을 언제나 어떻게든 찾아냈다. 나는 끊임없이 외근을 나가야 했는데, 어김없이 '미시즈 버드의 자선단체에 중요한 꾸러미'를 전달하거나 미시즈 버드에게 없으면 안 될 '중요한 비품'을 구하기 위해 줄을 서는 일이었다.

한 주가 끝나갈 무렵 나와 미시즈 버드의 소박한 팀은 캐슬린이 돌아오기를 목을 빼고 기다리게 되었다고 해도 과언이 아니었다.

나는 아무리 노력해도 미시즈 버드가 고래고래 고함을 지르는 암호 같은 지시사항들을 자주 알아듣지 못했고, 미스터 콜린스는 행정 업무 대부분을 직접 처리하기 시작했으며, 광고부의 미스터 뉴턴은 전보다 더 자주 사무실을 찾아왔다. 미시즈 버드는 뭐 하나 제대로 돌아가는 일이 없다며 끊임없이 불평을 해댔다. 아무도 그 불평에 반박할 엄두도 못 냈다.

이런 형편이라 독자들의 편지를 꼼꼼하게 살펴서 추릴 시간은 거의 없다시피 했다. 결국 다음주 월요일에는 우편물을 받아 제대로 살펴보기 위해 일찌감치 출근을 했다. 자그마하게 쌓인 편지 더미를 보니 꽤 기운이 솟았는데, 첫 편지는 미스터 콜린스 담당인 영화 코너 앞으로 온 것으로, 사인을 한 사진을 부탁하는 내용이라 읽고 나서는 기분이 한층 밝아졌다. 나는 미스터 콜린스가 그 편지를 보고 어떤 표정을 지을지 궁금해 죽을 지경이었다. 그는 그런 요청에 충격을 받을 게 분명했다.

다음으로 '헨리에타의 고민상담소' 코너에 온 편지를 개봉했다. '고약한 턱'으로 고생하는 마흔다섯 살 독자의 편지였다. 미시즈 버드가 반색을 할 종류의 편지였지만 '그 나이'에 허영심이 엄청나다며 핀잔을 들을 거라고 생각하니 '고약한 턱'이 가여워졌다.

그런데 다음 편지는 어딘지 이상했다. 손으로 쓰지 않고 타자로 쳤으며 우표나 반송 주소도 없이 미시즈 버드 앞으로 왔는데, 서명은 '두려움을 못 떨쳐낸 사람'이라고 되어 있었다.

나는 편지의 앞부분으로 돌아가 읽기 시작했다.

친애하는 미시즈 버드에게

저를 도와주실 수 있나요?

이런 편지를 쓰려니 창피하지만 달리 어떻게 해야 할지 모르겠어요. 실은 제가 모두에게 실망만 안겨주고 있거든요. 올해 초 저는 공습으로 몸을 다쳤어요. 그래서인지 그후로 완전히 겁쟁이가 된 것 같아요. 총소리나 심지어 어떤 큰 소리만 들려도 저는 기겁을 해요. 밖으로 나가거나 집을 떠나고 싶지 않아요. 다시는 예전의 저로 돌아가지 못할까봐 두려워요.

나는 잠시 편지에서 눈을 뗐다. 이런 편지는 전에도 몇 통이나 읽었다. 얼마 동안 끔찍한 시련을 겪은 후 다시 일어서지 못할 거라는 생각에 어쩔 줄 모르는 독자들이 보낸 편지들이었다.

물론 그 독자들은 그런 걱정을 해서는 안 되었다. 그 누구도 끔찍한 사건을 겪은 후 이내 훌훌 털고 일어나라는 기대를 받아서는 안 되니까. 나는 그 어느 때보다 더 그 사실을 절감하는 중이었다. 카페 드 파리가 폭격을 당하기 전에도, 두려움에 휩싸여 지내거나 전에는 그러지 않았는데 쾅 하는 소리를 듣거나 주위가 어둡기만 해도 불쑥불쑥 겁이 난다며 편지를 보내는 여자들이 나는 너무나 가여웠다. 친절하게 대해주고 싶은 마음에 몇 명에게는 답장을 보냈고 그중 한 통을 골라 미시즈 버드에게 답변을 잡지에 실어달라고 부탁을 해본 적도 있었다. 하지만 그녀는 조금도 봐주지 않았다.

"등을 꼿꼿이 세워요, 미스 레이크." 미시즈 버드가 말했다. "그게 바로 이 여자들에게 필요한 일이에요. 벌벌 떨어서는 전쟁에서 이길 수 없어요. 이 여자들은 냉정함을 찾고 결의를 다져야 해요."

나약하다고 생각되면 무엇이든 거부하는 것이 미시즈 버드의 가장 고약한 면이었다. 그녀는 모든 사람들이 회복력이 강하고 가차없이 강인하기를 바랐다. 사람들이 맞서야 할 생각이 그런 것이라면 그들이 힘든 것도 놀랄 일은 아니었다.

내 의견을 말하자면, 머리 위로 폭탄이 떨어질까봐 무서워하는 건 당연한 반응이었다. 제정신이라면 어느 누가 그런 일에 익숙해질 수 있겠는가. 두려움을 느낀다고 해서, 약하다거나 계속 버티고 싶지 않다는 뜻은 아니었다.

나는 아랫입술을 깨물었다. 어쩌면 내 생각이 어느 한쪽으로 치우쳤기 때문에 이들에게 공감하는 걸지도 몰랐다.

하지만 아니었다. 그렇지 않았다. 이 독자가―그리고 미시즈 버드에게 편지를 쓴 다른 독자들이, 그렇게 따지면 사실 우리 중 누구라도―두려움을 느낀다면 그럴 만한 이유가 있는 것이다. 나는 그들에게 필요한 것은 다정한 버팀목이지, 등을 꼿꼿이 펴라는 설교가 아니라고 절대적으로 확신했다.

나는 다시 편지로 돌아갔다.

저는 절대 포기하지 않겠다고 약속할 수 있어요. 직장에서 저를 받아주고 제가 더 거동이 편해지면 곧장 일터로 복귀할 거예요. 하지만 제가 불안에 휩싸일 것을 알기에 걱정이 돼요. 그런 행동은 애국적이지도 않고 올바른 태도가 아니겠죠. 게다가 이렇게까지 침울해하는 제가 너무나 겁쟁이처럼 느껴져요.

저는 최근에 약혼자를 잃었어요. 그가 죽은 후로 다시는 사랑을 하고 싶은 마음이 생기지 않을 것 같아요.

나는 좀더 주의깊게 편지를 읽었다.

저는 사람들을 만나고 싶지 않아요. 가장 친한 친구들조차도요.

번티일 수도 있을까?

그 사람이 너무 그리워요. 얼마나 보고 싶은지 말로 표현할 수
조차 없어요. 하지만 저보다 훨씬 더 상황이 좋지 않은 사람들도
많으니 제가 기운을 차려야 한다는 사실도 알아요. 제 또래의 여
자들 중에는 전시 노동을 하거나, 가족을 부양하거나, 다시 일어
서려고 노력하는 사람들이 수도 없이 많아요. 그렇기 때문에 특히
사이렌이나 비행기 소리가 들리면 겁부터 덜컥 난다는 사실을 인
정하려니 부끄럽기만 해요.
　지금쯤 여사님은 저를 매우 나약한 인간이라고 생각하실 거예
요. 하지만 저는 그 끔찍한 일이 또 일어날까 두려워요. 잡지에서
여사님은 우리가 후방지원을 해야만 한다고 쓰셨지요. 저 스스로
가 이렇게 쓸모없고 고독하게 느껴질 때 저는 어떻게 해야 할까요?
'두려움을 못 떨쳐낸 사람' 드림

　나는 책상에 편지를 내려놓고 의자에 등을 기댔다. 그리고 마치
해답이 사무실에 앉아 나를 바라보고 있는 것처럼 주위를 둘러보
았다.
　이윽고 좌절감이 들어 혀를 차며 편지봉투를 확인했다. 우체국
소인은 첼트넘이었다. 내가 알기로 번티가 지금 있는 곳은 첼트넘

근처도 아니었고 그곳에 그녀가 아는 사람도 없었다.

그렇지만.

어느 순간 편지를 보낸 사람이 번티일지도 모른다는 생각이 퍼뜩 들었다. 터무니없는 생각이었다. 번티가 속마음을 털어놓고 싶었다면 내게 편지를 쓰지 왜 하고많은 사람 중에 하필 미시즈 버드에게 쓰겠는가. 나는 맥이 탁 빠지는 기분에 한숨을 푹 쉬었다.

가엾기도 해라. 그녀의 편지를 다시 읽었다. 어느 때보다 힘들고 음울한 시기를 보내고 있을 이 여성이 너무 가여웠다. 번티도 이렇게 느끼고 있으면 어떻게 하지? 너무나 우울한 상태라 가장 가까운 친구에게도 속마음을 털어놓을 수조차 없다면?

번티에게 이 편지에 대해 써야 했다. 다른 여성들에 관한 이야기를 편지에 써야 했다. 어쩌면 이런 내용이 번티에게 도움이 되거나 상황을 완전히 바꿔줄지도 모르지 않는가.

사랑하는 번티에게

어떤 여자분이 미시즈 버드에게 편지를 썼는데, 그녀는 겁에 질려 있고 끔찍한 기분에 사로잡혀 있는데다 다른 사람을 만날 수도 없고 자신이 겁에 질렸다는 사실에 몹시 당황하고 있어.

그런데 그 사연을 들으니 네 생각이 나더라……

오, 아무렴. 건물 잔해에 깔려 몸의 절반에 큰 부상을 입은데다 지금 얼마나 네가 비참하고 수치스러울지 다 안다는 듯 떠들어대고 있는 바로 그 여자 때문에 약혼자를 잃고 나서 이런 편지를 받으면 퍽이나 힘이 나겠다.

나는 머리를 흔들어 내 친구에 대한 생각을 지웠다. 사실 편지를 보낸 사람이 번티인지는 중요하지 않았다. 번티를 지우고 읽더라도 여전히 크나큰 슬픔이 느껴졌다. 거의 모든 것을 잃었지만 필사적으로 예전의 삶으로 돌아가 더욱 성장하려 하고, 힘을 보태라는 조국의 요구에 부응하려는 독자.

더이상 이 독자가 가엾다는 생각이 들지 않았다. 나는 그녀가 자랑스러웠다. 자신이 두려움에 떨고 있다는 사실을 인정할 정도로 용감하다는 사실이 너무나 자랑스러웠다.

우리 중 어느 누가 단 한 번도 이렇게 느낀 적이 없다고 진심으로 단언할 수 있을까? 다들 이런 두려움을 남몰래 느끼지 않을까? 그렇지만 다른 사람을 실망시키고 싶지 않아 마음에만 간직하지 않을까?

문득 윌리엄과 대원들이 폭격을 맞아 무너진 집에서 아이들을 구출하려고 애쓰던 모습이 떠올랐다. 나는 겁에 질려 머릿속이 하얘진 채 길가에 서 있는 동안 나 자신이 쓸모없다는 자괴감에 시달렸고, 그들 중 누군가가 잔해에 깔려 죽기라도 할까봐 벌벌 떨었다. 나는 코번트리 스트리트로 달려가는 동안 폭탄이 카페 드 파리에 떨어진 모습을 보게 될까 가슴 졸이며 벌벌 떨었다. 너무 이른 새벽이나 아주 늦은 밤에 느닷없이 전화벨이 울리면 혹시라도 비 보일까봐 기겁한 적은 또 몇 번인가.

하지만 나는 그런 이야기를 아무에게도 하지 않았다. 왜냐하면 아무도 그러지 않으니까. 신문과 라디오와 심지어 〈여성의 벗〉 같은 잡지들조차 결의와 용기, 기개에 대해서만 썼다. 언론은 우리가 치른 일전—戰과 우리의 전진에 대해서만 이야기했다. 그들은 모두가 기대에 부응하고 있다고, 집안을 꾸려나가고 있다고, 남자들이 예전과 다름없는 삶을 지키기 위해 싸우고 있기 때문에 그들이 집으로 돌아왔을 때 아무것도 달라진 것이 없도록 여자들도 애쓰고 있다고 말한다. 우리를 결코 굴복시킬 수 없다는 사실을 히틀러에게 보여주기 위해 우리는 언제나 아름답게 보여야 한다고, 머리 모양은 어때야 한다고 조언을 하고 흐트러진 모습을 보이지 말라고 단속한다. 공습이 시작된 지 벌써 반년이나 된 지금도 후방은 후방대로 버텨야 하는 것도 모자라 남자들이 휴가를 받아 돌아올 때의 특별한 데이트와 로맨스를 위해 예쁘장한 블라우스와 마지막 남은 립스틱까지 잘 간직해두기를 기대한다.

우리는 과연 독자들에게 몇 번이나 잘했다고 말해줬을까? 여성들에게 지금도 잘하고 있다고 얼마나 자주 말해줬을까? 항상 강철로 만들어진 것처럼 강하게 버티지 않아도 된다는 말은 또 몇 번이나 했을까? 잠시 의기소침해도 된다는 말은?

나는 '두려움을 못 떨쳐낸 사람'이 어떤 기분일지 잘 알았다. 그녀에게 친구가 필요하다는 사실을 잘 알았다.

독자에게 마지막으로 편지를 쓴 후로 몇 주가 지났지만, 나는 더 이상 문제를 만들지 않겠다는, 혹은 번티를 실망시키지 않겠다는 나 자신과의 약속을 철석같이 지키는 중이었다. 더이상 편지도 쓰지 않았고, 더이상 잡지에 몰래 답변을 싣지도 않았다. 아무리 내가 도움을 줄 수 있겠다 싶어도 눈 딱 감고 편지들을 무시했다.

하지만 이번만은 달랐다. 내가 답장을 써야만 하고 어떻게든 도와야 할 편지였다. 나는 책상 서랍 제일 위 칸을 열고 하얀 종이 한 장을 꺼내 타자기에 끼웠다.

친애하는 '두려움을 못 떨쳐낸 사람'에게

편지를 보내주어서 정말 고맙습니다. 당신이 그렇게 힘든 시간을 보내왔다니 마음이 정말 아픕니다. 우리 모두 당신이 하루빨리 건강을 회복하기를 바라며, 돌아가신 약혼자분에게 마음 깊이 애도를 보냅니다.

깊이 생각할 것도 없이 나는 독자들의 편지에 답장할 때마다 늘 사용했던 큰언니 같은 말투가 되었다. 상대가 신뢰할 수 있는 사람처럼 느껴지게 쓰려고 애를 썼다. 힘들고 괴로울 때 당신을 이해해주고 친구가 되어주는 사람 말이다.

자, 본론으로 들어가죠. 당신은 의외라고 생각할지 모르겠지만 나는 내게 편지를 써서 '정말 잘했다'고 말해주고 싶어요. 이 자리에서 확실하게 이야기할 테니 귀담아듣고 내 충고를 따르도록 하세요. 당신은 겁쟁이가 아니에요. 당신은 그 누구도 실망시키지 않았어요. 오히려 그 어느 때보다 힘든 상황에서도 최선을 다한 자신을 자랑스럽게 생각해야 해요.

당신은 몸을 다쳤고 목숨처럼 사랑하는 사람마저 잃었어요. 지금은 의기소침해하거나 두려움을 느끼는 걸 비겁하다거나 틀렸다고 생각할 때가 아니에요. 우리 중에도 당신이 정확히 어떤 마음인지 공감하는 사람들이 많다는 내 말에 다른 독자들도 기꺼이 동의하리라 확신해요.

우리는 이 전쟁에서 이길 수 있도록 각자의 자리에서 최선을 다

하고 있어요. 당신 같은 여성들 덕분에 우리는 반드시 승리할 것입니다. 끔찍한 일이 벌어졌을 때 실의에 빠지는 건 당신이 정상적이고 매우 올바른 사람이기 때문이에요. 정신이 온전한 사람이라면 누구라도 사랑하는 사람을 잃었을 때 깊은 상실감에 빠지겠죠.

그 올바른 마음이야말로 지금 우리가 싸워서 지켜야 하는 것이며, 저 미치광이가 결코 승리하지 못할 이유입니다.

나는 잠시 손을 멈췄다. 나는 내 생각이 옳다는 것을 알았다. 그러니 이 독자도 그 점을 알아주기를 바랐다. 나는 타자 속도를 높였다. 있는 힘껏 속도를 올렸더니 타자기가 요란하게 타닥거렸고 자판의 키가 튕겨나올 듯했다.

이 문명화된 세상에서는 지금 당신이 하려는 것처럼, 여성들이 사랑하는 사람들을 깊이 아끼고 아무리 힘든 상황에서도 일상을 유지하려고 노력하고 있어요. 히틀러의 뜻대로 된다면 사람들은 아무도 다른 사람에게 마음을 쓰지 않고 오로지 그와 그의 역겨운 사상만을 떠받들게 되겠죠.

그런 것이 파시즘이고 히틀러는 멍청이라는 사실을 당신은 알아야 해요.

우리가 보살핌을 멈추거나 우리가 인간이라는 사실을 보여주지 않는 날이야말로, 우리가 차라리 항복하는 게 나을 날일 거예요. 그러니 지금 의기소침해 있다고 해서 걱정하지 말아요. 당신은 깨닫지 못했겠지만 지금껏 용기를 내기 위해 조금은 무리해서 애써 왔을 거예요. 그 사실을 친구들에게 털어놓기를 부끄러워하지 말

아요. 가까운 친구와 걱정을 나누는 게 애국심을 해치는 행동은
아니니까. 그리고 그렇게 마음을 털어놓으면 서로 도울 수 있다는
사실을 알게 될 거예요.

나는 편지를 마무리짓기 전에 잠시 망설였다. 내가 해줄 만한 유
익한 말이 또 없을까?

마지막으로, 다시 사랑을 하는 문제에 대해서는 쉽게 대답을 해
줄 수 없을 것 같아요. 스스로에게 시간을 주세요. 죽은 연인을 억
지로 잊을 이유는 없어요. 지금 당장 새로운 상대를 찾아야 할 필
요도 없어요. 당신에게 마법의 지팡이를 흔들어줄 수 있다면 얼마
나 좋을까요—슬프게도 나는 그럴 수 없어요. 하지만 당신이 혼
자가 아니라는 사실은 늘 알고 있어요.
    이곳 〈여성의 벗〉에서 일하는 사람들은 모두, 당신을 비롯한 수
많은 우리의 독자들이 지금도 차마 헤아릴 수 없을 정도로 노력
하고 있고 놀라울 정도로 용감하게 생활하고 있다는 사실을 잘 알
아요.
    우리는 여러분 모두와 함께할 수 있어 한없이 자랑스럽습니다.

그리고 나는 멈췄다. 평소라면 '당신의 진실한 미시즈 H. 버드'
라고 마무리를 짓고 얼른 주소를 쓰려고 봉투로 넘어갔을 것이다.
하지만 이번에는 발신인 주소가 없었다.
    나는 타자기의 죔쇠를 풀어 종이를 꺼내 책상 위에 올려놓은 후
팔꿈치로 책상을 짚고는 양손으로 머리를 감싸쥐었다.

미시즈 버드라면 이 편지에 대한 답변을 잡지에 실을 생각은 꿈에도 하지 않을 것이다. 내가 아무것도 개의치 않고 이 편지를 '헨리에타의 고민상담소' 코너에 슬쩍 집어넣으려 해도, 다른 편지들 사이에 넣기에는 분량이 너무 길어서 들키지 않기를 바라는 것은 무리였다. 이 편지는 단독으로도 상담란을 꽉 채울 것 같았다. 결국 독자의 편지와 내 답장 모두 쓰레기통으로 던져넣는 것 외엔 다른 수가 없었다.

그때 열린 창문으로 한줄기 거센 바람이 몰아쳐 책상 위 종이들이 나부꼈다. 나는 흩어지지 않게 보호하려고 손바닥으로 종이들을 눌렀다.

이대로 끝낼 수 없었다. 나는 이 편지가 사라지게 놔두기 싫었다. 이 여성은 무시당하는 것보다 더 나은 대접을 받을 자격이 있었다. 우리 독자들은 더 나은 대접을 받을 자격이 있었다. 번티는 더 나은 대접을 받을 자격이 있었다.

나는 자리에서 일어나 창문을 닫으러 갔다. 그러고는 방의 반대편 끝까지 걸어갔다가 되돌아왔다. 조금 있으면 미시즈 버드가 불쑥 들어와 지시사항을 소리치듯 내려준 후 나머지 사람들은 계속 일을 하도록 남겨두고는 자신은 '자선사업' 가운데 하나를 처리하려고 사무실을 나설 터였다. 우리는 정말 캐슬린이 그리웠다. 그녀가 병가를 낸 후로 내가 〈여성의 벗〉에서 일했던 그전 모든 시간을 합쳤을 때보다 더 많은 대소동이 일어났을 정도였다.

그렇다면 '헨리에타의 고민상담소' 코너를 확인할 여유가 아무도 없지 않을까? 캐슬린이 사무실을 비운 지금 설령 상담란이 평소와 다르게 보인다 한들 누가 그것을 눈치챌 수 있을까? 그 코너에

실린 편지와 답변이 달랑 한 통이라고 한들 누가 알아차릴 수 있을
까?

말도 안 되는 생각이었다.

심장이 가슴속에서 미친듯이 뛰었지만 나는 그 편지를 내 답변
과 함께 커다란 누런 봉투에 넣어서 미시즈 머호니가 보도록 봉투
앞면에 이렇게 썼다. 헨리에타의 고민상담소 특별판―조판 요망.

복도 어디에선가 익숙한 목소리가 터져나왔다.

"미스 레이크? 거기 누구 있어요?"

여느 때처럼 그 소리는 집회중에 누군가 뱃고동을 부는 것처럼
들렸다.

"가요, 미시즈 버드." 나는 자리에서 일어나 몇 차례 더 고함소
리가 들리리라 마음의 준비를 한 채 소리쳤다.

"고함칠 필요는 없어요." 그녀가 말했다.

내 책상에 놓인 결재함에 미시즈 머호니에게 보내는 봉투를 내
려놓으며 모든 것이 잘될 거라 스스로에게 주문을 건 후 나는 서둘
러 미시즈 버드에게 갔다.

25장
저는 아일린 트레드모어라고 합니다

누런 봉투는 미시즈 머호니에게 전달된 다음, 다시 식자공에게
넘겨졌다. 내가 매일 밤, 모두 잠든 깊은 밤이면 어김없이 그 일에
대해 뒤늦게 후회한다고 한들 이미 배는 떠난 후였다. '두려움을
못 떨쳐낸 사람'의 편지와 내 답변은 잡지에 실릴 것이다. 그리고
그것만으로도 '헨리에타의 고민상담소' 코너의 페이지 절반을 거
의 다 차지할 것이다. 이렇게 위험천만한 짓을 한 것은 난생처음이
었다.

나는 이 생각은 그만하고 다른 일들에 정신을 집중하려고 노력
했다. 그리고 머지않아 일주일 후 캐슬린이 복귀했을 때 우리 모두
는 '축제가 열린 듯' 들떴다. 사무용품을 챙겨서 그녀의 사무실로
가는데, 〈여성의 벗〉 사무실 출입문에서 미소 짓는 캐슬린의 얼굴
이 불쑥 튀어나왔다. 그녀는 양손을 요란하게 흔들며 작은 소리로
"잘 지냈어요"라고 인사를 건넸다. 그녀의 목은 여전히 쉬어 있었

지만 어쨌든 돌아온 것이다.

"오, 캐슬린. 이렇게 돌아와서 얼마나 반가운지 몰라요." 나는 그녀를 꼭 안으며 말했다. 친구가 다시 돌아오니 너무 기쁘고 반가웠다. 캐슬린이 앞으로 미시즈 버드를 전적으로 맡아줄 사람이기 때문은 아니었다. 그녀가 없는 사무실이 너무나 삭막했기 때문이었다.

"당신이 없는 동안 미시즈 버드는 성난 곰 같았어요." 내가 말했다. "그리고 당신에 대해서 좋은 이야기도 하셨고요."

나는 칭찬으로 한 말이었는데, 캐슬린은 화들짝 놀란 표정을 지었다.

"정말이에요. 좋은 말씀만 하셨어요." 내가 얼른 말했다. "미시즈 버드는 캐슬린이 무엇을 어떻게 처리해야 하는지 모르는 게 없다고 하셨어요. 우리 중에 그런 말을 들을 사람은 당신밖에 없을 거예요."

"어머나." 캐슬린이 쉰 목소리로 말했다. 우리는 그 말이 최고의 상찬이라는 사실을 잘 알았다.

"당신이 복귀한 걸 알면 여사님이 몹시 기뻐하실 거예요." 미시즈 버드가 그 사실을 인정하느니 차라리 버스 아래로 들어가고 말 사람이라는 사실을 잘 알지만 이렇게 말했다.

캐슬린은 기뻐 보였고 그것이 중요했다. 그녀도 이런 칭찬을 받을 자격이 충분했다. 그녀가 마침내 돌아와 너무 기뻤다. 내 기분은 지난 몇 주를 통틀어 그 어느 때보다 고양되었다.

캐슬린은 목소리를 내면 안 된다는 사실도 아랑곳 않고 나와 복도에 서서 가벼운 대화를 나누기 시작했다. 전날 나는 미시즈 버드에게 또다른 지시를 받고 깡통에 든 버터를 찾으러 포트넘 앤드 메이슨에 다녀와야 했다. 종군기자가 되고 싶었던 예전 목표와는 하늘과 땅만큼 멀리 떨어진 일이었다. 나는 그동안 사무실이 아무 문제 없이 잘 돌아갔다고 캐슬린이 안심하도록 그 일을 웃기게 각색해서 들려주었다.

내가 판매 보조원 두 명과 앵무새를 데리고 있던 남자 한 명, 그리고 나까지 일인 사역을 하며 콩트의 결정적인 부분을 막 연기하는데, 미스터 콜린스가 처음으로 비교적 제시간에 출근했다. 그러자 캐슬린이 내게 이야기를 처음부터 다시 해보라고 했다. 나는 이번에는 훨씬 더 과장되게 연기를 했고, 아주 오랜만에 복도에는 직원들의 웃음소리가 가득찼다. 극적인 효과를 내기 위해 스테이플러를 마구 흔들며 내가 그 이야기의 결정적인 대사를 날렸다.

"그러니까 그 남자가 이러는 거예요. '나는 그렇게 생각하지 않아, 안 그래, 글래디스?'" 내가 과장된 연기로 이야기를 끝마치자 두 사람은 전보다 더 크게 웃었다.

바로 그때 미시즈 버드가 나타났다.

나는 그녀를 보자마자 일났구나 싶은 생각이 퍼뜩 들었다.

처음으로 미시즈 버드가 조용했다. 부스럭거리는 소리도 내지 않고 요란하게 소리치지도 않은 채 발에 바퀴가 달린 듯 복도를 미끄러지듯 걸어왔다. 그녀의 얼굴이 딱딱하게 굳어 있었는데, 이제는 익숙해진 웃음기 없는 표정이 아니라 무시무시한 분노가 서린 표정이었다.

캐슬린과 미스터 콜린스는 그녀에게 등을 돌리고 서 있었지만 내 미소가 싹 가시자 그들도 고개를 돌려 뒤를 보았고, 미시즈 버드가 지나갈 때를 대비해 얼른 복도 한쪽에 붙어섰다. 미시즈 버드는 그들을 본체만체했다. 그리고 내게서 눈을 떼지 않았다.

미스터 콜린스가 미시즈 버드를 봤다가 내게로 시선을 돌렸다.

"좋은 아침이에요, 미시즈 버드." 그가 아주 자연스럽게 인사를 건넸다.

미시즈 버드는 아무 대꾸도 하지 않았다.

"안녕하세요, 미시즈 버드." 캐슬린과 나도 인사를 했다.

미시즈 버드는 여전히 쏘아볼 뿐이었다. 나는 그렇게 얼음장처럼 차갑게 보이는 사람을 처음 보았다. 우리는 꼼짝도 할 수 없었다. 미시즈 버드는 여전히 시선을 내게 고정한 채 자신의 거대한 검은 가방으로 손을 집어넣더니 종이 한 장을 꺼냈다.

"이것은," 그녀가 불길한 기운이 뚝뚝 떨어지는 목소리로 말문을 열었다. "편지예요."

지금껏 그녀의 고함소리가 아무리 무시무시했다 한들 지금의 말소리와는 감히 비교도 할 수 없었다. 그녀의 얼굴은 핏기 하나 없이 하얬고 당장이라도 폭발할 것 같았다.

"내 앞으로 온 편지죠." 그녀가 꽉 다문 잇새로 말했다. "업무를 보조해줄 직원이 없던 터라 어제 내가 직접 개봉했어요. 미스 레이크, 이 편지가 무슨 내용인지 궁금한가요?"

나는 간신히 고개를 끄덕였다.

미시즈 버드는 여전히 나를 죽일 듯 노려보면서 그 종잇장을 미스터 콜린스에게 건넸다.

"미스터 콜린스. 번거롭지 않다면."

미스터 콜린스가 말없이 그 편지를 받았다. 나는 그가 무슨 말이든, 분위기를 가볍게 해줄 말을 할 줄 알았다. 아니 그래주기를 빌었다. 때때로 그가 그런 역할을 했기 때문이다. 하지만 이번만큼은 그도 그저 지시를 따랐다.

"친애하는 미시즈 버드," 그가 읽기 시작했다. "저는 아일린 트레드모어라고 합니다. 여사님께서 미시즈 미에치스와프 바딘스키라고 알고 계실 제 딸과 개인적으로 서신을 주고받았다고 저는 알고 있습니다."

미스터 콜린스가 고개를 들어 미시즈 버드를 보더니 시선을 내게로 돌렸다. 그 순간 나는 미시즈 버드보다 더 하얗게 질려 있었을 것이다. 얼굴에서 피라는 피는 모두 다 빠져나가는 바람에 기절하지 않기 위해 숨을 잘 쉬어야 했다. 그 이름을 듣는 순간 드디어 꼬리를 잡혔구나 직감했다.

"계속 읽어요, 미스터 콜린스." 미시즈 버드가 말했다.

미스터 콜린스가 머뭇머뭇 목청을 가다듬더니 계속 읽었다.

"미시즈 바딘스키는 제 딸입니다. 그 아이의 이름은 돌리 트레드모어이고 지금 열일곱 살입니다. 지난달까지 딸아이는 우리 부부와 함께 미들섹스 억스브리지에 있는 집에서 살았습니다."

나는 침을 꿀꺽 삼켰다. 하지만 목은 사막처럼 바짝 말라붙어 있었다. 열일곱 살이라니 아무리 전쟁중이라고 해도 결혼을 하기에는 너무 어리지 않은가. 나는 돌리가 그렇게 어릴 줄은 상상도 못했다. 결혼을 하기 위해 부모의 허락이 필요한 나이임이 틀림없었다. 어머니의 반응에 대해서 걱정을 많이 했지만, 그녀는 이렇게 썼었다. 여사님의 도움으로 저는 용기를 냈습니다……

나는 그녀가 부모를 설득할 수 있었으리라 짐작하고 있었다.

"몇 주 전 제 딸은 자신이 사랑에 빠졌다고 생각한 스물한 살 남자와 함께 스코틀랜드로 달아났습니다. 남편과 나의 바람을 무시하고 우리의 동의도 받지 않은 채, 최근에 알게 되었는데, 여사님의 조언만 믿고 말이죠."

미스터 콜린스는 더이상 편지를 읽지 않고 편지를 들지 않은 손으로 머리를 쓸어넘기며 미시즈 버드를 향해 섰다. "죄송합니다만, 미시즈 버드. 나는 도무지 이해할 수가 없군요."

미시즈 버드가 마침내 죽일 듯한 눈빛을 내게서 돌렸다.

"곧 알게 될 거예요, 미스터 콜린스." 그녀가 말했다. "미스 레이크가 발칙한 게임을 벌이는 중이었다는 사실을 말이죠."

나는 미친듯이 머리를 굴리기 시작했다. 도대체 미시즈 버드는 어떻게 내가 한 짓이라고 결론을 내렸을까? 지금 상황에서는 무슨 말로 변명을 할 수 있을지 생각하는 게 더 중요하지 않을까?

"제가……"

"내 서명을 위조했어요, 대담하게도." 미시즈 버드가 쏘아붙였다. 그녀는 아슬아슬하게 분을 참고 있었다. "미시즈 트레드모어가 현명하게도 따님이 받은 편지를 동봉해주었더군요. '여성의 벗'이라고 찍힌 종이에 짙은 남색 잉크로 '미시즈 헨리에타 버드'라고 서명된 편지를 말이에요. 절대 내가 썼을 리 없는 혐오스러운 내용에 절대 내가 사용하지 않는 색의 잉크로 한 서명이었어요. 그런데 내가 알기로 그 색은 미스 레이크가 아주 좋아하는 색이에요. 미스레이크, 당신이 내 독자들의 편지에 손을 댈 수 있는 유일한 사람이라는 사실은 말할 것도 없고요."

그녀가 내게 다가왔다.

"정말이지 미스 레이크." 그녀가 말했다. "이건 애거사 크리스티가 아니어도 알 수 있는 사건이에요. 그렇게 생각하지 않아요? 다른 사람의 소행이라는 증거를 당신이 제시하지 않는다면 말이죠."

이제는 다 털어놓는 수밖에 없었다.

"죄송합니다." 나는 기어들어가는 목소리로 말했다. "제가 했어요. 돕고 싶었어요."

순순히 털어놓는 게 올바른 결정이라고 믿었다면 그것은 엄청난 오판이었다. 미스터 콜린스와 캐슬린이 충격을 받아 입을 벌린 채 몸을 홱 돌려 나를 쳐다보았다. 캐슬린의 경악에 찬 표정을 보는 것만으로도 고통스러웠지만 미스터 콜린스의 반응이 더 뼈아팠다. 그는 경멸해 마지않는 표정을 짓고 있었다.

"정말 죄송합니다, 미시즈 버드." 내가 다시 말했다. "여사님인 척하려던 건 아니었어요."

말을 하면 할수록 목소리가 떨렸다. 멀쩡하게 편지 한 통을 써서, 타인의 이름으로 서명을 하고, 주소를 쓰고, 발송까지 했으면서 어떻게 그 사람인 척할 의도는 아니었다고 말할 수 있을까?

나는 이제 그 일에 완전히 무디어져 있었다. 내가 미시즈 버드의 이름으로 편지를 쓰는 동안 염려와 조언의 말은 모두 내 것이었다. 내게는 완벽하게 말이 되는 것 같았다. 미시즈 버드는 이 편지들을 거들떠보지도 않을 테니 내가 그들을 돕기 위해 개입하는 것이라고 말이다.

그런데 지금은 얼토당토않은 소리처럼 들렸다.

오 분 전만 해도 사람들을 웃기려고 마구 흔들어댔던 스테이플러를 여전히 움켜쥐고 있었는데, 어느새 양손이 땀으로 흥건히 젖어 제대로 들고 있기도 버거웠다. 내 소행이 드러나면 내가 어떻게 될지는 가끔 생각해봤지만 그것이 내 친구들에게 미칠 여파에 대해서는 전혀 생각하지 못했다.

캐슬린이 한없는 선의를 발휘해 동료의 의무감으로 행동할 수 있는 선을 훨씬 넘어서면서까지 나를 옹호하려고 입을 열었다.

"미시즈 버드, 어쩌면," 그녀가 속삭였다. "어처구니없는 실수가 아니었을까요? 저는 에멀라인이 다른 뜻으로……"

나 때문에 캐슬린이 대신 봉변을 당하게 할 수는 없었다. 앞으로의 수순이 해고라는 사실은 이미 의심의 여지가 없었다. 이 사태에 친구마저 끌어들인다면 상황은 더 악화될 뿐이었다.

"괜찮아요, 캐슬린." 나는 그녀의 말을 끊으며 막아섰다. "고마워요. 하지만 괜찮아요. 전부 내 잘못이에요. 정말 죄송합니다, 미시즈 버드. 지금 바로 제 물건을 챙겨 나오겠습니다."

나는 외투와 모자를 가지고 나오려고 사무실로 걸어가기 시작했다. 그녀가 경비원을 부를지 아니면 직접 나를 길바닥에 내팽개칠지 감도 잡히지 않았다.

그런데 미시즈 버드는 어느 쪽도 아니었다.

"지금 무슨 짓을 하는 건가요?" 그녀가 마침내 불같이 화를 내며 소리쳤다. "이런 식으로 그냥 사표를 던지고 나가면 끝날 거라고 진심으로 믿고 있는 거예요? 미스 레이크, 제정신이에요?"

그녀의 얼굴이 분노로 붉으락푸르락했다.

"몇 통이었죠?" 그녀가 씩씩거리며 말했다. "대체 몇 통이나 쓴 거예요?"

캐슬린이 제발 '딱 한 통'이라고 말하라는 눈빛으로 필사적으로 나와 눈을 맞췄다.

"잘 모르겠어요." 내가 대답했고 그게 사실이었다. 나는 머릿속으로 헤아렸다. 지금까지 보낸 편지를 다 합치면 꽤 많았다. "음. 그러니까. 아마도…… 한 서른 통? 아니면 조금 더 될까요?"

나는 얼굴이 확 달아올랐다. 다른 사람들은 내가 죄책감에 얼굴을 붉혔다고 생각했겠지만 그건 오해였다. 수를 세다가 중간에 까먹었기 때문이었다.

나는 잡지에 몰래 실은 편지들은 감히 떠올릴 수도 없었다. 미시즈 버드가 그 사실을 알게 되면 무슨 조치를 내릴지 생각하는 것조차 두려웠기 때문이다.

"서른 통?" 캐슬린이 눈을 수프 그릇만큼 크게 뜨며 숨을 헉 들이쉬었다. 미시즈 버드조차 할말을 잃은 듯했다.

"세상에, 에미." 미스터 콜린스가 작은 소리로 말하자 미시즈 버드가 무시무시한 눈빛으로 그를 노려보았다.

나는 그를 마주할 면목이 없었다. 그도 고개를 숙인 채 나를 보려 하지 않았다. 그는 줄곧 바닥만 응시했다.

서른 통이라는 말이 얼마나 엄청난 숫자로 들렸을까. 아무도 이 행동을 선의의 실수라고 설명할 수 없을 터였다. 나는 어마어마한 수준으로 모두를 속여온 것이다.

미시즈 버드는 어떻게든 냉정을 되찾으려고 애썼다. "알겠어요." 그녀가 말했다. "전부 다, 전부 내 이름을 사칭했나요?"

나는 기가 팍 죽어 고개를 끄덕였다. 그들은 내가, 우리가, 〈여성의 벗〉이 도와주기를 바랐던 사람들이었다고 말하고 싶었다. 꽤 많은 이가 답장을 보내 고마움을 전했으며, 그들 가운데에는 내가 잡지에 몰래 실은 두 가지 고민을 읽고 그 고민에 대한 답장들로 힘을 얻은 사람들도 있다고 말하고 싶었다. 그리고 그녀의 어머니가 뭐라고 생각하든 돌리 바딘스키는 자신이 사랑하는 남자와 결혼했고 지금은 몹시 행복하다고도 전하고 싶었다. 하지만 아무 말도 할 수 없었다. 왜냐하면 〈여성의 벗〉 복도를 비추는, 온기라고는 없는 빛줄기 속에서는 이유가 뭐든 다른 사람을 사칭해 편지를 쓴 행동은 그냥 잘못된 일이었기 때문이다.

"미스 레이크." 미시즈 버드가 말했다. "이게 얼마나 심각한 일인지 자각하고 있나요? 어디서부터 시작해야 할지 모르겠군요. 사기, 중상모략, 명예훼손…… 경찰은 이 사건을 매우 심각하게 받아들일 거예요."

"경찰요?" 내 입에서 비명 같은 소리가 튀어나왔다.

"그래요."

미시즈 버드가 잠시 입을 다물었다. 그리고 다시 말을 하려는 찰나 미스터 콜린스가 끼어들었다.

"모두 잠시만요. 일단 모두 아주, 아주 침착하도록 하죠." 미시즈 버드가 분기탱천한 표정으로 돌아보자 미스터 콜린스가 말했다. "헨리에…… 미시즈 버드, 제발요." 그는 이 상황에 적절한 말을 하려고 애를 썼다. "미스 레이크가 몹시 어리석은 행동을 했어요." 그는 미시즈 버드만큼 화난 표정으로 나를 바라보았다. "하지만 우리가 경찰의 도움 없이도 이 까다로운 문제를 해결할 수 있으리라 확신합니다."

미스터 콜린스가 그 자리에 서서 얼마나 재빠르게 머리를 굴렸을지 알 것 같았다. "어쨌든 이런 일은 음, '소문'이 날 수 있어요. 그래요. 세간에 이 일이 알려지는 쪽이 론서스턴 신문사에 훨씬 더해를 끼칠지도 모릅니다."

설득력 있는 주장이었기에 나는 그에게 와락 달려가 백번이고 천번이고 고맙다는 인사를 하고 싶었다.

"나는 확신합니다." 그가 말을 맺었다. "이 사건은 론서스턴 내부에서 적절한 방식으로 해결할 수 있다고요."

"이미 오버턴 경에게 통보했어요." 미시즈 버드가 말했다.

오버턴 경이라니. 나는 기절할 것만 같았다. 이 회사의 최고 책임자. 내가 어떻게든 눈에 들고 싶은 사람.

상황이 완전히 불리해졌다. 하지만 미스터 콜린스는 물러나지 않았다.

"잘하셨네요." 미스터 콜린스는 용맹스럽게도 존경심과 매력, 염려를 동시에 보여주며 말했다. "오버턴 경이라면 무엇이 최선인지 아실 겁니다. 물론 여사님과 충분히 협의를 하실 테니까요."

미시즈 버드는 입을 꾹 다문 채 한참 동안 이런저런 생각을 하는 듯 보였다. 그녀가 분노로 냉정을 잃고 경찰을 부르려 한 것도 진심이었겠지만 동시에 그녀는 론서스턴과 오버턴 가문의 명예에 놀랄 정도로 충성스러웠다.

"흠." 그녀가 말했다. "두고 보죠." 그러더니 허리를 꼿꼿하게 펴 위협적일 정도로 똑바로 선 후 내 이름을 입에 올리는 일이 평생 가장 역겨운 일이라는 듯 입을 열었다. "미스 레이크, 당신은 나와 내 잡지, 당신의 고용주들 그리고 아마도 당신을 친구라고 생각했을 동료들을 속였어요. 내가 당신을 경찰에 신고하지 않을 정도로 당신의 운이 좋다 해도—물론 그건 장담할 수 없지만—당신의 업무는 종료되었으며 내가 써줄 추천서는 당신이 무슨 경력을 쌓

왔건 다 끝났음을 의미하리라는 사실을 명심하세요. 당신은 무급 정직 처리될 것이고 바로 지금부터 그 결정은 유효합니다. 미스터 콜린스. 이사회실로."

그 말을 끝으로 그녀는 몸을 뱅그르르 돌린 후 문을 나섰다.

그 순간 가장 지독한 침묵이 내려앉았다. 캐슬린은 어디가 되었 든 이곳이 아닌 다른 곳에 있으면 좋겠다는 표정을 짓고 있었고 미 스터 콜린스는 뭔가 할말이 있지만 애써 참는 듯 보였다.

미시즈 버드가 옳았다. 나는 친구들에게 지독한 실망감을 안겨 주었다.

두 사람의 표정은 정말 보기 힘들었다.

"캐슬린, 미스터 콜린스." 나는 말문을 열었다. "정말, 정말 죄송 해요. 저는 돕고 싶었어요. 이렇게 될 줄은……"

미스터 콜린스가 손을 들어 내 말을 막았다.

"에미." 마침내 그가 나를 바라보았다. "대체 무슨 짓을 저지른 거예요?"

캐슬린이 아까보다 훨씬 더 심란한 표정을 지었다. 미스터 콜린스 마저 이렇게 갈팡질팡한다면 이제 무슨 희망을 품어볼 수 있을까?

나는 다시 사과를 하려고 입을 열었지만 미스터 콜린스가 나를 막았다.

"됐어요." 그가 말했다. "사실 알고 싶지도 않아요. 내가 돌아올 때까지 여기서 기다려요. 그리고 제발 그동안 일을 더 망쳐놓지만 말아요."

그리고 그는 떠났다.

잠시 캐슬린과 나는 가만히 서 있었다. 그녀가 무슨 생각을 하는

지 짐작도 되지 않았다. 나는 그녀에게 오로지 선의에서 비롯된 행동이었다고 납득시킬 수 있는 말을 찾기 위해 열심히 머리를 굴렸다. 그녀가 어떻게 생각하는지가 내게는 그 무엇보다 중요했다.

마침내 캐슬린이 말문을 열었다. 여전히 몹시 동요한 듯 보였다. 그녀가 한마디, 한마디 깊이 생각해서 말하고 있다는 사실을 금세 알아차릴 수 있었다.

"괜찮아요." 그녀가 천천히 말했다. "미스터 콜린스가 어떻게든 해결하실 거예요. 그러면 다 괜찮을 거예요."

다정한 캐슬린. 언제나 무슨 일에서나 좋은 면만 보는 다정하고 마음씨 좋은 캐슬린.

"그럴 것 같지 않아요, 캐슬린." 내가 말했다. "이번에는 확실히 일을 저질렀거든요."

그때 출입문이 다시 열렸다. 나는 미시즈 버드가 경찰을 대동하고 다시 찾아온 줄 알고 깜짝 놀라 공중으로 1미터는 뛰어올랐을 것이다. 하지만 천만다행으로 들어온 사람은 이번주 최신호 꾸러미를 들고 있는 클래런스였다.

"안녕하세요." 그가 애매한 태도로 인사를 했다. 무슨 일이 일어나고 있는 것이 분명했다. "증정본을 가져왔어요."

"고마워, 클래런스." 캐슬린이 대답했다. 그런데 이번만큼은 클래런스가 그녀의 목소리에 얼굴이 벌게지지도 당황하지도 않았다. 그는 꾸러미가 마치 터지지 않은 폭탄이라도 되듯 내게 건넸고 최대한 빨리 사무실을 뛰쳐나갔다.

"음." 캐슬린이 의연하게 미소를 지으며 말했다. "적어도 기다리는 동안 읽을 게 생겼네요."

나는 그녀에게 미소를 지어 보일 기운도 없이 그녀의 뒤를 따라 작은 사무실로 들어갔다.

"내게 설명할 기회를 줄 거죠, 캐슬린?" 내가 물었다.

"물론이죠." 그녀가 쉰 목소리로 대답했다. "어차피 나는 지금 말을 하면 안 되는 상태이기도 하니까요."

그녀는 외투와 모자를 벗더니 방 한구석에 있는 옷걸이에 걸려고 몸을 살짝 기울였다.

나는 꾸러미를 그녀의 책상에 내려놓았다. 평소처럼 인쇄소에서는 최신호를 자르지 않은 인쇄 견본으로 싸두었다. '헨리에타의 고민상담소' 코너의 익숙한 제목이 나를 쏘아보았다.

그곳에 있었다. 확실히 실려 있었다. 내가 원고에 몰래 집어넣은 '두려움을 못 떨쳐낸 사람'의 편지가 말이다.

26장
더는 아무것도 잃을 것이 없는

미스터 콜린스가 이사회실에서 돌아오자마자 나는 그에게 잡지에 편지를 몰래 실은 일을 이실직고했다. 인쇄된 잡지를 보니 그 편지와 내 답변이 한 페이지를 거의 다 차지하고 있었다. 마침내 이런 현실이 펼쳐지자 나조차도 무슨 생각이었는지 의아할 지경이었다.

나는 미스터 콜린스가 불같이 화를 낼 줄 알았다. 하지만 화를 내기는커녕 잠시 믿어지지 않는다는 표정을 짓더니 완전히 낙담한 얼굴이 되었다. 오히려 그 모습이 보기 더 괴로웠다. 그는 "맙소사"라고 (두 번) 말하더니 입을 다물었고 한참 후 마침내 말문을 열었다.

"정말 유감이에요, 에미." 그가 말했다. "하지만 이 문제를 어떻게 해결할 수 있을지 모르겠어요."

이윽고 나는 귀가하라는 지시를 받았다.

나는 무엇을 해야 할지 막막했다.

멍한 상태로 주위에서 무슨 일이 일어나는지 알아차리지도 못한 채 평상시보다 훨씬 더 오래 걸려서 집으로 돌아갔다. 평소 집으로 걸어서 퇴근할 때면 〈여성의 벗〉을 나와 플리트 스트리트로 가는 동안 제일 좋아하는 퀴즈놀이를 하곤 했다. 누가 기자였을까? 누가 가장 훌륭한 특종을 물고 사무실로 헐레벌떡 돌아왔을까? 고작 몇 달 전만 해도 나 또한 그들과 함께 일할 수 있을 줄 알았다. 오늘은 고개를 들 수가 없었다. 나는 이제 언론과 관련된 일은 할 수 없다.

반쯤 넋이 나간 채 버스를 찾았다. 하지만 앉아 있기도, 가만히 있기도 싫었다. 버스에서 자리를 잡고 앉으면 양손으로 머리를 감싼 채 비명을 지를지도 몰랐다. 그래서 나는 필사적으로 기운을 차리려고 했다. 나는 어째서 이렇게 형편없는 사람일까.

나를 제외한 모든 사람들에게는 평범한 근무일인 그날 아침, 템스강의 둑길을 걷다보니 내가 완전히 끝장났다는 사실을 알아보는 사람이 있을지 궁금해졌다. 나를 제외한 모두에게 가야 할 곳이 있고, 처리해야 할 중요한 용무가 있는 것 같았다. 집배원들은 꾸러미를 들고 달려가고, 중요한 인물처럼 보이는 공무원 같은 사람들은 군수성으로 발걸음을 옮겼으며, 교외에서 온 여자들은 길에 쌓아놓은 모래주머니들을 돌아가거나 지하철에서 나와 목적지를 향해 걸어가며 5월의 햇살에 눈을 깜박거렸다.

나는 도망치거나 숨거나 당분간 사라지고 싶었다. 어떻게 하면 이 상황을 전부 다 바로잡을 수 있을까?

미스터 콜린스나 미시즈 버드가 내게 연락을 해줄 때까지 얼마나 기다려야 할지 짐작도 되지 않았다. 사방에 번티와 빌의 추억이 깃들어 있는 적막한 집에서 기다려야 한다는 생각만으로도 너무 벅찼다. 부모님 댁으로 돌아갈 수도 있지만, 부모님에게 다 털어놓을 생각을 하자 수치심이 마구 밀려왔다.

나는 밀뱅크와 그 주변을 하릴없이 돌아다니고 템스강도 들여다보면서 집으로 멀리 돌아갔다. 오늘밤 나는 밝은 미소를 띤 얼굴로 소방서에 출근해 동료들의 눈을 바라보아야 했다. 셀마는 나를 어떻게 생각할까? 우리의 비밀이자, 독자들에 대해 조심스럽게 나눴던 대화들을 말이다. 셀마는 내가 지금껏 그녀의 조언을 가로챘다고 생각하지 않을까?

그리고 찰스에게는 또 뭐라고 한담? 내 입에서 앓는 소리가 새어나오자 유아차를 밀고 가던 여자가 놀란 표정으로 나를 보았다.

미스터 콜린스가 찰스에게 이야기를 할까? 나는 미스터 콜린스가 당장 펜을 들어 동생이 하마터면 사귈 뻔한 여자가 어떤 사람인지 알린다고 해도 원망하지 않을 것이다. 그런 일을 머릿속에 떠올리는 것조차 견디기 힘들었다. 편지 속 찰스가 얼마나 다정했는지, 카페 드 파리에서 일어난 일 이후로 얼마나 사려 깊었는지 몰랐다. 그는 언제나 긍정적이었고 매사를 그의 입장에서 건전하고 타당하게 해석하려고 노력했다. 편지로 윌리엄에 대해 털어놓았을 때조차도 그는 한없이 내 마음을 헤아려주었다. 그렇지만 이번 일만큼은 내가 선을 넘어도 한참 넘었다. 미스터 콜린스와 나 둘 중 누구에게 듣건, 그가 진실을 알고 나면 다시는 내게서 연락을 받고 싶지 않을 게 분명했다.

발걸음을 내디딜 때마다 상황은 더 나빠졌다. 나는 너무 많은 사람들에게 실망을 안겼다. 하지만 지금은 무엇보다, 가장 친한 친구에게 해명부터 해야 했다.

아, 사랑하는 번티. 지금만큼 우리가 여전히 친구라면 좋겠다고 생각한 적도 없었다. 번티라면 내가 어떻게 해야 할지 잘 알 것이다. 물론 일을 다 망쳤다며 불같이 화를 내더라도 나는 절대 그녀를 탓하지 않을 것이다. 그런 상황에서도 번티라면 내 곁을 지켜주리라는 사실을 알기 때문이다.

마침내 집에 도착했을 즈음 나는 결심을 굳혔다. 더는 아무것도 잃을 것이 없었다.

이 일이 공식화되어 가족과 친구들이 모두 진실을 알게 되기 전에 번티에게 한 번만 더 말을 걸어볼 것이다. 내가 얼마나 미안해하고 있는지 직접 전하기 위해 마지막으로 한번 더 시도해볼 것이다.

전화는 1층 복도에 있었다. 그 옥색 전화기는 생김새가 독특하고 유난히 화려했다. 재작년에 번티가 미시즈 태비스톡에게 그 전화기를 사자고 졸랐다. 미시즈 태비스톡은 배우나 정부들이나 쓸 법한 물건이라며 그 전화기를 몹시 싫어했지만 결국 손녀의 청을 들어주었다.

벽에 고정된 로즈우드 탁자 옆에 앉아 그 전화기를 보고 있자니 서글픈 미소가 절로 지어졌다. 나는 마음이 변하기 전에 얼른 장거리통화를 하려고 교환원에게 전화를 했다.

"안녕하세요, 미시즈 빈센트." 마침내 통화가 되어서 전화를 받은 미시즈 태비스톡의 가정부에게 인사를 건넸다. "에멀라인 레이크예요. 미시즈 태비스톡과 통화를 할 수 있을까요?"

미시즈 빈센트는 잠시 망설이더니 번티의 할머니가 집에 있는지 확인해보겠다고 했다. 나는 발을 계속 꼼지락거리고 손가락으로 전화기의 녹색 줄을 배배 꼬며 기다렸다. 몇 분 후 수화기를 드는 소리가 들렸다.

"에멀라인. 반갑구나." 번티 할머니가 말했다. "잘 지내니?"

"네, 감사합니다, 미시즈 태비스톡." 나는 거짓말을 했다. "부인도 잘 지내시죠?"

미시즈 태비스톡은 잘 지낸다고 대답한 후 런던의 날씨에 대해 물었다. 나는 런던의 날씨는 좋은데 리틀윗필드의 날씨는 어떠냐고 물었고 그곳도 날씨가 좋다는 대답을 받았다.

모든 것이 더할 나위 없이 순조로운 것처럼 보였다.

마침내, 미시즈 태비스톡의 정원에 핀 늦은 봄꽃에 대한 고통스러울 정도로 유쾌한 대화를 참아낸 후 나는 용기를 냈다.

"미시즈 태비스톡." 내가 운을 뗐다. "번티와 통화를 할 수 있을까요? 물론 번티가 저와 안부를 주고받을 만큼 몸이 괜찮다면요."

병원에서 만난 후 이렇게 용기를 내 물어본 건 처음이었다. 나는 여전히 전화선을 비비 꼬고 있었다. 나도 모르는 새 어찌나 팽팽하게 잡아당겼는지 선이 금방이라도 전화기에서 뽑힐 것 같았다.

나는 숨을 삼켰다. 지금은 어디에도 희망이 보이지 않고 끔찍하기만 할 따름이지만, 번티에게 안부를 전할 수 있다면, 번티가 내게 안부를 묻도록 허락해준다면 다른 건 어떻게 되든 상관이 없을 것 같았다.

미시즈 태비스톡은 곧장 대답하지 않았다. 잠시 후 헛기침을 하더니 몹시 다정하게 말했다.

"미안하구나, 에멀라인. 번티가 통화를 할 만큼 몸이 좋지 않단다."

내가 대꾸할 말을 생각해내는 동안 잠시 정적이 흘렀다. 나는 미시즈 태비스톡의 마음을 약하게 만들 계획을 미리 준비해두었다.

"알겠어요." 나는 애써 밝은 목소리로 대답했다. "그러면 제가 직접 들러서 얼굴만 잠시 보면 어떨까요? 일 분이면 되는데. 그러면 번티가 전화를 받으려고 일어나거나 무리할 필요 없이 그냥 앉아 있기만 하면 되는걸요. 일 분이면 돼요."

하지만 미시즈 태비스톡의 마음은 쉽게 흔들리지 않았다.

"정말 미안하구나, 에멀라인." 부인이 말했다. "하지만 번티는 아무도 만나지 않아. 알다시피 요양을 가고 없단다. 미안하구나, 에미." 부인이 다시 사과했다. "번티가 이야기를 하고 싶어하지 않는단다."

27장
오버턴 경이 등장하다

미시즈 태비스톡은 번티가 어디에 있는지 자세히 알려주지 않았지만 내가 안부를 묻더라는 말은 전해주겠다고 했다. 그 통화 후 나는 희망을 잃어버리고 말았다. 그후로 며칠 동안 나는 강가를 오랫동안 산책하며 앞으로 닥칠 일은 애써 머릿속에서 지워버렸다. 아니 전부 다 지워버렸다.

일주일 후 론서스턴 신문사에서 연락이 오자 차라리 후련했다. 설령 오버턴 경을 직접 만나야 한다고 해도 말이다. 미시즈 버드 입장에서는 나를 그 자리에서 당장 해고하면 내게 너무 편한 해결책이 될 것이다. '두려움을 못 떨쳐낸 사람'의 편지가 잡지에 실린 이상, 그녀가 나를 고발하겠다고 한 위협은 공수표로 끝나지 않을 것 같았다. 정말 그렇게 되면 어떻게 해야 할지 아무 생각도 나지 않았다.

열두시 반, 징계청문회에서 언론계의 최고로 영향력 있는 사람들 중 한 사람 앞에 서야 하는 날, 미스터 콜린스는 어디에도 보이지 않았다. 그가 청문회에 참석할 줄 알았는데 나 혼자였다. 나를 도와주지 않는다고 어떻게 그를 원망하겠는가. 그나 그의 동생을 다시 만날 수나 있을까.

나는 지금까지 론서스턴 신문사의 소유주이자 회장을 직접 만난 적이 없었다. 하지만 내게 있는 가장 좋은 옷을 입고 오버턴 경이 얼마나 화가 났을지 생각하며 그의 집무실에 들어선 나는 그를 보자마자 알아보았다. 대리석으로 마감한 건물의 현관 로비를 압도하듯 걸려 있는 실물 크기의 초상화가 오버턴 경을 꼭 빼닮은데다, 그 초상화가 아니더라도 층마다 엄격해 보이고 정치가 느낌을 풍기는 그의 사진이 커다랗게 걸려 있기 때문이었다. 거대한 티크 책상 앞에 하얗게 센 두터운 눈썹을 휘날리며 우뚝 솟은 탑처럼 앉아 있는 오버턴 경을 보니 그야말로 〈여성의 벗〉에 어울리는 '편집국장 권한대행'이라 상상했던 모습 그 자체였다.

그의 옆에는 미시즈 버드가 거대한 검은색 깃털 코트 차림으로 분노를 억누른 채 화강암처럼 딱딱한 얼굴을 하고 앉아 있었다.

"그래서 미스 레이크." 오버턴 경은 내가 저지른 규정 위반 내용이 조목조목 열거되어 있는 보고서로 추정되는 문서를 반달 모양 안경 너머로 지긋이 바라보며 말문을 열었다. "자네가 고의로 미시즈 버드의 명의를 도용해서 〈여성의 벗〉 독자들에게 조언을 했다고 이해하면 될까?"

그렇게 정리해주니 상황이 더 심각해 보였다.

오버턴 경은 완전히 이성을 상실한 사람을 대하듯 말했다.

"네, 그렇습니다." 내가 인정했다. "제가 그랬습니다. 엄밀히 말해서 일부러 그런 건 아니었지만요." 내가 한마디 덧붙이자 미시즈 버드가 의자에서 굴러떨어질 뻔했다.

"이의 있습니다!" 그녀는 금방이라도 졸도할 듯한 표정으로 오버턴 경을 돌아보며 비명을 지르듯 소리쳤다.

회장이 눈썹을 치켰다.

"오버턴 경." 미시즈 버드가 앉은 자리에서 움찔거리며 말했다. "잘 알지도 못하면서 위험천만한 쓰레기 같은 글에 제 이름을 도용했을 뿐만 아니라 제 이름과 〈여성의 벗〉과 론서스턴 신문사의 명예마저 악용했습니다. 미스 레이크가 독자들에게 무슨 소리를 했을지 생각하면 몸서리가 쳐져요. 그리고 덧붙여서," 오버턴 경이 무슨 말을 하려는 듯하자 그녀가 얼른 말을 이었다. "자신의 경력을 위해서 상사의 마음을 얻으려고 접근을 하지 않나, 도덕성 따위 안중에도 없는 듯 행동했습니다. 어떻게 그런 짓을 할 수 있는지 믿을 수가 없어요."

오버턴 경이 안경 위로 나를 빤히 바라보더니 "흠" 소리를 내며 다시 보고서로 눈을 돌렸다.

"미스 레이크." 오버턴 경이 말했다. "이 보고서는 꽤나 범상치 않은 사기 목록이군. 범상치 않아. 본인의 변호를 위해 하고 싶은 말이 있나?"

미시즈 버드는 매사에 화가 나 있었기 때문에 나는 거의 면역이 되어 있었다. 오늘 그녀는 분노가 하늘을 찌를 듯했지만 이미 각오한 일이었기 때문에 전혀 충격을 받지 않았다. 하지만 오버턴 경은 달랐다. 겨우 몇 달 전 나는 그의 회사에서 근무한다는 생각에 너무 흥분한 나머지 면접관의 말도 제대로 듣지 않았다. 나는 오버턴 경이 어떻게 생각할지 신경이 쓰여 죽을 지경이었지만 그가 나에 대해 아는 것은 그의 손에 들린 상세한 보고서에 기록된 것이 전부였다. 사기 목록. 그의 눈에는 내가 끔찍한 머저리이자 그의 언론 왕국에 생긴 오점으로 보일 게 분명했다.

오버턴 경이 나를 그 정도로 형편없는 인간으로 생각하게 둘 수는 없었다. 보고서에 적힌 죄목을 부정할 수는 없지만 쓰러지더라도 한번 싸워볼 수는 있지 않은가.

오버턴 경은 내 대답을 기다렸다. 나는 깊이 숨을 들이쉬었다.

"회장님." 내가 말했다. "제가 자초한 아수라장에 대해 이루 말로 할 수 없을 정도로 죄송하다는 말씀을 드리고 싶습니다. 미시즈 버드에게도 무조건적으로 사과를 드렸으며 제 행동에 변명의 여지가 없다는 사실을 잘 압니다."

나는 오버턴 경이 이 정도면 충분하다고 생각할까봐 숨도 쉬지 않고 단숨에 말을 이었다.

"하지만 회장님, 저는 미시즈 버드가 되겠다거나 그분의 명예에 누를 끼치려던 뜻은 정말 없었습니다. 편지의 사연이 '게재 불가 사연 목록'에 해당된다는 이유로 여사님이 답장을 하지 않겠다고 하신 독자들에게만 답장을 썼습니다. 무시해야 하는 주제들을 모아놓은 엄청나게 긴 목록이 있어요." 나는 목소리를 살짝 낮춰서 덧붙였다. "어쨌든 선택받지 못한 독자들의 사연이 몹시 슬프고 우려스럽고 안타깝게 여겨졌습니다. 마지막 지푸라기라도 잡는 심정으로 편지를 쓰는 독자도 있었습니다. 그리고 어떤 문제는 정말 심각했습니다. 그 사람들은 모든 일에서 온 힘을 다해 버티고 있지만 남편이 멀리 떠나 있거나 아이를 피난 보내야 했습니다. 아이를 데리고 있으면 있는 대로 그 사실을 몹시 힘들어했어요. 혹시라도 아이들이 폭격을 당할까봐요. 그런 우려가 현실이 되기도 했습니다. 그들은 지쳐 있었고…… 그리고 때로는 외로워서 어쩔 줄 몰라해요. 그래서 어떨 때는 사랑해서는 안 될 사람과 사랑에 빠지기도 합니다. 그래서……"

"미스 레이크!"

미시즈 버드가 내 목소리를 지울 정도로 목청 높여 나를 불렀다. 그녀는 엄청난 기세로 자리에서 일어섰는데, 누가 봐도 나를 한 대 칠 것처럼 보였다.

"정말이지. 이건 용납할 수가 없군요."

나는 잃을 것이 아무것도 없었다.

"아뇨, 미시즈 버드." 나도 언성을 높이며 받아쳤다. "여사님은 공정하지 않으세요."

미시즈 버드의 손이 가슴팍을 부여잡는 것과 동시에 그녀의 입이 떡 벌어졌다.

"정말, 정말, 정말 죄송합니다." 나는 떼쓰는 아이가 아니라 분별력 있는 성인처럼 보이려고 필사적으로 애를 쓰며 다시 목소리를 낮춰서 얼른 오버턴 경에게 말했다. "회장님, 사실 저는 돕고 싶었을 뿐입니다. 제가 인생에 대해 아는 것이 많지 않을지는 몰라도 아직 어려서 어쩔 줄 모르는 심정이 어떤 건지 잘 압니다. 게다가 다른 잡지들이 독자들에게 무슨 조언을 하고 무슨 도움을 주는지 알고 있어요." 나는 거의 애원하듯 말했다. "다른 잡지들은 현대적인 문제에 답을 해줍니다. 덕분에 잘 팔리고요." 내가 덧붙였다.

나는 김이 빠져나가듯 자포자기하며 말을 끝맺었다. 이 자리에서 하고 싶은 말을 꼼꼼하게 준비해 조리 있게 스스로를 변호하고 싶어 열심히 연습했는데 준비한 말을 하나도 써먹지 못했다. 이제 완전히 끝이었다.

바로 그때 날카로운 노크 소리가 나더니 오버턴 경이 들어오라는 말을 하기도 전에 문이 활짝 열리고 미스터 콜린스가 다급하게 들어왔다. 그는 평소보다 더 후줄근했는데 머리는 감지 않았고 넥타이는 반쯤 풀려 있었다. 그런 행색으로 징계청문회에 참석하다니 어처구니가 없었지만 나는 상관없었다. 그를 봤다는 사실만으로도 마음이 놓이고 기뻤다.

"안녕하십니까." 그가 말했다. "오버턴 경, 미시즈 버드. 이렇게 늦어진 점 사과드립니다."

미시즈 버드는 온 얼굴로 '지금 꼴이 그게 뭐예요?'라고 말하고 있었지만 오버턴 경이 미스터 콜린스에게 인사를 건네며 그의 사과를 따뜻하게 받아주자 말없이 쏘아보기만 했다. 내 느낌에 두 사람은 친한 사이 같았다. 물론 이 표현이 두 사람 사이의 분위기를 정확하게 표현하지는 못하지만 말이다.

"음, 콜린스." 오버턴 경이 말했다. "이 일은 좀 혼란스럽군, 그렇게 생각하지 않나? 상황이 아주 고약하군. 미스 레이크를 고용한 사람이 자네라고 미시즈 버드에게 들었는데?"

"그렇습니다, 회장님." 미스터 콜린스가 대답했다.

"저와 협의도 없이 말이죠." 미시즈 버드가 끼어들었다.

"제가 알기로, 미시즈 버드." 미스터 콜린스가 정중하게 말했다. "당시 사무실을 비우셨고 채용 건이 아니어도 맡은 일이 아주 많으셨지요."

"중요한 '전시 노동'이죠." 미시즈 버드가 이렇게 대꾸하며 논의를 직접 끌어갈 기회를 낚아챘다. "오버턴 경, 저는 미스터 콜린스가 이 건에서 사적인 견해를 배제한 채 의견을 말할 수 없다는 점을 지적하지 않을 수 없습니다. 저 피의자와 '사적인 관계'를 맺고 있는 듯 보이거든요."

오버턴 경의 눈썹이 머리카락에 닿을 듯 치올라갔다.

"맙소사." 그가 말했다. "정말인가?"

나는 '피의자'라고 불려서 마치 내가 살인자라도 된 듯 들리는 것과, 미시즈 버드가 얼토당토않은 추측을 했다는 사실 중 어느 것이 더 당혹스러운지 몰라 그저 묵묵히 바닥만 바라보았다.

"미시즈 버드가 제 동생을 말씀하시는 것 같군요." 미스터 콜린스가 시원스럽게 말했다. "미스 레이크는 제 동생인 찰스를 만나고 있고 지금 해외에서 복무하고 있는 그애와 편지를 주고받고 있습니다. 숨길 일도 아닙니다. 오히려 점잖고 건전한 행동이라고 생각합니다. 요즘 젊은이들은 빌어먹게 대담하지 않습니까. 죄송합니다, 회장님…… 어, 상당히 대담하죠."

미스터 콜린스조차 오늘은 욕설을 입에 담지 않는 편이 좋다는 사실을 알았다.

"좋은 게 좋은 거지. 그 친구가 훌륭한 의무를 수행중인 건 잘 알겠네." 오버턴 경이 말했다. "하지만 지금 논의와는 상관이 없지." 미시즈 버드가 불만에 찬 콧소리를 냈지만 무시당했다. "그러니까," 오버턴 경이 곧장 나를 보며 말했다. "미스 레이크, 우리 독자들에게 말을 건네고 싶어한 자네의 열정은 내가 치하하네……"

나는 심장이 쿵쿵 뛰었다. 미시즈 버드가 무슨 말을 하려고 했

400

지만 오버턴 경이 손을 들어 그녀의 입을 막자 내 심장은 희망으로 휙 부풀어올랐다가 순식간에 쭈그러들었다.

"하지만 사실은 변하지 않아. 자네는 재가도 받지 않고 마음대로 미시즈 버드의 명의로 편지를 보냈어. 이런 행동은 결코 용납할 수 없다는 사실을 똑똑히 명심하게. 아무리 선의였다고는 하나 자네는 편집국장 권한대행과 〈여성의 벗〉 모두의 명예에 먹칠을 했어. 나는 정말……"

"제발 저를 해고하지 말아주세요, 오버턴 경." 나는 절망적으로 말했다.

"회장님, 제가 한말씀 드려도 될까요?" 나와 동시에 미스터 콜린스가 말했다.

"뭐라고?" 오버턴 경의 인내심이 점점 바닥을 드러내는 중이었다. "나는 또다른 회의가 잡혀 있네. 오, 계속하게, 콜린스. 하지만 요점만 이야기해주게."

"고맙습니다, 회장님. 그러죠." 미스터 콜린스가 고개를 끄덕였다. "저는 막 광고부에서 오는 길입니다. 회장님이 듣고 싶어하실 정보를 알아왔죠." 그가 주머니에서 기자 수첩을 꺼내더니 필요한 페이지를 찾아 거의 뒤쪽 끝까지 종이를 넘기며 말을 이었다. "아무래도 〈여성의 벗〉의 수명이 더 길어질 호기를 잡은 것 같습니다."

오버턴 경이 '흠, 계속해보게'라는 반응을 보였다.

"우리의 재무 담당인 미스터 뉴턴의 말에 의하면, 지난 두 달 동안 구독자 수가 괄목할 만한 성장을 보였고 미스 레이크가 직접 관여한 다수의 기사와 연재물에 독자들이 좋은 평가를 주었습니다. 제가 쓴 특집기사 몇 편은 전적으로 미스 레이크의 아이디어였습니다. 미스 레이크의 도움으로 제 글도 소설 부문에서 순위가 상승했죠. 이런 이야기는 지겨우시겠죠." 오버턴 경이 또 말문을 막으려 손을 들어올리자 미스터 콜린스가 얼른 덧붙였다. "게다가—"

"알겠네, 콜린스. 그만하면 됐네." 오버턴 경이 말했다.

"이건 어처구니가 없군요." 미시즈 버드가 느닷없이 고함을 질러 모두 의자에서 펄쩍 뛰어올랐다. "미스터 콜린스는 완전히 편향되어 있어요. 지난주에 저 몰래 잡지에 실어버린 그 역겹고 반애국적인 편지를 상기시켜드려야 하나요? 불안해서 벌벌 떠는 독자 한 명에게 거의 한 페이지에 걸쳐 동정을 보내는 그 편지를요? 그 편지 때문에 우리가 마치 히틀러를 위해 일하는 것처럼 보이잖습니까. 오버턴 경, 저 사람 말은 듣지 마세요."

"그 편지는 실수로 들어간 겁니다." 미스터 콜린스가 아무렇지도 않게 거짓말을 했다. "어쨌든 광고 수입이 십구 퍼센트나 올랐습니다." 그가 계속했다.

"사실인가?" 오버턴 경이 관심을 보이며 되물었다. "기간은?"

"지난 사 주 동안입니다." 미스터 콜린스가 짐짓 빼기는 태도로 대답했다. "우리가 종이를 더 확보할 수 있다면 발행 부수를 늘려야 할지도 모릅니다. 미스터 뉴턴은 우리가 매출을 높일 확실한 기회를 잡았다고 생각하고 있습니다."

"오버턴 경, 정말이지……"

"고맙네, 헨리에타." 오버턴 경이 쏘아붙였다. "내 귀는 아직 멀쩡하다네. 자, 그 반애국적이라는 부분. 나는 그렇게까지 심하게 생각하지는 않네. 문제의 편지를 아내에게 보여줬더니 너무나 상냥한 답변이라고 하더군. 나는 히틀러를 멍청이라고 일갈한 부분이 좋았다네."

"정치성이요, 오버턴 경." 미시즈 버드는 냅다 끼어들었다가 언성을 높이지 말아야 한다는 사실을 중간에 깨달아 말꼬리를 흐렸다. "〈여성의 벗〉에서 말입니다. 이 잡지가 어디로 가려는 거죠? 볼셰비즘까지 갈 건가요."

"'뜨거운 냄비에 무엇이 있을까?' 코너에는 안될 일이겠군." 미스터 콜린스가 작은 소리로 중얼거렸다. "넣을 게 양배추뿐일 테니."

"볼셰비즘이라니 말도 안 돼." 오버턴 경이 지겹다는 듯한 말투로 말했다. "그 미친놈에게 제 주제를 알려줬다고 생각하는데. 자, 이제 조용히 좀 해주겠나?"

미시즈 버드는 당장이라도 숨이 넘어갈 것처럼 보였다.

우리는 오버턴 경이 혀 차는 소리를 내며 뭔가를 곰곰이 따져보는 동안 조용히 기다렸다. 마침내 그가 말했다.

"미안하네." 그가 말했다. "그래도 사실은 변하지 않아, 미스 레이크…… 아, 대체 또 뭐야. 내 비서인가? 이번에는 또 무슨 일이지?"

우리는 모두 문을 바라보았다. 밖에서 오버턴 경의 비서가 누군가에게 지금은 만날 수 없다고 강한 어조로 말하는 소리가 들렸다.

"절대 안 됩니다." 그녀의 단호한 목소리가 들렸다.

"정말 죄송합니다." 가느다란 여성의 목소리가 들렸다. "하지만 우리는 반드시 뵈어야 해요……"

그때 사무실 문이 활짝 열렸다.

"이번에는 또 누구야?" 오버턴 경이 인내심의 한계에 다다라 소리쳤다.

"잠깐만요!" 나는 나도 모르게 울부짖었다. 그러고는 한층 차분해진 목소리로 말했다. "잠깐만요."

문가에는 클래런스가 내용물이 마구 삐져나온 커다란 우편물 가방을 떨어트리지 않고 어떻게든 당당한 태도로 버티려고 애쓰며 서 있었다.

그리고 그의 옆에 핏기라고는 없고 살이 홀쭉하게 빠진데다 이마에는 여전히 흉터가 생생히 남아 있는 번티가 지팡이에 힘겹게 몸을 기댄 채 서 있었다.

미스터 콜린스가 얼른 달려가 번티에게 팔을 내밀었다. 번티는 그의 팔을 잡은 채 천천히 방으로 걸어들어왔다.

번티가 여기로 오다니.

나는 미치광이처럼 불분명한 소리로 반은 웃고 반은 울고 있었다.

어째서 번티가 여기 있는지 아무리 생각해도 알 수 없었지만 그런 건 중요하지 않았다. 내가 곧 해고될 참이고 모든 게 엉망진창이었지만 그래도 괜찮았다. 번티가 회복되었다. 아니 적어도 회복되는 중에 있었다. 게다가 이곳에 와 있고 나는 그녀와 이야기를 나눌 수 있을지도 몰랐다.

바로 그때 공포가 몰려왔다. 내겐 설명해야 할 일이 너무 많았다. 무작정 앞으로 달려가 미안하다는 말로 끝낼 수 있는 문제가 아니었다. 내가 생각지도 못한 이유로 번티가 이곳에 왔고 여전히 나를 볼 생각이 없다면 어떻게 하지? 여전히 나를 증오하고 있다면?

"잘 지냈니, 엠?" 번티가 그 누구보다 용감한 미소로 핼쑥한 얼굴을 환하게 밝히며 내게 말했다.

나는 친구가 금방이라도 부서질 듯 보인다는 사실도 잊은 채 오버턴 경을 밀치고 그녀를 와락 안았다.

"정말 미안해." 내가 말했다. 번티는 어찌나 말랐는지 코트 아래로 뼈가 다 만져질 정도였다. "정말 정말 미안해."

"괜찮아." 번티가 말했다. "정말이야. 정말 괜찮아."

"지금 무슨 일이 벌어지고 있는 건지 누가 내게 설명 좀 해줄 텐가?"

번티가 나를 밀어내더니 가장 매력적인 미소를 지으며 자기소개를 했다.

"오버턴 경, 이렇게 불쑥 쳐들어와서 죄송합니다. 저는 매리골드 태비스톡이라고 합니다. 제가 지난주 잡지에 실린 그 편지를 쓴 사람입니다. 에멀라인이 답장을 써준 바로 그 편지요. 그리고 이쪽은 클래런스인데 아래층에서 만났습니다."

오버턴 경은 '이 사람들이 누군지 짐작도 안 되는군' 하는 표정을 짓고 있었다.

번티가 계속 말하는 동안 나는 입을 떡 벌린 채 그녀를 바라보았다.

"클래런스가 막 이 우편물을 가져왔습니다. 전부 다 편지입니다, 회장님. 〈여성의 벗〉에 온 편지들요. 사람들은 에미의 편지를 좋아했어요. 음, 제 편지도요."

"회장님." 클래런스가 불쑥 입을 열었는데, 그 목소리가 어찌나 장중한 바리톤인지 흡사 웨일스남성성가대의 일원인 것처럼 들려 우리는 물론이고 클래런스 본인마저 깜짝 놀랐다. 당황한 클래런스는 그대로 입을 다물고는 새로운 목소리에 잘 어울리는 고귀한 자세로 서서, 오버턴 경과 자신의 중간 지점만 빤히 바라보았다.

이제 오버턴 경은 어쩌다 현대미술 전시회에 들어와서는 애써 작품이 이해된다는 표정을 지으려는 시늉조차 하지 않는 사람 같은 표정을 짓고 있었다. 그는 눈을 가늘게 뜬 채 미심쩍어하는 표정을 지었다. 미시즈 버드는 순간 말문을 잃었지만 어느새 얼굴이 벌겋게 달아올랐고 그 깃털 코트 아래에 커다란 달걀이라도 깔고 앉은 듯 연신 몸을 들썩였다.

"어떻게," 오버턴 경이 말문을 열었다. "그렇게 많은 사람들이 그 편지를 읽었나? 〈여성의 벗〉은 발행 부수가 새 발의 피 수준인데. 그래, 물론 구독자 수가 늘어났다고 했지. 하지만 이 정도로?"

미스터 콜린스가 마음 한구석이 편치 않은 듯 자세를 바꿨다.

"제가, 어. 그러니까."

"뭔가, 콜린스? 자네는 또 무슨 일을 저질렀나?"

"음, 회장님. 제가 언론협회에서 근무하는 기자 친구에게 미스 태비스톡의 편지 이야기를 했습니다." 미스터 콜린스가 말했다. "그랬더니 그 이야기가 후방의 젊은 여성들에 대한 흥미로운 일면을 보여주고 있다고 생각하더군요. 그래서 그 이야기를 각지에 타전했습니다. 솔직함과 용기와 이런저런 관점으로요. 꽤 크게 보도가 되었죠. 실은 반응이 대단했습니다."

"오버턴 경, 회장님께서 이 편지들을 직접 보시면 좋겠다고 생각했습니다." 번티가 말했다. "그래서 클래런스에게 몽땅 다 가지고 와달라고 했습니다."

나는 번티가 이 일을 어떻게 알았는지 짐작도 되지 않았다. 오버턴 경만큼이나 머리가 빙빙 돌 지경이었다.

"아마 편지가 더 올 겁니다, 제 짐작으로는요." 번티가 말했다. "오버턴 경, 에멀라인을 해고하지 말아주세요. 경찰에 신고하시지도 말고요. 저애는 진짜 바보처럼 굴었지만 절대 누굴 속이려고 그런 게 아닙니다. 그리고 절대로 다시는 이런 짓을 하지 않을 겁니다."

번티가 회장을 올려다보며 비애에 찬 희미한 미소를 슬쩍 짓는 모습을 본 순간 나는 하마터면 웃음을 터트릴 뻔했다. 나도 얼른 끼어들어 지금부터 무슨 일을 시키든 다 하겠다고 그에게 다짐했다.

"잠깐만, 숙녀분들." 오버턴 경이 냉철하게 말했다. "이건 사업 이야기야. 사슴 같은 눈빛과 가여운 얼굴로 해결될 문제가 아니란 말일세. 물론 내 눈물샘을 건드리기는 하지만. 어쨌든 아무도 경찰에 신고하지 않을 거네. 헨리에타, 당신이 무슨 말을 하기 전에 내가 먼저 말하지. 당신이 지금 어떤 심정인지 내가 잘 알아요. 그러니 당신을 탓하는 일은 없을 거요. 이번 사태는 처음부터 끝까지 우리의 망신이야. 내 조직이 웃음거리가 되도록 내버려둘 수는 없어." 벽난로 장식선반에 놓인 시계를 보는 그의 눈빛에서 초조한 기색이 엿보였다. "일개 직원을 경찰에 넘기면 경쟁사만 신이 날 거야. 게다가 타블로이드지는 어떻게 나오겠나……"

"오버턴 경." 내 옆에서 목이 졸린 듯한 목소리가 튀어나왔다. "그 의견에 반대하지 않을 수 없군요. 이 사건은 후안무치한 작태입니다. 저는 사직할 수밖에 없습니다. 이 모든 상황이," 미시즈 버드는 극적인 분위기를 조성하며 말했다. "있을 수 없는 일입니다. 법적 자문을 받도록 하겠습니다."

오버턴 경이 심호흡을 했다.

"헨리에타." 오버턴 경이 미시즈 버드를 불렀다. 그러더니 거의 혼잣말이나 다름없이 덧붙였다. "당신은 복귀한 후로 매주 사표를 내겠다고 협박을 해오지 않았소."

"고소할 수도 있어요." 미시즈 버드가 말했다.

"제발 그러지 말아요." 오버턴 경이 온화하게 말했다. "이번 건 아주 참신하구만."

순간 미스터 콜린스가 웃음을 터트리지 않을까 조마조마했지만 그는 다행히 헛기침으로 웃음을 틀어막았다. 웃음을 터트리느니 여사의 깃털 코트에 불을 붙이는 편이 오버턴 경의 분노를 덜 자극할 것 같았다.

"알겠습니다." 미시즈 버드는 온몸의 신경 하나하나로부터 위엄을 끌어모으며 말했다. "그러시다면."

미시즈 버드는 마지막으로 수많은 깃털과 크레이프 코트를 요란하게 펄럭이며 우리 모두를 지나서 밖으로 나갔다.

오버턴 경이 다시 한숨을 푹 쉬었다. 이번에는 누가 봐도 안도의 한숨이었다.

"자, 그러면," 문이 쾅 닫히자 그가 말했다. "이번 사건이 꽤나 재미있는 일화고 1889년에 내 조부께서 나를 일주일 동안 우편부서에서 일하게 하신 후로 이 정도로 재미있는 일도 없었던 건 사실인데. 그렇다네, 잘 봐두게, 젊은이." 클래런스는 점잖게 굴어야 한다는 생각을 까맣게 잊고 그만 기절할 뻔했다. "이 일에 내 시간을 너무 많이 빼앗겼군. 미스 레이크. 나는 이 사태를 결코 가볍게 생각하지 않네. 미시즈 버드의 말이 전적으로 옳아. 자네의 행동은 선을 한참 넘었네. 우편물을 보아하니 완전한 재앙은 아니지만, 이

번 사태의 요점은 결코 그런 게 아니네. 규칙을 멋대로 직접 만들어서는 안 돼."

"네, 오버턴 경." 나는 차렷 자세를 취하며 말했다. "앞으로는 절대 그러지 않을 겁니다."

"자네에게는 확실한 지도편달과 매처럼 자네를 지켜볼 사람이 필요해."

"네, 회장님."

"하지만 자네는 젊은 세대를 잘 이해하고 있는 것 같군."

그가 나를 사려 깊은 눈빛으로 바라보았다.

"그리고 독자의 반응을 고려해보면, 자네에게 기대를 걸어볼 수도 있겠지. 〈여성의 벗〉은 지난 수십 년 동안 우리의 가족이었어. 물론 제대로 인정받지 못한 식구였다는 점은 내가 인정하네. 이 잡지가 이대로 무너지지는 않을 것 같군. 앞으로의 일에 대해서 미스터 콜린스와 논의하겠네. 자, 이제 내 사무실에서 나가주게, 미스 레이크. 자네 친구들도 전부 데리고 가."

나는 꼼짝도 하지 않았다. 미스터 콜린스가 나를 보며 과장되게 눈을 굴렸다.

"자네는 아직 해고되지 않았네." 내가 멍청히 서 있자 오버턴 경이 단어 하나하나 힘주어 말했다. "월요일에 다시 출근하게."

그러더니 미스터 콜린스를 향해 고개를 돌렸다.

"콜린스." 그가 말했다. "저 직원을 단단히 단속해야 할 거야. 그리고 저 직원이 열과 성을 다해 일을 한다는 증거로 앞으로 석 달 안에 판매 부수를 두 배로 늘리게. 둘이서 뭐라도 해. 그러면 미스 레이크가 계속 근무하도록 결정 내리겠네."

"걱정 붙들어매십시오, 회장님." 미스터 콜린스가 경쾌하게 걸어나가며 말했다.

오버턴 경이 다시 나를 보더니 치켜올린 눈썹을 내렸다.

"미스 레이크, 빌어먹게 운좋은 줄 알라고. 빌어먹게 운이 좋아. 이제 날 좀 내버려두고 나가보게." 그는 잠시 입을 다물었다. 얼핏 그가 웃음을 참으려고 애쓰는 모습이 보였다. "그리고 제발 헨리에타에게는 내가 '빌어먹게'라고 했다고 일러바치지 말아주게."

28장
너는 절대 포기하지 않았어

나는 오버턴 경에게 연거푸 감사인사를 했지만 그는 어느새 돌아서서 크리스털 디캔터들이 놓여 있는 트레이로 가는 중이었다. 미스터 콜린스는 내게 회장의 마음이 바뀌기 전에 어서 나오라는 몸짓을 했다. 그래서 클래런스가 우편물 가방을 들고 밖으로 나가 부리나케 계단을 내려가자 번티와 나도 조심조심 그 뒤를 따랐다.

우리 뒤로 문이 닫히자 나는 오버턴 경의 사무실 밖 대기실에 있는 커다란 체스터필드 의자에 번티를 앉혔다. 번티는 기진맥진해서 금방이라도 부서질 것만 같았다.

오버턴 경의 비서인 미스 잭슨이 보초 업무로 돌아간 책상에서 우리를 힐끔 보았다. 나는 그녀가 우리에게 어서 가라고 말할 줄 알았지만 아니었다.

"괜찮아요." 그녀가 일어서며 말했다. "앉아 있어도 괜찮아요. 누가 여기서 기절이라도 해서 난리가 나면 안 되니까요." 이렇게 말하며 번티에게 미소를 지었다. "방금 당신이 〈여성의 벗〉에 보낸 편지를 읽었어요. 이제 걱정하지 말아요. 당신은 너무나 용감하게 버텼어요. 정말 잘 견뎠어요."

번티는 놀란 표정을 지었지만 기뻐했다.

"자." 미스 잭슨이 덧붙였다. "오 분 정도 여기 있어도 괜찮아 요. 그동안 나는 오버턴 경에게 차를 한 잔 타드릴 거니까."

"회장님은 그보다 더 센 걸 드셔야 할 것 같아요." 내가 말했다.

미스 잭슨이 나를 바라보았다. "흠. 회장님에게 확실하게 눈도장 을 찍었군요, 그렇죠?" 그녀는 이렇게 말하더니 다시 번티를 보며 말했다. "당신에게도 차를 한 잔 가져와야겠네요. 앉아 있어요. 지 금 안색이 너무 안 좋은데, 몸이 안 좋으면 잠시 무릎 사이로 머리 를 숙이고 있는 것도 도움이 돼요. 혹시 주제넘었다면 미안해요."

그러더니 미스 잭슨은 번티와 나만 두고 자리를 비웠다.

우리 둘 다 잠시 동안 아무 말도 하지 않았다. 너무 많은 일이 일 어난데다. 오늘의 메인 이벤트가 끝난 뒤로 번티는 완전히 탈진하 고 말았다. 나는 무슨 말부터 시작해야 할지 머리를 열심히 굴렸다.

"네 덕분에 오버턴 경은 확실히 한잔하셔야겠더라." 번티가 이 렇게 말하며 살짝 웃음기를 띠고 나를 올려다보았다. 그러나 그걸 로 기운이 빠졌는지 다시 제 구두만 바라보았다.

분명히 예전의 번티가 했을 법한 말이라 살짝 용기가 난 내가 말 문을 열었다.

"고마워. 어, 오늘 이렇게 와줘서." 나는 잠시 망설였다. "어떻 게 알았니?"

"내 편지를 봤어." 번티가 대답했다. "〈여성의 벗〉에 실린 거. 그리고 네 답변도. 분명히 네가 썼으리라 짐작했지만 그게 잡지에 실렸다는 사실이 믿어지지 않더라. 전에 네가 한 말대로라면 미시즈 버드가 그 편지를 실어줄 리가 없다고 생각했거든. 그래서 어렵게 미스터 콜린스에게 연락을 했고 그분에게 그동안 있었던 일을 다 들었어. 미스터 콜린스가 어떻게든 상황을 해결해보려고 애쓰는 중인데 전망이 밝지 않다고 하셨어." 번티가 잠시 말을 멈췄다. "다 내 잘못이라는 생각을 지울 수가 없었어. 애초에 내가 그 편지를 쓰지 않았다면 네가 답변을 잡지에 싣지 않았을 테니까. 병원에서 나를 전문의한테 치료받도록 보냈는데, 거기서 편지를 썼어. 네가 나를 알아봐주기를 바라면서."

번티의 얼굴에 고통스러운 기색이 짙어지면서 잠시 이야기가 끊어졌다. 하지만 번티는 다시 말을 이었다.

"바보 같은 행동이었다는 거 알아." 번티가 말했다. "그냥 네게 바로 편지를 썼어야 했는데. 하지만 도저히 못하겠더라. 지난 몇 주 동안 내가 한 번도 답장을 쓰지 않았잖아."

그 순간 번티는 너무나도 슬퍼 보였다. "정말 미안해, 엠. 네게 그런 말을 퍼붓다니. 내가 정말 끔찍하게 굴었어."

나는 놀라서 번티를 빤히 바라보았다.

"네가 끔찍하게 굴었다고?" 나는 맞은편 의자에 앉으며 되물었다. "하지만 내가 다 잘못했잖아, 번티."

나는 혹시라도 번티에게 이야기를 할 기회가 생길 때를 대비해 할말을 백만 번도 더 머릿속으로 연습했다. 하지만 다른 어디도 아닌 오버턴 경의 집무실 밖 대기실에서 이렇게 번티와 마주앉아 있으니 무슨 말을 해야 할지 아무 생각도 나지 않았다. 나는 아직도 그날에 대해 이야기하기가 너무 두려웠다.

"내가 다 망쳤어." 마침내 내가 말했다. "〈여성의 벗〉 이야기가 아니야. 물론 독자들에게 편지를 쓰다니 어리석은 짓을 했다는 걸 알아. 하지만 그건 중요하지 않아."

나는 깊이 숨을 들이쉬었다.

"빌에게 내가 잘못했어." 내가 말했다. "네가 옳아. 빌이 죽은 건 내 탓이야."

번티가 무슨 말을 하려고 했지만 나는 고개를 가로저었고 번티는 내 말을 잠자코 들었다.

"어리석게도 말다툼을 했어. 내가 관여할 일이 아니었고 내가 물러났어야 했어." 내 목소리가 갈라졌다. "그때 그렇게 늦게 가지만 않았더라면……" 나는 그곳을 입에 담기도 싫었다. "카페 드 파리로 말이야. 전부 다 내 잘못이야. 정말 미안해, 번티. 정말이야."

번티가 내 손을 잡고 꼭 쥐었다.

"아니야, 엠." 번티가 말했다. "네 잘못이 아니야. 누구의 잘못도 아니야." 번티는 입술을 깨물며 하고 싶은 말을 끝내는 데 집중했다. "진심이야. 빌이 내게 그 말다툼에 대해서 이야기해줬어. 네가 사과를 하려고 했는데, 그럴 기회를 주지 않았다고 했어."

번티가 내 눈을 똑바로 바라보았다. "에미, 너 때문이 아니야. 절대로 그렇게 생각하지 마. 빌이 너를 찾으러 가지 않았고 내가 너한테 전화를 하러 자리를 비우지 않았다면, 그때 우리 둘 다 자리에 앉아 있었을 거야."

번티의 목소리가 흔들렸지만 시선은 절대 흔들리지 않았다.

"엠." 번티가 속삭였다. "그 구역에 있던 사람들은 전부 다 죽었어. 전부 다 말이야."

번티가 침을 꿀꺽 삼켰다.

"나는 너를 원망했어, 엠. 하지만 네 잘못이 아니었어. 빌을 잃었다는 사실에 너무 화가 났어. 그래서 아무나 상처를 주고 싶었던 거야. 사과해야 할 사람은 바로 나야. 그리고 제일 끔찍한 부분이 뭔지 아니?"

나는 고개를 가로저었다. 번티의 눈에 눈물이 가득 고였다.

"너마저 잃을지도 모른다는 생각이었어. 그이를 잃은 것만으로도 충분히 고통스러웠어. 하지만 네가 없으면 이제 내 곁엔 아무도 없는 것이나 다름없어. 내가 무슨 짓을 한 건지 나도 모르겠어."

"나도 상상할 수 없어." 내가 말했다.

"나는 그동안 잘 버티지 못했어." 번티가 말했다. "그 편지에서 한 말은 다 사실이었어. 내가 정말 쓸모없는 인간 같아. 그런데 너를 봐. 너는 계속했어. 결코 포기하지 않았어."

"나라면," 내가 얼른 말했다. "정말, 내가 너와 같은 입장이었다면 나는 엉망이 되었을걸. 그리고 여기서 내가 무슨 사고를 쳤는지 봐. 나야말로 우라지게 쓸모없는 인간이었다고."

번티가 다시 눈가를 훔치며 간신히 미소를 지었다. "언론계 사람들은 다 그렇게 입이 험하니?" 그녀가 물었다.

나도 웃었다. "그런 것 같아. 나야 언론계 사람이라고도 할 수 없지만. 그리고 방금 전까지만 해도 나는 언론계 근처에도 못 간 사람이었는걸. 네가 클래런스와 함께 그 편지들을 다 가지고 와서 나를 구했어. 너와 미스터 콜린스와 그 매출 이야기가."

"아니야." 번티가 말했다. "네 편지가 구한 거야, 엠. 그 편지들은 매일 나를 구해줬어. 네가 보낸 편지를 빠짐없이 다 읽었어. 무슨 답장을 어떻게 써야 할지 나는 갈피도 잡지 못했지만 너는 포기하지 않았어. 아무리 힘들고 아무리 절망적이어도 네 편지가 오리라는 사실만큼은 믿었어. 너는 나를 절대 포기하지 않았어. 그래서 나도 마침내 스스로를 포기해서는 안 된다는 사실을 깨달을 수 있었던 거야."

나는 무슨 말을 해야 할지 알 수 없었다. 막 눈물이 터지려는 찰나 미스 잭슨이 돌아오는 기척이 들렸다. 나는 과거가 아니라 현재에 집중하려고 애를 썼다.

"네가 여기까지 와줬다는 사실이 아직도 믿기지 않아, 번티." 내가 말했다. "그리고 오버턴 경에게 당당하게 맞섰다는 것도. 영화 속 한 장면 같았어. 정말 영웅적이었다고."

"그럴 생각은 아니었어." 번티가 스스로에게 놀라며 말했다. "나는 집으로 다시 돌아가면 어떨까 해서 집을 살펴보려고 런던에 잠시 온 거야. 이곳에 돌아오는 걸 할머니가 좀 걱정하시거든. 지금 집에서 나를 기다리고 계셔. 사실," 번티가 말을 이었다. "나도 좀 걱정스러워. 결혼식과 관련된 것들이 전부 거기 있으니까, 무슨 말인지 알지?"

"엄마와 내가 조금 정리를 해두긴 했어." 나는 부드럽게 말했다. "정말 조심스럽게 해봤어."

번티의 얼굴에 고마움과 염려가 동시에 드러났다. "정말? 고마워."

"물론 버리지 않고 전부 다 챙겨뒀어. 혹시라도 언젠가 네가 보고 싶어할까봐."

번티가 다시 입술을 깨물었다. 내가 얼른 말을 이었다.

"그러니까," 용기를 내 물었다. "다시 돌아올 계획이니?"

그녀는 고개를 끄덕였다. "네가 새 동거인을 구하지 않았다면." 번티가 대답했다.

"음, 클래런스는 너무 어려서." 내가 답했다.

"그리고 미스터 콜린스는 너무 늙었고." 번티가 농담을 했는데, 내가 경악한 표정을 짓자 이렇게 덧붙였다. "그분에게 남동생이 없다니 얼마나 안타까운지."

우리 둘 다 웃음을 터트렸다.

"너는 찰스 이야기는 절대 안 쓰더라." 번티가 말했다. "아무 문제 없는 거지?"

나는 고개를 끄덕였다. "그러기를 바라. 네가 궁금해할 줄은 몰랐어."

"이 바보야, 당연히 궁금하지." 번티가 말했다. "그동안 무슨 일이 있었는지 하나도 빠짐없이 다 알고 싶어. 네가 얼마나 그리웠는지 몰라, 엠."

오버턴 경의 집무실로 들어가는 육중한 떡갈나무 문 뒤에서 묵직한 웃음소리가 터져나왔다.

번티와 나는 서로의 얼굴을 바라보았다.

"이건 좋은 징조인데." 번티가 속삭였다.

"손가락을 꼬아야지." 내가 말했다. "런던으로 돌아올 거지, 그렇지, 번티?"

번티가 고개를 끄덕였다. "내가 이걸 들고 쿵쿵거리며 돌아다녀도 네가 괜찮다면." 번티는 이렇게 대답하며 제 지팡이를 바라보더니 지팡이로 바닥을 쿵쿵 두드렸다.

"바보 같은 소리 마." 내가 말했다. "어차피 얼마 후면 너도 쌩쌩해질 건데, 뭐."

"우리집으로 올라가는 데만 한 세월이 걸릴걸." 번티가 말했다. "할머니에게 우리가 다른 방을 써도 괜찮은지 여쭤봤어. 사실 할머니는 내가 런던으로 돌아올 거라고 하니 좋아하지 않으셨지만 방을 바꾸고 싶으면 그러라고 하셨어."

번티는 더이상 설명할 필요가 없었다. 나는 계단이 문제가 아니라는 사실을 알았다. 우리가 지냈던 꼭대기 층에는 너무나 많은 추억이 깃들어 있었다.

"하숙인을 받을 수도 있어." 내가 밝은 목소리로 말했다.

"우리가 하숙인을 받으면 할머니가 어떤 표정을 지으실지 상상이 되니?" 번티가 웃었다. "길길이 뛰실걸."

"할머님도 허락하실 만한 사람이면 어떨까." 나도 웃으며 말했다. "병약하고 점잖은 신사. 아니면 여성협회 회원?"

"직장 동료는 어때?" 번티가 흥미를 보이며 덩달아 말했다. "육군성에도 방이 필요한 사람들이 잔뜩 있어."

"일급비밀을 갖고 있는 사람들." 내가 말했다. "아니면……"

"스파이들!" 우리가 동시에 소리쳤다.

"지하실을 세놓는 방법도 있어." 내가 덧붙였다.

"오, 그거 좋은데." 번티가 새로운 계획에 슬슬 열을 올리며 말했다. "정말 근사하겠어. 이웃집 미시즈 헤어우드라면 '흥미로운 유형'을 잔뜩 알고 있을 거야. 고국을 떠나온 유럽인들, 자유로운 프랑스인……"

"모두 신분을 위장해야 하지." 내가 폼 잡으며 끼어들었다. "물론 다 우리 편이고."

"당연하지." 번티가 맞장구를 쳤다. "엠, 이거 생각해보니까 진짜 대단한 아이디어 같아. 우리는 온갖 부류의 흥미진진한 사람들을 동거인으로 들일 수 있어." 내 가장 친한 친구의 파리한 얼굴에 화색이 돌았다. "오, 에미." 번티가 말했다. "다시 돌아와서 정말 좋아."

"나도 그래." 나는 활짝 웃었다. "어서 가자, 번티." 번티가 힘겹게 지팡이에 의지해 일어서려고 했고 나는 냉큼 그녀의 팔을 부축했다. "어서 집으로 가서 새로운 계획을 세우자."

『친애하는 미시즈 버드에게』에 대한 발상은 1939년에 발행된
여성잡지를 우연히 본 순간 튀어나왔다. 그 잡지를 발견한 건 즐거
운 행운이었다. 양의 뇌로 스튜를 끓이는 방법에서부터 수영복을
직접 떠서 입는 법까지, 모든 것에 대해 읽을 수 있는 시대와 장소
를 들여다보는 일이었다.

하지만 그중에서도 내가 가장 매혹된 부분은 '고민상담란'이었
다. 내가 이 소설의 집필에 필요한 자료를 찾으려고 읽었던 수많은
편지들 중에는 절로 미소를 짓게 만드는 내용이 많았다—주근깨
를 어떻게 하면 좋으냐는 편지부터 새치기를 하는 사람들과의 문
제에 대한 것도 있었다. 하지만 가장 힘들었던 시대에 상상도 못할
어려움에 처한 여성들이 나오는 편지가 압도적으로 많았다는 사실
에 나는 무엇보다 큰 충격을 받았다.

잡지 독자들은 때로는 고독했고, 오랫동안 사랑하는 이와 떨어

져 지내기도 했으며, 다시는 그들을 영영 볼 수 없으리라는 사실을 알게 되기도 했다. 어떤 여성들은 잘못된 사랑에 의지하거나 '분별력을 잃고' 아무도 도와줄 사람이 없는 곤경에 처했다. 어떤 여성들은 우리 중 누구라도 겪을 수 있지만 우리 중 누구도 겪고 싶지 않은 문제와 직면하기도 했다. 많은 여성들이 자신의 삶에 영원한 영향을 미칠지도 모르는 결정을 내리기 위해 조언을 청하는 편지를 보냈다.

전시에 여성들은 잡지를 통해 어떻게든 그 시대를 버티거나 배급품을 최대한 잘 활용하거나 뜨개질이나 바느질을 하는 법을 배웠다. 이 일들도 물론 중요하고 꼭 필요했지만, 잡지들은 그 이상의 의미를 지녔음이 분명했다.

상담가들의 답변도 놀라웠다. 그들은 '평정심을 유지하고 하던 일을 하라'는 뻔한 답장을 쓰지 않았다. 그들은 대체로 공감해주었고, 지지를 아끼지 않았으며, 현실적인 도움을 주려고 애썼다.

서서히 그 잡지들은 내가 쓰고 싶은 세상으로 들어가는 가교가 되었고, 말하고 싶어하는 인물들에 대한 영감을 주었으며, 그들이 기꺼이 감행하고 싶어하는 모험이 되었다.

사람들과 『친애하는 미시즈 버드에게』에 대한 이야기를 할 때면 나는 수집해둔 잡지들을 보여주곤 했는데, 그때마다 사람들이 전쟁 당시 영국 여성들의 삶에 순식간에 빠져드는 모습이 그렇게 보기 좋을 수가 없었다. 디지털시대이건 아니건 잡지는 여전히 우리가 알고, 읽고, 사랑하는 존재이다. 그 잡지들을 읽음으로써 우리는 훨씬 더 쉽게 시간을 이동하는 듯하다. 나는 팔십 년도 전에 발행된 잡지를 한 권 집어들 때면 그 잡지의 원주인은 그것을 어디에서 제일 먼저 읽었을지 궁금증이 솟는다. 나처럼 부엌에 앉아서 읽었을까? 아니면 점심시간에 훔쳐보듯 읽었을까? 아니면 공습으로 파괴된 건물을 지나가는 버스에 앉아서 기사에 푹 빠져들었을까? 어쩌면 원주인이었던 여성은 공습중 방공호에서 공습을 잊기 위해 친구들에게 큰 소리로 기사를 읽어주지 않았을까? 물론 그 답은 영원히 알 수 없을 것이다. 하지만 가끔 나는 머릿속으로 그녀에게 찻잔을 들어올리며 모든 게 잘 풀렸기를 기원하곤 한다.

『친애하는 미시즈 버드에게』에 나오는 독자들의 편지들은 대부분 전시에 발행된 잡지에 실렸던 편지와 조언, 기사와 특집기사에서 영감을 얻었다. 그 글들은 내 생각을 자극하고, 심금을 울리고, 영감을 제공하며 그런 시기에도 결코 멈추지 않고 성장했던 여성들에 대한 존경심을 불러일으켰다. 우리의 어머니들, 할머니들, 할머니의 어머니들, 그리고 친구들 중 일부는 에미와 번티의 이야기를 즐겁게 읽으리라 기대한다. 그분들의 세상을 조금이나마 들여다보고 그들이 얼마나 대단한 여성들이었는지 기억할 수 있다는 사실은 대단한 행운이다.

AJ 피어스

『친애하는 미시즈 버드에게』가 책으로 완성되도록 도움을 아끼지 않고, 지지해주고, 용기를 북돋아주신 최고의 분들에게 진심으로 감사를 드립니다. 여러분이 아니었다면 저는 아직도 사무실에 앉아서 창밖을 바라보며 과연 내가 책을 쓸 수 있을지 의심하고 있을 거예요.

이 소설을 쓸 때 저는 방대한 자료를 읽었습니다. 책과 신문을 읽고 그 시대의 잡지를 몇백 권이나 읽었습니다. 전시의 삶에 대한 제 질문에 귀를 기울여주신 모든 분들에게 감사를 드립니다. 특히 어린 시절에 대해 질문하기 위해 제가 수도 없이 찾아뵙고, 전화를 드리고, 이메일을 드린 부모님에게 특히 감사드립니다. 가족 모임을 즐겨야 할 시간에 불쑥 찾아간 저를 맞아주신 미시즈 브렌다 에번스에게 감사의 마음을 전합니다. 의용소방대 근무에 관한 질문에 친절하게 답변해주신 미시즈 조이스 파월과 그분의 따님 제인

제임스에게도 감사드립니다. 미시즈 파월, 공습 장면에서 에미와 번티, B조 여직원들이 보여준 용기의 영감이 되어주셨습니다. 부인과 부인 친구분들의 후의에 보답이 되었기를 바랍니다. 그리고 제가 만들어낸 허구적 사실을 용서해주시기 바랍니다. 혹시라도 오류가 있다면 그것은 전적으로 제 잘못입니다.

저의 최고의 에이전트인 조 언원에게 감사드립니다. 그는 친절하고 지혜롭고 두려움을 모르고 재미있는 사람이자 걱정꾼worrier을 위한 최고의 전사warrior이기도 합니다. 당신이 이 작업을 최고로 재미있게 만들어주었어요. 사바 아메드와 이저벨 아도마코 영, 밀리 라일리에게도 감사드립니다. 제가 제대로 된 작가라고 느낄 수 있는 건 언제나 다 여러분 덕이에요.

이 소설에 대해 처음부터 지지를 아끼지 않고 열의를 보내주신 피카도르와 팬 맥밀런 출판사의 모든 분에게도 감사드립니다. 특히 폴 배걸리, 애나 본드, 케이티 투크, 키시 위댜라트나, 커밀라 엘워디, 니컬러스 블레이크에게 감사를 표합니다. 그리고 사려 깊고, 친절하고, 훌륭하게 편집을 해준 프란체스카 메인에게 특별히 깊은 감사를 드립니다. 여러분과 함께 일할 수 있어서 정말 영광이었어요.

미국에서 이 책이 출간되는 꿈을 이루어주신 겔프만 슈나이더 사의 데버라 슈나이더에게 감사드립니다. 당신과 스크리브너의 모든 분들에게 감사하며 특히 팔십 년 전의 영국다움이 고스란히 남아 있는 원고를 그토록 우아하게 견뎌주신 낸 그레이엄, 에밀리 그린월드, 케라 왓슨 고맙습니다.

전 세계에 에미와 번티를 보내는 것도 모자라 그들과 함께 미시즈 버드까지 보내서, 국제관계에 발생할 위험을 매일같이 무릅쓴 C+W 문학에이전시의 알렉산드라 맥니컬과 알렉산더 코크런, 제이크 스미스-보즌켓에게 감사드립니다. 여러분에게 엄청나게 큰 지도가 있고 그 지도 곳곳에 수많은 작은 나무 책들이 꽂히기를 기원합니다!

나의 보석 같은 친구들에게 특별한 고마움을 전합니다.

케이티 포드, 조 토머스, 페니 파크스, 주디 애스틀리, 클레어 매킨토시, 여러분이 처음부터 보내준 격려와 믿음에 감사하고 잘해낼 것이라고 말해줘서 고마웠어요. 케이티, 너는 지금도 앞으로도 나의 영웅이야! 누구보다 끈기와 통찰력이 있고 언제나 영감을 불어넣어주는 멘토인 줄리 코언에게 감사드립니다. 특히 너무나 상냥하고도 훌륭한 공군 중령에게 편지를 써주셨던 점에 대해서요. 마지막으로 반쯤 완성된 지리멸렬한 초고를 읽어주고, 언젠가는 살아 있는 진짜 에이전트가 이 원고를 읽고 싶어할 거라는 사실을 내가 믿게 만들어준 마음 넓은 친구 셸리 해리스에게 감사합니다.

제니스 위디와 잉카는 내가 꿈에 대해 줄곧 떠들어대는 동안 나와 함께 몇백 마일을 산책해줬습니다. 너희는 내가 아무리 떠들어도 절대 닥치라고 하지 않았지. 그것만으로도 금메달감이야! 내 이야기를 들어주고 내가 무엇을 가장 신경쓰는지 이해해준 개일 치텀에게 감사드립니다. 그리고 레이철과 크리스 버드! 처음부터 온갖 일을 다 받아주고 무슨 일이 있어도 그 자리에 있어주어서 고마워요. 미시즈 버드는 당신과 성이 같다는 사실을 자랑스러워할 거예요. 물론 담장 너머로 와인과 안주를 주고받는 것에 대해선 생각만으로도 눈살을 찌푸리겠지만요.

그리고 브린 그린먼, 니키 프티, 메리 포드, 수 셜, 지네타 조지에게 감사드립니다. 여러분에게 수많은 빚을 졌지만, 내가 책을 완성하리라는 것을 당연한 사실로 받아들여준 건 무엇과도 바꿀 수 없는 보물이에요. 여러분 같은 친구들과 함께라면 해내지 못할 일이 없을 거예요.

마지막으로 엄마와 아빠, 토비, 로리에게 감사합니다. 모든 일에 다 감사를 보냅니다. 우리 가족은 적은 인원이지만 그 마음만큼은 이 세상 그 어느 가족보다 더 강할 거예요. 고마워요.

각자의 전쟁을 치르고 있을 모든 여성에게
에미가 보내는 따뜻한 응원

나는 소설을 정말 좋아한다. 내가 서가에서 꺼내는 책의 구십 퍼센트가 소설이다. 의식적으로 다른 책도 읽으려고 하는데, 의식적으로 하는 일은 좋아서 하는 일을 결코 이기지 못하는 것 같다. 정신을 차려보면 어느새 소설을 읽고 있다. 이런 나에게도 손이 잘 가지 않는 분야가 있다. 분야라기보다는 시대적 배경인데, 전쟁 특히 세계대전이 배경인 소설을 보면 마음이 무거워진다. 더욱이 1차대전이 끝나고 2차대전이 시작되기 직전까지의 시기가 배경인 소설을 읽을 때면 너무 괴롭다. 평화를 되찾은 세상이 다시 망가지리라 생각하면 이 시기의 이야기가 전쟁중의 이야기보다 더 비극적으로 느껴진다. 살기 위해 힘을 내는 사람들이 운명에 다시 배신을 당하니 말이다.

『친애하는 미시즈 버드에게』를 처음 펼치자 "1940년 12월, 런던"이라는 글귀가 보였다. 그 순간 마음이 무거워졌다. 2차대전이

1939년 9월에 시작되었으니, 개전 후 일 년이 조금 지난 1940년 12월이면 전쟁이 한창 진행중일 때 아닌가. 전쟁이 언제 끝날지도 모른 채 하루하루를 버티는 사람들의 이야기를 옮기는 내내 가슴에 돌덩이를 올려놓은 심정이 되지는 않을까 걱정스럽기도 했다. 그런데 그렇기도 하고 아니기도 했다. 1940년 겨울의 런던은 연일 계속되는 공습으로 성한 곳이 없었다. 어제 멀쩡했던 집이 오늘은 돌무더기가 되었다. 공습으로 목숨을 잃거나 전투에 나가 전사한 가족이 없는 집이 없었다. 주인공인 에미는 약혼자와 오빠가 모두 해외에 파병되었다. 소방대원인 친구 윌리엄은 공습으로 발생한 화재를 진압하고 건물 잔해에 깔린 사람들을 구조하느라 밤마다 출동한다.

그런데 자신이 알던 세상이 한순간에 무너지는 상황에서도 사람들은 서로 사랑하고, 미래를 꿈꾸고, 희망을 품었다. 기쁘면 웃고 슬프면 울었다. 현실이 아무리 참혹해도 최선을 다해 망가진 세상을 다시 복구하려고 애썼다. 우리의 주인공 에미도 그랬다. 어릴 때부터 기자가 꿈이었던 에미에게 엄청난 기회가 나타난다. 론서스턴 신문사에서 낸 구인광고를 본 것이다. 당연히 기자를 구할 것이라 넘겨짚은 그녀는 그곳에 지원해 면접을 본다. 하지만 에미가 채용된 곳은 잡지사 〈여성의 벗〉이었다. 그곳에서 에미가 맡은 일도 기자와는 거리가 아주 먼, 미시즈 버드 앞으로 온 독자의 고민 편지를 내용별로 분류하고 미시즈 버드의 답변을 타자로 정리하는 것이었다.

전장을 누비며 전 세계에 특보를 타전할 종군기자의 꿈에 부풀었던 에미는 〈여성의 벗〉을 박차고 나가는 대신, 쉽게 털어놓을 수 없는 고민을 보낸 독자들의 편지를 읽는다. 그리고 깨닫는다. 전쟁은 전장에서만 벌어지는 것이 아니라는 사실을 말이다. 후방에서도 사람들은 무너지는 삶을 붙잡고 자신만의 전쟁을 치르고 있었다. 후방이기에, 여성이기에 이들이 겪는 고통은 부차적이고 한가한 것으로 치부되었다. 그런 시선이 그들의 삶을 더 고통스럽게 만들었다. 하지만 생각해보라. 총을 들 수 있는 남자들이 전부 전쟁에 나가버린 세상에 남아 그곳을 지키고 이끌어나가는 일은 누구의 몫이었을까? 당장 그들을 겨눈 총부리가 없다고 해서 그 전쟁은 치열하지 않았을까? 직접 전투에 참여한 여성들도 많았다. 그러나 전쟁에 참가했든 하지 않았든 여성의 성취와 역할은 크게 주목받지 못했다. 에미의 시선은 주목받지 못하는 그들에게 향했다.

에미를 통해, 〈여성의 벗〉에 고민거리를 보낸 여성 독자들을 통해 나는 당시 여성의 삶을 아주 조금 엿보았다. 그런 큰 전쟁이 과거가 된 지금 여성의 삶이 더 나아졌는지는 잘 모르겠다. 하지만 에미를 보며 이 세상에서 의미 없는 일은 없으며 누구나 각자의 전쟁을 치르는 중이니, 자신과 타인에게 응원을 아끼지 말아야 한다는 사실을 다시금 되새겼다. 한없이 춥고 가혹할지도 모를 시기에 그 따스한 응원이 몸을 녹여줄 테니 말이다.

이경아

옮긴이 **이경아**
한국외국어대학교 러시아어과와 같은 대학 통역번역대학원 한노과를 졸업했다. 현재 전문 번역가로 활동중이다. 옮긴 책으로 『내가 무슨 짓을 했는지 봐』 『빌리브 미』 『더 걸 비포』 『페미니스트, 엄마가 되다』 『모두를 위한 페미니즘』 『비밀의 화원』 『버드 박스』 『위대한 중서부의 부엌들』 『모든 일이 드래건플라이 헌책방에서 시작되었다』 『소설이 필요할 때』 『여행하지 않을 자유』 『오시리스의 눈』 『구석의 노인 사건집』 외 다수가 있다.

문학동네 세계문학
친애하는 미시즈 버드에게

초판 인쇄 2022년 9월 22일 | 초판 발행 2022년 10월 7일

지은이 AJ 피어스 | 옮긴이 이경아
책임편집 박효정 | 편집 김경미 윤정민 이희연
디자인 김유진 이원경 | 저작권 박지영 형소진 이영은 김하림
마케팅 정민호 이숙재 박치우 한민아 이민경 안남영 왕지경 김수현 정경주
브랜딩 함유지 함근아 김희숙 고보미 박민재 박진희 정승민
제작 강신은 김동욱 임현식 | 제작처 상지사

펴낸곳 (주)문학동네 | 펴낸이 김소영
출판등록 1993년 10월 22일 제2003-000045호
주소 10881 경기도 파주시 회동길 210
전자우편 editor@munhak.com | 대표전화 031) 955-8888 | 팩스 031) 955-8855
문의전화 031) 955-3578(마케팅) 031) 955-2685(편집)
문학동네카페 http://cafe.naver.com/mhdn
인스타그램 @munhakdongne | 트위터 @munhakdongne
북클럽문학동네 http://bookclubmunhak.com

ISBN 978-89-546-8859-8 03840

잘못된 책은 구입하신 서점에서 교환해드립니다.
기타 교환 문의 031) 955-2661, 3580

www.munhak.com